Des bleus à l'âme
Un orage immobile
Un matin pour la vie

Françoise Sagan

Des bleus à l'âme
Un orage immobile
Un matin pour la vie
et autres musiques de scènes

ÉDITIONS FRANCE LOISIRS

Édition du Club France Loisirs,
avec l'autorisation des Éditions Stock.

Éditions France Loisirs,
123, boulevard de Grenelle, Paris.
www.franceloisirs.com

ISBN : 978-2-298-06154-3

Des bleus à l'âme

À Charlotte Aillaud

J'ai dit que l'âme n'est pas plus que le corps,
Et j'ai dit que le corps n'est pas plus que l'âme,
Et que rien, pas même Dieu, n'est plus grand
aux yeux de chacun que soi-même,
Et que quiconque fait deux cent mètres sans
amour va à ses funérailles vêtu de son linceul.

W. WHITMAN

1

Mars 71

J'aurais aimé écrire : « Sébastien montait les marches quatre à quatre, en sifflant et en soufflant un peu. » Cela m'aurait amusée de reprendre maintenant les personnages d'il y a dix ans : Sébastien et sa sœur Éléonore, personnages de théâtre, bien sûr, mais d'un théâtre gai, le mien, et de les montrer fauchés, toujours gais, cyniques et pudiques, essayant en vain de se « refaire » à la Maurice Sachs, dans un Paris désolé de sa propre médiocrité. Malheureusement, la médiocrité de Paris, ou la mienne, est devenue plus forte que mes envies folasses, et j'essaye péniblement, aujourd'hui, de me rappeler quand et comment « cela » a commencé. « Cela » étant ce désaveu, cet ennui, ce profil détourné que m'inspire une existence qui, jusqu'ici, et pour de fort bonnes raisons, m'avait toujours séduite. Plus. Je crois que ce fut en 69 et je ne crois pas, hélas, que les événements de 68, leur élan et leur échec, y soient pour grand-chose. Ni l'âge : j'ai trente-cinq ans, de bonnes dents, et si quelqu'un me plaît, généralement, cela marche encore. Seulement, je n'en ai plus envie. J'aimerais aimer et même souffrir et même trembler au téléphone. Ou mettre un disque dix fois de suite, et respirer le matin, en me réveillant, cet air de bénédiction naturelle qui m'était familier. « On m'a ôté le goût de l'eau et puis celui de la conquête. » C'est un disque de Brel, je crois. Mais en tout cas, cela ne marche plus et je ne sais même pas si je vais montrer ces pages à mon éditeur. Ce n'est pas de la littérature, ce n'est pas une vraie confession, c'est quelqu'une qui tape à la machine parce qu'elle a peur d'elle-même et de la machine et des matins et des soirs, etc. Et des autres. Ce n'est pas beau, la peur, c'est même honteux et je ne la connaissais pas. Voilà tout. Mais ce « tout » est terrifiant.

Je ne suis pas seule dans mon cas, en ce printemps 71 à Paris. Je n'entends, je ne vois que des gens indécis, effrayés. Peut-être la mort rôde-t-elle autour de nous et nous la pressentons, et nous sommes malheureux pour rien. Car enfin, ce n'est pas là le problème. La mort – je ne parle pas de la maladie –, la mort, je la vois de velours, gantée, noire et, en tout cas, irrémédiable, absolue. Or, l'absolu me manque, comme à quinze ans. Et malheureusement, j'ai connu assez des plaisirs de la vie pour que cette notion d'absolu ne puisse relever chez moi que d'une marche arrière, d'une faiblesse – que je m'échine à vouloir provisoire. Par orgueil, sans doute, et encore une fois, par effroi. Ma mort, c'est le moindre mal.

Mais l'épouvante des choses : cette violence perpétuelle, partout, ces malentendus, cette colère, justifiée si souvent, cette solitude, cette impression d'accélération vers un désastre. Ces jeunes gens qui déjà ne supportent plus en eux – tellement on la leur a jetée à la tête – cette idée de perdre un jour leur jeunesse, et ces gens « mûrs » qui, eux, refusent de vieillir de toutes leurs forces depuis trois ans et se débattent. Et les femmes qui veulent être égales aux hommes, et les bons arguments, la bonne foi de certains et le grotesque inexorable des autres, humains quand même et soumis au même Dieu, qu'ils veulent renier, le seul : le Temps. Mais qui lit Proust ?

Et le nouveau langage, et l'incommunicabilité, et le lait de la tendresse humaine, parfois resurgi. Rare. Et parfois un visage admirable. Et la folle vie. Je l'ai toujours considérée comme une bête féroce, follement maternelle. Elle est Bloody Mamma et Jocaste et Léa, et toujours, bien sûr, à la fin : Médée. Nous jetant là, sur cette planète qui ne semble même plus – oh, dernier affront – être la seule ; et quand je dis « affront », je pense « affront », car la seule vie, la seule pensée, la seule musique, la seule histoire était à nous, après tout. Et s'il y en avait d'autres ? Et si notre mère, la vie, cette menteuse adultère, avait d'autres enfants, ailleurs ? Quand « l'homme », celui d'Apollo, se jette dans l'espace, ce n'est pas pour trouver son frère, j'en suis persuadée. C'est pour vérifier qu'il n'en a pas, et que ces malheureux soixante-dix ans qu'il a à vivre sont à lui seul (ceux qu'elle lui a donnés). Il suffit d'ailleurs de voir la tête « présumée » des Martiens. Pourquoi seraient-ils laids et petits, les Martiens ? Parce que nous sommes jaloux. Et puis, « il n'y a pas d'herbe sur la lune, si ? » Non, « elle est à nous, l'herbe ». Et toute cette bonne terre si nationaliste, si épouvantée, se rassure et s'entre-déchire aussitôt gaiement, s'arrachant l'herbe de la bouche, ou se l'arrosant de sang, en un même mouvement également absurde.

Et tous ces crétins qui s'occupent du « peuple », qui parlent du « peuple », avec quelle touchante maladresse dans leur redingote de gauche, épuisante à la fin dans ce souci qu'elle nous donne, à nous qui haïssons la droite, de les défendre, d'empêcher qu'un fou furieux (ou un calme) n'en fasse vraiment – de cette misérable redingote – une loque impossible à mettre. Le peuple.

Ne pas savoir que ce mot même est injurieux, qu'il y a un homme plus un homme plus une femme plus un enfant plus un homme, etc., que chacun est distinct en tout, y compris dans ses revendications profondes et que, généralement, faute de moyens, ce chacun ne pourra ni l'entendre ni le voir ni le lire. Sartre, en grimpant sur son tonneau, maladroitement, honnêtement, avait compris, peut-être. Et Diogène, à l'intérieur du sien, parlant à chacun. Ce sont ces gens-là, qui sont tendres et ont l'intelligence de leur tendresse, que l'on couvre de ridicule. Au demeurant, ils s'en moquent. C'est une chose superbe, le ridicule, « être ridiculisé », pour un esprit aiguisé, à notre époque. Superbe et inquiétante

– parce que superbe. Ni Stendhal ni Balzac ne l'auraient supportée. (Dans leur œuvre, bien sûr.) Le seul prophète en cette matière fut Dostoïevski, pour moi.

Je parlais donc de la vie au lieu de parler de Sébastien Van Milhem, aristocrate suédois fort gai et fort désespéré. Mais qu'en sais-je ? Il peut revenir et je parlerai de ses affaires. C'est mon métier, j'écris et j'aime ça et j'en vis fort bien. À mon sens, la vie, avec son côté animal femelle, attrape certains de ses petits par le cou pour les promener, comme font les chattes avisées et tendres (ce qui vous promet une existence assez confortable). Ou alors par les reins. Et dans cette position déséquilibrée, cherchant la chute comme un repos, se trouvent nombre de nos contemporains. Ou par une patte, et oublions les fous d'amour, les pris au piège, les grands malades et quelques poètes. Oublions-les. C'est d'ailleurs idiot, je n'oublierai jamais la poésie ; je n'ai jamais aimé que ça et je n'ai jamais su en faire.

Et cependant, j'aurais vite fait même d'évoquer l'odeur de l'herbe et de jeter un panier de ces herbes séchées, odorantes, dans ce roman cynique, au détour d'un chapitre. Maintenant que j'en suis réduite à cela : nommer. Car l'odeur de l'herbe, quand je m'y allonge, que j'y pose mon visage, je suis à présent obligée de me la nommer : voici Madame l'odeur de l'herbe. Et la mer, cette folle mer, je dois aussi la présenter à mon corps : c'est ta grande amie, la mer. Il la reconnaît, mais ne bondit pas vers elle. Je suis une mère douce qui promène à Vichy un enfant hargneux : son propre corps. « Dis bonjour à Mme Dupont qui était si gentille lors de sa cure, l'année dernière (ou il y a dix ans), avec toi. » Et l'enfant hargneux refuse. Jusqu'à l'odeur de l'amour, parfois, et de ses sortilèges qu'il refuse. Et mes yeux se détournent, horrifiés, de ces belles réclames en couleur dans les journaux, où des mers transparentes se frottent à des rochers rouges, où des plages s'alignent, impeccables, pour mille trois cent cinquante francs aller et retour. « Oh, qu'ils y aillent, soupire mon corps fasciste, qu'ils y aillent tous ensemble, qu'ils aillent bronzer et s'amuser dans ces endroits qui furent si souvent ma raison de vivre, mon amour, ma proie. Qu'ils les gardent, même. Vive les Clubs Méditerranée. À bas la mer du même nom ! Qu'elle s'ébatte avec ses jeunes cadres, ses vieux cadres, ses campeurs, la pauvre folle ! Moi, je ne la chanterai plus, je l'oublierai ; et si, par hasard, j'y passe, un jour convenable, en avril, par exemple, j'y tremperai un pied ou une main distraite, frileuse. Elle et moi, qui tant de fois... » Quelle tristesse, c'est sans doute cela, vieillir : ne plus reconnaître les siens. Et que dirais-je de ces nombreux corps qui ont suivi le mien, bord à bord, depuis quinze ans, vers lesquels je revenais dormir ou m'épanouir de temps en temps et que je fuis maintenant, comme si j'étais brusquement réinstallée en ce corps dont parle Éluard : « Le corps maigre et vaniteux, la bête de mon enfance, ce corps éperdu d'oiseau » ?

2

Sébastien montait quatre à quatre, en sifflant et en soufflant un peu. Le sixième étage était devenu un peu haut pour lui, quand même. Ce n'était pas son poids, non, qui le gênait, mais dix mille cigarettes, plus ou moins récentes, et dix mille verres de boissons diverses dont la variété même le faisait rire. En fait, il aurait eu tendance à distinguer ces dernières années d'après ses boissons favorites plutôt que d'après ses femmes. Il y avait eu l'année « Negroni », qui correspondait si on voulait à l'année Hedda, et l'année « Dry » qui correspondait, quoique plus longue, à Mariella Délia. Et l'année « Au Rhum », au Brésil, avec Anne-Marie. Qu'il s'était amusé, mon Dieu ! Lui qui, en fin de compte, n'était ni coureur ni même alcoolique, mais que la jonction d'une femme et d'un verre ravissait. De toute façon, Éléonore, sa sœur, régnait toujours sur son existence, sa sœur, et elle sans alcool ou avec tous les alcools. De toute manière, la vie sans elle, l'alcool sans elle n'étaient que de l'eau fade. Bien commode, en vérité, d'être à ce point délimité dans la vie par quelqu'un qui – quoi qu'elle en dise – était autant son esclave que lui-même. De temps en temps, elle s'agaçait, se mariait, disparaissait et, après quelques mois confus, quelques démêlés qu'elle ne lui racontait que longtemps après – mais avec quels fous rires –, elle lui revenait. Riche ou pauvre, épuisée ou éclatante de santé, mélancolique ou gaie, mais toujours la folle, l'incomparable, la belle Éléonore, sa sœur, lui revenait.

Cette fois-là, ils arrivaient ensemble d'un long séjour en Scandinavie, chez un mari d'Éléonore, et leur situation se présentait mal. C'était par miracle qu'un ancien ami de Sébastien leur avait prêté ces deux pièces, rue de Fleurus. Et ils ne devaient pas avoir grand-chose en banque, ni dans leurs poches. Éléonore lui confierait vite ses deux ou trois merveilleux bijoux, car elle ne tenait à rien, mais qu'en faire ? De plus, c'était un atout pour une femme.

Sébastien sonna à leur porte et elle lui ouvrit aussitôt, en robe de chambre.

— Oh, le pauvre garçon, dit-elle en le soutenant jusqu'à un fauteuil branlant, oh, le pauvre garçon qui sifflote dans l'escalier, à son âge... Je t'écoutais monter, j'avais peur que tu ne t'écroules.

Il porta la main à son cœur, l'air accablé.

— Je vieillis, dit-il.

— Et moi (elle se mit à rire), quand je m'engage dans cet escalier, c'est Isadora Duncan, je volette. En haut, c'est Fats Domino. Tu as trouvé quelqu'un ?

Quelqu'un était ce quelqu'un providentiel qui, eu égard à leur charme, leur drôlerie et leur chance, allait entretenir quelque temps le frère et la sœur. Ce personnage n'avait jamais failli dans leur existence et c'était généralement Sébastien qui le découvrait, quand Éléonore, comme c'était le cas, avait la paresse de sortir.

— Rien, dit Sébastien. Arturo est en Argentine, les Villavers en vacances ; quant à Nicolas, tu me croiras si tu veux, il travaille.

Une expression de doute et de légère horreur parut dans les yeux d'Éléonore. (Le travail n'avait jamais été le fort des Van Milhem.)

— Quelle ville, dit-elle. Remarque, j'ai une bonne nouvelle, je peux m'habiller n'importe comment. Foin des grands couturiers : un rideau, des pantalons, mes bijoux les grands soirs, tout va. J'ai regardé dans la rue. À condition que je n'oublie pas que j'ai trente-neuf ans, je suis sauvée... Et encore, je ne serai pas la seule...

— Tant mieux, dit Sébastien. Je n'en ai jamais douté.

Il avait raison : avec ses immenses jambes, son corps mince et musclé, son visage si bien dessiné, les pommettes hautes, les yeux clairs et remontés vers les tempes, Éléonore restait superbe. Lui, il avait toujours son expression de sceptique tendre, installée sur la même ossature de visage que celle de sa sœur. Non, ils se débrouilleraient. Il s'étira.

— L'ennui, c'est qu'il semble que ce soit les hommes qui manquent, ici. Il va falloir que je paye de ma personne, peut-être même avant toi.

— C'est bien fait, dit-elle. Comment le sais-tu ?

— Par Nicolas. Il paraît que beaucoup d'hommes, excédés, font l'amour entre eux et que des femmes hurlantes ravagent la ville pour trouver un gibier. Et quand elles se taisent, les étudiants les remplacent. Ah, le parasitisme n'est plus ce qu'il était.

— Pas de gros mots. Regarde comme c'est beau, Paris.

Il s'accouda à la fenêtre, près d'elle. Il y avait une lumière rosé sur le mur d'en face et des reflets étincelants sur tous les toits qui les entouraient. Une odeur de terre fraîche venait du Luxembourg, surmontant les vapeurs d'essence. Il se mit à rire :

— Si tu t'habilles dans un rideau, je peux laisser pousser mes cheveux ?

— Dépêche-toi, alors. Leur chute est proche. Et il lui donna un petit coup de pied dans les jambes. Il n'avait plus aucun souci.

Peut-être, au fond, devrais-je faire une pièce de l'histoire de mes deux coucous. Cela ne ressemble guère à un début de roman. Peut-être aurais-je dû – comment dit-on ? – « camper » mes personnages, le décor. Le décor, surtout, est bien succinct. Mais les décors m'assomment, sauf chez quelques écrivains qui y prennent un plaisir si méticuleux, si savoureux que je me sens sourire pour eux de bonheur. Là, évidemment, à me relire : six étages, un fauteuil branlant, des toits (logique, cela, au sixième), c'est peu. En fait, la condition modeste et précaire de mes héros me semble suffisamment décrite par ces six étages. J'ai toujours détesté les étages : monter m'essouffle et descendre me donne le vertige. (J'ai renoncé à quelqu'un pour cinq étages. Il ne l'a jamais su.) En prêtant à mes Van Milhem mes dégoûts personnels, je les laisse dans un appartement vide, tant pis. Ils sont gais, c'est le meilleur des décors. D'autant que maintenant, il va falloir que je trouve quelqu'un pour les nourrir et que ce quelqu'un ne soit pas ridiculement conventionnel. Je ne sais pas où le trouver : les gens riches hurlent toujours qu'ils n'ont pas d'argent, les gens pauvres n'en ont pas et le disent plus doucement ; et puis les impôts, etc. Il va falloir que je leur trouve un étranger. Voilà où en est arrivée la France en 1971. Je vais être obligée, par souci de vraisemblance, de faire entretenir mes charmants Van Milhem par un étranger. De préférence domicilié en Suisse. C'est très désagréable pour mon orgueil national. D'autre part, je ne peux pas faire travailler Éléonore chez Marie-Martine, ou dans une maison de prêt-à-porter. Ce serait comme de lancer Sébastien dans les finances ou la Bourse. Ils en mourraient tous deux. Contrairement à ce que l'on croit, la paresse est une drogue aussi violente que le travail. Si l'on arrête un grand travailleur, il semble qu'il s'étiole, se déprime, maigrit, etc. Mais un paresseux, un vrai, après quelques semaines de travail, tombe aussi en état de « manque ». Il s'étiole, se déprime, maigrit, etc. Je ne vais pas faire mourir Sébastien et Éléonore au travail. On m'a assez reproché mon petit monde oisif et blasé, et baladi et balada ; ce n'est pas une raison pour immoler sur l'autel de la critique mes deux Suédois fatigués. Je verrai plus tard, avec d'autres, dans un autre livre (si Dieu et mon éditeur me prêtent vie). Un jour, je parlerai de feuilles de paye, de voitures à crédit, de télévision, et des gens normaux. S'il en reste. Avec tout ce qu'on leur inflige. Je connais des gens qui ont des voitures comme des petites boîtes métalliques et que les embouteillages au milieu de cette bonne vieille chère pollution réjouissent secrètement. Ils mettent une heure-une heure et demie entre leur bureau et leur maison et ils sont contents. Parce que, pendant une heure, ils sont *seuls* dans leur petite boîte. Personne ne peut les joindre, leur parler, les « agresser », comme disent les psychiatres. Faites avouer cela à un homme ou à une femme qui travaille... La voiture abri, igloo, sein maternel, etc. Oui, ce n'est pas, à mon sens, un instrument d'agression que les hommes nettoient le dimanche avec de petits chiffons spéciaux, c'est leur solitude et leur seul luxe.

Attention à la gaieté. Je me méfie de cette douce euphorie qui, après un dur départ, saisit un écrivain au bout de deux ou trois chapitres et qui lui fait marmonner des choses comme : « Tiens, tiens, la mécanique s'est remise en marche ! » – « Tiens, tiens, ça repart ! » Phrases modestes de mécanicien, certes, mais parfois suivies de : « Tiens, tiens, je ne serai pas obligé de me tuer. » (Phrase plus lyrique, mais parfois vraie.) C'est ainsi que déraille le créateur, se distinguant, par cette dissonance de ton, de ses camarades de classe, les autres humains. Cette euphorie est dangereuse, car on croit les « bases posées » (toujours ces références à des métiers concrets) et, dans ces conditions, pourquoi, après ces grandes peurs, ne pas aller un peu se promener ? Surtout si un Deauville désert et inondé de l'oblique et jaune soleil de mars est à côté. Je comprenais, avant-hier, en regardant ces bâtiments noirs, solitaires, sur ce ciel éclatant, cette mer convenablement seule (nous n'avons jamais eu de rapports passionnels, la Manche et moi, pour des raisons de température), je comprenais que tous les jeunes metteurs en scène y aient traîné l'hiver leurs caméras et leurs héros. Je me disais en même temps que je ne pourrais plus jamais supporter au cinéma l'image d'un homme et d'une femme courant sur une plage, pas plus d'ailleurs que celle de deux personnes (ou douze), quel que soit leur sexe, torse nu dans un lit, le drap rabattu plus ou moins haut. Je le signale tout de suite aux amateurs de polissonnerie : il n'y en aura pas la moindre dans ce roman. Au maximum : « Éléonore ne rentra pas chez elle, ce soir-là. » C'est vrai, à la fin ! Qu'ont-ils fait de la folie de la nuit, des mots chuchotés dans le noir, du « secret », cet énorme secret de l'amour physique ? Violence, beauté, honneur du plaisir, où êtes-vous ? On voit une dame, les yeux fermés, bouger la tête de droite à gauche dans un lit, et le profil, le dos musclé d'un pauvre garçon qui s'agite en cadence, et on attend dans son fauteuil, paisiblement, qu'ils en aient fini. On en vient à envier les gens que cela choque : cela les distrait, au moins. Tous ces paquets, ces tonnes de chair humaine qu'on nous a jetés à la figure ces temps-ci, bronzés, pâles, debout, assis, couchés, quel ennui ! Le corps, son plaisir est devenu, lui aussi, un bien de consommation. Les pauvres... Ils croyaient détruire des préjugés ridicules, ils ont abîmé une mythologie superbe. De temps en temps, je manque écrire : « Mais je m'égare », vieille politesse pour le lecteur, mais stupide, ici, puisque mon propos est de m'égarer. D'ailleurs cette histoire d'érotisme à la petite semaine m'a énervée. Je repars voir mes Van Milhem « qui font beaucoup ces choses-là, mais qui n'en parlent jamais ».

3

Le restaurant était très bon. Éléonore avait pris neuf huîtres qui bondissaient encore sous le jus du citron et une sole dorée. Le tout avec du pouilly fuissé très sec. Plus affamé, Sébastien avait attaqué un œuf en gelée et un steak au poivre, un vrai, arrosé de beaujolais. Il n'y avait pas de vin de Bouzy, ce qu'ils déplorèrent quelques secondes. Contrairement à ses prévisions, Éléonore n'était pas vêtue d'un rideau. Elle avait, par un de ces coups de baguette magique qui n'appartenaient qu'à elle, rencontré dans la rue une vieille amie efficace, laide et dévouée, comme en rêve toute femme, qui l'avait menée chez un ami à elle, maître d'un prêt-à-porter payable « ultérieurement ». Fasciné par Éléonore, il avait de surcroît dessiné quelques robes pour elle, sur elle, agitant le bras négativement à la proposition, parfaitement gasconne d'ailleurs, qu'elle lui faisait d'un chèque. Et c'est ainsi qu'Éléonore, somptueusement habillée, croquait les neuf mille anciens derniers francs de Sébastien – et donc les siens – à la terrasse d'une brasserie, rue Marbeuf.

— Après ce déjeuner et d'après mes calculs, il

nous restera deux à trois mille francs, dit Sébastien en plissant les yeux, car il y avait le soleil en face. Tu prends un dessert ? Non ? Alors, nous pourrons prendre un taxi pour rentrer.

— C'est stupide, dit Éléonore, car si j'avais pris un millefeuille, le taxi eût été quasi indispensable pour me transporter. La vie est mal faite.

Ils se sourirent. De petites rides apparaissaient bien, maintenant, sur leurs deux visages dans la lumière crue de mars. « Ma vieille, pensa Sébastien, ma vieille, je te tirerai de là. » Et une subite émotion lui gonfla la gorge et le sidéra.

— Il y a trop de poivre sur ton steak, dit Éléonore distraitement, tu en pleures.

Elle avait baissé les yeux. Est-ce qu'elle se rendait compte qu'ils n'étaient que deux bons à rien dans une ville tout à coup étrangère, pressée et indifférente aux charmes, aux sortilèges Van Milhem ? Les hommes la regardaient, bien sûr, mais il eût fallu aller chez Maxim's, au Plazza, piaffer et cabrioler. Et son costume à lui n'était pas très frais pour cela. Il but son verre de vin d'un trait.

— Ce soir, dit Éléonore lentement, nous achèterons une boîte de raviolis, j'adore ça. Et, si ça ne t'ennuie pas, si tu sais faire marcher la radio de ton ami, nous écouterons le concert des Champs-Élysées. Il est retransmis. Nous ouvrirons la fenêtre, ce sera superbe.

— Qu'est-ce qu'ils jouent ?

— Mahler, Schubert, Strauss. J'ai regardé tout à l'heure. Quel délicieux déjeuner, Sébastien.

Et elle étira ses longs bras, ses longues mains devant elle en signe de bonheur. Un homme, derrière elle, surprit ce geste et Sébastien, amusé, le vit pâlir de désir. Il fixait d'ailleurs sur Éléonore, depuis qu'elle était entrée, un regard très clair, immobile, qui finissait par gêner Sébastien placé de face. Il avait un complet fatigué, une serviette près de lui, une affreuse cravate. Ce devait être un petit employé du quartier, un peu obsédé par les femmes. Mais l'innocence de sa fixité évoquait autre chose. Une folie, peut-être. D'ailleurs, quand ils se levèrent pour sortir, il se leva aussi, comme s'il eût été à la même table, et il jeta sur le visage enfin visible d'Éléonore un regard furtif, enfantin, qui la déconcerta.

— Il n'a pas quitté ta nuque des yeux, dit Sébastien devant le regard étonné de sa sœur. On marche un peu, ou on rentre ?

— J'aimerais bien finir ce livre, dit-elle.

Elle disparaissait dans ses livres, parfois des journées entières, et l'amie dévouée avait trouvé, rue de Fleurus même, une librairie de location dont le propriétaire, aussitôt ravi, alimentait les grandes faims livresques d'Éléonore. Elle lisait un peu au hasard, allongée sur le divan ou sur le lit, des heures entières, et Sébastien rentrait, sortait, allait parler avec les gens du tabac ou les gardiens du Luxembourg, s'entraînait à monter méthodiquement les six étages. Cette vie exquise finirait ce soir, après les raviolis et Mahler. Et il en était tranquillement désespéré.

Toujours pas de solution pour les Van Milhem. Pas moyen de trouver de l'argent gai, à Paris, en ce moment, même pour eux. La présence de l'obsédé, que je n'avais pas prévue, m'intrigue un peu. Que vais-je en faire ? Éléonore déteste les fous, si mes souvenirs sont bons. En tout cas, je signale à mes fidèles lecteurs que c'est la première fois en dix-huit ans de littérature que je leur offre un menu. Un vrai menu. Des huîtres, du poisson, etc. Et les vins. Et même un prix approximatif. Je finirai par faire des romans touffus et interminables, je le sais. À moi la description d'une maison, l'extérieur, l'intérieur, la couleur des rideaux, le style des meubles (help !), le visage du grand-père, la robe de la jeune fille, l'odeur du grenier, l'ordre pour passer à table, la forme des couverts, des verres, des nappes et, pour finir, une chose comme : « On vit arriver, sur un fond de laurier, cernée de tomates et de poivrons d'un rouge chaud, une carpe morte dont la peau grise, par endroits décollée, accentuait encore la folle blancheur. » C'est peut-être ça, le bonheur pour un écrivain. Finie la petite musique, vive les flonflons ! Puisque je parle de petite musique, second avertissement au malheureux et présumé fidèle lecteur : de même qu'il n'y aura pas de polissonnerie dans ce livre, de même il n'y aura aucun élément autobiographique, aucun souvenir drolatique de Saint-Tropez 54, rien sur mon mode de vie, mes amis, etc. Pour deux raisons. La plus importante, à mes yeux, c'est que cela ne regarde que moi. Et que, deuxièmement, si je me lance dans les faits, mon imagination – qui est vraiment la folle du logis – me fera bifurquer, infléchir mon récit vers n'importe quoi qui me fasse rire, moi. Évitant les précisions, je ne risquerai pas de mentir. Tout au plus me tromperai-je dans mes citations. Amen. Mais en toute bonne foi.

Il serait comique, d'ailleurs, que cette bonne foi (la mienne) qui a si souvent découragé les journalistes – et comme je les comprends (les interviews de Dali me comblent de bonheur) –, il serait amusant que cette bonne foi, paisible bovidé que je traîne en laisse depuis ma naissance (je parle évidemment des sujets généraux), soit devenue brusquement, entre toutes les muletas qu'on lui secoue au museau : Israël, la Russie, la Pologne, le Nouveau Roman, la Jeunesse, les Pays Arabes, le Communisme, Soljenitsyne, les Américains, le Viêtnam, etc., que ce malheureux mammifère, donc, incapable de cueillir et d'assimiler l'herbe nécessaire à sa culture et à sa compréhension d'un monde – où, après tout, je traîne, comme tout un chacun – soit devenu ce taureau exaspéré qui me fait écrire ce bizarre livre au petit galop. Insouciant, ce taureau, « le cœur brisé et bronzé à la fois ». Non pas que je cherche à pourfendre mes picadors – ces hommes qui prétendent avoir les clefs et ne les ont pas, les pauvres, tout en s'égosillant à le prétendre. Ce sont mes amis, bien sûr. Mes ennemis, cela fait belle lurette qu'ils crient au loup, au juif, au Noir, etc. Les picadors dont je parle sont ceux qui évoquent encore la colombe démocratie, cette liberté dont ils sont amoureux

– comme moi, d'ailleurs – mais dont je commence à craindre, moi, qu'elle ne préfère laisser ses plumes entre leurs mains enthousiastes et s'envoler, chauve, où elle veut, plutôt que de se poser n'importe où actuellement dans le monde. Quitte à revenir, nostalgique de nos mots tendres, se faire à demi fusiller par ceux qui imitent notre voix. Quand je dis « nous », je parle seulement des pauvres gens qui ne se prennent pas forcément pour des juges ni des experts. Il n'y en a plus beaucoup, je le crains. Revenons à nos Suédois, noyons-les dans la soie, l'or et les mazurkas. Les jerks mal rythmés (d'un pied à l'autre) de nos têtes politiques et pensantes m'exaspèrent. Oublions-les.

4

Le concert avait été très beau, bien qu'Éléonore eût laissé brûler les raviolis et que Sébastien se sentît un léger malaise de faim qu'il essayait de calmer à force de cigarettes. La fenêtre était restée ouverte sur la nuit et Éléonore assise par terre, de biais, de sorte qu'il ne voyait que ce profil si connu et si lointain, tranquillement tourné vers la nuit. « La seule femme à qui j'ai eu envie de demander parfois : à quoi penses-tu ? » songea-t-il. La seule aussi qui ne lui aurait jamais répondu.

Le téléphone sonna et ils sursautèrent. Personne ne les savait là, dans leur île du sixième, et Sébastien hésita un instant avant de répondre. Puis il décrocha doucement : c'était la vie qui venait les rappeler à l'ordre, il le sentait, à temps pour leurs finances, sans doute, mais trop tôt pour leur état d'âme. Pourquoi ne se seraient-ils pas tués, là, au fond, après quarante ans de bons et loyaux services rendus à l'existence ? Il savait, que, sans être le moins du monde suicidaire, Éléonore l'eût suivi.

— Allô, dit une voix mâle mais agitée, Robert ? C'est toi ?

— Robert Bessy est absent, dit Sébastien poliment. Il doit rentrer ces jours-ci.

— Mais alors ?... dit la voix. Vous ?...

Les gens sont devenus bien mal élevés, pensa Sébastien. Il fit un effort.

— Il a eu la gentillesse de me prêter son appartement en son absence.

— Mais alors, vous êtes Sébastien, c'est merveilleux ! Robert parle toujours de vous... Écoutez, je voulais lui demander de venir, on ouvre un club très gai, très chic, ce soir, les Jedelman... Vous connaissez les Jedelman ? Ça vous amuserait que je vous emmène ?

Sébastien consulta Éléonore du regard. La voix de l'agité retentissait comme dans un haut-parleur.

— J'ignore votre nom, dit Sébastien lentement.

— Gilbert. Gilbert Benoit. Alors, c'est d'accord ? Voici l'adresse...

— J'habite rue de Fleurus avec ma sœur, coupa Sébastien. Je pense que nous pourrons être prêts dans une demi-heure, car nous n'irons en aucun cas seuls, sans les connaître, chez M. et Mme...

— Jedelman, balbutia la voix. Mais c'est un club et...

— Jedelman, bien. Voulez-vous être devant la porte dans une demi-heure ou préférez-vous que nous nous rencontrions plus tard ?

Éléonore, les yeux brillants, le regardait. Il jouait rudement bien, car ils n'avaient strictement pas de quoi prendre un taxi, une bouteille de Chianti s'étant adjointe comme d'elle-même chez l'épicier à la boîte de raviolis.

— Je serai en bas, dit la voix. Bien sûr. Je n'avais pas pensé...

— À propos, dit Sébastien, je me nomme Sébastien Van Milhem et ma sœur, Éléonore Van Milhem. Je vous dis ceci pour les présentations ultérieures. À tout de suite.

Il raccrocha, éclata de rire. Éléonore riait plus silencieusement, en le regardant.

— Qu'est-ce que c'est, les Jedelman ?

— Dieu sait. Les grosses fortunes adorent la limonade, maintenant. C'est à qui aura son club. Que vas-tu mettre ?

— Ma robe vert d'eau, je crois. Fais-toi beau, Sébastien, tu auras peut-être à payer de ta personne plus que tu ne le pensais. (Il la regarda.) D'après les photos de ma chambre et la voix de Gilbert, il semble que ton gentil ami, notre hôte, soit parfaitement pédéraste...

— Nom d'un chien ! dit Sébastien d'une voix blanche, c'est vrai, je l'avais complètement oublié. Ça commence bien.

Deux heures plus tard, ils étaient assis à une grande table bruyante, le genou de Sébastien sollicité de temps en temps par celui de la riche Mme Jedelman qui devait courir sur un âge certain. Mais enfin, elle était massée, douchée, laquée, manucurée, et Sébastien pensait avec philosophie qu'il en avait vu d'autres. Éléonore, en revanche, semblait un peu excédée par son voisin. Après une arrivée plus que remarquée (que faisaient là, qui étaient ces deux étrangers blonds, si grands et si lointains, de surcroît frère et sœur ?), pilotés par un Gilbert enchanté de sa « trouvaille », ils s'étaient retrouvés à la table d'honneur. M. Jedelman, apparemment las des idées drôles de sa femme, avait dû être raccompagné, ivre mort, dès 11 heures du soir. Deux vedettes de cinéma, un chanteur, une chroniqueuse célèbre et un inconnu total formaient la table de Mme Jedelman, tandis que les photographes s'affairaient comme des phalènes. Gilbert essayait de répondre aux questions sur les Van Milhem, mais, comme il n'en savait strictement rien, sinon que Robert avait été toute sa vie l'admirateur inconditionnel de Sébastien, il se réfugiait dans une attitude de mystère, voire de sournoiserie, qui énervait tout le monde.

— Mais non, monsieur, dit subitement la voix d'Éléonore, et Sébastien leva l'oreille, non, je n'ai pas vu tous ces films.

— Mais, ce n'est pas possible, vous ne savez pas qui sont Bonnie and Clyde ?

Le cinéphile enragé prenait la table à témoin.

— Elle prétend...

— Madame, coupa Éléonore, comme rêveusement, madame prétend.

— Madame prétend, reprit le malheureux en riant, qu'elle n'a jamais entendu parler de Bonnie and Clyde.

— J'ai vécu dix ans en Suède, monsieur, dans un

château bloqué par la neige, je vous l'ai déjà dit. Et mon mari n'avait pas prévu de salle de projection « at home », comme vous dites. Et nous ne mettions pas le pied à Stockholm. Voilà tout.

Il y eut un silence soudain car la voix d'Éléonore, sans monter, était devenue plus que coupante.

— Tu t'énerves, mon ange, dit Sébastien.

— Il est lassant de répéter mille fois la même chose et d'entendre mille fois la même chose.

— Pardon, mille pardons, dit le cinéphile sarcastique, mais que nous vaut alors ce retour des glaces ?

— Le château est vendu et mon ex-mari en prison, dit Éléonore, tranquillement. Pour meurtre. Nous faisions notre cinéma nous-mêmes. Sébastien, je suis lasse.

Sébastien était déjà debout près d'elle, souriant. Ils remercièrent Mme Jedelman, ce qui ajouta encore à sa stupeur, et sortirent, dans un silence total. Sébastien riait tellement dans l'escalier du club qu'il pouvait à peine en monter les marches. Quelqu'un leur courut après : c'était le chanteur. Il avait une bonne tête ronde, ouverte.

— Est-ce que je peux vous raccompagner ? dit-il. Éléonore acquiesça, s'assit sans le regarder dans une énorme voiture américaine et donna leur adresse. Puis le fou rire de Sébastien la gagna, puis il gagna le chanteur, et ils cédèrent aux supplications de ce dernier et allèrent fêter ça ailleurs. À l'aube, il les raccompagna ivre mort :

— Roulez doucement, dit Éléonore, aimable.

— Bien sûr. Quelle bonne soirée. Ah, quelle blague, quelle bonne blague...

— Ce n'était pas une blague, dit Sébastien gentiment. Bonne nuit.

Juillet 71

C'est un bel été, cet été 71, décidément. Il fait très beau, on a coupé les foins. En venant, l'autre jour, je me suis arrêtée près de Lieuray. Sous des peupliers. Je me suis allongée dans le foin, les petites feuilles des arbres, vert sombre, innombrables, tournaient, viraient dans le soleil, je retrouvais quelque chose. La voiture était rangée au bord de la route comme une grosse bête patiente. J'avais le temps de tout, je n'avais plus le temps de rien. Ce n'était pas mal.

Au fond, la seule idole, le seul Dieu que je respecte étant le temps, il est bien évident que je ne peux me faire plaisir ou mal profondément que par rapport à lui. Je savais que ce peuplier durerait plus que moi, que ce foin, en revanche, serait fané avant moi ; je savais que l'on m'attendait à la maison et aussi que j'aurais pu rester facilement une heure sous cet arbre. Je savais que toute hâte de ma part serait aussi imbécile que toute lenteur. Et cela pour la vie. Je savais tout. En sachant que cette science n'était rien. Rien qu'un moment privilégié. À mon sens, les seuls vrais. Quand je dis « vrai », je pense « instructif » et c'est aussi bête. Je n'en saurai jamais assez. Jamais assez pour être parfaitement heureuse, jamais assez pour avoir une passion abstraite qui me nourrisse d'une manière définitive, jamais assez pour « rien ». Mais ces moments de bonheur, d'adhésion à la vie, si on se les rappelle bien, finissent par faire une sorte de couverture, de patchwork réconfortant qu'on pose sur le corps nu, efflanqué, tremblotant de notre solitude.

Le voilà lâché, le mot clef : la solitude. Ce petit lièvre mécanique qu'on lâche sur les cynodromes et derrière lequel se précipitent les grands lévriers de nos passions, de nos amitiés, essoufflés et avides, ce petit lièvre qu'ils ne rattrapent jamais mais qu'ils croient toujours accessible, à force. Jusqu'à ce qu'on leur rabatte la porte au nez. La petite porte devant laquelle ils freinent à mort ou se tapent la tête, comme Pluto. Le nombre de Plutos chez les êtres humains...

Mais voyons : voilà deux mois que je ne me suis pas occupée de Sébastien ni d'Éléonore. Et comment se sont-ils nourris, de quoi ont-ils vécu, mes chers Van Milhem, en mon absence ? Je me sens des remords (des remords gais) de tutrice... Il faut que je retrouve le nom de ces gens riches chez qui ils avaient atterri... les Jedelman, et que je décide que Sébastien, en mon absence, a fait ce qu'il fallait avec cette dame, non sans quelques grognements, style : « Après tout, je ne suis plus un minet, moi, je suis vieux, etc. » Et Éléonore riant... Mais où habitent-ils ? Nous voilà en août, ou presque. Ils ne peuvent plus être rue de Fleurus, ni sur la Côte d'Azur – c'est fini. Deauville, peut-être ? De toute manière, il serait amusant de voir la scène de séduction entre Mme Jedelman et Sébastien. Prenons un décor, vrai Louis XV mais « riche », une fin de journée tiède et tendre et bleue comme seul Paris sait en faire, l'été, prenons un sofa moutarde et quelques meubles de Knoll, pour « décaler ». Prenons, en même temps que Sébastien, pour se donner du courage, un grand whisky à l'eau. Non, sans eau...

« Oh ciel ! » se disait in petto Sébastien, comme il l'avait d'ailleurs fait la veille, mais à voix haute, devant sa sœur Éléonore ; et il passait d'un doute douloureux sur ses propres capacités sexuelles à une certitude non moins douloureuse sur les intentions de Mme Jedelman. « Oh ciel, comment vais-je m'en tirer ? Elle va se jeter sur moi, elle va m'emporter dans un maelström. » Comme tout enfant nordique, Sébastien craignait les maelströms.

Il promenait donc ses longues jambes, hélas couvertes de pantalons, dans le somptueux salon des Jedelman (Boulle-Lalenne) avenue Montaigne. Mme Jedelman était allongée mollement sur un sofa. Elle s'était fort bien rappelé Sébastien, sa blondeur, et l'avait invité – Sébastien disait « convoqué » – dès le lendemain. Il n'était pas question de se refuser puisqu'ils n'avaient plus un sou. Éléonore, compatissante et ironique, l'avait conduit jusqu'au palier comme on escorte son frère aîné partant pour la guerre. Et maintenant, elle était là, l'autre, la Jedelman, comme on l'appelait férocement à Paris. Elle était là, peignée, poncée, poudrée, vieille, admirable. Vieille est au demeurant injuste : simplement, elle n'était plus jeune. Et cela se voyait : au cou, aux aisselles, aux genoux, aux cuisses, à toutes ces féroces régions qui dessinent sur une femme, à un certain moment, une sorte de carte Michelin trop détaillée, trop précise, bref : fichue.

Nora Jedelman le regardait marcher de long en large avec curiosité. Il n'était pas, de toute évidence, ce dont elle avait l'habitude : un « minet ». Non, Sébastien avait un port de tête, de belles mains, un regard net qui l'intriguaient. Elle se demandait, avec une curiosité peut-être égale à celle de Sébastien, ce qu'il venait faire dans son salon, d'abord, dans son lit, ensuite. Néanmoins, comme il semblait se poser la même question, elle décida de mettre fin à ce quiproquo, fût-ce par des actes. Elle se leva de son sofa, légèrement, avec une détente voulue, féline, qui lui rappela brusquement qu'elle devait passer voir son chiropracteur le lendemain, et elle cingla vers Sébastien. Celui-ci l'avait entendue approcher et il restait glacé devant la fenêtre, essayant de se rappeler une femme qui lui aurait plu, ou un excellent ouvrage érotique. En vain. Déjà elle était contre lui, des bras voilés l'entouraient, elle se pendait à son cou et les jaquettes les plus chères de New York heurtèrent ses dents à lui. À sa grande surprise, il se comporta convenablement et elle tint à lui donner une paire de boutons de manchettes ravissants qu'il alla revendre aussitôt : Éléonore, son bel oiseau, sa sœur, sa complice, le grand amour de sa vie, allait passer une soirée royale...

5

Janvier 72

Voilà bientôt six mois que j'ai abandonné ce roman, mes réflexions pertinentes et mes impertinents Suédois. Des circonstances contraires, une vie de fou, la paresse... Et puis, en octobre dernier, cet automne si beau, si roux, si déchirant dans sa splendeur que je me demandais, à force de bonheur, comment y survivre. Seule en Normandie, aussi gaie qu'épuisée, regardant avec stupeur une longue égratignure près du cœur se refermer à toute vitesse, la regardant se transformer en une cicatrice rose, plate, imperceptible, que je toucherais sans doute d'un doigt incrédule plus tard – celui de la mémoire – comme pour me convaincre de ma propre vulnérabilité. Mais retrouvant le goût de l'herbe, le parfum de la terre, m'enfouissant dans les deux, chantant la *Traviata* à tue-tête (c'est le terme) au volant de ma voiture, descendant jusqu'à Deauville. Et, en ce Deauville d'octobre, abandonné et brûlant, je regardais la mer vide, les mouettes affolées qui rasaient les planches, le soleil blanc et, à contre-jour, quelques personnages qu'on eût dit tirés de *Mort à Venise* de Visconti. Et moi, seule, enfin seule, qui laissais pendre mes mains, tels des gibiers morts, de chaque côté de ma chaise longue. Rendue à la solitude, à l'adolescence rêveuse, à ce qu'on ne devrait jamais quitter, mais que les autres – l'enfer, le paradis – vous obligent sans cesse à déserter. Mais là, les autres ne pouvaient rien entre moi et ce triomphant automne.

Oui, mais qu'avaient pu faire mes Suédois, tout l'été ? Sur la place de l'Atelier, à Montmartre, où nous représentions une pièce, en août, je m'inquiétais pour eux. Les petites dames en bigoudis, leur sac à la main, faisaient leurs courses, les chiens trottaient à leur guise, les travestis déambulaient au hasard d'un soleil dur, encore mal démaquillés. Assise à la terrasse de mon café favori, j'envoyais les Van Milhem en croisière avec les Jedelman, ou en tournée de province avec le jeune chanteur, j'imaginais pour eux des péripéties que je n'écrivais pas, que j'oublierais, je le savais, à la faveur de la prochaine répétition, par exemple. Consciemment et follement, je ne marquais rien sur le moindre bout de papier. Oh, délices, oh, remords... On me confiait un chien à garder parfois, ou un enfant, le temps pour la propriétaire de parcourir son trajet du combattant, chariot au poing, au Prisunic... Je discutais avec un désœuvré heureux du quartier. J'étais bien. Après, il y aurait la salle noire, les projecteurs et les problèmes des comédiens, mais là, l'été était doux, parisien, et bleu. Je n'y pouvais rien. Fini ce chapitre-excuse, ce chapitre-alibi. Aujourd'hui, me revoilà en Normandie. Il pleut, il fait froid, je ne sortirai d'ici que ce livre fini ou par la force des baïonnettes. J'ai dit. Hugh !

— Remets le disque, veux-tu ? demanda Éléonore.

Sébastien tendit la main et secoua le bras du pick-up à ses pieds. Il ne demanda pas quel disque. Éléonore, après une période classique, s'était amourachée d'un disque de Charles Trenet et on n'entendait plus que lui :

« Sur une branche de bois mort
Le dernier oiseau de l'été
se balance... »

Ils étaient allongés dans une balancelle sur la terrasse de la villa Jedelman, au Cap-d'Ail. Après un moment difficile, Sébastien s'était pris d'une sorte d'affection pour Nora Jedelman. Il l'appelait « Lady Bird », cela à son vif mécontentement, d'ailleurs. Il nommait Henry Jedelman « Monsieur le Président » et se livrait, dès qu'il avait bu un peu trop, à des simulacres d'attentat politique du plus mauvais goût. Éléonore, ayant moralement séduit le couple, s'était replongée dans ses chères lectures, mais au bord de la mer, cette fois-ci. Bronzée, aimable et calme, elle avait vu défiler les jours d'été comme un rêve, entre deux pages de ses romans. Quelques amis mondains de leurs hôtes lui avaient fait la cour, vainement. En revanche, Sébastien lui prêtait des rendez-vous nocturnes avec le jardinier de la villa, un garçon superbe au demeurant. Mais de cela, il ne lui parlait pas. Autant leurs « romances » étaient pour eux, entre eux, sujet de plaisanterie, autant leurs à-coups passionnels, clandestins, devaient rester secrets. Et il savait bien que c'était le respect absolu de leurs sensualités respectives (mêlé à une ironie constante sur leurs affaires de cœur) qui leur avait toujours permis de coexister. Ils détestaient également l'exhibitionnisme qui semblait de règle à cette époque et surtout sur cette côte. Les cols roulés étaient leurs seuls sauveurs. À peine séchés, après avoir nagé tous deux dans des maillots 1900, ils se précipitaient sur leurs vêtements. On les trouvait bizarres, exotiques, car ils étaient fort bien faits, l'un et l'autre. Eux, se trouvaient simplement décents. Ils savaient que le goût des corps est une chose sensible, tendre, naturelle, semblable au goût de l'eau, à l'amour des chevaux, des chiens, du feu, et que cela n'a rien à voir ni avec le libertinage ni avec l'esthétique. À preuve Sébastien, qui prenait Nora Jedelman dans ses bras tous les soirs sans la moindre appréhension, rodé qu'il était à son parfum, à sa peau et à sa façon un peu geignarde de quêter des caresses. La grande tendresse de l'indifférence descendait alors sur lui et son corps docile le suivait. De plus, Nordiques de toujours, le soleil n'était pas pour eux ce dieu impérieux et parfois sadique qu'il semblait être pour les autres. Cela, sans qu'ils le sachent, rehaussait leur prestige : tourner le dos au soleil, au hâle, aussi naturellement, à cette époque et à cet endroit, c'était tourner le dos à l'argent.

Les amis des Jedelman étaient composés en majeure partie d'Américains fort riches, pas très raffinés encore, malgré leur incessante navette entre les USA et l'Europe. Il faut dire qu'ils se retrouvaient le plus souvent entre eux, certains salons de Paris leur restant obstinément fermés. On faisait appel à eux pour des fêtes de charité et leur générosité leur valait parfois une invitation à déjeuner, mais au Plazza. Aussi étaient-ils plus que perplexes sur la présence des Van Milhem, si évidemment de vieille famille, et sur la liaison, non moins évidente, de Sébastien et de Nora Jedelman. Il n'avait vraiment rien d'un gigolo – (combien n'en avait-elle pas eus ?) – et pourtant sa sœur et lui vivaient ostensiblement aux crochets de leurs hôtes. Un ancien soupirant de Nora, éjecté pour alcoolisme, s'était permis une réflexion à ce sujet et il avait immédiatement reçu un superbe coup de poing de Sébastien, qui avait clos la discussion. De plus, le frère et la sœur semblaient un peu trop intimes. Bref, ils ne ressemblaient pas à tout le monde ; bref, ils étaient dangereux, donc séduisants. Des femmes réellement belles et aussi riches que Nora tournèrent autour de Sébastien, cet été-là. En vain. Des Américains bien conservés se heurtèrent à l'indifférence totale d'Éléonore. Enfin, si la pauvre Nora n'avait pas eu des goûts si connus et si classiques, ils auraient été soupçonnés des pires perversions.

« Ce soir, ton cœur est là, fidèle.

Oui mais demain plus d'hirondelles sur la plage... »

Trenet chantait, la mer devenait grise. Nora, vêtue d'une tunique de soie mauve qui fit légèrement battre les paupières d'Éléonore, apparut.

— C'est l'heure du cocktail, dit-elle... Mon Dieu, ce disque... Il est joli mais si triste... surtout ces jours-ci...

— Arrête le pick-up, dit Éléonore à Sébastien.

Elle sourit à Nora gentiment. Celle-ci lui rendit son sourire avec une nuance de doute. Elle se posait mille questions sur Éléonore et elle avait dû renoncer à interroger Sébastien qui se figeait aussitôt. Elle savait seulement que là où serait Éléonore serait Sébastien. Et, si c'était rassurant d'un certain côté, c'était un peu vexant de l'autre. Elle avait pourtant jeté Dave Burby, superbe parti, homme charmant, dans les bras d'Éléonore. Sans succès. Et quel était ce Hugo, qui était en prison, en Suède ? Et d'où lui tombait à elle-même cet amant mystérieux et courtois qui acceptait ses cadeaux avec gentillesse et distraction, et qui, à quarante ans, avait des fous rires de jeune homme ou des cafards incompréhensibles ? Elle s'attachait à lui, malgré son cynisme profond – elle avait toujours su acheter et ce qu'elle achetait. Cela l'inquiétait. Que pensait-il faire à Paris ? Où pensait-il habiter avec sa rêveuse de sœur ? Comptait-il sur elle ou sur le hasard ? Il ne lui parlait jamais du retour et pourtant ils devaient tous rentrer dans trois jours.

Mario, le jardinier, remontait l'allée, des dahlias mauves dans les bras qu'il tendit en souriant à Nora. Éléonore le regarda avec tendresse. Quand elle avait ouvert la fenêtre de sa chambre, le premier matin, elle avait vu ce dos bronzé, mince, les mouvements adroits de ces longs bras qui émondaient un arbre, la nuque brune. Quand il s'était retourné, il lui avait d'abord souri poliment, puis il avait cessé de sourire. Alors elle-même lui avait souri avant de refermer sa fenêtre. Quand la maison dormait ou bien les soirs où tout le monde allait à Monte-Carlo ou à Cannes, elle descendait le rejoindre au fond du jardin. Il y avait la cabane à outils qui sentait la menthe fraîche, les pins, il y avait les bals où il l'emmenait parfois danser, il y avait le rire ravi de Mario, la bouche fraîche de Mario, le corps brûlant de Mario, ce corps qui n'avait pas besoin de massage. Il était de bonne race, tendre et gai, et elle respirait près de lui, loin de cette maison trop meublée, de ces gens bruyants et de ce cliquetis de dollars. Sébastien s'était chargé de leurs vacances, après tout. Sébastien, le frère idéal.

— Donnez ces derniers dahlias à Mme Van Milhem, dit Nora... Qu'ils sont beaux... ce mauve...

Mario se tourna vers Éléonore et lui tendit le bouquet. Sa chemise glissa et elle vit, sur son cou, l'ecchymose violette qu'il gardait de ses dents à elle, deux nuits avant, de la même couleur que les fleurs ouvertes. Elle lui toucha la main par hasard, il lui sourit. Et Sébastien, étonné, vit les feux de mille nostalgies, de mille regrets, se mêler à ceux du soleil couchant dans les yeux pâles de sa sœur.

Oui, je sais : me voici retombée en pleine frivolité... Ce fameux petit monde saganesque où il n'y a pas de vrais problèmes. Eh bien, oui. C'est que je commence à m'énerver, moi aussi, malgré mon infinie patience. Un exemple : après avoir déclaré et pensé (d'ailleurs, je continue) qu'une femme efficace devait être payée autant qu'un homme efficace, après avoir déclaré que c'était aux femmes de choisir librement d'avoir un enfant ou pas, et que l'avortement devait être légal puisqu'il est, sinon, une simple contrariété pour les femmes aisées et une sinistre boucherie pour les autres, après avoir juré mes grands dieux que je m'étais fait avorter moi-même et avoir lu dans un hebdomadaire que cela se résumait ainsi : « Femmes, votre ventre est à vous, rien qu'à vous » – quelle tristesse, d'abord, et quelle expression surtout ! –, après avoir signé mille pétitions, après avoir écouté les doléances de banquiers, de crémiers, de chauffeurs de taxi également ruinés, semblait-il, et m'être fait moi-même dévaliser littéralement par un percepteur devenu fou furieux (il aurait fallu se méfier dès l'abord de Giscard d'Estaing : déjà ses cols roulés m'inquiétaient... Où sont-ils à présent ?), après avoir failli casser quinze télévisions à force d'écœurement et manqué tomber, à force d'ennui, de mon fauteuil lors de dix spectacles « réservés au peuple », après avoir constaté l'apathie des uns, la colère impuissante des autres, la bonne volonté, la mauvaise foi, la pagaille qui règne dans ce régime Louis-Philippard et content de lui, après avoir vu des vieillards tremblants de froid trottiner devant « leurs » vignettes bleues, après avoir écouté des discours absolutistes, modérés, idiots, intelligents, après m'être retrouvée – malgré une voiture de sport pétaradante – du côté des non-possédants, après tout ça, donc, je vais de ce pas me réfugier dans un milieu imaginaire et chimérique « où l'argent ne compte pas ». Voilà. C'est mon droit, après tout, comme c'est le droit de tout un chacun de ne pas acheter mes œuvres complètes. Cette époque m'exaspère souvent, c'est vrai. Je ne suis pas un foudre de travail et la bonne conscience n'est pas mon fort. Mais maintenant, grâce à la littérature, je vais aller m'amuser avec mes amis Van Milhem. J'ai dit. Hugh !

6

Sans être sadique, Nora Jedelman aimait bien affirmer son pouvoir. Aussi attendit-elle d'être dans sa Cadillac, après Orly, pour demander à Sébastien et Éléonore où elle devait les déposer.

— 8, rue Madame, dit Sébastien d'un ton léger. Si ça ne vous fait pas un détour.

Elle se rencogna. Elle espérait soit « au Crillon », réponse d'homme aux abois, soit « où vous voulez », réponse confiante. Elle s'était tue, non sans mal, dix jours durant, pour rien. Elle ne savait rien.

— Vous avez des amis, là ?

— Nous n'habitons pas que chez des amis, dit Sébastien en riant gentiment. L'un d'eux nous a trouvé un studio, avec deux chambres. Très joli, paraît-il, et pas cher comme loyer.

« Il te suffira de vendre ta montre de Cartier ou ton porte-cigarettes », pensa Nora avec colère. En fait, elle avait assez bien imaginé d'héberger provisoirement Éléonore dans une chambre d'amis, avenue Montaigne, et Sébastien dans le bureau-salon, près de sa chambre à elle. Elle s'était vue en bonne fée hospitalière, en sauveuse. Cette organisation inattendue la privait et de son rôle et de la présence familière et paresseuse de Sébastien. Elle allait rentrer seule dans son immense appartement – son époux était encore à New York –, retrouver ses deux chihuahuas. La panique la prenait.

— C'est stupide, dit-elle, j'aurais pu vous accueillir.

— Nous vous avons assez encombrée, dit Éléonore paisiblement, tout cet été. Nous ne voulons pas abuser.

« Elle se moque de Nora, pensa Sébastien, amusé. Après tout, pour une fois, c'est bien fait... Quelle est cette façon de laisser les gens dans l'expectative ? Quand je pense que j'ai dû bazarder, en trois jours, tous ses boutons de manchettes et envoyer un mandat d'urgence à ce pauvre Robert... Moi qui ai horreur de marchander et d'aller à la poste. Heureusement que Robert connaît tout le quartier... J'espère que ce sera vivable... Bah, pour trois mois... » Car il avait payé trois mois d'avance.

La voiture s'arrêta devant un vieil immeuble. Nora semblait effondrée, à présent...

— Nous vous téléphonons tout de suite, dit Éléonore gentiment.

Ils étaient tous les deux sur le trottoir, leurs bagages à la main, ignorant même où ils allaient entrer, mais minces, blonds, indifférents. Payables mais inachetables, pensa Nora avec désespoir. En tout cas, « deux ». Pas seuls. Elle se raidit, fit un signe de la main, se rejeta en arrière. La Cadillac s'envola, le frère et la sœur se sourirent.

— Ce qui me plaît, c'est que c'est un rez-de-chaussée, dit Éléonore. Où est la concierge ?

Leur studio était plus que sombre, donnant sur un jardin exigu, une plate-bande plutôt. Une pièce vide séparait deux chambres minuscules, mais silencieuses. Il y avait un divan rouge et, sur la seule table, une bouteille de whisky et un mot de Robert, le fidèle Robert, leur souhaitant la bienvenue.

— Comment trouvez-vous ? dit la concierge. L'été, comme ça, ça fait sombre, mais l'hiver...

— Mais c'est très bien, dit Éléonore, en s'allongeant sur le divan. Merci mille fois. Où ai-je mis mon livre ?

Et, sous l'œil ahuri de la concierge, elle fouilla son grand sac et elle reprit sa lecture commencée dans l'avion. Les bagages traînaient par terre et Sébastien se promenait comme un chat dans les trois pièces.

— C'est parfait, dit-il en revenant. Parfait. À propos, madame (il s'adressait à la concierge), je vous trouve très bien maquillée.

— C'est vrai, dit Éléonore, levant les yeux, j'avais remarqué. C'est très rare et bien agréable.

La concierge partit à reculons, en souriant. Il était vrai qu'elle faisait grande attention à son physique et ce M. Van Milhem avait quelque chose. Sa sœur aussi, d'ailleurs. Des gens bien, ça se voyait à leur air (et à leurs bagages). Un peu distraits, peut-être... Ils ne resteraient pas longtemps, sans doute, et déjà, confusément, elle les regrettait.

— Il faut que je téléphone à Nora, dit Sébastien. Après tout, elle n'a pas notre numéro et ce n'est pas gentil de l'abandonner seule, dans sa Cadillac, comme une valise.

— Oh, une valise Vuitton, dit Éléonore, toujours plongée dans son roman et qui, visiblement, avait trouvé dans ce canapé usé, anonyme et presque sale, un refuge parfait.

Elle avait installé ses cigarettes à sa droite, près des allumettes, et enlevé ses chaussures. Ce roman policier, quoique un peu trop sordide et peuplé de détectives un peu trop écœurés, ce roman policier ne l'ennuyait pas. Sébastien, lui, marchait de long en large. Le plaisir de la première surprise passé, ce studio se révélait ridicule, minable, incompatible avec leurs vies. Sébastien commençait à avoir ce qu'on appelle de l'angoisse (en allemand, Katzenjammer). Pour une fois, cela lui arrivait rarement, la sérénité apparente et désinvolte de sa sœur provoquait chez lui une sorte d'énervement, énervement dû beaucoup plus à l'inaction (qu'allait-il faire de lui-même l'instant suivant ?) qu'à leur destin en général. Il n'avait aucune envie de déballer les bagages, de trouver des cintres, d'accrocher des choses. Il n'avait, non plus, aucune envie d'aller dans un hypothétique café, et pourtant les cafés étaient ses grands repaires. En fait, il ne voulait pas rester seul – car il se sentait brusquement très seul en face d'Éléonore, faussement immuable et qui lisait un roman policier. Il pensait qu'elle aurait dû faire « quelque chose », ce quelque chose étant entre guillemets dans sa tête, et il se rendait compte tardivement que, depuis deux ou trois mois, ce « quelque chose » avait été fait

– grâce à la séduction qu'il exerçait sur elle et grâce à son argent – par Nora Jedelman. Il se sentait adolescent, grincheux et abandonné et il trouvait qu'Éléonore aurait dû – elle qui ne s'était pas infligé le moindre effort de tout l'été –, qu'elle aurait dû au moins s'en rendre compte. Bref, il se sentait « Chéri » sans Léa et un « Chéri » de quarante ans, ce qui achevait de le démoraliser.

— Pourquoi une Vuitton ? dit-il d'une manière agressive.

— Ce sont les plus solides, répondit Éléonore, toujours sans le regarder. Et à l'idée de la solidité effective, du confort et de l'organisation des Jedelman, une nostalgie littéralement physique vint à Sébastien.

Sébastien Van Milhem était, d'une certaine façon, comme le vieux père Karamazov. Il trouvait quelque chose à toutes les femmes. Et même, il avait aimé beaucoup plus les défauts physiques de certaines femmes que leurs qualités. Pourvu qu'elles ne lui en parlent pas, ni gaiement ni tristement, il n'avait jamais été rebuté par des hanches trop pleines, un cou détendu ou une main fripée. Il pensait que l'amour, le noir amour, n'avait aucun rapport avec Miss France, mais bien plutôt avec Gilles de Rais, Henri VIII, Baudelaire et sa lourde mulâtresse. Il savait que nombre de ces grosses femmes mal fichues avaient tenu en laisse énormément d'hommes – parfois de génie – uniquement par l'acceptation triomphante qu'elles avaient, elles, de leur propre corps, comme d'un ami, d'un animal dévoué aussi bien à leur plaisir qu'à celui de l'homme, un corps amoureux, quoi, de l'amour. Et chaud. C'était tout ce que les hommes souhaitaient : se cacher, en le provoquant, dans le plaisir de quelqu'un, être le maître, le valet, le battu et le battant.

Tout cela, Sébastien y avait toujours été sensible et maintenant qu'il avait noué avec cette femme plus âgée que lui, et moins belle en tant que femme qu'il ne l'était en tant qu'homme, des relations sensuelles, il se rendait compte que l'admiration qu'elle avait pour lui était devenue autre chose qu'un stimulant physique. C'était une sorte de fierté qu'il ressentait, généreuse et désinvolte, qu'il aurait pu traduire, tel Clovis ; « Courbe la tête, fier Sébastien, adore celle qui t'adore, ne te fatigue plus, cela suffit parfois. »

— Que veux-tu dire par « les plus solides » ?

Éléonore tourna la tête, posa son roman sur ses genoux et éclata de rire.

— Ne fais pas le gentleman, mon petit. Je ne parlais pas de la fortune de Nora, ni même de son squelette. Je parlais de la tendresse réelle qu'elle a pour toi. Et je crois aussi que tu devrais lui téléphoner, car elle doit être seule et avoir peur. Si j'étais toi, je courrais chez elle tout de suite et demain, tu trouveras en rentrant une maison ravissante, arrangée par la Fée Mélusine et le Bon Magique réunis – je parle de moi.

Ils se regardèrent un instant, méfiants comme deux chats siamois brusquement indécis ou partagés sur l'image d'une souris. Il n'y avait entre eux ni mépris ni pitié, simplement, pour une fois, la complicité n'était pas évidente.

Une heure après, en roulant dans son taxi vers l'avenue Montaigne où Nora l'attendait, folle de joie, Sébastien se disait que le voyou, le bohème, le Van Gogh de leur association, ce n'était plus lui, mais Éléonore qui, d'une certaine manière, et il ne savait pas où, ni quand, avait jeté ses armes.

7

Février 1972

J'avais pourtant bien juré que je ne sortirais de là (ma campagne) que par la force des baïonnettes et mon livre fini sous le bras. Hélas, le destin s'acharne... Il y a un phénomène astral qui rôde actuellement sur les Van Milhem et sur moi-même et qui fait que, ayant chu de quelques mètres, me voici, les os brisés mais radiographiés, à Paris. Et naturellement : rien de sérieux. Je ne vois vraiment pas, et j'espère que mes fidèles lecteurs touchent du bois, je ne vois vraiment pas quel engin, quelle que soit sa puissance fiscale ou en chevaux-vapeur, ou en cheval sans vapeur, viendrait à bout de moi. On peut juste venir à bout de mes raisonnements moraux et de mes décisions admirables. Exemple : « Je pars pour la campagne, je vais travailler, je me suis assez amusée comme cela, il est temps d'écrire quelque chose qui en vaille la peine. » Fermons les guillemets...

Il y a eu énormément de guillemets dans ma vie, si j'y réfléchis, quelques points d'exclamation (la passion), quelques points d'interrogation (la dépression nerveuse), quelques points de suspension (l'insouciance) et enfin là, m'étant envolée vers ce point final qui devait être posé solennellement à la fin de mon manuscrit (que mon éditeur attend avec une impatience flatteuse), me voilà atterrie dans des points de côté, entortillée, langée (à mon âge !) dans des bandes Velpeau dont je me serais facilement passée. Et encore, est-ce bien sûr ? Pourvu que l'insouciance (points de suspension) ne se réveille pas et que, profitant de cet alibi idéal – l'accident –, je ne retombe dans cette absence heureuse qui consiste à regarder par la fenêtre, avec une sorte de férocité anormale et immobile, les arbres du Luxembourg. Qui consiste aussi maintenant à refuser systématiquement le moindre gala, la moindre première, tous les endroits où je suis invitée en tant que Sagan, « La Sagan » comme ils disent en Italie. Ces refus qui n'ont rien de délibéré correspondent tout bêtement, chez moi, à un fou rire nerveux rien qu'à évoquer l'image que les gens ont encore de moi. Non pas que cette image ne m'ait pas servi, mais j'ai quand même passé près de dix-huit ans cachée derrière des Ferrari, des bouteilles de whisky, des ragots, des mariages, des divorces, bref ce que le public appelle la vie d'artiste. Et d'ailleurs, comment ne pas être reconnaissante à ce masque délicieux, un peu primaire, bien sûr, mais qui correspond chez moi à des goûts évidents : la vitesse, la mer, minuit, tout ce qui est éclatant, tout ce qui est noir, tout ce qui vous perd, et donc vous permet de vous trouver.

Car on ne m'ôtera jamais de l'idée que c'est uniquement en se colletant avec les extrêmes de soi-même, avec ses contradictions, ses goûts, ses dégoûts et ses fureurs que l'on peut comprendre un tout petit peu, oh, je dis bien, un tout petit peu, ce que c'est que la vie. En tout cas, la mienne.

J'ajouterai, et là je mets une voilette morale (c'est bien dommage qu'il n'y ait plus de voilettes... cela seyait à beaucoup de femmes), j'ajouterai que, à l'occasion, je me ferais encore tuer pour certains principes moraux ou esthétiques, mais je n'ai pas envie de crier sur les toits les choses que je respecte. Il suffira un jour que quelqu'un ne les respecte plus devant moi pour que cela se démontre tout seul. D'ailleurs, c'est bien connu : ma signature au bas d'un manifeste fait plutôt frivole. On me l'a souvent reproché, tout en me la demandant, d'ailleurs, cette signature, et je l'ai toujours accordée pour des raisons sérieuses. On ne m'a pas souvent prise au sérieux et c'est compréhensible. Mais il faut quand même penser qu'il m'était difficile, en 1954 (mon heure de gloire), de choisir entre les deux rôles qu'on m'offrait : l'écrivain scandaleux ou la jeune fille bourgeoise. Car enfin, je n'étais ni l'un ni l'autre. Plus facilement, j'aurais été une jeune fille scandaleuse ou un écrivain bourgeois. Je n'allais pas faire un choix par rapport à des gens, qu'au demeurant je n'estimais pas, entre ces deux propositions également fausses. Ma seule solution, et je m'en félicite vivement, était de faire ce que j'avais envie de faire :

la fête. Ce fut une bien belle fête, d'ailleurs, entrecoupée de romans divers et de pièces diverses. Et là finit mon histoire. Après tout, qu'est-ce que j'y peux ? Ce qui m'a toujours séduite, c'est de brûler ma vie, de boire, de m'étourdir. Et si ça me plaît, à moi, ce jeu dérisoire et gratuit à notre époque mesquine, sordide et cruelle, mais qui, par un hasard prodigieux dont je la félicite vivement, m'a donné les moyens de lui échapper. Ah, ah !

Et vous, chers lecteurs, comment vivez-vous ? Est-ce que votre mère vous aime ? Et votre père ? Était-il un exemple pour vous, ou un cauchemar ? Et qui avez-vous aimé avant que la vie ne vous coince ? Et quelqu'un vous a-t-il déjà dit de quelle couleur sont vraiment vos yeux, ou vos cheveux ? Et avez-vous peur la nuit ? Et rêvez-vous tout haut ? Et, si vous êtes un homme, avez-vous de ces affreux chagrins qui dégoûtent les femmes mal nées, celles qui ne comprennent pas – et s'en vantent, ce qui est le comble – que toute femme devrait tenir un homme sous son aile, au chaud, quand elle le peut, et l'y garder ? Savez-vous que tout le monde, aussi bien votre patron que votre concierge, ou que cet horrible contractuel dans la rue, ou que sans doute ce pauvre Mao, responsable de tout un peuple, savez-vous que chacun d'eux se sent seul et qu'il a presque aussi peur de sa vie que de sa mort – comme vous-même, d'ailleurs ? Ces lieux communs ne sont effrayants que parce qu'on les oublie toujours dans les relations dites humaines. On veut gagner, ou simplement survivre.

Petits Français bien nourris et mal élevés, regardez-vous en représentation partout : y compris dans l'acte d'amour, aux yeux de votre partenaire. Le conformisme, le snobisme dorment au fond des lits avec la même arrogante tranquillité que dans les salons. Personne, jamais personne, ne se conduit « bien » dans un lit, à moins d'aimer et d'être aimé – deux conditions rarement réalisées. Et puis, parfois, comme si personne n'aimait personne... l'horreur ! Comme si ce dialogue tendu, décousu, presque cruel à force, que nous avons, que nous essayons d'avoir, devenait un rideau de fer forgé. Moi-même, qui essaye toujours obstinément, vaguement, de comprendre et qui suis restée en bons termes avec la vie, parfois c'est comme si je n'en pouvais plus, comme si mes interlocuteurs n'en pouvaient plus. Et je voudrais secouer la poussière de mes sandales et fuir vers les Indes. (Mais je crains que les routes hippies ne soient pas assez carrossables pour la Maserati.) Ce sont mes amis, pourtant, qui me parlent et à qui je réponds, et nous nous comprenons. Mais l'image que j'ai de nous, finalement, c'est celle de ces soldats bardés de fer, d'acier, qui sur ces étranges bateaux inventés par Fellini dans le *Satyricon*, s'approchent de la plage où doit mourir Tibère. Seulement, comme me l'a d'ailleurs dit Fellini, ces bateaux étaient imaginaires. Ils n'auraient jamais pu flotter et le premier de ces guerriers à trébucher serait tombé sans rémission au fond de l'eau, si Fellini n'y avait veillé. Seulement, Dieu n'est pas Fellini et, un jour, nous nous retrouverons tous au fond de l'eau, sans avoir compris grand-chose. Mais avec un petit peu de chance, nous aurons une main, gantée ou non de fer, cramponnée à la nôtre.

8

Ayant fini son roman policier, qui finissait d'ailleurs aussi mal que peut finir un roman policier, c'est-à-dire : les coupables tués, les innocents blessés et les détectives de plus en plus désabusés, Éléonore regardait avec une sorte d'amusement les murs grenat, la table Louis-Philippe et les trois bibelots perchés dessus, qui devaient dorénavant constituer son entourage. Sébastien s'était enfui, événement très rare. Elle le comprenait fort bien. Pour elle, toute activité, toute possession, toute liaison correspondait à une compromission : gagner, perdre ou, dans le cas de Sébastien, grelotter. Elle finit, dans cet appartement désert, à force de démarches incertaines et indifférentes, par trouver un miroir et par s'y regarder. Il fallait, évidemment, qu'elle se remît du fond de teint, du noir aux cils, du rouge aux lèvres et qu'elle ranimât ainsi, d'une manière factice, la seule vérité qu'elle sentait en elle et qui était son squelette. Elle ne voulait plus rien. Elle n'avait plus peur de rien. « Et la vie, quant à la vie », comme dit Villiers de l'Isle-Adam, « les domestiques la vivront pour nous. » Il y avait quelque chose de si dérisoire dans les mouvements qu'elle faisait pour retrousser ses cils au noir, alors que ses yeux en avaient vraiment beaucoup trop vu, pour raviver le dessin de sa bouche, alors que sa bouche avait beaucoup trop connu d'autres bouches, quelque chose de si extravagant à peigner, à coiffer des cheveux dont le seul destin avait été, jusque-là, d'être défaits par des mains impatientes, viriles, différentes, et qui en aucun cas n'étaient allées plus loin ou plus exactement plus haut, jusqu'à ce bulbe rachidien enfoui sous la nuque et dont on vous dit qu'il est le centre, le grand raisonneur, le grand P.-D.G. de toutes les sensations.

Éléonore n'avait pas la force de défaire ses bagages ni même l'envie. Paris lui semblait terne comme une lampe trop usée, et cet endroit à peu près insupportable de tristesse ne la gênait pas, en fait, mais correspondait chez elle à un certain état d'esprit qu'elle n'avait même pas à se formuler : « Bon, bon, eh bien, voilà, l'été, c'est une bonne chose de faite. » S'étant maquillée en étrangère à elle-même, à son frère, à qui que ce fût, se sachant incapable de sortir dans les conditions précises où elle s'était mise, se sachant incapable de rien, sauf peut-être de lire un autre roman policier – encore fallait-il l'acheter et elle était incapable de passer la porte –, elle se rallongea, toute maquillée, très belle au demeurant, sur le vieux canapé et attendit. Elle attendit que son cœur se calmât d'abord, parce que cet imbécile, ce fou, lui qui n'avait jamais battu pour personne – et quelque chose en elle le lui avait assez souvent reproché –, se mettait à battre comme une pendule trop bien remontée, trop régulière, trop forte et si bruyante que ses tempes, selon l'expression consacrée, lui faisaient mal. Éléonore ne pouvait plus rien. Elle ne pouvait pas parler à la concierge qu'elle trouvait cependant sympathique. Elle ne pouvait pas démontrer à Sébastien le dérisoire de son comportement, puisque, après tout, ce comportement n'était fait que pour elle. Elle ne pouvait pas aller voir Hugo, puisque les murs des prisons à Stockholm étaient trop épais. Elle ne pouvait pas non plus (bel été) retrouver Mario qui l'avait sûrement déjà oubliée tout comme elle-même. Cette espèce de tristesse mortelle, de solitude acceptée qui avait toujours été au fond de sa vie et avec laquelle elle ne s'était battue que pendant dix ans, entre dix-huit et vingt-huit environ, cette solitude, maintenant qu'elle était parfaitement indéracinable, elle la retrouvait grandie, sordide, magnifiée dans cet appartement grenat et mesquin où même son frère, son Castor, son Pollux, l'avait abandonnée. Elle hésita devant des comprimés blancs, faciles et qu'elle savait faciles, mais cela lui paraissait un peu trop vulgaire, plus exactement, un peu trop évident, elle alla se coucher dans un des deux lits que la concierge avait obligeamment préparés. Si, en dormant, elle étreignait l'oreiller comme on étreint un enfant ou un homme, c'était vraiment parce que le sommeil la privait de ses réflexes naturels.

L'ennuyeux dans ce charmant métier – vocation – besoin – suicide mental – compensation –, l'ennuyeux, c'est qu'au bout de dix-huit ans, ce qui est mon cas, on a essuyé, littéralement, tous les commentaires possibles et imaginables. Par exemple, moi, j'ai toujours eu droit à des dames réjouies, ou à de fermes jeunes gens qui me disaient qu'ils avaient toujours beaucoup aimé : a) *Bonjour tristesse,* et b) dans mon théâtre, *Château en Suède.* C'est légèrement déprimant pour un auteur, même si l'intention est bonne, car on a le sentiment d'avoir eu deux beaux enfants, bien sains, qui ont fait leur chemin dans la vie, et ensuite, une file de petits canards boiteux qui, eux, ont moins plu, les pauvres... Cette catégorie de lecteurs est la plus fréquente. Après, il y a ceux qui ont « vu » : « J'avais beaucoup aimé, comme tout le monde, *Bonjour tristesse,* mais je dois vous dire que mon grand faible, c'est *Aimez-vous Brahms.* Ah là là, Ingrid Bergman, qu'est-ce qu'elle était bien là-dedans ! » Troisième catégorie, plus raffinée : « Vous savez, techniquement, cette pièce était mal montée. » (Là, je baisse les yeux de honte parce que c'est moi qui l'ai montée.) « Mais je crois que dans votre théâtre, ce que je préfère, c'est *Bonheur, impair et passe.* » Quatrième catégorie, encore plus spécialisée et donc, encore plus à contre-courant : « Moi, je vais vous dire, le seul livre que j'aie aimé de vous (sous-entendu, le reste, je l'aurais volontiers jeté dans la corbeille à papier), le seul qui ait quelque chose de violent, d'obsessionnel, c'est *Les merveilleux nuages.* » On adopte ainsi un comportement tout à fait étrange, à la fois de mère-poule, prête à défendre ses petits quand le reproche est trop gros, et de consentement résigné – tout dépend des jours et de la tête de l'interlocuteur – mais qui peut vous amener à sauter à n'importe quelle gorge en pensant : « Pauvre imbécile, mon meilleur livre, c'est ça ! » Sans savoir lequel, d'ailleurs. Ou bien, au contraire : « Mon pauvre ami, comme vous avez raison, tout cela ne vaut pas tripette. »

Quand on y pense, c'est assez confondant, ce mélange d'ingénuité, de grossièreté et de gentillesse, avec lequel les gens vous parlent de ce qu'on a fait. C'est très logique pourtant : on leur livre deux cents ou trois cents pages – dans mon cas, plutôt deux cents – de prose qu'ils payent quinze-vingt francs, ou un fauteuil d'orchestre, vingt-cinq, et ils se sentent le droit, presque le devoir, de vous informer de leurs réactions. Je me demande même si certains ne pensent pas, ce faisant, vous rendre service. Ce qu'ils n'arrivent pas à ajouter au prix du livre, c'est cette espèce d'énorme TVA mentale, morale, psychologique, morbide, insupportable, qu'est le silence qui règne parfois entre quelqu'un qui aime écrire et la page de papier en face de lui. Et ces innombrables crochets pour éviter de voir la table à laquelle l'on doit s'asseoir, et ces innombrables crochets pour ne pas voir non plus la pluie ou le soleil dehors, affreusement tentateurs. J'ai toujours eu une grande admiration pour les gens – apparemment nombreux – qui écrivent dans les cafés. Moi il me semble que, dans un café, je passerais mon temps à regarder la tête des autres consommateurs, à parlicoter avec le garçon, à échanger des œillades, ou à essayer de le faire, avec un bel Argentin. Tout me distrait, dès que je ne suis plus seule. Tout m'accapare, tout m'amuse ou me fait de la peine, selon les circonstances. Ce n'est qu'enfermée à double tour par une main inflexible – cette main, hélas, doit être la mienne et Dieu sait que mes mains ne manquent pas de flexibilité – que je peux travailler. J'ai bien essayé quelquefois dans ma vie de me faire enfermer par d'autres, de bonnes âmes soucieuses de mon sort et peu sûres de ma volonté, mais alors ma défunte volonté se réveillait comme une puce, et j'étais capable d'escalader des balcons, de descendre des gouttières, de hurler à la mort jusqu'à ce qu'on me rouvre. Et là, naturellement, hurlant que la littérature était question d'inspiration, que je refusais d'être une bureaucrate, que je n'étais pas payée aux pièces, que je n'avais plus douze ans, etc.

Destin étrange, que celui de l'écrivain. Il doit se mener les rênes courtes, à un pas bien accordé, l'échine droite, alors qu'idéalement il devrait faire le cheval fou, crinière au vent, gambadant par-dessus des fossés ridicules, tels la grammaire, la syntaxe ou la paresse, cette dernière étant une haie gigantesque. Quand je pense qu'on appelle ce métier un métier libéral, quand je pense qu'on n'a même pas un chef de bureau pour vous taper sur les doigts, qu'on n'a personne, vraiment personne, pour noter vos copies et quand je pense que la liberté, au fond, n'est jamais qu'une chose que l'on dérobe, et que la seule personne à qui on puisse la dérober, dans ce cas, c'est nous-même. Voleur volé, arroseur arrosé, c'est notre lot. Les pires brimades ne peuvent jamais venir que de nous-mêmes. Quand je pense à mon malheureux destin qui consiste à faire ce que je veux quand j'en ai envie, de plus à en vivre largement, j'ai envie de sangloter. Enfin, j'espère que mes lecteurs et mon éditeur me comprendront et auront assez d'imagination pour me plaindre.

Alors, me direz-vous, pourquoi écrire ? D'abord pour des raisons sordides : parce que je suis une vieille cigale et que, si je n'écris pas pendant deux ou trois ans, je me fais l'effet d'une dégénérée. Hélas ! Dès que mes livres sont publiés, une certaine partie de la critique me traite précisément de dégénérée. De nature influençable, je m'arrête d'écrire, non sans un vif soulagement... Et puis, deux ans après, les échos de ces voix chères (les critiques) s'étant évanouis, je retrouve mon propre jugement : « Ma pauvre amie, tu n'es qu'une dégénérée. » On voit comme l'enchaînement est agréable et comme il est amusant d'être un écrivain « à succès », à Paris, en 1972. Ah, c'est que je n'ai pas fini de me plaindre ! Cette vie de miel et de roses, de facilité, de gaieté et de bêtises, c'est qu'il faut pouvoir la supporter ! Il faut avoir une rude colonne vertébrale pour ne tolérer ni l'ennui ni les obligations ni les conventions, bref tout ce qui fait, quel que soit le niveau social, les points de ralliement de tout un chacun. Il faut être très équilibrée pour aller se promener librement n'importe où, sans que cette promenade ne devienne pour vous-même autre chose qu'une exquise école buissonnière.

9

Sébastien gisait sur le dos dans les draps délicieusement doux, de chez Porthault, du lit de Nora Jedelman. Il faisait chaud encore, et par la fenêtre ouverte sur l'avenue Montaigne, on entendait les pas et les voix de quelques passants attardés. Au début, tout avait été réconfortant. Il y avait eu l'accueil presque timide pour une fois, à force de soulagement, de Nora, le jappement infernal mais attendrissant des chihuahuas et, surtout, cette étendue de moquette gigantesque et beige, semblable à la mer qu'il venait de quitter et, comme elle, rassurante. Et puis un feu de bois un peu précoce, et puis quelques whiskies, avec de la glace cette fois, et pour finir, bien entendu, quelqu'un qui avait besoin de lui, qui l'aimait et le lui disait. Mais à présent, il se faisait l'effet d'un déserteur. La main nue et fortement baguée qui reposait sur son épaule lui sembla peser de plus en plus lourd, tandis que la voix un peu nasillarde, même dans ses chuchotements, devenait de plus en plus bruyante.

— Cette pauvre Éléonore, dit la voix, et déjà le

terme de « pauvre » hérissa Sébastien, tu l'as laissée toute seule.

— Ma sœur adore la solitude, répondit Sébastien. Vous devez le savoir.

— Ta sœur est étrange, dit la voix. Je me demandais... tu sais, quand je lui ai présenté ce charmant Dave Burby, elle ne l'a même pas regardé. Elle parlait plus volontiers à la fille avec qui il était venu, Candice.

— Ah oui, dit Sébastien, distrait.

— Je me suis même demandé à ce moment-là (petit rire gêné dans le noir) si ta sœur ne préférait pas les femmes.

Sébastien bâilla et se retourna sur le côté.

— Si cette Candice lui avait plu – et à mon avis, elle était bien plus drôle que Burby –, Éléonore n'aurait sûrement pas hésité, dit-il.

— My God, dit plaintivement Nora dont le protestantisme se réveillait parfois, notamment après l'amour.

— Ne vous inquiétez pas, reprit Sébastien, Éléonore a couché avec le jardinier tout l'été.

— My God, s'exclama Nora dont le snobisme était plus violent encore que les conventions morales. Avec Mario ?

— Avec Mario, oui, dit Sébastien. Au demeurant, à part moi, c'était bien le plus bel homme qui était chez vous.

Il y eut un instant de silence pétrifié, délicieux pour Sébastien, qui commençait à éprouver une allergie pour les draps, les chihuahuas abrités sous la coiffeuse, et cette femme débordante de questions. Ce silence parut moins délicieux à Nora qui, comme beaucoup de gens issus de milieux relativement modestes et arrivés à une certaine fortune, à ce qu'ils appellent dans leur horrible jargon un certain « standing », considérait comme une dépravation exemplaire une liaison avec un domestique. Bien que toutes ces femmes aient pris l'habitude (et même le goût) de transformer leurs amants en valets, la démarche contraire leur paraît inadmissible. À tout prendre, elle eût préféré qu'Éléonore ait une liaison douteuse avec cette Candice qui, du moins, était la fille d'un marchand de textiles fort connu à Dallas. Il n'était évidemment pas question pour elle de condamner la conduite d'Éléonore devant Sébastien : elle savait trop que cela entraînerait automatiquement le départ définitif de ce dernier. Mais il était de son devoir, en tant que maîtresse de maison, de stigmatiser ces agissements et de le faire sentir, légèrement bien sûr, à Sébastien. D'ailleurs, le pauvre chéri devait, sans doute, souffrir atrocement des goûts ancillaires de sa sœur. Comme toute personne qui ne comprend pas grand-chose, elle assimilait aussitôt un accident particulier à un vice continu. Elle vit donc Sébastien, traînant sa sœur d'hôtel en hôtel, évitant les beaux stewards, échappant à des maîtres d'hôtel douteux, Sébastien désespéré du manque de « classe » d'Éléonore. Le cynisme qu'il affichait n'était sûrement qu'une parade pour défendre sa sœur. Comblée, repue et presque les larmes aux yeux à force de bons sentiments, elle mit sa tête sur son épaule tout en lui serrant la main d'une façon éloquente. C'est alors que le fou rire se déclencha chez Sébastien. Il avait dit ces choses par lassitude, pour rire comme d'habitude, et parce que c'était vrai de plus, mais il ne pensait pas susciter par ce modeste récit (Dieu sait qu'ils en avaient vu d'autres, Éléonore et lui) une réaction aussi virginale. Il eût bien préféré celle d'une femme latine, nordique, qui lui eût dit gaiement : « Oh, c'est vrai, Mario... Que je suis bête, je n'y aurais jamais pensé. » Mais l'Amérique était là, près de lui et, bien que ce fût sous des draps de Porthault, le bateau du Mayflower naviguait à son flanc, ainsi que les Quakers, l'argent, ce qui se fait, ce qui ne se fait pas, la Bible et surtout, surtout, les commentaires possibles des petites amies. Sous ces draps européens et doux, célèbres, ces draps pleins de fleurs très pâles, aux couleurs d'aquarelle, ces fleurs européennes, se levait un vent furieux venu du Transvaal, de la Constitution américaine, du Far West et des banques de Boston. L'indignation qu'il sentait dans le petit corps rebondi et confortable, d'ailleurs, de sa compagne de lit, ce petit corps qui avait tellement plus joui grâce aux dollars de Boston qu'aux préceptes de la Bible, l'enchantait. Tout à coup, alors que le premier spasme du rire le prenait à la gorge, il imagina Éléonore dans ce meublé miteux où il l'avait abandonnée, il l'imagina longue, mince, les mains ouvertes, il imagina ses paupières un peu trop longues sur ces yeux gris, gris comme les siens, il imagina l'absence totale de vulgarité ou même de précautions qu'il y avait en elle et, une fois de plus, le sentiment qu'ils étaient du même sang et, quoique n'étant pas jumeaux, à jamais condamnés aux mêmes réflexes, aux mêmes refus, le transperça et lui fit peur. « Cette fois, se disait-il, assis à présent sur le lit et les yeux toujours brillants de larmes de rire (à la seule pensée du Mayflower), c'est vrai que je vais m'encanailler ici » et, toujours riant, il se leva, s'habilla malgré les questions éplorées et les assurances amoureuses de la pauvre Nora. Incapable de lui dire un mot, incapable même de lui dire qu'il était venu dans les meilleures intentions du monde et que la pitié qu'il avait eue de sa solitude dans cet appartement trop grand était autant entrée en ligne de compte que son propre malaise dans sa décision de venir. Incapable donc de la rassurer, toujours riant, il descendit quatre à quatre l'escalier, se retrouva dans l'air frais du matin, avenue Montaigne, et se mit à courir vers la rue Madame... pas très longtemps, d'ailleurs, jusqu'à ce qu'il trouve un taxi. À peine arrivé, il réveilla Éléonore en trébuchant sur sa valise dans l'entrée et elle se dressa sur son lit et murmura : « Ah, tiens, c'est toi », d'un air aimable mais étonné comme si elle eût pu attendre quelqu'un d'autre. Alors il se mit sur son lit et lui raconta tout et ils rirent tellement toute la nuit, avec cinquante cigarettes écrasées dans chaque cendrier marqué « Martini », et cette bouteille entre eux qu'ils n'arrêtaient pas de se passer, ils rirent tellement qu'à midi, le lendemain, ils dormaient encore, épuisés, heureux, retrouvés.

10

Ce qu'il y a d'agréable pour moi, dans ce roman que j'écris au jour le jour, et ce que j'espère, cette fois-ci, c'est que personne, vraiment personne ne viendra me dire : « C'est drôle, vous savez, Sébastien, c'est tellement moi, et Éléonore, c'est absolument moi. » (Pour Nora Jedelman, je me fais peu de souci.) C'est si lassant cette assimilation qui est, paraît-il, hélas, à la base du succès, en tout cas du mien. J'ai vu des dames monstres m'expliquer à quel point elles s'étaient reconnues dans la « Paule » de *Aimez-vous Brahms*, ou Dieu sait quoi, j'en ai vu des gens étranges, si loin de ma pensée, correspondre dans la leur à mes héros. Ici, je pense quand même que personne ne va voir dans l'un de ces deux fous de Suédois son homologue. Peut-être quelques esprits licencieux viendront-ils m'expliquer que « eux aussi, l'inceste... ». Mais autrement ? Il me semble difficile de s'intégrer à ces gens.

Cela dit, quand les monstres en question me murmuraient : « Vous savez, je suis passée par là », j'étais sûre que d'une certaine manière, c'était vrai. Ce n'est pas le bon sens qui est la chose au monde la mieux partagée, ce sont les sentiments. Et la vilaine dame qui se voyait obligée de choisir entre un homme mûr, solide, et un amant trop ardent, cette vilaine dame ne mentait pas : elle avait eu, à un moment ou un autre, l'occasion d'y croire, ou, sinon l'occasion, du moins le vif désir ; et en fin de compte, cela ressemble beaucoup, presque à s'y méprendre, à la vie vécue : la vie rêvée. Étant donné que la denrée la plus précieuse – l'or, le sel, l'eau même – que l'on puisse trouver dans ce repas, ce repas bizarre qu'on appelle la conversation entre deux êtres humains, que cette denrée, donc, c'est l'imagination, que celle-ci est rarissime, que c'est la seule chose dont les gens aient besoin, envie, qu'ils possèdent parfois, d'ailleurs, mais qu'ils ne peuvent jamais imposer. Cette même imagination, que l'on nomme fort justement la folle du logis et qui est la seule à pouvoir empêcher un logis de se construire sur des bases pratiques et assommantes, bref, pour finir ma phrase, il faut bien comprendre qu'il n'y a rien d'autre qu'elle. Je veux dire que, si l'on n'a pas un peu d'imagination vis-à-vis de ses amis, il peut leur arriver de se tuer bêtement parce que justement, un soir, on en a manqué à leur égard. Il peut arriver qu'étant seul soi-même, et parfaitement désespéré pour une raison X, un coup de chaleur et d'envie de vivre se lève en vous, simplement parce qu'un incident quelconque a réveillé cette pauvre folle. Il peut arriver, si l'on fait un travail dit créateur, qu'on lui coure après pendant des nuits, à la fois ravie et épouvantée, comme les enfants après les chauves-souris, l'été, dans les maisons de campagne. Il peut arriver qu'on ait l'impression, en rencontrant quelqu'un, de se trouver en face d'un grand mutilé, presque un mutilé de la face – et cela quelle que soit sa beauté intrinsèque –, tout bonnement parce que la folle du logis n'est jamais passée chez lui. Il peut arriver qu'on tombe amoureuse d'un menteur forcené parce que, pris entre deux mensonges et coincé (« squeezed » disent les Anglais) devant témoins, il s'en tire grâce à un troisième mensonge, admirable par ce qu'il révèle. J'en ai vu dans ma vie, Dieu sait, de ceux que l'on nomme aujourd'hui avec mépris des mythomanes. Je ne parle pas de la mythomanie de défense, toujours assez attristante, je parle de l'autre, destinée à plaire. J'en ai été la victime heureuse, très longtemps. Maintenant, je la détecte à des signes purement physiques dont je devrais donner le tableau signalétique aux lectrices de *Elle*, par exemple : c'est l'air calme, la voix un peu détimbrée, l'œil bien droit, presque plus foncé et, contrairement aux films provençaux, une absence de gestes délibérée. Les mythomanes ont pour moi un charme très précis, ils mentent le plus souvent gratuitement. On pourrait presque dire qu'ils mentent autant pour vous faire plaisir que pour se faire plaisir. Il y a le mythomane masochiste (rare, hélas) qui raconte des histoires qui tournent à son désavantage, et c'est la première forme de l'humour ; puis il y a le mythomane paranoïaque (le plus fréquent hélas) qui vous raconte en riant ses triomphes, ses succès, ses gloires. Je ne saurais et ne voudrais pour rien au monde interrompre ni l'un ni l'autre (à moins qu'ils ne soient mortels d'ennui). Il y a aussi, et cela c'est tragique, le mythomane sans imagination, le mythomane à idées fixes, celui dont tous les noctambules s'écartent, tels des oiseaux affolés par un épouvantail, dès qu'il entre dans un lieu de nuit. Je ne voudrais pas les interrompre, les mythomanes, pour deux raisons : d'abord, parce que c'est un effort chez eux de changer leur vie en la reconstituant – après tout, la littérature, qu'est-ce que c'est d'autre ? –, ensuite parce que c'est par gentillesse qu'ils cherchent à vous entraîner dans leurs spirales. Ah, si certains sceptiques voulaient comprendre que certains mensonges qu'on leur fait, certains récits surtout, sont un hommage qu'on leur rend : on les croit à la fois assez intelligents pour saisir le problème posé, assez imaginatifs pour souhaiter un dénouement, assez enfantins pour supposer qu'il y en ait un et assez tendres pour ne pas dire : « Arrêtez-moi donc ce jeu. » Certaines personnes, dont la vie a été nourrie de ces récits farfelus, bizarres et faux dont elles se plaignent, devraient se rendre compte que c'est là qu'elles se sont nourries, abreuvées, et que c'est ainsi que s'est posée sur leur front, pour une fois et pour rien, la main impérieuse, affectueuse et brûlante de la folle du logis.

La concierge leur avait apporté un café très noir pour les réveiller et s'était opportunément proposée à défaire leurs bagages. Elle trouvait un petit peu fort, quand même, qu'au bout de vingt-quatre heures toutes les ravissantes tenues de cette Mme Van Milhem restent serrées entre elles au fond d'une valise. À cet agacement naturel chez une femme qui avait le sens du maquillage (on l'a déjà dit) et donc le respect de l'élégance, commençaient à se mêler la sollicitude légèrement soucieuse, le dévouement spontané que les Van Milhem avaient toujours provoqués sur leur passage quand, par hasard, ils voyageaient seuls. Déjà, Mme Schiller, la concierge, commençait à prendre en main les problèmes du chauffage, du charbon, de l'électricité et autres corporations, enchantée en fait de ces deux enfants attardés qui lui tombaient soudain dans les bras (M. Schiller n'avait jamais voulu d'enfant). Elle s'expliquait dans un langage fleuri, mais pratique, au téléphone, tandis que le frère et la sœur croquaient leurs biscottes avec indifférence. La présence de Mme Schiller leur paraissait tout aussi naturelle dans leur vie, et dans l'organisation de cette vie, que celle – c'est affreux à dire – de Nora Jedelman. Ils la trouvaient même moins encombrante et, toujours aux yeux d'Éléonore, bien mieux maquillée.

— Cette pauvre Nora, dit Sébastien, si elle veut appeler, elle va avoir du mal. Notre maison est un vrai quartier général.

— Tu lui as fait un cadeau empoisonné, dit Éléonore, alors qu'elle te couvrait de ravissantes babioles. Ce n'est pas gentil.

— Quel cadeau ? s'enquit Sébastien.

— Tu lui as redonné le goût d'aimer, dit Éléonore, et elle s'étira, passa dans la salle de bains, ou ce qui en tenait lieu, et revint aussitôt pour avertir Mme Schiller qu'il n'y avait pas d'eau chaude.

Il se trouvait que Mme Schiller était justement la meilleure amie de la femme du plombier (un homme insaisissable celui-là) et elle se fit une gloire de le leur démontrer.

— Il me reste environ quatre mille francs, dit Sébastien, et le loyer est payé pour trois mois, mais il faut se nourrir et s'habiller.

— Oh, s'habiller, dit Éléonore, bronzés comme nous sommes...

— C'est une tenue un peu légère quand même, dit Sébastien. Non, je vais trouver du travail.

L'éclat de rire d'Éléonore faillit faire échouer la transaction difficile qui se déroulait entre Mme Schiller et la femme du plombier. Éléonore riait rarement, mais quand elle riait, c'était d'un rire bas, incoercible, contagieux, un rire « à la Garbo » disait son frère. Sébastien se vexa :

— Je vais téléphoner à mon ami Robert une fois que tu seras calmée, ou alors, si tu veux, on peut acheter pour trois mille francs de whisky et les boire ici, à toute vitesse. Ce serait bien le diable si l'on n'en claque pas.

— Avec nos santés, répondit Éléonore, je crains que non. Pourquoi ne demandes-tu pas à Mme Schiller ? Elle te trouvera une place de gardien au Luxembourg.

— Sans doute, mais c'est contraire à mes idées.

Tu me vois pourchassant les amoureux, les enfants, refusant les chiens et sifflant comme un fou dès 5 heures ? Ah non !

— J'aimerais bien être couturière à la journée, dit Éléonore brusquement. Je resterais ici, je coudrais d'une main, je lirais de l'autre.

— Malheureusement, tu ne sais pas coudre et je crois qu'il faut les deux mains, dit Sébastien.

Ils restèrent songeurs, mais ravis. Ils aimaient beaucoup échanger ainsi sur un ton sérieux des projets impossibles et modestes et, sans doute, s'ils en avaient été capables, ces emplois relativement libres leur auraient été moralement plus faciles à supporter que celui de gens entretenus. (Moralement voulant dire fatigue morale, et non moralité pure.)

— J'ai le plombier, s'écria Mme Schiller. Je l'ai attrapé au vol et on l'aura ce soir.

Ce « on » les fit sourire : ils avaient déjà récupéré une mère. Emporté par son élan, Sébastien décrocha le téléphone et appela le numéro de la rue de Fleurus où il trouva Robert Bessy (qui justement allait sortir et qui, naturellement, arrivait tout de suite). Il se retourna vers Éléonore en souriant.

— Il semble bien qu'à Paris les gens vivent uniquement d'adverbes. Ils sont toujours « justement » sur le point de faire quelque chose, ils seront « naturellement » ravis de venir et il va « évidemment » s'occuper « activement », tu verras, de me trouver une situation.

— Je vais essayer de me faire une vague beauté, dit Éléonore, avec ou sans plombier. Bien que ce

Robert ne semble pas très réceptif aux femmes, je ne tiens pas à le recevoir en robe de chambre.

Elle était de très bonne humeur, tout à coup. Sébastien était redevenu vacant, Mme Schiller les protégeait et cet appartement, à l'usage, ne manquait pas d'un certain charme.

— Ne t'inquiète pas, dit-elle sur le pas de la salle de bains, tu t'es chargé de tout cet été. Maintenant, je vais prendre les choses en main.

Installé sur le divan grenat et feuilletant le *Parisien Libéré* emprunté à M. Schiller, Sébastien eut un petit rire qui signifiait « il était temps ». Lui aussi se sentait aussi heureux qu'on puisse l'être.

Robert Bessy était de taille moyenne, un peu corpulent, habillé de manière trop jeune, et il professait visiblement pour Sébastien une admiration éperdue. Il baisa la main d'Éléonore, s'excusa de les avoir si mal logés – et là, ils se récrièrent – puis accepta dans un verre à dents une goutte du fond de sa bouteille. Il avait environ quarante ans ; chargé de presse de quelque maison de couture, quelque théâtre, organisateur de nombreuses soirées parisiennes, il semblait considérer comme tout à fait facile, bien qu'un peu effrayant, de s'adjoindre Sébastien comme collaborateur. Il tenta de lui expliquer dans les grandes lignes ce que serait son rôle.

— C'est un métier où ce qu'il faut avant tout, c'est de l'entregent, de la vivacité d'esprit, du tact, du charme, bref, toutes tes qualités, Sébastien.

Éléonore était devenue toute rouge, pour une fois, à force de s'empêcher de rire. Sébastien s'énerva.

— Ma sœur est une idiote. Je ne connais plus grand monde à Paris et je manque parfois de tact, mais pour le charme et la vivacité d'esprit, ma chère sœur, permets-moi de te dire que je te rends des points.

— Mais oui, mais oui, dit Éléonore, en éclatant de rire.

— Au début, reprit Robert Bessy, un peu déconcerté, tu seras choqué par certaines choses... les hiérarchies ne sont pas exactement les tiennes dans ce milieu. Mais tu t'habitueras, il te suffira d'un peu de patience...

— ... Et de vivacité d'esprit, enchaîna Éléonore que la gaieté rendait tout à fait irrespectueuse.

— Eh bien, c'est d'accord, dit Sébastien d'un air royal, comme s'il faisait un cadeau à son camarade de classe, c'est d'accord. Je commencerai la semaine prochaine, le temps de reconstituer un peu mon vestiaire qui laisse à désirer.

Une légère étincelle de panique apparut dans l'œil de Robert.

— Tu ne m'as rien demandé, dit-il, au sujet de l'argent. C'est un métier très journalier, tu sais, etc.

— Je te fais confiance, je te fais confiance, dit gaiement Sébastien, tu n'as jamais été un pignouf, que je sache.

L'étincelle de panique était devenue un brasier.

— Il faut quand même que je te prévienne...

— Je ne parle jamais d'argent devant une femme, dit Sébastien sèchement.

Et Robert s'excusa, battit en retraite, et ainsi s'expliqua à Éléonore l'ascendant bizarre qu'avait eu, et que gardait vingt ans après, l'affreux Sébastien. De petites brimades, comme ça, au nom de l'esthétique. La comparaison incessante que Robert devait faire au collège et encore aujourd'hui, entre ce lévrier intelligent nommé Van Milhem et ce cocker dégourdi nommé Robert Bessy, lui-même. Car, de même que la mémoire enregistre et grave les souvenirs d'enfance ou de jeunesse bien plus profondément que ceux de l'âge mûr, de même certains ascendants, certaines séductions, d'ordre physique ou moral, s'ils ont été subis à l'âge tendre, c'est-à-dire l'âge ingrat, continuent, trente ans après, à exercer leur pouvoir. Peut-être parce que, ce que l'on aime vraiment à ces jeunes âges malheureux, c'est l'inaccessible et que Sébastien, malgré le temps, était resté et resterait pour son ami l'inaccessible Sébastien.

Les ayant logés, s'engageant à les nourrir, Robert Bessy ne pouvait faire moins que de les inviter à déjeuner, ce qu'il fit. Ce fut un déjeuner fort gai. Éléonore était très en forme, attirait de nombreux regards dans le restaurant luxueux où les avait emmenés Robert. Ce dernier le remarqua et lui qui, malgré son admiration inconditionnelle, avait quand même eu vent, quinze ans auparavant, de la manière dont vivaient les deux coucous, se dit avec un certain soulagement qu'il n'en aurait peut-être pas pour très longtemps à payer Sébastien pour qu'il fasse semblant de travailler. Déjà, dans sa tête, il prévoyait quelques dîners qui le déchargeraient de son engagement. En même temps, avec nostalgie, il pensait que, dix ans plus tôt, il aurait été fou de joie de travailler avec Sébastien et même de le voir faire semblant, tant il savait que, de la sorte, l'imprévu envahirait sa vie. Oui, il y a dix ans encore, à trente ans, il aurait été prêt à prendre tous les risques et à les partager avec quelqu'un qu'il admirait. Seulement depuis, il avait réussi, il avait des responsabilités et, dans ce milieu si fermé et si féroce de Paris, il était arrivé à « faire son trou ». Tout en croquant sa langoustine, il se demandait avec tristesse si cette expression n'était pas horriblement juste et si ce « trou » si soigneusement creusé n'était pas celui de la tombe.

11

Le soleil rouge de février se couchait derrière les arbres noirs. À la fenêtre de sa maison de Normandie, la malheureuse écrivassière regardait se terminer le jour. Depuis quarante-huit heures, elle ne parvenait plus à écrire le moindre mot. Elle aurait dû en être triste. Essayer d'écrire sans y parvenir, c'était comme faire l'amour sans plaisir, boire sans s'enivrer, voyager sans jamais arriver. C'était l'enfer, l'échec. Bien sûr, les journées passaient toutes seules, toutes semblables, et le temps, enfin calmé, avait des douceurs ralenties, des demi-extases, à force d'immobilité. Mais il fallait bien vivre, quand même, travailler, revenir un jour à Paris, retrouver « les autres ». Il fallait se secouer. Cependant, les matinées étaient belles au soleil, la terre sentait le froid, le chien jouait avec un bâton, durant des heures, et les feux de bois ronronnaient au même rythme que ce gros roman anglais, imprudemment commencé. Se secouer... Encore eût-il fallu être malheureuse. C'était vrai, quoi, à force : ça devenait pénible, tout ça. Elle avait écrit, à dix-huit ans, une jolie dissertation française, que l'on avait publiée et qui l'avait rendue célèbre.

Elle avait refusé de prendre tout cela au tragique, voire au sérieux : de toute façon, écrire était *a priori* un plaisir pour elle. Et voilà que dix-huit ans plus tard, elle était obligée de se prendre vraiment au sérieux si elle ne voulait pas que sa situation, celle de sa petite famille, devînt tragique. Et là, elle n'avait aucune envie d'écrire. Et déjà le remords de n'avoir rien fait « ce jour-là » pesait sur sa conscience. Des histoires d'impôts, de dettes, des histoires lugubres gâchaient sa rêverie poétique. On laisse se faire les choses, se créer des habitudes de facilité, on laisse les autres dessiner de nous-même un portrait-robot, on laisse tout filer : le temps, l'argent et les passions, et l'on se retrouve devant une machine à écrire muette comme une comptable épuisée. Avec toujours, en contrepoint, ce léger fou rire intérieur à son propre égard. Cette dérision. Eh oui, elle voulait bien admettre qu'elle conduisait pieds nus ses voitures – comme tout le monde d'ailleurs, en revenant de la plage, car le sable fait mal dans les chaussures –, eh oui, elle voulait bien admettre que le whisky était un de ses plus fidèles lieutenants – car la vie n'est pas si douce aux semi-écorchés que sont les êtres humains. Eh oui ! Mais elle ne s'excuserait jamais de rien car personne ne lui semblait mériter qu'elle s'excusât vis-à-vis de lui. Tout au plus, dans certaines circonstances privées et passionnelles, demanderait-elle pardon dans le noir, avec une vraie humilité, à quelqu'un de blessé. Mais par rapport à ce gentil pantin qu'elle était censée être, et qu'elle était peut-être d'ailleurs, parfois sans s'en rendre compte, ah non, ça non ! Il faut respecter ses effigies, si on les supporte, avec peut-être plus de soin que l'on ne se respecte intrinsèquement soi-même. C'est le « B-a Ba » de l'orgueil. Et de l'humour.

« Je, me, moi... » Sifflotant de bonheur, la Bonne Dame de Honfleur jeta un coup d'œil par l'autre fenêtre : les vaches paissaient encore l'herbe rasée de l'hiver, le chien jouait avec son bâton comme un dégénéré, les arbres se déployaient sur le ciel, l'heure était calme. Sans idées, sans oiseaux. De toute manière, elle était plus susceptible d'être réveillée le lendemain par le cri des oiseaux que par le bouillonnement de ses idées. Elle dormait sans bouger, ici, son bras abîmé étendu près d'elle, de biais, comme une autre personne. En se réveillant le matin et le trouvant tout engourdi – car le pauvre était vraiment fracturé –, elle avait envie de le consoler, voire de se serrer la main. Son indifférence résolue à la douleur physique et sa gentillesse non moins résolue à son propre égard inquiétaient parfois l'écrivassière. La schizophrénie, chauve-souris *(calva sorices)*, volait bas, cette année-là. Il ne lui manquerait plus que cela. Car enfin, de même qu'elle se faisait faire des points de suture sans anesthésie avec une sorte de distraction, absolument pas simulée, de même n'avait-elle de cesse, pour lire, par exemple, de se constituer un petit nid rempli d'oreillers, de cigarettes, de Kleenex, un petit nid qu'elle ne jugeait jamais assez parfait, à la fin, pour ses beaux yeux.

La Bonne Dame d'Honfleur poussa un profond soupir : l'oiseau du soir, le premier, celui qui faisait « hulihuli-a », s'était déclenché. Le soleil avait disparu et elle avait soif. Elle n'avait pas travaillé. « Encore une journée de fichue », dit-elle à voix haute, mais quelque chose en elle, devant cette pelouse déjà assombrie, murmurait : « Encore une journée de sauvée. » La vie a de ces trêves, parfois, où l'on peut se regarder dans la glace avec un petit sourire mi-condescendant, mi-complice, sans autre exigence profonde que celle d'être vivante et bien dans sa peau, pendant que l'oiseau du soir fait « hulihuli-a ». Mais ces trêves sont rares : les tigres installés dans nos différents moteurs ont vite fait de se réveiller et de se déchirer entre eux.

12

— Le téléphone ne sonne pas depuis trois minutes, dit Sébastien. C'est délicieux. Vous ne trouvez pas, mademoiselle ?

La secrétaire le regarda, indécise. Tous les collaborateurs de Robert Bessy prenaient des airs affairés, téléphonaient eux-mêmes si la sonnerie s'arrêtait et l'appelaient « mon petit » ou « Élisa ». Ce grand homme calme, nonchalant, ressemblait aussi peu que possible à un chargé de presse. Même sa courtoisie la déconcertait : il l'aidait à mettre son manteau, se levait pour allumer ses cigarettes, et semblait ignorer totalement le style « coup de vent », si bien vu dans la maison. Voilà trois jours qu'il était là et déjà le bureau avait changé. Les gens ne hurlaient plus, ne couraient plus et murmuraient « pardon » en se cognant dans les portes. Que dirait M. Bessy en rentrant de New York ? De plus, les rares coups de téléphone que recevait ce M. Van Milhem étaient curieux : certains venaient de sa sœur et il lui parlait comme à sa maîtresse, et certains de Mme Jedelman, sa maîtresse, avec laquelle il prenait le ton d'un grand frère.

— Monsieur Van Milhem, dit-elle timidement, vous n'oubliez pas, à 6 heures, Bruno Raffet.

— Bruno Raffet ?

Elle soupira. Bruno Raffet était le crack, le grand espoir de l'écurie Bessy. Il avait vingt-cinq ans, il était beau comme le diable, il avait du talent et les journaux de cinéma ne parlaient que de lui. Elle se leva, prit le dossier Raffet et le posa devant Sébastien.

— Peut-être devriez-vous le lire, dit-elle, il est assez connu et assez susceptible.

Sébastien sourit, ouvrit le dossier, admira le bel animal qui s'y prélassait.

— Il doit plaire aux femmes, non ? dit-il.

Un long soupir le renseigna. Il détaillait le visage régulier, les yeux bridés, les dents éclatantes, cet air de loup soyeux qu'avait, même sur papier glacé, ce petit jeune homme. Un loup avide, de surcroît. Hélas, il n'avait vu aucun de ses films.

— De quoi suis-je censé lui parler ? demanda-t-il. Elle écarta les mains.

— Je ne sais pas... C'est M. Bessy qui l'a, euh... découvert, et il vient souvent ici pour, euh... lui demander conseil.

Elle avait un peu rougi. Sébastien se rappela les goûts de son ami Bessy et pensa que ce petit loup devait lui en faire voir.

— Quels conseils voulez-vous que je lui donne ? dit-il gaiement. À part de continuer à se laver ses jolies dents deux fois par jour...

— Je ne savais pas où le joindre pour le décommander.

— Ça va être gai, dit Sébastien.

Effectivement, ce fut gai. Parce que Éléonore, passant par là, vint le chercher et qu'ils attendirent ensemble l'arrivée de la petite vedette ; qu'Éléonore, de fort bonne humeur, fit mille frais pour la malheureuse Élisa, fascinée, et que les « collègues » de Sébastien vinrent l'un après l'autre se faire présenter à Éléonore – laquelle, installée sur le bureau de Sébastien, une de ses longues jambes touchant terre, acceptait indifféremment leurs hommages. Une sorte de « bon ton », de gentillesse, de « cour Louis XIV » se mit à régner dans ces bureaux ripolinés où le seul souci avait été, jusque-là, l'efficacité, et la seule démonstration de respect, des claques dans le dos. Cela n'empêcha pas le jeune loup d'arriver et de s'arrêter sur le seuil, étonné, un peu figé, humant l'air avant d'entrer. Sébastien le remarqua et en déduisit qu'il avait de l'instinct et que son physique n'était pas complètement usurpé. Bruno Raffet était en effet très beau : le teint mat, avec de subits afflux de sang comme un très jeune homme, le cheveu très blond – on avait envie de dire le pelage très blond – et de grandes mains un peu lourdes dont curieusement on pressentait qu'elles seraient fines et élancées à quarante ans, pour des raisons professionnelles. Il avait de plus une petite tache bleue dans le blanc de l'œil gauche, qui lui donnait par moments l'expression d'un animal qui chasse, comme si à force d'attention, d'affût, de guet, un vaisseau ayant sauté dans son œil, ce petit jeune homme arriviste était devenu une véritable bête de proie. Il s'enquit de Robert Bessy poliment, serra la main de Sébastien, l'air intrigué. Mais ce n'est que devant Éléonore qu'il broncha. Ce n'était pas une des starlettes qui encombraient le bureau de Bessy, ce n'était pas non plus ce qu'on appelle, actuellement, une femme du monde (c'est-à-dire une femme riche et dont on admet la richesse), ce n'était pas non plus une dame scénariste. Qu'est-ce que ça pouvait être ? Et son frère – ce grand dadais à l'air distrait tellement déplacé en ce lieu qu'il se demanda soudain si ce cher Robert n'en était pas épris – ne l'aidait pas à comprendre quoi que ce soit.

Bruno Raffet avait eu avec Robert Bessy des rapports que l'on appelle couramment pédérastiques, du temps qu'il avait faim et soif, et aussi faim et soif de gloire que de sandwiches. Mais, pour lui, la notion de pédérastie était uniquement liée à une idée de confort. Quand il se réveillait chez un homme, il était sûr de trouver un rasoir électrique, une robe de chambre à sa taille, une certaine manière vigoureuse ou alambiquée de s'exprimer qui était toujours la même. En revanche, chez une femme, il se réveillait avec un plateau de petit déjeuner posé sur les genoux, une serviette en dentelle nouée au menton, des femmes de chambre admiratives, et il repartait de là pas plus mécontent, d'ailleurs, mais plus mal rasé. La sexualité avait donc eu jusque-là, pour Bruno Raffet, un côté purement « Arts Ménagers ». Doué, de plus, d'un bon tempérament, et lui-même, facile à satisfaire, ayant gardé un sommeil d'enfant et des réveils assez gais, il était le prototype de cette race, hybride jusqu'à trente ans, qui peut aussi bien se battre à mort dans un café pour une allusion parfaitement justifiée, ou soi-même se faire battre à mort pour le plaisir par un vieux monsieur ou une vieille dame aux cheveux roses. Produit incertain d'une époque incertaine, il n'avait qu'une certitude : c'est que l'argent qu'il mettait dans sa poche était à la fois désiré, volé et, en tout cas, à lui. Aussi, quand il se heurta à ce mur de gratuité qu'étaient les yeux d'Éléonore, le comportement d'Éléonore, il ne fut pas moins surpris que Christophe Colomb tombant sur ces bons sauvages en Amérique du Nord. Il était encore assez jeune, ou assez vulnérable, pour s'en étonner et c'est ainsi que Sébastien comprit qu'il allait souffrir. Il n'y a rien de plus affreux pour un jeune loup que de tomber sur la chèvre inaccessible et affectueuse de Monsieur Seguin – mais d'un Monsieur Seguin 1972, bien entendu. Il savait d'avance qu'Éléonore, même s'il parvenait à la mordre, ne chevroterait pas, et que le morceau qu'il emporterait d'elle, s'il y parvenait, lui laisserait dans la bouche un goût particulier et sans doute irremplaçable. Tout cela fut fixé entre eux dès qu'il la salua, mais tout cela ne fut enregistré sciemment que par Sébastien. Pour Éléonore, ce n'aurait pu être qu'un petit fauve de plus, mais ce qu'elle remarqua d'abord, et ce qui l'engagea dans cette affaire, ce fut cette minuscule tache bleue et cette légère taie sur l'œil. Elle lui prêta pour cela le caractère affectueux et maladroit d'un chien de son enfance. Éléonore maintenant, non pas à cause de son âge, mais à force d'expériences diverses, préférait de beaucoup les chiens aux loups. C'est sur cette double méprise animalo-sentimentalo-intellectuelle que leur intrigue se noua. Pour en finir avec ce bestiaire, Sébastien, perché derrière son bureau tel un grand hibou, semblait s'engager implicitement à veiller sur leurs nuits et leurs jours.

Aucun de mes héros ne se drogue. Que je suis donc démodée ! Mais quand on y pense, il est absolument comique qu'à notre époque, où tous les tabous, les grands tabous, sont abattus, où la sexualité – et ses corollaires – est une source de revenus déclarables, où la fraude, le vol et la malhonnêteté sont presque devenus des blagues de salon, les gens se fassent taper sur les doigts pour une seule chose : la drogue. Ils vous crient, bien sûr, que l'alcool ou le tabac, c'est pareil, voire pire. Pour une fois, je me rallierai à l'opinion des autorités, car, si l'on connaît un peu ce milieu, il est évident qu'on ne se sort de la drogue qu'une fois sur cent mille, et à quel prix et avec quels dégâts ! Les images d'Épinal que l'on nous en offre le montrent bien – et les images d'Épinal, dans leur naïveté, ont presque toujours plus de vérité que les raisonnements abstraits. Entre un joyeux ivrogne dans un bistrot, gras, titubant et répugnant, certes, mais, comme on dit, la face enluminée – autre image d'Épinal –, et le jeune homme maigre, seul, dans une chambre, les mains tremblantes et la seringue plongée dans une veine qui saute, il y a un monde, ce monde étant l'absence « des autres » : l'alcoolique se saoule ouvertement et le drogué se cache. Au demeurant, je ne tiens pas à faire le panégyrique de l'alcool ni attaquer la drogue au nom d'une morale, je ne m'attache qu'au côté gai ou triste de la chose. Et puis l'essentiel n'est pas dans cette différenciation, mais dans le fait cruel et évident qu'un être humain, intelligent ou bête, sensible ou idiot, vivant ou atone, est généralement victime aujourd'hui de l'un de ces trois dictateurs : l'alcool, la drogue ou la pharmacie (les tranquillisants). Comme si la vie n'était qu'une longue route savonneuse où l'on déraperait horriblement à toute vitesse vers un tunnel noir et inconnu, et où l'on essaierait désespérément de ficher des crampons qui claquent au fur et à mesure, que leurs noms soient whisky, librium ou héroïne. Tout en sachant que ce dernier crampon, l'héroïne, doit être remplacé plus vite que les autres et qu'il est moins solide. Absence de Dieu, pollution, manque d'idéal ou manque de temps, rapports hommes-femmes, faux confort, balali balala... la chanson explicative qu'on nous chante est bien aimable à entendre et presque rassurante dans sa monotonie. Mais enfin pourquoi vous, je, me, moi, nous, ils – telle une déclinaison épouvantée –, que nous ayons vingt ou cinquante ans, que nous soyons riches ou pauvres (et qu'on ne vienne pas me parler des paysans : la vente des tranquillisants a décuplé depuis deux ans en province et ce, dans les provinces les plus calmes), pourquoi nous retrouvons-nous toujours, à un moment quelconque, la main tendue non pas vers notre prochain, mais vers un tube, un flacon, une bouteille ? Ce n'est pas la multiplication de l'angoisse qui m'inquiète : il me semble qu'elle a toujours existé et que les Grecs les plus beaux et les plus comblés et les plus érudits devaient, au bord de la plus belle mer du monde, à la plus belle époque de leur beau pays, s'arracher les cheveux, parfois, à quatre pattes dans le sable, et se ronger les ongles de terreur. Ce qui m'inquiète, c'est qu'aujourd'hui il leur suffirait d'un médecin compréhensif, d'une ordonnance, et de l'un des six mille ou dix-huit mille flacons de tranquillisants pour se calmer en dix minutes. Ce qui m'inquiète surtout, surtout, c'est l'idée qu'ils n'iraient même pas se rouler dans le sable : l'Équanil serait dans leur péplum...

13

Éléonore et le jeune homme dansaient dans une boîte de nuit...

Catastrophe ! Qu'ai-je dit ? Me voici retombée dans le petit monde de Sagan et des boîtes de nuit... En ce moment il est curieux, pour moi qui lis les journaux, de voir à quel point un auteur, qu'il s'appelle Troyat ou Jardin, ou n'importe qui, à l'instant où il fait entrer ses personnages dans une boîte de nuit, évoque aussitôt aux yeux des critiques mon joli nom. Il semblerait que je sois devenue l'Hélène Martini de la littérature. Quant au malheureux auteur qui aurait le culot monstre d'exalter les charmes d'une voiture de sport, je lui en souhaite... Les trois quarts des critiques sont affreusement hypocrites. Car qu'y a-t-il de plus agréable que de rouler au soleil dans une belle voiture découverte, ronronnante à vos pieds comme un tigre apprivoisé ? Et qu'y a-t-il de plus agréable que de savoir qu'un whisky glacé vous attend au bout de ce golf, chez des gens aussi gais que vous-même, aussi dénués de soucis matériels ? Qu'y a-t-il de plus normal, en définitive, que cette recherche, et cette trouvaille d'un lieu plaisant, sans difficultés immédiates ? Oui, quels hypocrites, ces gens ! L'argent n'est jamais infect dans la mesure où on le dépense, où on le jette par les fenêtres (quand quelqu'un passe dessous de préférence). Bref, dans la mesure où on en fait une chose clinquante, baroque, ridicule et naturellement : liquide. Le plus souvent, l'argent est infect par la façon dont on le gagne et surtout dont on le garde. Il m'amuserait bien que ces démagogues à la noix aillent dire le contraire à ceux qui savent la vérité : les gens qui voyagent en seconde classe ou en caravane ne préféreraient-ils pas mille fois débarquer dans la villa dont je parlais, avec ses glaçons et ses mimosas ? Seulement, ils n'y sont pas invités pour des raisons que la justice réprouve mais qui font qu'ils ne pourront jamais supporter qu'on leur dise avec entrain que ce sont eux les justes dans l'affaire, et les bienheureux.

Donc, dans cette boîte de nuit, Éléonore dansait avec ce jeune homme blond promis à la plus grande destinée, celle de la gloire, de la fatigue, de la vieillesse et de l'oubli. Cette destinée superbe où l'on rencontre son visage dans des quotidiens que l'on méprise – au moins au début – et auxquels on en veut à mort plus tard de n'y plus figurer. Les comédiens sont un peu comme ça et souvent les écrivains, les peintres, les cinéastes, tous les gens qui ont été ce qu'on appelle « des têtes d'affiches », mais ayant, si l'on me passe ce mot, plus d'affiche que de tête.

Éléonore dansait donc avec Bruno et leurs gestes les poursuivaient à travers la piste et la musique glissait sur eux, les emmenait, et l'évidence du désir de Bruno, alliée à l'apparente indifférence d'Éléonore, leur indiquait des pas, des mesures, des figures qu'ils n'auraient jamais trouvés autrement, ensemble. Elle aimait bien se reculer par rapport à lui, elle aimait bien ses jambes dures contre les siennes et ce visage légèrement abasourdi qu'il avait, exprimant uniquement : « J'ai envie de vous. » Un peu plus loin que cela – un cela dont elle avait l'habitude –, elle entendait la phrase effrayante : « Je ne réponds de rien. » Elle souriait lorsqu'il lui proposa de prendre un verre en bas, loin du bruit, loin de Sébastien qui palabrait avec Dieu sait qui. La dame du vestiaire était une amie de Bruno et il lui fit un signe qu'elle connaissait en descendant et il entra dans la cabine téléphonique avec Éléonore, la tenant d'une main par les épaules et, de l'autre, par la taille. Il avait un peu trop bu, il ne savait plus très bien qui elle était, ni ce qu'il voulait d'elle, surtout après ce dîner trop élégant, trop léger, trop gai pour lui, ce dîner de gens pour qui la vie et le plaisir de vivre étaient une habitude consommée. Cette femme, il voulait la choquer et la marquer. Mais quand il l'attira vers lui, c'est elle qui, en riant doucement, embrassa son cou moite et mit en même temps que lui les mains à sa ceinture. Les yeux d'Éléonore brillèrent dans le noir un instant, avant qu'elle ne referme ses trop longues paupières, et puis ils se laissèrent glisser, engloutir dans un univers de vêtements écartés, de mains tièdes, de gestes tendres, tout cela accompli avec une sorte d'adresse étonnante, parce que dénuée de cynisme et qu'il avait jusque-là totalement ignorée. Il se réveilla plus tard sur son épaule, les yeux clos, ou plutôt les yeux cloués par le plaisir (comme on cloue un hibou à un pieu), et il s'étonna qu'elle eût la bouche si fraîche. Éléonore, elle, regardait ce chevreau furieux et se disait qu'il y avait longtemps qu'elle n'avait pris un tel risque. Elle ignorait la complicité de la dame du vestiaire et elle avait toujours détesté le scandale. Mais il fallait bien apaiser ce garçon et elle savait que la seule manière de rassurer quelqu'un, c'était le plaisir partagé. C'est très simple, les gens après l'amour : une main sur un bras ou sur une hanche dans la nuit, le dormeur qui s'étire, soupire, se rendort. Il ne faudrait pas dormir seul. Vivre seul, à la rigueur, oui, mais pas dormir seul. Elle savait bien que le danger, ce n'était pas la vie crue, vécue, qui pouvait être dure, bien sûr, et parfois ennuyeuse – mais au moins cette vie-là ne nous obligeait pas à rêver, sauf en cas de passion (et là, c'est un combat, cruel souvent mais précis, tout au moins régi par des règles précises). En revanche, les rêves échevelés et les réveils hagards qu'elle connaissait à l'aube, le cœur tapant, l'inquiétaient beaucoup plus. Ces aubes navrantes dont parlait Rimbaud, qu'elle avait lu grâce à Sébastien et qu'elle connaissait mieux que n'importe quel poète. Elle n'avait pas peur de mourir, car mourir n'est rien en soi, ce n'est qu'une ultime dent de sagesse. Mais de la mort elle-même, elle se méfiait. Éléonore, dans ses rêves et, plus grave, dans les projections qu'elle s'en faisait, voyait la mort inexorable, vêtue de dentelle grise, avec un chapeau, un profil altier et riant poliment à des sottises comme toute personne décente dans un dîner qui traîne et d'où elle essaierait de filer gentiment, mais en vous emmenant. De là naissait sa révolte absolue : la mort était vraiment pour elle cette vieille dame indigne qui vient nous violer, lentement en cas de maladie, abruptement en cas d'accident, mais toujours avec cette intention de viol. Il n'y avait pas pour elle de mort héroïque. Personne ne peut mourir bien ni même délivré. On se cramponne à tout, y compris à ses tortures, même les personnes atteintes de cette « longue et douloureuse maladie » comme disent les journaux. (Curieux, on dit facilement dans la presse : « érection, bassin, hépatite, vessie » mais jamais « cancer ».) Cette fausse pudeur donne une légère nausée. Ah si, pardon, on peut parler du cancer du poumon : c'est le tabac. Enfin, pour une fois, il faut le reconnaître, Éléonore, la belle Éléonore, l'indifférente Éléonore, Éléonore aussi lointaine que cette Princesse d'Aquitaine dont elle avait le prénom, redécouvrait en ce jeune homme inconnu dont elle méprisait, au départ, et le métier et les photos et les plaisirs et les soucis, redécouvrait en lui une chose si violente, si éperdue, si épouvantée qu'elle en était tout à fait troublée. Il y a des gens blessés, comme ça, avant même qu'ils n'aient pris des coups et alors qu'ils ont tous les atouts en main – et là, j'imagine qu'il faut remonter à Freud, à leurs petites mamans qui manquaient d'affection à leur égard, à leurs vilains papas couchés avec leurs petites mamans, et à eux-mêmes, dans le noir, les yeux écarquillés, écoutant le bruit du lit conjugal, bref à tout ce folklore parfois juste, mais le plus souvent assommant et, de toute manière, humiliant. Si, à quinze ans, je n'avais pas admis que mon père et ma mère s'étaient aimés aussi physiquement, j'aurais été non seulement une imbécile, mais *a posteriori* une belle ingrate.

Je commence à tout mélanger, Éléonore et moi, et sa vie et la mienne, et c'est normal puisque c'est mon propos, comme le verra le fidèle lecteur s'il parvient au bout de ce texte bizarroïde. Je laisse donc Éléonore, les genoux un peu tremblants dans cette cabine téléphonique, accrochée au cou d'un garçon qu'elle connaît à peine et dont elle apprécie l'impulsivité. Elle va dormir avec lui très vite, maintenant qu'elle sait son poids, son odeur, son souffle. Éléonore n'a jamais rien eu à voir avec les femmes évoluées – ce qu'on appelle les femmes évoluées. Pour elle, les hommes sont maladroits, attirants, inconsistants, nigauds ou attendrissants. Elle s'en moque du M.L.F. À travail égal, salaire égal, d'accord. Bien entendu, puisque, de toute façon, elle ne travaille pas. Ça l'ennuie, tout ça. Et puis les hommes dorment bien, ils dorment comme des chiens (de fusil) ou comme des hérissons, un peu contractés, ou comme des lions superbes, généreux et ronflants, mais toujours, si on les aime bien, avec ces gestes nonchalants de propriétaire qui leur font mettre le coude sur votre estomac et vous empêchent de dormir. Et nous, pauvres femmes, les yeux ouverts dans le noir, supportant sans broncher ce poids si proche et si dictatorial. Ah là, oui, cette jambe sur la vôtre pendant des heures et les fourmis qui en résultent, ah là, vive le M.L.F. ! Seulement parfois, une main perdue, une main nue comme dirait Aragon, vient vers nous, enfantine ou tendre, et se cramponne à la nôtre. Les jeux de l'amour sont tous pareils, qu'ils soient puérils, enfantins, sexuels, tendres, sadiques, érotiques, chuchotés. Il faut juste comprendre, il faudrait avant tout *se* comprendre : au lit, en plein jour, à la folie ou pas du tout, à l'ombre, au soleil, au désespoir ou à table. Autrement, c'est fichu. Tout ça. Et ce peu qu'il nous reste à vivre, vivant, c'est-à-dire en plaisant encore, et le peu qu'il nous reste à penser (à faire semblant) dans ce stupide et immense coassement qu'est devenue la vie quotidienne, inéluctable, injugeable et inacceptable vraiment pour tout être bien né, ce peu, il faudrait penser avant tout à le partager. Parfois même je souhaite, oui, je souhaite la venue de cet avion gris acier, ce ronronnement inattendu et un peu trop fort, les visages étonnés et levés vers ce bruit, et le colis noir, à peine visible, qui tombera de cet avion. J'en arrive à souhaiter l'éclatement, le déchirement du ciel, de nos yeux, de nos tympans, et même cette infâme brûlure et ce cri primitif, grotesque à notre époque de progrès technique et qui sera forcément : « Maman ! » La seule chose dont j'aurais peur, si cette horreur nous arrivait, ce serait d'être seule dans une maison vide. Mourir, oui, mais mourir avec le nez dans le cou de quelqu'un pendant que la terre saute ou se détériore à jamais. Il me semble que j'aurais un sentiment d'orgueil, de folie, de poésie... l'occasion ultime et unique de savoir qu'il y avait chez moi une colonne vertébrale, un défi, une passion des autres ou de l'amour ou de ce que l'on veut et que Dieu n'y pouvait rien...

Je rêve, je rêve et je déraille, et puis flûte ! je me sens dans un soir un peu lyrique, après deux jours de Paris avec des gens raisonnables, pratiques et tellement bien établis dans la vie qu'ils en meurent à toute vitesse, étant même, horreur, conscients de ce qui leur arrive. Il n'y a pas de farce possible pour eux. Tous les poètes étaient noctambules, alcooliques et détraqués. Vraiment, devrons-nous acheter des actions Shell et des machines à laver pour être bien considérés et pour être sûrs de mourir vieux ? Et confortables dans le sein flétri de notre vieillesse ? Ah non ! Vive la vie des boîtes de nuit, et vive la joyeuse ou triste solitude de ceux qui s'y entassent ! Vive la fausse et vraie chaleur d'une fausse et vraie amitié qui s'y noue ! Vive la fausse tendresse des rencontres et vive, enfin, ce que tout le monde fait au ralenti et que nous, les nocturnes, faisons au grand galop, en accéléré : la découverte d'un visage, la liaison folle, l'amitié romanesque, le pacte de l'alcool remplaçant aux tempes le pacte du sang aux poignets ! Nous ne sommes plus de bons Indiens. Et alors ? Nous sommes des Européens fatigués. C'est pourquoi, pour revenir absolument et directement à mes moutons, à mes agneaux, à mes tigres ou, plus exactement, à ma tigresse, Éléonore, elle eut, ce soir-là, une seconde d'éblouissement devant le désarroi et la volonté de cacher ce désarroi qu'avait l'enfant mal poussé en graine, devenu à vingt-huit ans l'espoir n° 1 du cinéma français, Bruno Raffet.

14

Mars 72

Dans ce train, entre Deauville et Paris, je vois par la fenêtre une chèvre paisible, littéralement assise au bord d'un étincelant filet d'eau, seule. Plus loin, trois hommes, torse nu, dont deux blanc porcelaine et l'autre, bronze, très beau, qui font brûler les mauvaises herbes (et leur feu éclipsé par ce soleil pâle mais qui n'en brûle que plus clair, tel un feu hémophile...) Tut-tut, quelle jolie composition française ! J'eusse aimé que ma vie fût une longue et classique composition française : citations de Proust tout le temps, de Chateaubriand pendant les vacances, de Rimbaud à dix-huit ans, de Sartre à vingt-cinq ans, de Scott Fitzgerald à trente. J'en passe, bien sûr, et trop, et trop délibérément. Ma vie est d'ores et déjà une dissertation accélérée et bâclée, celle de la mauvaise élève, celle qui n'a rien su faire de ses citations, sinon, par moments, son propre bonheur, son propre orgueil et ses réjouissances. En fait, je vis si vite que déjà je ne distingue plus les mois ni les années et que les gestes lents et les cigarettes éteintes de ces chemineaux-faucheurs me paraissent le comble du luxe. Je vis, moi aussi, lentement, somme toute, en ce moment. Mais j'ai l'impression qu'ils se souviennent, eux, de chaque instant tandis que pour moi, ces six mois passés à travailler à la campagne se transforment en une grande valse des instants, bordée d'arbres noirs, puis vert sombre, puis vert pomme, d'oiseaux d'abord discrets et frileux dans le ciel beige, puis d'oiseaux bavards et vaniteux sur un ciel rouge au premier soleil de printemps. On va me croire bien sensible aux saisons (cf. ce livre : « Oh, quel automne, oh, quel printemps »), mais c'est qu'il n'y a pas eu d'hiver en 1971 sur cette patinoire glacée du temps, entre les deux saisons.

À plat ventre dans ce lit étranger et sachant que son dos était bien construit, doré et lisse à la main, Éléonore regardait l'un après l'autre les objets bizarres qui traînaient sur le plancher de la pièce. Il y avait des têtes en bois, plus ou moins africaines (plutôt moins que plus), il y avait quelques poteries, il y avait ce qu'elle discernait comme étant le sens du goût – plus précisément, l'idée du goût – chez ce jeune homme qui n'en avait pas. Il avait de l'instinct et aucun goût. Il faisait partie de cette espèce d'hommes qui vont relativement droit vers les êtres dont ils ont besoin, ou qui ont besoin d'eux ou qui simplement les attirent. Mais qui, devant un objet, restent les bras ballants, demandant des dates, des détails, des références qu'ils ne demanderaient jamais à quiconque de vivant puisqu'ils savent déjà (d'instinct) tout leur curriculum vitae. Pour Éléonore, qu'une certaine réputation d'esthétisme pédérastique entendue à propos de Bruno Raffet ennuyait assez – car rien ne la déprimait plus que le goût des collections chez un très jeune homme –, cette absence totale de discernement dans les achats sûrement très onéreux qu'il avait faits embellissait singulièrement la vie de ce nouvel amant. Elle voyait bien, dans cet appartement faussement excentrique, que ce n'était pas le bon goût d'un vieux protecteur qui avait tout ordonné, mais plutôt le mauvais goût de ce jeune homme qui avait tout jeté en vrac à l'admiration d'une foule ou méchante ou ignorante. Cela la faisait rire, mais d'un rire doux, apitoyé et presque tendre. Il dormait près d'elle, la tête entre les épaules, aussi peu détendu dans le sommeil que dans la vie et, un instant, elle le plaignit du fond du cœur d'avoir ce destin inexorable de carnassier. Il serait un jour, à moins de sombrer dans la panoplie, dans les rideaux de l'alcoolisme, de la drogue ou de Dieu sait quoi, il serait un jour un de ces hommes-chiens dressés à bondir aux museaux des Leica, des caméras de télévision, un de ces hommes-chiens qui, d'une certaine façon, comme leurs compagnes de travail, se mettraient sur le dos, agitant leurs pattes à la simple idée d'une photographie en première page. En attendant, il était beau dans la lumière du matin, entouré de ses fétiches venus d'un Burma de l'antiquaille, d'autant plus beau, d'ailleurs, que ces vieux bois étaient faux et que sa jeune peau était vraie, d'autant plus beau que l'effort intellectuel, dérisoire et si artificiel qu'il avait fait pour se saisir des vrais bois était manqué. Dans dix ans, il serait ou pauvre ou raté ou, peut-être bien, cultivé. Et il ne devrait compter en fait que sur ce qu'il avait à la fois de plus irresponsable : sa peau, l'éclat de ses yeux, sa capacité amoureuse, et sur ce qu'il avait de plus bas : son ambition, son manque de scrupules et son sens du commerce, pour passer, si tout allait bien, d'un stade à l'autre – ce dernier stade étant qualifié de privilégié. Éléonore qui se moquait, pour les raisons que l'on sait, de tout cela, puisqu'elle avait tout reçu au départ, la culture, l'élégance et surtout la gratuité, savait aussi que tout cela n'appartient qu'à une race – pas noble dans le sens héraldique du terme – mais plutôt à ces gens de n'importe quel milieu qui, pour parler trivialement, sont toujours prêts à vider leurs poches ; et elle se sentait prise d'une tendresse bizarre pour cet inconnu trop bien loti. Elle ne pensait pas une seconde qu'il pût la faire souffrir un jour. Il avait trop d'atouts, elle n'en avait plus assez, il tenait trop à ceux qu'il avait, elle ne tenait plus à ceux qui lui restaient. Dans les rapports passionnels, il faut bien considérer que le seul « Panzer » indestructible, le seul canon à très longue portée, la seule mine inévitable et en plus, horreur, la seule bombe qu'on ne puisse pas jeter à la tête des autres, celle qui, du même coup, prolonge affreusement le combat, c'est l'indifférence. Elle en avait derrière elle un stock suffisant pour ravager les champs meubles qu'étaient la poitrine de ce garçon et ses flancs, ses flancs semés de poils dorés comme autant de moissons ; elle avait assez de canons fatigués pour viser droit ce cœur battant dans le noir, près du sien. Quant à la bombe dont elle ne se servirait, elle l'espérait, jamais, ce serait la simple petite phrase tellement usée à présent, son Hiroshima sentimental à elle : « Vous m'ennuyez. » Et ce vainqueur vaincu, en son grand sommeil d'enfant, avec ses cheveux blonds et ses mains refermées sur la joue dans un geste de défense instinctive, peut-être inspiré par elle ou par une vie antérieure qu'elle ignorait, lui donnait une sorte de mélancolie tendre à son propre égard. Il était temps qu'elle rejoigne Sébastien, son frère aussi lointain et aussi proche qu'on peut le rêver, cet incapable capable de tout, ce fou furieux si sage, cet indifférent si tendre, cet instable si sûr, ce paradoxe vivant, le seul homme, non pas qu'elle eût aimé, mais qui l'eût intriguée. Elle laissa le dormeur entre ses statues muettes, africaines et, par instants, effrayantes de méchanceté trop ancienne sur cette moquette trop neuve, elle laissa le beau jeune homme endormi, sachant qu'il se réveillerait très vite et, telle une héroïne de Cocteau, elle appela un taxi d'une voix sourde, celle dont on appelle à son secours un prêtre ou un voyou qui vous a aimée. Puis, ayant laissé sa voix romantique dans le récepteur du téléphone, elle descendit les marches en sifflotant un vieil air d'Offenbach, air qui ne correspondait même pas à son humeur mais qui l'obsédait tout à coup parce qu'il correspondait au bruit de ses pas dans l'escalier.

Comme Sébastien deux mois plus tôt, elle fit quelques pas dans un Paris matinal éblouissant et bleu, pensant comme lui qu'elle était intacte, mais oubliant de se dire que, du fait même qu'elle se posait la question, elle ne l'était plus.

15

Dans ce petit matin-là, donc, ce petit matin qui n'avait rien de blême puisque l'automne était spécialement triomphant, c'était au tour de Sébastien d'attendre. Il avait bien vu Éléonore se laisser capturer ou, plus exactement, capturer ce jeune homme. Cela l'avait fait rire, d'abord, réfléchir ensuite ; et, finalement, cela l'avait attristé d'une manière viscérale d'être seul dans cet appartement, comme un orphelin. Cela ne lui était jamais arrivé. Sans s'en rendre compte, il avait pris depuis six mois l'habitude d'être celui qui sort, et le fait d'être celui qui reste ou, plutôt, celui qui attend, lui était extrêmement pénible, comme une anomalie. Il prit un crayon et se mit à noter pour se distraire les différentes sortes d'absences qu'il connaissait. (Quand cela allait trop mal ou un peu mal, Sébastien avait la saine habitude de s'expliquer pourquoi et de l'écrire sur un petit papier.) Il fit donc un tableau précis de ce que l'on appelle les absences. Il nota :

1° L'absence, celle où l'on n'aime pas « X » mais où « X » ne vient pas non plus (cf. Proust). Et là, l'imagination peut commencer à rôder et à entraîner des conséquences imprévisibles allant de la passion subite à la désinvolture totale.

2° Celle où l'on aime « X », et où l'on sait que « X » vous aime et où « X » ne vient pas. Alors là, la folle du logis déjà nommée se déchaîne : « Est-il mort, en prison, accidenté, quelque part ? » C'est ce que l'on appelle la vraie terreur sentimentale.

3° Celle où l'on sait que l'on aime « X » mais où l'on n'est pas sûr des sentiments de « X ». Là, ce n'est pas la terreur, mais l'horreur : « Où est-il ? L'a-t-il fait exprès ? Joue-t-il avec moi ? Et à quoi ? »

Cette énumération qu'il trouvait pertinente consola un peu Sébastien avant qu'il ne s'allongeât tout habillé sur ce lit de hasard, car, pour des raisons obscures, il n'eût pas aimé être déshabillé quand sa sœur rentrerait. Toujours son rôle, peut-être. Il essaya de ne pas entendre le hurlement de la solitude qui montait en lui quand il pensait à ce qui constituait l'essence de sa vie quotidienne : Nora Jedelman, à qui il ne rendait plus que des visites de commisération, ce travail auquel il ne pouvait pas décemment croire et maintenant cette absence physique de son alter ego, Éléonore. Non pas qu'il réprouvât ni même qu'une seconde il imaginât les plaisirs que devait à l'heure présente se dispenser Éléonore – il savait trop bien que le plaisir n'existe que dans l'amour, en tout cas le plaisir qu'il trouvait valable, et il savait trop bien aussi qu'il était hors de question pour le moment qu'elle aimât ce petit –, mais il aurait voulu qu'elle soit là, qu'ils commentent cette soirée, bref, qu'il ne soit plus seul. Ce hurlement, ce vrombissement plutôt de la solitude, devenait plus que gênant : obsédant. Et il sembla que Dieu lui-même aurait dû se boucher les oreilles, mais il y a beau temps que les oreilles de Dieu seraient bouchées s'il en avait. Entre les cris des enfants et ceux des adultes sous des bombes ou sous la faim, en ce siècle ou en un autre, ce malheureux et sadique vieillard aurait une belle crampe aux bras. Je hais l'idée de Dieu, de n'importe quel Dieu – j'en demande pardon à ceux qui y croient – mais enfin, pourquoi y croire ? Était-Il vraiment nécessaire ? Ou alors, pourquoi fallait-il qu'il se rendît nécessaire uniquement par compensation ? Et pourtant, je le promets, je fus catholique, ramassant les images pieuses et chantant même, en 1943 dans un couvent, entre autres mélodies : « Plus près de Toi, mon Dieu » en même temps que « Maréchal, nous voilà ». Si j'y pense, je fus entre quatre et dix ans une enfant exemplaire, sage, saine, pieuse, croquant mes rutabagas comme tout le monde et chantant mes prières avec le même entrain que tous les enfants de mon âge. (Après, bien sûr, je fus moins saine, moins pure, la vie aidant et les rutabagas devenant introuvables.) Seulement, il y eut une vision atroce, dans un cinéma où je fus emmenée par erreur, petite, à la campagne, et qui décida de la naissance en moi de quelqu'un d'autre... Je passe très vite là-dessus : c'était Dachau, ses bulldozers et ses cadavres, tout ce qui maintenant, chaque fois, m'oblige à me lever de table au moindre propos antisémite, à ne pas supporter certaines formes de conversation et même certains cynismes – et Dieu sait que le temps, ma vie et les gens que j'ai connus ont contribué à me créer un cynisme délibéré. Il est évident pour moi – et j'ai honte de le dire à une époque où tout le monde porte ses « bons sentiments » en bandoulière avec la même ostentation que les mauvais –, il est évident que je me ferais gaiement (gaiement, j'exagère, mais en tout cas délibérément) supprimer pour ne pas dire, ne pas faire ou ne pas laisser faire certaines choses. Il est évident aussi que je n'en ai pas pour autant la moindre estime pour moi-même, n'ayant jamais cultivé vis-à-vis de moi que le goût infernal et incessant de plaire. Jamais celui d'être respectée. Le respect m'est complètement indifférent, et cela tombe bien, d'ailleurs, car entre mes Ferrari conduites pieds nus, les verres d'alcool et ma vie débridée, il serait bien extravagant que quelqu'un me considérât comme respectable – à moins que, parfois, une phrase, dans un de mes livres, ne l'ait atteint et qu'il s'en souvienne et me le fasse savoir. Mais là, il me semble toujours que cette phrase, ce projectile affectif a été tiré par moi au hasard, comme par un fusil au canon coudé, et que j'en suis aussi peu responsable que de l'air du temps. Je ne pense pas qu'il soit si important pour quelqu'un de s'estimer ou de penser à soi comme à une entité, avec un signalement précis. Je pense seulement qu'il ne faut pas se mettre dans une position méprisable (j'entends très précisément, par « méprisable », une position où l'on puisse se mépriser soi-même). Je ne parle pas des autres, bien sûr. L'opinion des autres dans ce cas-là, c'est une sorte d'écume aussi vaine que celle qui s'amuse avec les rochers et ce n'est pas cela qui vous use. Ce qui vous use, c'est la vague : et la vague, c'est ce reflet de soi-même mille fois affronté abruptement dans quelque glace, et ce reflet est mille fois plus pur, mille fois plus dur que celui qui traîne, trop souvent attendri, dans le regard de ces fameux autres. Bien sûr, il m'est arrivé de me haïr d'une façon altruiste, si je puis dire, généralement parce que j'avais fait du mal à quelqu'un. Bien sûr, il m'est arrivé de me mépriser parce que je n'avais fait de bien ni à quelqu'un ni à moi-même. Bien sûr, il m'est arrivé d'être sur le sable, le souffle court et cherchant l'air du bonheur ou de ce que les Anglais appellent « self-satisfaction », comme un poisson cherchant l'eau. Et puis ? La vérité, ce n'était jamais que moi, me haïssant parfois d'exister dès l'aube, comme c'était aussi bien moi paisiblement consciente de ma vie, de mon souffle et de ma propre main éloignée sur le drap, l'aube d'après. Mais, en tout cas, seule.

C'est un sujet un peu trop à la mode mais néanmoins fascinant que celui de la dépression. J'ai commencé ce roman-essai ainsi, par une description de cet état. J'ai rencontré quinze cas similaires depuis et je ne m'en suis tirée moi-même que grâce à cette bizarre manie d'aligner des mots les uns après les autres, des mots qui recommençaient tout à coup à jaillir en fleurs à mes yeux et en échos dans ma tête.

Et chaque fois que je la rencontrais chez quelqu'un, cette dépression, cette catastrophe – car il n'y a pas à plaisanter là-dessus ni à parler d'oisiveté ou de laisser-aller –, chaque fois, cette maladie m'accablait de tendresse. D'ailleurs, en y pensant, pourquoi écrirait-on, sinon pour expliquer aux « autres » qu'ils peuvent y échapper, à cette maladie, ou, en tout cas, s'en remettre ? La raison d'être, absurde, naïve de tout texte, que ce soit un roman ou un essai ou même une thèse, c'est toujours cette main tendue, ce désir effréné de prouver bêtement qu'il y a quelque chose à prouver. C'est cette façon comique de vouloir démontrer qu'il y a des forces, des courants de force, des courants de faiblesse, mais que dans la mesure où tout cela est formulable, c'est donc relativement inoffensif. Quant aux poètes, mes préférés, ceux qui font joujou avec leur mort, leur sens des mots et leur santé morale, quant aux poètes, ils prennent peut-être plus de risques que nous, les « romanciers ». Il faut un joli toupet pour écrire : « La terre est bleue comme une orange » et il faut une gigantesque audace pour écrire : « Les aubes sont navrantes, toute lune est atroce et tout soleil amer. » Parce que c'est jouer avec la seule chose qui nous appartienne à nous, les fonctionnaires de la plume, les mots, leur sens, et c'est quasiment abandonner ses armes à l'entrée de la guerre ou décider de les tenir à l'envers en attendant, les yeux déjà éblouis, demi-éteints, qu'elles vous sautent au visage. C'est bien ce que je reproche aux gens du nouveau roman. Ils jouent avec des balles à blanc, des grenades sans goupille, laissant le soin à ceux qui les lisent de créer eux-mêmes des personnages non dessinés entre des mots neutres, et qu'ils s'en lavent ostensiblement les mains. Dieu sait que l'ellipse est séduisante. J'ignore quel plaisir certains auteurs ressentent en l'utilisant à ce point, mais c'est vraiment un petit peu trop aisé, peut-être même malsain, de faire rêver des gens sur des obscurités dont rien ne prouve qu'elles ont réellement fait souffrir l'auteur lui-même. Vive Balzac qui pleurait sur ses héroïnes, ses larmes tombant dans son café, vive Proust qui dans sa maniaquerie ne donne champ à aucun développement...

Après ce petit cours de littérature française, je vais revenir à mes Suédois ou, plus précisément, à ma Suédoise qui arpente de ses grandes jambes le pavé parisien et matinal, rentrant elle ne sait où, à ce « chez elle » qui ne veut rien dire dans sa tête, rentrant plutôt à ce « chez eux » qui veut dire : son frère. J'ignore encore pourquoi j'ai jeté Éléonore dans les bras de ce galopin. (C'est que, sans doute, j'ai du mal à imaginer les conséquences de cette péripétie.) C'était peut-être parce que j'aime étirer mon histoire ou que, mue par une jalousie exotique chez moi, je commence à être légèrement énervée par son intégrité et sa manière de se défendre en amour, usant d'une technique aussi implacable et souveraine que celle du « close-combat » chez Modesty Blaise. On n'admire pas ses héros ni ses héroïnes, on ne les envie même pas, car ce serait une opération complètement masochiste et le masochisme n'est pas mon fort. Ni mon faible. Néanmoins, Éléonore me snobe.

C'est vrai, à la fin : je voudrais qu'elle morde la poussière, qu'elle se roule dans un lit, transpire en se rongeant les poings, je voudrais qu'elle attende des heures près du téléphone que ce petit Bruno veuille bien l'appeler, mais sincèrement je ne vois pas comment faire pour l'amener là. La sensualité, chez elle, est maîtrisée dans la mesure où elle se permet tout, et la solitude neutralisée par la présence de son frère. Et son ambition est nulle. Je finirai par être du côté de Bruno Raffet qui, étant ce qu'il est, reste vulnérable. Il m'est souvent arrivé, d'ailleurs, de préférer des gens médiocres à des gens dits supérieurs, uniquement à cause de cette fatalité qui les faisait se cogner comme des lucioles ou des papillons nocturnes aux quatre coins de ce grand abat-jour que peut être la vie. Et mes essais désespérés pour les attraper au vol sans leur faire mal, sans friper leurs ailes, pas plus que mes tentatives grotesques pour éteindre l'ampoule à temps n'ont jamais servi à grand-chose. Et un peu plus tard, que ce soit une heure, dans le cas des insectes, ou un an, dans le cas des humains, je les retrouvais collés à l'intérieur de ce même abat-jour, aussi avides de s'étourdir, de souffrir, de se cogner que lorsque j'avais essayé d'arrêter leur misérable carrousel. J'ai l'air peut-être résignée mais je ne le suis pas, ce sont les autres : les journaux, la télévision, qui le sont. « Oyez, oyez, bonnes gens. Tant pour cent de vous vont mourir en voiture bientôt, tant pour cent d'un cancer à la gorge, tant pour cent de l'alcoolisme, tant pour cent d'une vieillesse minable. Et ça, on peut vous le dire, les gazettes vous auront bien prévenus. » Seulement, pour moi, je crois que le proverbe est faux et que prévenir, ce n'est pas guérir. Je crois le contraire : « Oyez, oyez, bonnes gens, c'est moi qui vous le dis, tant pour cent de vous vont connaître un grand amour, tant pour cent vont comprendre quelque chose à leur vie, tant pour cent vont être à même d'aider quelqu'un, tant pour cent mourront (et bien sûr, cent pour cent mourront), mais il y en aura tant pour cent avec le regard et les larmes de quelqu'un à leur chevet. » C'est là, le sel de la terre et de cette fichue existence. Ce ne sont pas les plages qui se dévident dans des décors de rêve, ce n'est pas le Club Méditerranée, ce ne sont pas les copains, c'est quelque chose de fragile, de précieux que l'on saccage délibérément ces temps-ci et que les chrétiens appellent « l'âme ». (Les athées aussi, d'ailleurs, sans employer le même terme.) Et cette âme, si nous n'y prenons pas garde, nous la retrouverons un jour devant nous, essoufflée, demandant grâce et pleine de bleus... Et ces bleus, sans doute, nous ne les aurons pas volés.

16

Éléonore était née comme la plupart de nous, dans le noir, avec les draps du lit de sa mère rabattus sur sa tête et comme nous tous, cette bande de petits chats-huants que nous sommes, elle avait tenté de s'en découvrir le plus tard possible. Comme elle n'était pas pauvre, on ne lui avait pas arraché brutalement les draps de la tête à un âge trop jeune et elle avait eu tout loisir de se faufiler lentement vers ce qu'on appelle la lumière ou la vie. Seulement elle n'était jamais arrivée en pleine lumière. Elle avait commencé à rabattre les draps et à retomber dans le noir et ses conforts, bien avant la date que son physique et ses qualités intrinsèques pouvaient laisser espérer. En fait, sans Sébastien, elle n'aurait plus eu avec la vie que des contacts épidermiques, à la fois figés et débridés, et le plus possible éloignés de toute crudité et de toute vérité dure, que ce soit la misère, la passion ou la violence. Cette rêveuse manquait d'imagination. C'est ainsi, d'ailleurs, que s'expliquait sa tendresse pour les livres et sa dureté envers ses amants. Les chats l'aimaient plus que les chiens. Ils reconnaissaient en elle cet infini, cette chaleur morte, cette sorte de vie brûlante et atone qu'ils partageaient avec elle. Bruno Raffet, qui n'était pas du tout de cette race, mais au contraire de la race à jamais affamée, insatisfaite et, à l'occasion, féroce, des loups, n'était pas en âge de le comprendre. Pour en finir avec cette comparaison une fois de plus animale, s'il y avait eu un feu quelque part et que leurs caractères aient été réduits à leur état le plus élémentaire, Éléonore s'en serait approchée en ronronnant et Bruno aurait fui, les babines retroussées. En attendant, ils roulaient ensemble dans une voiture découverte, élégants et beaux comme deux images, allant déjeuner dans une auberge près de Paris, et Bruno, qui avait peu l'usage de ce genre de femmes, avait adopté un style qui exaspérait prodigieusement Éléonore. Il avait jeté, gentiment d'ailleurs, mais « jeté » ses clés au pompiste, il avait donné des coups de pied connaisseurs et amicaux à chaque pneu, il avait tapoté, d'un air responsable, les divers cadrans de son petit bolide anglais, il était même allé jusqu'à conseiller à Éléonore d'allumer ses cigarettes avec l'allume-cigares. Or, elle trouvait inconcevable qu'un homme ne s'arrêtât pas en pleine autoroute pour lui allumer sa cigarette. Elle trouvait inconcevable qu'on jetât ses clés au pompiste ou, d'ailleurs, à tout être humain au lieu de les lui poser tranquillement dans la main, elle trouvait ridicule cette pantomime de pilote que, dans son euphorie, il jouait pour elle ; en fait, elle se demandait presque pourquoi il n'avait pas crié « hue cocotte » en démarrant. Pour tout arranger et malgré le vent trop violent qui défaisait le maquillage d'Éléonore, il s'était mis en tête de trouver des airs entraînants ou de la belle musique sur son poste de radio dont on devinait qu'il serait inaudible, une fois dépassé le cent vingt kilomètres-heure. L'ennui d'une certaine vulgarité (même si chez Bruno Raffet, elle révélait plutôt l'enfance), c'est qu'elle ressort brusquement par rapport à un objet possédé et dont on veut à tout prix faire partager le charme à quelqu'un qui s'en moque. Bruno ignorait ses masques africains et son indifférence évidente lui avait rallié Éléonore, mais il aimait sa voiture et, aux yeux d'Éléonore, il l'aimait mal. Elle avait eu beaucoup de chevaux dans son enfance. Elle n'avait jamais pensé à leur tapoter la tête ni à leur donner du sucre. Elle avait simplement pensé à ménager leurs bouches et à les aider dans leurs allures. C'était pour elle le meilleur moyen de rendre grâce à leur beauté, à leur vigueur et à leur indifférence. Elle n'allait pas, dix ans après, s'extasier sur un tableau de bord. C'est donc de fort mauvaise humeur qu'elle se mit à table dans une auberge mal fréquentée à ses yeux, c'est-à-dire par des gens qui parlaient trop fort ou trop bas et qui faisaient de cet endroit anodin, ou qui essayaient d'en faire un lieu soit de prestige, soit de mystère. Bruno, pour qui tout allait bien et qui se trouvait même admirable d'inviter à déjeuner, le lendemain du jour où il l'avait « eue », une femme qui ne lui servirait à rien, Bruno, qui se sentait le jeune seigneur du lieu et de la route et de sa proie, Bruno ronronnait. Il lui tendit la carte d'un geste noble et prit même l'air patient, voire un peu excédé de l'homme qui sait que les femmes hésitent longtemps à faire un choix, étant donné qu'elles pensent à la fois à leurs goûts et à leur ligne. Son attitude n'était pas destinée uniquement à Éléonore mais à toutes les têtes de l'établissement qui avaient immédiatement reconnu le célèbre Bruno Raffet et il regardait ses mains avec la discrétion et le sourire indulgent indiqués plus haut. C'est pourquoi il fut surpris de voir les yeux gris et impavides d'Éléonore détailler son manège et plus surpris encore quand elle lui rendit le menu, comme on tend un cache-nez à un enfant, avant de se lever et de disparaître. Il n'eut que le temps de repousser sa chaise, car son imprésario lui avait dit que cela se faisait, et de se rasseoir – supposant dans son euphorie de propriétaire qu'elle était allée se donner un coup de peigne. « Peut-être avait-elle un peu mal au cœur, il avait conduit trop vite, mais que faire avec 300 chevaux tout seuls sous un capot et cette autoroute pour une fois dégagée ? Les Suédoises étaient pourtant censées avoir un cœur bien accroché. » Au bout de dix minutes, il commença à s'énerver de découvrir une forme de vie qu'il ignorait. Il était passé, non sans mal (à travers quels lits et quelles embûches !), du stade du petit garçon hargneux, maladroit et avide, au stade encore récent de jeune homme blasé. Ce manque de temps, si l'on peut dire, entre les deux états, fit qu'il s'affaira, qu'il secoua presque le maître d'hôtel, qu'il interrogea trop vivement la dame du vestiaire, qu'il courut jusqu'à sa voiture, et qu'il revint aussi vite téléphoner à Paris, sous les yeux amusés du barman, déjà renseigné. À ce moment-là, ignorant tout des raisons de son abandon, il aurait pu prendre le parti de l'oublier. Dans l'espèce d'horlogerie où l'avaient introduit ses impresarii, les journaux et ses conquêtes, il ne devait pas y avoir la moindre faille, que ce fût par rapport à un contrat ou à une femme. Mais Éléonore était partie en taxi et cela le rejetait trois ans en arrière, à l'époque où il avait peur et faim et soif, à l'époque où la vie n'était pas, comme maintenant, que ce qu'il voulait bien qu'elle soit. Et comme dans les histoires qu'il avait lues, histoires dont le héros lui avait toujours paru un pauvre type, il reprit sa voiture et fonça vers Paris, chez elle. Ce fut Sébastien qui lui ouvrit, en chandail. « Oui, dit Sébastien, elle est rentrée, oui, elle a eu trop de vent, oui, vous savez, elle n'aime pas les auberges rustiques, oui, vous savez, parfois elle ne sait pas s'expliquer, oui, elle dort. » Alors il eut l'impulsion qui le sauva, il bouscula presque Sébastien qui prit un air sceptique et indulgent, ouvrit la porte et trouva Éléonore, allongée sur le lit, qui lisait paisiblement *Les Aventures de M. Pickwick*. Des souvenirs, des récits de ses amis lui revinrent en tête pendant qu'il la regardait et il se dit que, là, il devait montrer qui était le maître. Une femme, on la rosse une bonne fois et elle comprend. Ou alors il aurait fallu ne pas marquer le coup et jouer le bel indifférent, mais c'était trop tard puisqu'il était revenu et qu'il était là, tremblant de colère et de peur, au pied de son lit, dans cet appartement minable mais qui était devenu pour lui tout à coup le pire des châteaux forts et le mieux défendu. Il n'avait plus qu'à attendre le verdict, qui arriva aussitôt.

— Tu en as eu assez de cet horrible endroit, toi aussi, dit Éléonore. Écoute, j'en suis à l'endroit du livre où Pickwick et ses amis sont sur le champ de bataille pendant une manœuvre. Je crois que je n'ai jamais rien lu d'aussi drôle de ma vie.

Et comme il la regardait, encore hébété par le vent, la colère et la stupeur, elle tapota gaiement l'oreiller près d'elle et, lui désignant un passage du doigt, le força presque à s'allonger. Il n'avait jamais lu Pickwick et quand son cœur fut calmé et qu'il put comprendre les phrases qu'elle lui lisait d'une voix basse, entrecoupée de rires, il finit par rire aussi, par se blottir contre elle, parfaitement détendu, et il passa ainsi l'un des meilleurs après-midi de sa vie. Comme ils avaient faim, vers 5 heures, Sébastien qui ne semblait pas décidé à jouer l'imprésario ce jour-là, leur confectionna des spaghetti.

17

Il peut sembler bizarre de commencer un chapitre par un *Nota bene* mais, quand même, une chose m'inquiète depuis hier soir où je l'ai remarquée : pourquoi dans tous les romans policiers, dès qu'un homme traqué refuse dans la rue les bons services d'une prostituée, lit-on : « il la repoussa » ? Et chaque fois la malheureuse l'insulte. Les prostituées ont-elles tellement de dépit, de vanité ; ou alors, les hommes prennent-ils plaisir à l'idée qu'en se refusant, eux-mêmes ou leur argent, à des femmes dont c'est le métier (et, j'imagine, un métier souvent accablant) celles-ci doivent en concevoir quelque hargne, rogne, grogne ? Je l'ignore. De toute façon, c'est, je l'ai dit, un problème secondaire mais amusant. Quand je dis « secondaire », je n'en suis pas sûre. Je crois que les hommes aiment bien être désirés par n'importe qui et pour n'importe quoi, même si cela doit alléger légèrement leurs poches. Les femmes aussi, d'ailleurs. Mais les femmes, c'est plus normal : elles sont encore, quoi qu'on puisse dire et faire, « l'objet » ; un objet, finalement, c'est calme, c'est pratiquement invulnérable, et d'autant plus invulnérable que cela n'attaque pas. Mais ces grands enfants mâles, nos maîtres, nos Samsons que l'on veut priver de Dalilas – car enfin il est évident qu'en dehors de leur force, c'est bien nous qui leur couperons les cheveux en même temps que leur cœur –, je trouve qu'on les maltraite fort dans les gazettes actuellement. Si je comprends bien : a) ils gagnent de l'argent pour leur foyer – mais de toute façon, c'est injuste puisqu'ils en gagnent plus que les femmes ; b) ils conduisent leur voiture avec leur femme, trois enfants et un chien, durant les week-ends, et c'est très dangereux pour leurs femmes ; c) ils font l'amour, bien sûr, mais d'une part, c'est semble-t-il surfait – voir *Marie-Claire* (*Marie-Claire* soi-même qui explique le peu d'importance de leur sexe dans l'affaire) ; d) et, d'autre part, si jamais il y a un « ennui », qui va en souffrir ? Ce n'est pas eux ! Et c'est fort injuste pour nous, même si nous avons oublié de prendre cette chère pilule avec le café au lait ; e) ils trompent leurs femmes, ils boivent, et finalement préfèrent souvent se retrouver entre amis, ce qui est, paraît-il, un signe de mépris total pour nous ; f) ils ont acheté une télévision et ont une tendance fâcheuse à s'effondrer devant, et bien que nous les ayons plus ou moins obligés à l'acheter, c'est un signe d'ennui. Et puis, quand même, on leur demande peu de chose, en fait : ne pas trop jouer l'homme dans la vie mais l'être vraiment, et puis remarquer quand même qu'on a une robe neuve et s'en réjouir et nous en désirer davantage. Quant à l'idée que nous les rassurions, nous, sur eux, il ne faut pas tellement qu'ils y comptent. Ils ont eu deux mille ans, même s'ils sont nés il y a trente ans, pour nous oppresser, nous empêcher de faire de grandes choses et il est apparemment temps qu'ils le payent. Naturellement je plaisante, mais autant je déteste l'ostentation virile de certains hommes qui, il faut bien le reconnaître, ennuient généralement les femmes (aussi bien la nuit que le jour), autant je dois dire que, parfois, surtout ces temps-ci, cette petite complainte tendre et ahurie de certains hommes commence à me faire de la peine. Que cette manie de s'exprimer en généralités est excédante ! Ce n'est pas l'homme avec lequel on vit qui décidera du salaire « égal », pas plus que ce n'est lui qui décidera du nombre d'enfants que nous aurons envie d'avoir, pas plus que ce n'est lui qui représente le symbole de cette fameuse lutte homme-femme dont on nous rebat les oreilles. Il est trop facile, à ce sujet, d'évoquer des ridicules et Dieu sait qu'il y en a, et des deux côtés, mais il me paraît fâcheux, stupide plus exactement, qu'à la faveur de certaines théories, donc d'abstractions, deux personnes jusque-là liées dans le concret en arrivent à des discussions complètement hors de propos et sans vie.

D'ailleurs qu'est-ce que je dis ? Ou bien un homme et une femme se complètent intellectuellement et peuvent se dire pourquoi ils aiment un article dans le journal ou un poème ou une musique ou un cheval de tiercé (et Dieu sait que c'est rare après quelques années cette envie de parler ensemble !)

ou leurs rapports ne sont que passionnels. « Où es-tu ? Qu'as-tu fait ? Je ne t'aime plus. Je t'aime. Je m'en vais. Je reste. » Ça mènera à quoi, ces théories : séparer en deux l'espèce humaine sous prétexte de la réconcilier, de l'unifier, ou de la mettre sur le même niveau, alors qu'on sait que ce niveau est toujours atteint, manqué ou dépassé par certaines femmes ou certains hommes qui avaient plus ou moins de force ou de faiblesse que les autres et que, finalement, c'est dérisoire. J'ai vu des brutes aimées par des femmes sensibles, des femmes féroces aimées par des hommes tendres, etc. Je n'ai jamais pensé que cette notion d'égalité sexuelle puisse être valable : en dehors naturellement du salaire des gens et des discriminations, pour ainsi dire raciales, qui existent et existeront, je le crains, longtemps encore entre eux. Si l'on admet que tout rapport humain est basé sur une inégalité fondamentale – inégalité asexuée, au demeurant, et qui est résumée je crois, de la manière la plus précise et la plus féroce par Huxley : « En amour, il y en a toujours un qui aime et l'autre qui se laisse aimer », et si l'on admet cette cruelle mais inéluctable vérité, on devrait comprendre que ce n'est pas cette inégalité des sexes qui est la vraie question. Et c'est là où plein de femmes intelligentes et de bonne foi se laissent prendre. La vérité, c'est que le couple, les gens, la foule sont parfaitement abrutis par un mode de vie destiné à les abrutir et qui, même s'il n'était pas *destiné* à le faire, y arriverait. Et qu'alors, bien entendu, selon les systèmes en vigueur – qui sont des systèmes de *diversion* – on se débrouille pour faire passer au compte de la différence des sexes l'épuisement partagé d'un couple. Car enfin qui, homme, ou femme, peut rentrer chez lui, chez elle, chez eux après tant d'heures de travail sans avoir autre chose que faim, soif ou sommeil ? Sinon, peut-être, dans la première année de leur cohabitation... (De même a-t-on voulu travestir le refus profond et à mon sens motivé d'une génération de jeunes gens, assez éveillés, parce que ce refus était celui d'un avenir dont aucun quadragénaire de bonne foi ne voudrait.) Ah, on les entend assez se plaindre, nos bruyants quadragénaires : « Ah non, les plages ne sont plus les plages ! Il n'y a plus de campagne ! Il n'y a plus de liberté ! » Et si on leur offrait une jeunesse à nouveau, croyez-vous vraiment qu'ils choisiraient celle de leurs enfants ? Elle leur paraîtrait insupportable. Ils demanderaient une marche arrière de ce grand *tape-recorder* qu'est l'existence et ils repartiraient au même point d'où ils étaient venus. Et ce n'est pas un manque de curiosité ni un goût du passé qui les dicte, c'est l'horreur profonde d'un avenir dont tout laisse à croire qu'il ne va pas être drolatique. Et alors là – même système de diversion –, ils expliquent que cette génération aime la violence, qu'elle ne veut rien reconstruire à la place de... et que même l'amour ne l'attire pas. Moi, pourtant, j'ai vu de très jeunes gens, très passionnés, d'une manière plus que romantique, seulement ça, on ne le leur accorde pas : « Les sentiments, vous permettez, c'était ma génération, c'était moi qui lisais

Balzac et les classiques, et si mon fils pleure dans son lit, c'est parce qu'une petite putain, qui s'envoyait d'ailleurs tous ses copains, lui a fait une crasse. » Quant à l'érotisme : « Ces pauvres enfants ne savent pas ce que c'est, tandis que nous, à vingt-cinq ans, tu te rappelles, Arthur, on ne s'ennuyait pas ? » Il faut quand même se mettre dans la tête, chers bourgeois de tous les âges et de tous les milieux (car au sujet de l'amour, les Français, considérant leur glorieux passé, sont dix fois plus nationalistes que n'importe quel pays), il faut bien se rendre compte que l'amour entre des gens de vingt ans, ce n'est pas seulement le contact de deux épidermes. Ce qu'il faut absolument admettre, c'est que ces petits loups, avec la même nécessité intérieure, veulent aussi la chaleur, la poésie – ces désirs étant peut-être plus vite engloutis sous les draps que du temps de leurs aînés, mais tout aussi impérieux.

De toute façon, et Dieu merci, ce n'est pas ce gouvernement ni les suivants qui feront de ces jeunes gens ce qu'ils seront un jour. Leurs racines ont déjà poussé et leurs racines, c'est la dérision, le mépris et, malheureusement, pas encore l'espoir. C'est bien facile, de leur dire : « Vous verrez, à notre âge, vous serez payés tant pour un poste de sous-chef et vous paierez tant pour une AMI-6, vous verrez comme on aura vite fait de vous bâillonner et si ce n'est pas nous, ce seront les circonstances, l'argent ou plutôt le manque d'argent. » Mais il me semblerait plus normal, ou plus tendre, de la part de leurs aînés, de dire : « Allez-y, amusez-vous, mais ne cassez pas la figure de vos professeurs ni celle de vos copains – parce que vraiment la violence est un phénomène irréversible, qu'elle est avant tout bourgeoise et que, l'utilisant, vous tomberiez dans la même chienlit que nous. Allez plutôt voir ailleurs, allez vous promener très loin puisque vous en mourez d'envie, oubliez les folklores, allez voir les Hindous avec ou sans haschich, c'est très faisable, allez voir aussi les Anglais et, à moins que vous n'en ayez pas envie, jouez avec la Terre puisque depuis peu son étendue vous est offerte pour quelques dollars et peu de temps. » C'est difficile à dire à ces enfants nerveux, compliqués et souvent déjà englués. Mais s'ils sont englués, il faut bien se dire qu'on les a laissé faire et que, dans ce cauchemar des vingt dernières années, il n'y avait rien qui puisse les drainer hors d'eux-mêmes. Pas plus que nous. Mais ce n'est plus à nous de gémir, et Dieu sait que nous ne nous en sommes pas privés. C'est à nous d'aider. Amen.

Catastrophe !... Je me rends compte avec horreur que j'ai oublié complètement un personnage en route : ce pauvre homme fasciné par la nuque d'Éléonore, rue Pierre-Charron et qui devait jouer dans sa vie un rôle bizarre et obsédant. Le voilà oublié et j'ai beau essayer de m'y intéresser, je vois bien qu'il ne tiendra pas la distance. Après tout, tant pis. Quels qu'aient été mes desseins machiavéliques, il aura été un homme qui regardait fixement, dans un restaurant ensoleillé, le profil d'Éléonore. Son rôle s'arrête là.

N'importe qui peut perdre des figurants en cours de route, mais celui-ci, par politesse et avant de le rayer à jamais de mes papiers, je lui donnerai un nom : il s'appelle Jean-Pierre Bouldot, il est employé de banque depuis vingt ans, fort mal payé et, comme on dit, bon citoyen. Il paye ses impôts à temps, non sans difficulté, sa femme est tiède, ses enfants plutôt médiocres et il prend le métro tous les jours à « Auber ». Il a escompté un moment que les changements de ce métro l'intéresseraient du point de vue technique car enfin, il a manqué être ingénieur. Il a espéré que les rapports humains en seraient simplifiés et que ce serait pour lui une sorte de fête d'en descendre les marches tous les matins et de les remonter tous les soirs. Malheureusement, c'était un peu trop compliqué, un peu trop abstrait et ses enthousiasmes exprimés à voix haute n'avaient trouvé aucun écho auprès des autres passagers. Maintenant, néanmoins, il réussit à se débrouiller ; il vit le ticket de métro entre les dents et il arrive chez lui le soir, à l'heure pour, selon les circonstances, apaiser ou gifler ses enfants. Le jour où il rencontra Éléonore, il avait été coincé par tant de portillons, il avait pris tant de mauvaises correspondances, il avait tant transpiré et s'était tant essoufflé dans ce dédale devenu pour lui la pire des pampas dans le plus atroce des westerns, qu'il était descendu, vaincu, aux Champs-Élysées. Et là, bénéficiaire, certes, du progrès mais n'imaginant pas vis-à-vis de son chef de bureau, Monsieur Colet-Roillard, une autre excuse que la grippe (excuse qui, en tout cas, lui interdisait l'accès du bureau pour l'après-midi), il avait décidé de déjeuner dans un snack-bar, rue Pierre-Charron. C'est là qu'il avait vu Éléonore comme on voit quelqu'un qu'on a toujours connu, et dont on sait qu'on ne le connaîtra jamais. Longtemps après, ayant rêvassé entre ces stations du métro qui étaient son trajet habituel et cette trajectoire inexorable qu'était son destin, il avait bien fini, au moment où j'en parle, par l'oublier complètement, l'Éléonore. Exit Jean-Pierre Bouldot.

18

En attendant, Bruno était bien heureux. Il s'était introduit dans le camp Van Milhem. Il était à la fois raillé et soutenu par Sébastien qu'il amusait assez et accueilli par Éléonore qui se bornait sans doute à ne lui donner que son corps. Mais quand il s'éveillait près d'elle et qu'il tentait de la réveiller à son tour, à petits coups de tête interrogatifs et tendres, il s'émerveillait de la voir s'étonner, bâiller et se retourner contre lui, ventre plat contre ventre plat, dos plat contre dos plat sous leurs mains, et il s'émerveillait aussi de l'accélération de son souffle – chose qu'il ne pouvait provoquer que par ses gestes. Car aucun de ses mots, de ses pensées ne semblait vexer, attendrir ou humilier Éléonore. Blotti contre elle, le sang chaud, il attendait paisiblement, sans le savoir, qu'elle le chasse. C'est alors que Robert Bessy revint de New York. Il y avait passé trois semaines difficiles, les affaires avaient été dures et il avait dû se gaver pour les besoins de la cause, de différents tranquillisants. Il rentrait à Paris désemparé, comme il en était parti. C'est-à-dire : petit, gros et peu sûr de lui. La seule pensée qui le réconfortât, c'était celle justement de ses amis Van Milhem, ces beaux Van Milhem que n'effleurait pas un instant le vent des dollars, et de ce Bruno un peu trop beau, un peu trop fou et qu'il avait, à force de patience et de concessions, amené assez haut. Son sentiment pour lui était parfaitement élégant dans la mesure où il n'en attendait rien, jamais, de passionnel et où, du même coup, il en était devenu lui, Robert Bessy, à quarante ans, aussi tendre et désespéré qu'un enfant en bas âge. Il n'y avait personne à l'aéroport, mais il y avait un message pour lui dans son appartement, cet appartement de la rue de Fleurus au-dessus duquel avaient habité Éléonore et Sébastien, cet appartement qu'il avait conservé parce qu'il avait été le lieu de ses premières rencontres avec Bruno, cet appartement maintenant désert, sans vie, sans fleurs, mille fois plus désespérant dans son côté anglais que l'actuel et désertique local des Van Milhem. Il y a une forme de confort, de luxe et de bien-être qui n'est peut-être supportable que si l'on est deux ou dix à la partager et qui, dans le cas de Robert seul, devenait féroce. À quoi servaient ces deux fauteuils Regency près d'un feu éteint, à quoi servait cette vue ravissante sur les toits, à quoi servait cette kitchenette parfaitement installée d'un point de vue électroménager, à quoi servait ce valet où il accrochait son manteau, à quoi servaient ces bagages avec leurs rêveuses étiquettes « TWA » « NEW YORK » « PARIS » et surtout, à quoi servait son visage dans la glace, ce visage mal rasé et dont il n'avait jamais aimé la barbe ? Il essaya d'attribuer tout cela à ce fameux décalage horaire qui est, comme on sait, une excuse toujours répétée par les gens qui voyagent. Astronautes minables, ils ont vite fait de confondre les carences de leur sang avec les grands poncifs du siècle : la distance, l'heure, la fatigue nerveuse. Bref, il prit quelques comprimés mi-dopants, mi-tranquillisants et, avec des gestes de somnambule, prit son bain, se rasa, se changea, etc. Il était arrivé à 3 heures de l'après-midi, heure locale, il était 5 heures, heure toujours locale et il avait l'impression qu'il était minuit, heure sensible. Au lieu de téléphoner à son bureau, il s'assit sur son lit, étant de toute façon incapable de défaire ses bagages, et il attendit. Une heure plus tard, heure qui lui parut le comble de la tristesse et de la solitude, il reçut un coup de téléphone. C'était Sébastien, Éléonore et Bruno qui l'appelaient d'un bar : ils n'avaient pas voulu le déranger plus tôt, afin qu'il puisse se reposer un peu. La bonne volonté a de ces crimes... Il prit l'air gai, enjoué et quand Bruno dit au téléphone (il avait une voix nouvelle, Bruno) « Si tu veux, "on" vient te chercher, si tu veux, "on" se retrouve ailleurs, si tu veux, "nous" venons chez toi », il sut illico, d'une manière décisive, que les petits coups au cœur qu'il encaissait avec ces « on » et ces « nous », avec cette absence de « les autres », n'étaient que le prélude d'un énorme et douloureux tam-tam qui ne lui laisserait plus de paix. Les autres, c'était les autres et c'était donc l'enfer. Et lui, c'était lui tout seul, habillé et rasé de près, attendant l'heure de sa convocation, c'est-à-dire de sa condamnation, une heure et demie plus tard. En plus, se disait-il avec dérision, ce n'était vraiment la faute de personne, ni de Bruno dont il savait parfaitement qu'il préférait les femmes, ni de Sébastien qui n'avait jamais pu prendre ce genre d'histoires – c'est-à-dire, la sienne, quoi ! – au sérieux, ni d'Éléonore qui capturait qui elle voulait depuis toujours ; et qui, s'il lui avait parlé, aurait sans doute aussitôt rejeté Bruno pour le lui rendre. Mais personne ne peut jamais vous rendre personne : il faut *prendre et garder*. Et lui, Robert Bessy, ce bon et brave Robert Bessy, en avait toujours été incapable : en allant vers ces trois fauves insouciants, il eut l'impression d'être Daniel marchant vers la fosse aux lions. Seulement Daniel était beau et mince et jeune et les lions s'étaient couchés à ses pieds. Ces lions à lui allaient le bousculer gaiement, gentiment, avec leurs pattes élégantes et pleines de griffes jamais assez limées. Ils allaient, sans s'en rendre compte, le déchiqueter proprement et le renvoyer seul chez lui, dans cet appartement où il n'avait plus à regarder, comme chose vivante, que sa valise. À tout hasard, il mit deux petits cachets supplémentaires dans la poche de son gilet – de ce gilet rassurant – puis il attendit ; en regardant ses pieds, l'extrémité noire de ses chaussures superbes, achetées trente dollars chez Sacks sur la 5e Avenue, mocassins merveilleux dont il avait d'ailleurs ramené une paire identique pour Bruno, il attendit que la nuit tombe et que l'heure du sacrifice arrive.

La ville est vide et je me demande avec une sorte de fascination si un jour les gens vont rentrer. Je sais qu'ils sont tous sur les routes, dans leurs engins divers, roulant vers des plaisirs ou des morts semblables et moi, je me sens assez libre, à l'abri. Je me fais l'effet de cet oiseau qui habite juste en face de chez moi, mon plus proche voisin en somme, et qui a planté sa tente dans un arbre scié ras lequel a, néanmoins, un air horriblement vivant, peut-être même plus vivant que les autres – ceux couverts de feuilles, de bourgeons et de promesses. Lequel arbre étant tout nu, a l'air mutilé et d'ailleurs ne l'est pas. En tout cas, qu'il soit aimé pour cela ou pour des raisons de confort que sait le coucou et que j'ignore, cet arbre est bourré d'oiseaux. Avec une tronçonneuse – je crois que c'est le terme –, ils ont au printemps, à mon vif déplaisir, plus auditif, je l'avoue, que sentimental, découpé ce voisin. Car, à Paris, on émonde toujours les arbres à l'aube. Ces ouvriers audacieux, perchés à des hauteurs qui me faisaient trembler autant d'effroi pour eux que de rage pour mon sommeil, sectionnaient ces malheureux marronniers.

Comme pour le rassurer – je parle toujours de mon arbre –, les oiseaux ont choisi ses intersections, ses amputations comme autant de refuges. Il est bien plus fréquenté que les autres, les vivants. Tiens, à ce sujet, je me demande où je me réfugierai plus tard. On peut mourir de tellement de manières différentes et il y en a si peu d'élégantes. Bien sûr, il y a les « noces d'acier froissé » dont parle Blondin à propos de Nimier, il y a une vieillesse désuète et tranquille, au coin du feu, dans quelque province avec des petits-enfants plus ou moins ennuyeux qui vous grimpent sur les jambes, il y a le suicide, cette pente dont il ne faut jamais parler, il y a aussi des solutions comiques. Au fond, ce n'est pas par principe, mais par une paresse qui est devenue chez moi un principe en soi, que j'ai toujours refusé de faire partie d'un jury quelconque ou d'avoir ce qu'on appelle des responsabilités dans le monde littéraire. Mais aujourd'hui, perchée sur mon balcon et regardant passer un chien hargneux, un père excédé et un enfant en larmes, je me vois très bien, plus tard, pleine de décorations diverses, siégeant, aimable et toujours un peu confuse au point de vue diction (il y a peu de chance que l'âge arrange les choses) dans un banquet chez Drouant, ou chez Maxim's, je ne suis pas maniaque. J'ai soixante-quatorze ans. Mon quatrième mari vient de mourir bêtement, comme on dit, je suis en noir et mes décorations n'en ressortent que mieux. Je finis juste une petite sole au citron, car mon médecin m'a interdit tout excès. Le petit neveu d'Edgar Schneider ou d'un autre m'interviewe, non sans mal, car un verre de chablis aidant, j'ai légèrement perdu la tête. Je lui explique néanmoins que ce dernier roman primé est admirable et que nous sommes bien contentes, mes copines Duras, Mallet-Joris et moi-même, d'avoir consacré un talent neuf. Là-dessus, je me mets à glapir car je n'ai pas eu ma tarte à la framboise et que l'âge m'a rendue fort gourmande. Benoît IV, mon dernier chauffeur, impassible, me met sur les épaules mon manteau de cigogne de Poméranie (c'est la dernière fourrure à la mode en 2010). Le lauréat, déjà vêtu de Môa, me baise les mains éperdument. Benoît IV m'ouvre la portière de notre aérocar et nous allons nous poser, non sans croiser d'autres aérocars amis, rue Guynemer, sur la terrasse. En effet, depuis quelque temps, le trajet Invalides-Champs-Élysées est devenu, au crottin près, semblable aux Champs-Elysées de Zola. Lecanuet règne toujours sur la France grâce aux piqûres fort efficaces du Docteur Jekyll (Hyde Park). La Côte d'Azur, pour cause de pollution, est interdite aux estivants à moins de cinq kilomètres du rivage. Ah ! j'en ai vu, j'aurai tout vu avant de mourir... J'ai vu des femmes redevenues sauvages brûler les archives de leurs patrons sur la place de la Concorde. J'ai vu des enfants mener leurs parents à la cravache, ne supportant pas chez eux le moindre écart sexuel. « Ah ! disaient-ils, attention aux traumatismes ! », et les parents heureux, enfin tranquilles, enfin irresponsables puisque matés, suivaient à la trace ces petits gnomes déchaînés dont le principal souci (freudien paraît-il, d'après une nommée Grégoire) était de leur couper toute nourriture. J'ai vu « le sablier de la terre et du ciel se renverser » (cf. Éluard). J'ai vu des plantes vertes pousser à Paris, sans souci. J'ai vu des gens fous d'amour qui acceptaient que leur amour soit unilatéral. J'ai vu des amis donner leurs vestes à leurs amis tout en sachant que ces derniers l'ignoreraient toujours. J'ai vu des fermiers lisant des poèmes, à l'ombre de leurs vaches, allongés, et qui me criaient quand je passais : « Vous savez, la terre est bleue comme une orange ! » J'ai vu des poissons ivres de désespoir (généralement des goujons, j'ignore pourquoi) se jeter, les yeux révulsés, sur un hameçon de fer. J'ai vu des hiboux se cacher et refuser des nuits entières d'ouvrir les yeux, tellement ils en avaient leur claque de notre félicité.

19

— Si on prenait un peu de caviar ?, dit Robert.

Il était l'un de ces derniers rescapés d'une génération mal nourrie pour qui le mot « caviar » ou le mot « champagne » avait encore des inflexions de fête. Malheureusement, Éléonore n'avait jamais aimé le caviar. Sébastien le supportait mal. Quant à Bruno, depuis qu'il pensait qu'il pourrait se l'offrir longtemps, il n'y accordait plus qu'un intérêt condescendant. Ils étaient tous les trois autour de lui, affectueux et très lointains, comme dans un rêve, et il essayait de les mettre de son côté, les uns après les autres, comme font les petits garçons mal aimés dans les cours de récréation. Bruno d'abord, bien sûr. Bruno superbe, étincelant, plus blond, plus bleu que jamais, comme ces personnages de Proust dont il n'avait lu que la biographie, et comme si, surtout, par un phénomène étrange, sa nouvelle passion pour Éléonore avait renforcé ses couleurs naturelles, les avait rendues flamboyantes. Car il n'y avait plus à en douter à présent, il était très amoureux d'Éléonore. Tous ses gestes étaient vis-à-vis d'elle, vers elle, pour elle, et l'accueil gracieux mais réservé qu'elle offrait à ses hommages était encore plus inquiétant pour Robert. Cette attitude, en effet, indiquait qu'elle n'aimait pas encore Bruno, qu'elle avait pris du retard sur lui dans cette affaire, c'est-à-dire, de l'avance. Et Robert savait bien, lui qui avait toujours aimé trop tôt, que ce léger décalage était généralement irrattrapable. Sébastien faisait ce qu'il pouvait pour comprendre les problèmes de ce pauvre Robert, mais il avait une tendance naturelle à rire et, de toute façon, il y avait mille explications à cette expression paniquée qui envahissait parfois le visage de son ami : le voyage, la fatigue, l'énervement, peut-être même cette affaire d'Éléonore et de Bruno, affaire qu'il savait, lui, sans importance réelle mais qui pourrait devenir plus grave qu'il n'aurait cru. Robert devait quand même bien savoir que Bruno aimait les femmes, qu'Éléonore n'était pas sa première maîtresse, ni la dernière, et que la nonchalance avec laquelle sa sœur traitait ses affaires passionnelles était un gage de sécurité pour l'avenir. Quant à Éléonore, elle s'efforçait, elle (par délicatesse vis-à-vis de Robert), de canaliser, voire d'étouffer les élans de son jeune amant et sa désinvolture était plus accentuée que jamais. Ce qui, naturellement, rendait Bruno encore plus emporté qu'à l'habitude et plus impatient. Il ne savait à quoi attribuer cette demi-indifférence qui, au demeurant, le faisait souffrir, et de plus, ne pouvait imaginer qu'Éléonore connût ses rapports passés avec Robert. Les jeunes gens, même cyniques, ont de ces refus pudiques et qu'ils croient partagés. De plus, ne comprenant pas du tout pourquoi il souffrait de la sorte, il décida que c'était la faute de Robert, élément étranger introduit après quinze jours d'absence dans leur délicieux trio. Ils avaient tous raison et tous se tenaient bien. Seulement, il y avait cet animal crucifié sur la nappe rose, dans ce restaurant, et c'était Robert. Après le caviar refusé, il y eut le caneton aux olives et puis un fromage, également refusé par tout le monde, et puis un sorbet adopté à l'unanimité. Chacun de ces plats et, surtout, chaque intervalle de temps entre ces plats, était un supplice extravagant pour Robert Bessy. À un moment, il attrapa ses petites pilules tranquillisantes (celles qu'il avait eu la précaution de glisser dans son gilet) et il les avala en riant beaucoup et en déclarant que ces menus américains, si sains soient-ils, lui donnaient des brûlures d'estomac. Ils décidèrent d'une boîte où aller prendre un dernier verre et le mot « dernier verre » fit sursauter Robert comme une indécence. Il se surprit, néanmoins, en homme d'affaires maniaque, à ramasser l'addition en vue de ses frais généraux et cela le fit sourire. Quelle facétie incompréhensible ! La vie n'avait jamais été pour lui que ça. Sa bonne volonté naturelle, son entrain, ses admirations et, un peu plus tard, ses goûts avaient transformé le temps qu'il avait à vivre en un horrible mélange dont chaque seconde ne pouvait que le blesser. Il était là, les yeux ouverts dans le taxi, parfaitement lucide pour une fois, et ne regardant même plus, ne voyant même plus la main de Bruno crispée dans l'ombre de la voiture sur celle d'Éléonore. L'endroit où ils allaient « s'amuser » était l'Enfer de Dante ou celui de Jérôme Bosch. Et puis, il disait « bonjour, bonjour », il serrait des mains et quand un vieux complice lui désigna Bruno en clignant de l'œil, il sourit gaiement d'un air de connivence comme il l'avait fait trois ans auparavant. La musique, la fumée, l'alcool étaient devenus non plus des vertiges agréables mais des contraintes féroces, inévitables et qui ne pourraient jamais plus freiner sa chute. Une heure passa, qui fut longue. Sébastien somnolant, Éléonore dansant aussi peu que possible mais ce peu était déjà beaucoup, car Bruno la harcelait de questions dès qu'ils étaient seuls. Robert attendait. Il attendait le coup de grâce qui ne devait pas tarder. Quand ils sortirent, assourdis et un peu épuisés, les Van Milhem déclarèrent qu'ils rentraient ensemble, à pied, seuls, et après l'avoir embrassé chaleureusement, ils s'éloignèrent dans la nuit. Bruno, lui, le regard détourné, expliqua précipitamment qu'il avait rendez-vous avec des copains depuis deux jours et qu'il lui téléphonerait plus tard. Resté seul, Robert appela un taxi et il vit, en s'éloignant, sans en tirer la moindre blessure supplémentaire, il vit Bruno qui, ayant contourné l'immeuble, courait comme un fou vers la maison d'Éléonore, vers ce petit appartement que lui, Robert, avait déniché un soir d'août grâce à sa concierge, sans savoir que cet endroit un peu minable s'appellerait désormais, pour lui, le paradis perdu. Que ce fût par fatigue, à cause de ces fuseaux horaires apparemment si meurtriers, ou pour une raison majeure qu'il lui sembla soudain avoir toujours refusé d'entendre, Robert Bessy se tua cette nuit-là. Il avala, sans difficulté d'ailleurs, les pilules restantes et, par hasard, la dose était bonne. Comme on dit dans certains romans policiers, il se buta. Et ce terme d'argot est assez poétique dans la mesure où, ayant lui-même buté sur la vie, il n'avait pu passer par-dessus. Sur les champs de courses souvent, des chevaux superbes et pleins de sang butent sur une haie, ne se redressent pas ou se redressent mal, et le vétérinaire vient achever leur histoire. Robert Bessy n'était ni superbe ni plein de sang et il se passa de vétérinaire.

20

J'ai donc mis mes héros dans la situation la plus infernale, la plus insupportable et la plus odieuse : celle de se sentir responsable d'une mort qu'on n'a d'aucune manière souhaitée et, surtout, qu'on n'a d'aucune manière pressentie. Quand je faisais, au cours de ce livre, l'apologie de l'imagination, c'était bien sûr pour cette raison : le bonheur et le malheur, l'insouciance, la joie de vivre sont des éléments parfaitement sains, auxquels on a parfaitement droit et dont on n'a jamais assez, mais qui rendent aveugles. La situation de mes deux Suédois et de mon petit Français apprenant, à l'aube, la mort par désespoir, par abandon, de leur ami, est une situation parfaitement inextricable. Sébastien était triste et se sentait incompréhensif bien plus qu'il ne l'était vraiment, il se sentait même brutal car, dans ces cas-là, on préfère s'inventer des défauts que reconnaître ses manques. Éléonore se sentait inopportune. Quant à Bruno, le plus concerné, il avait la sauvagerie et la bonne foi de son âge, c'est-à-dire qu'il ne pensait qu'à une chose : les conséquences que la mort de

Robert aurait sur ses relations avec les Van Milhem. De cela, je parlerai plus tard, mais il serait bon que les gens qui se suicident et qui ne vous permettent pas de l'ignorer sachent, une fois pour toutes, que ce n'est ni le chagrin, le vrai chagrin, qu'ils entraînent généralement après eux, ni le remords. Et pourtant, c'est leur but, toujours. Ce qu'ils entraînent, c'est une parade, en tout cas un essai de parade désespéré. Et qui fait que les amis concernés, quelle que soit leur réelle affliction, sont beaucoup plus occupés à expliquer aux autres comment ils n'ont pas compris, comment ils n'ont pas pu comprendre : « Tu savais comme elle était », bref, plus occupés à se forger un alibi qu'à les pleurer. J'en ai vu des suicides, Dieu sait, dans ma vie. J'en ai vu des beaux, des propres, des minables, des loupés, des refaits. Je ne crois plus à rien à ce sujet. Il n'est pas vrai que les gens ne recommencent pas après une tentative malchanceuse, si l'on peut dire. Il n'est pas vrai, à mon avis et contre celui des psychiatres, qu'on naisse suicidaire. En revanche, je crois vraiment que si l'on a pris le pli d'attirer l'attention sur soi par ce biais, il n'en existe plus d'autres. Étant donné qu'attirer l'attention sur soi est le but de quatre-vingt-dix-neuf pour cent des êtres humains (et je suis bonne), on pourrait presque faire des statistiques et, dans les cas extrêmes, frénétiques, délimiter très précisément, par une sorte d'IFOP dérisoire, combien ont choisi les somnifères, combien la séduction, combien l'orgueil. Seulement, il y a un vrai cauchemar pour ceux qui restent là, c'est le « si ». Le conditionnel, le temps du conditionnel tel qu'il est conjugué m'a toujours prodigieusement ennuyée. Pour moi, le « si j'avais su », le « si j'avais compris », le « si », bref, a toujours été une chose morte parce qu'imaginée avant d'avoir été vécue, et donc forcément irrecevable. « Si on peut mettre Paris en bouteille » m'a toujours paru le comble de la bêtise, de la dérision et du mépris, parce qu'enfin, si on savait pourquoi on vit, si on savait pourquoi quelqu'un qu'on aime meurt, ou peut-être plus bêtement, si on savait pourquoi quelqu'un qu'on aime ne vous aime plus, on en saurait des choses ! L'horreur du suicide chez les amis, c'est que ce « si » que l'on pose une fois de plus est brusquement fixé, en tout cas, repérable dans l'espace et dans le temps : « C'est idiot, j'ai quitté Arthur à 3 heures, il avait l'air très bien. Si j'avais su que... » « C'est idiot, je l'ai croisé devant le Flore, il était tout bronzé, il m'a fait un signe de la main. Si... » Et cette multitude de petits souvenirs que tout le monde vous rapporte devient une bande de barracudas bien décidés à vous faire la peau et les os. Tous ces souvenirs sont situés, donc insupportables. Parce qu'enfin, si je lis dans le journal qu'Arthur est mort dans un accident de voiture (puisqu'il semble que ce soit le moyen le plus courant de mourir), eh bien, selon mes relations avec Arthur, je me frappe le front contre les murs, je téléphone à sa mère, je pleure ou je dis tout bêtement « Pauvre Arthur, il conduisait mal ». Mais si le même Arthur a décidé que ce n'est pas possible finalement la vie et donc, d'une certaine façon, la mienne, puisque je parle d'un ami, si personne n'a pu l'en empêcher, ni ses amis ni les miens ni moi-même, et qu'Arthur est mort et glacé quelque part, j'en arrive à me demander s'il n'avait pas raison parfois, Arthur, un de nos Arthur. Ce qu'on met en miettes en se tuant, ce n'est pas seulement le cœur des gens, leur tendresse pour vous, le sens de leurs responsabilités vis-à-vis de vous, c'est aussi leur raison initiale de vivre et qui n'est rien, s'ils y pensent vraiment, sinon un souffle et ce battement au poignet et parfois, ce regard ébloui devant un jardin, un être humain ou un projet, si bête soit-il. Ça jette tout par terre. Les suicidés sont très courageux et très coupables. J'en ai trop aimé pour les juger définitivement et d'ailleurs comment pourrais-je juger qui que ce soit ? Mais certaines décences, comme celle d'un accident simulé et bien sûr solitaire, me paraissent quand même plus humaines, plus gentilles – le mot est faible et c'est bien pour ça qu'il me plaît – que cette façon de vous jeter son cadavre au visage en vous disant : « Tu vois, tu n'as rien pu empêcher ». Qu'ils me laissent tranquille, à présent, tous mes amis neurasthéniques, qu'ils mettent du Schumann, du Wagner sur leurs mini-cassettes dans leurs 2 CV ou dans leurs Ferrari, mais au nom du Ciel, qu'ils fassent semblant. L'élégance, un peu d'élégance !... Ce n'est pas parce que la vie n'est pas élégante qu'il faut se conduire comme elle. Qu'ils nous épargnent les comprimés, les coups de feu, voire le gaz qui rend si vilain, qu'ils nous épargnent tout cela et qu'ils nous fassent la grâce de nous laisser croire que la vie pour eux était un charme, une beauté, une folie au sens XVIIIe, que c'est vraiment un malheureux hasard si elle leur a été arrachée et que maintenant, à six pieds sous terre, envahis d'herbes, ils nous envient d'être encore là pour en profiter. Il me semble que c'est le moindre des cadeaux qu'on puisse faire aux gens qu'on aime, à ceux qu'on laisse tomber. De toute façon, je ne peux rien dire de sévère à ce sujet parce que, comme chacun, comme chaque chien de cirque que nous sommes, je suis passée à travers les cerceaux enflammés et dorés de cette tentation, comme chacun j'ai eu peur et envie et, comme chacun, j'aurais volontiers multiplié ces cerceaux et ces tremplins à certaines époques. Depuis, il s'est passé quelque chose, ou un léger dégoût de ce procédé ou un léger goût revenu pour moi-même, pour ma vie ou tout bêtement, la peur quand il ne fallait pas ou quand il fallait. Les démêlés des êtres humains avec leur mort volontaire sont les démêlés à la fois les plus élégants et les plus obscènes qui soient. Si j'ai choisi de parler platement de la mort de ce pauvre garçon, c'est parce que j'ai horreur de ce genre de cri sur soi-même, ce cri qui pour lui aurait été sans doute « Bruno », « Maman », ou « mon Dieu » ou « j'ai mal », ou « j'ai soif », ce cri qui fait que la mort n'est jamais triomphante.

Il pleuvait des seaux et, dans cette église sinistre du 16e, essayant de suivre un culte qu'ils ignoraient, étant protestants, les Van Milhem étaient droits, blonds et fatigués, ne sachant pas quand baisser ou lever la tête et d'ailleurs s'en moquant éperdument. Un peu plus loin, il y avait Bruno qui ne les avait pas revus. Et puis il y avait cette exquise cohorte qui, à Paris, accompagne toujours, à des titres divers, les mariages, baptêmes et enterrements et qui, si elle le pouvait, suivrait les divorces. Quelques journalistes remontaient la contre-allée en faisant ce qu'ils appellent des flash discrets. Et le curé, qui avait bien compris que le suicide n'était plus une clause d'interdiction à un enterrement chrétien, lisait la messe en français. Il expliquait donc à la foule et aux Van Milhem réunis, dans un langage théâtral que l'on n'oserait plus attribuer à aucune dame professeur de la Comédie-Française, il expliquait donc à tous ces gens abattus qu'ils ne reverraient plus sur cette terre leur ami Robert Bessy, qu'il allait disparaître quelque part dans les nuages mais que, Dieu merci, il y avait quelqu'un ailleurs pour le recueillir, le bercer et s'occuper enfin de son bonheur éternel. Pour quiconque savait que cet être berceur, enthousiaste et tendre avait été et ne pouvait plus être aux yeux de Robert Bessy que ce petit nigaud inconscient de Bruno, l'idée pouvait faire sourire ou pleurer à grandes eaux. Les gens de Paris vont aux enterrements d'une manière à la fois solennelle et grotesque. Ils se donnent rendez-vous avant, déjeunent ensemble et d'une certaine façon, plus émouvante qu'autre chose, se tiennent les coudes, des coudes de vivants. Après quoi, ils font quelques commentaires à voix basse et de manière lugubre sur le ridicule sermon du curé, et puis il y a la minute étonnante, la seule vraie sans doute, où ils voient passer dans un petit carcan de bois celui ou celle qui se crut le Robin des Bois ou la Jeanne d'Arc ou Dieu sait qui, qu'importe, de sa génération. Ce petit carcan, ils savent bien qu'il les attend et qu'un jour, que ce soit à force de fumer, de rouler en voiture ou d'être brusquement vulnérables à l'une des multiples attaques de la vie, ils se retrouveront dedans, horizontaux devant des gens verticaux qui auront plus ou moins chuchoté pendant la messe. C'est le seul instant où l'on voit les visages des gens se défaire : quand le cercueil passe, soit qu'ils aient perdu quelqu'un qu'ils aimaient et qu'ils s'en souviennent, soit qu'ils aient peur pour eux-mêmes. Les Van Milhem n'avaient peur de rien et de toute façon ils avaient perdu quelque chose qui était pour eux irrattrapable : ce cadavre, c'était effectivement le cadavre de leur chance, le cadavre de leur gentillesse, de leur insouciance et pire, de leur noblesse d'âme. Ils avaient laissé, par distraction, se tuer un de leurs amis et quoique n'en ayant jamais parlé entre eux, même sur le coup et le coup avait été dur, il y avait dans leur comportement, pour quelqu'un qui les connaissait bien, mille commentaires plus affreux les uns que les autres. Robert Bessy avait, comme beaucoup de ces morts bien parisiens, un père et une mère en province qui ne ressemblaient pas à grand-chose, sinon aux autres pères et aux autres mères de province et qui se tenaient fort droits. Ils allèrent tous, les impresarii, les producteurs, les cinéastes, les acteurs, les amis, ils allèrent tous saluer ce couple quasiment exotique qui ne comprenait pas que leur fils était pédéraste, isolé, snob, et qu'il s'était tué pour ça. Et même, la mère de Robert Bessy considéra que le plus amical, la meilleure « tête » de l'assemblée était Bruno Raffet. Après quoi, tout le monde sortit sur le parvis. On embarqua rapidement – car les Pompes Funèbres ont ceci de commun avec la Voirie, c'est qu'elles sont fort rapides – on embarqua le carcan de bois et chacun se retrouva sous la pluie battante, cherchant qui sa voiture, car après tout une voiture c'est bien commode même si on est triste (surtout si on est triste), qui un taxi. C'est alors que, grimpant les marches, Bruno vint, les cheveux trempés, plus beau que jamais, vers les Van Milhem qui semblaient deux oiseaux indifférents, lointains, distraits et, un instant, il eut l'espoir que leur absence de communication avec cette messe affreuse, bref, leur apparente distraction lui laissait toutes les chances. Mais doucement, presque tendrement, alors qu'il levait vers Éléonore un visage épouvanté et que, d'une certaine façon, il lui demandait son aide – je veux dire par là, d'une façon enfantine, dans le style « je n'ai rien fait, vous savez bien, vous ne pouvez quand même pas m'en vouloir de vous aimer, de vous avoir aimée » – à ce moment-là donc, Sébastien le repoussa de la main, comme un huissier, et lui fit du doigt un signe négatif qui n'était pas du tout un signe de complicité, mais au contraire, un signe qui voulait dire qu'il fallait vraiment, là, abandonner. Éléonore ne le regarda même pas. Elle avait un vieux manchon venu de Dieu sait où, une vieille toque trempée de pluie et pour une fois, les Van Milhem, leur port de tête exclu, naturellement, étaient moins élégants que d'habitude. Bruno ne put jamais les revoir. Il savait très bien que ce n'était pas de sa faute, ni même qu'ils considéraient, eux, que ce soit la sienne ni la leur, seulement les Van Milhem avaient manqué à quelqu'un qui était leur ami, qui s'était occupé d'eux comme un ami, et il était hors de question qu'ils se le pardonnent. Ni, en tout cas, qu'« elle » se le pardonne dans les bras du bourreau. Même si ce bourreau n'était devenu bourreau que grâce à elle.

21

Avril 1972

Je les ai rencontrés le soir même. Ils s'enivraient délibérément et moi aussi. Ils avaient l'air assez blessés et je l'étais aussi. J'ignorais leur histoire mais je connaissais trop la mienne. Je me mis à leur parler d'une maison en Normandie qui était ventée, cernée d'arbres, avec des chiens et des chats – je veux dire par là, un chien et un chat car on ne doit pas avoir *des* chiens et *des* chats : ça correspond à un refus de la jalousie animale, refus que je réprouve. Je leur parlais donc de cette maison. Je leur dis que le vent y faisait battre les volets comme des fous, que quelquefois, le jour, il faisait beau, que la mer était proche et qu'enfin c'était un refuge parfait ou qu'il pouvait l'être. Nous décidâmes d'une date relativement abstraite et je fus très étonnée qu'ils me téléphonent la veille de mon départ, toujours d'accord. Entre-temps, j'avais appris leur histoire, tout au moins l'histoire de Robert Bessy. Je savais les coups de téléphone incessants et vains de Bruno Raffet, je connaissais les jugements des gens sur eux, sur ce que les gens appelaient leur « morgue » et tout cela me plaisait assez. Nous partîmes donc dans une Mercedes louée avec des bagages qui semblaient à peu près aussi hagards que leurs propriétaires, et nous prîmes la route de Normandie. Les discussions furent brèves dans cette voiture. Le plus bavard et le plus gai, pour des raisons que j'ignore et que je n'eus pas le temps de découvrir, était le chauffeur. Il semblait que nous recherchions tous un monde de politesse et de gentillesse élémentaire. Il semblait que chacun de nous ait besoin de sparadrap partout. La maison leur plut. C'est une grande maison et le vent, effectivement, y souffle beaucoup. Et elle n'est pas très soignée, ce qui permet à tout le monde de mettre les pieds sur les divans. Le premier soir, ce fut drôle. Nous nous reconnûmes, naturellement. Nous aurions pu interchanger chacun de nos gestes et chacune de nos paroles et, de ce fait, nous nous parlions très poliment et nous nous évitions presque. L'alcool était devenu un liniment, la musique, un « fond d'ambiance » comme on dit. Quant au chien, pataud et tendre, les yeux braqués sur nous, gêné d'ailleurs par ces trois humains qui auraient dû être dictatoriaux et qui n'étaient que fatigués, il semblait le seul vivant d'entre nous. Ma cicatrice à moi étant moins grave, je décidais pendant cette soirée embuée de politesse et de précautions réciproques, je décidais d'essayer de les aider. « Demain, je leur donnerais tout, me disais-je, je leur donnerais l'herbe, cette fameuse herbe, je leur donnerais une chèvre sans oreilles qui ferait sûrement rire Éléonore, je leur donnerais une forme de calme, une forme de refus, de colère et d'indignation, je leur donnerais même mes propres colères, mes propres indignations, mes propres refus, je leur donnerais tout ce que j'avais pu faire ou être dans l'espace de trente-sept ans, je leur donnerais même, si j'y parvenais, j'essayerais de leur donner un moyen de se réconcilier avec eux-mêmes en même temps que j'essayerais, moi, d'en faire autant. » Mais demain, c'était demain et je crois que la nuit fut longue dans ces chambres éloignées, pour chacun de nous.

Après il plut sans cesse. Sébastien et moi, nous sentant trop faibles, avions pris l'habitude de dormir ensemble avec ou sans bonnes raisons. En tout cas, nous passions nos journées aux genoux d'Éléonore toujours plongée dans ses romans policiers, élégante, oh combien, près de nous si sales, si désemparés, humains. De temps en temps, elle passait ses belles et longues mains dans nos cheveux, en comparant la texture, la douceur, et nous devenions ainsi, lui son frère et moi l'inconnue, nous devenions rivaux pour rire, et encore plus tendres. Nous n'écoutions que des opéras : *La Bohème, Tosca, La Traviata* et la voix sublime de ces chanteurs alliée à la simplicité de leurs problèmes sentimentaux nous perçait le cœur. L'allée d'arbres ruisselait tellement de pluie que le chien préférait encore jouer avec nous, à l'intérieur, qu'avec ses bouts de bois dehors. Le feu ronronnait, invitant de part et d'autre à des confidences que nous ne nous fîmes jamais. Cela aurait pu être la vie, bien sûr, une vie bizarre mais réelle parce qu'en aucune façon astreignante, et lorsque la main longue d'Éléonore traînait sur ma joue tandis que la tête de Sébastien qui chantonnait « *Me llamame Mimi* » reposait sur mon épaule, oui, cela ressemblait à quelque chose. Quelque chose de discret, de tendre, de fichu au départ. On devrait faire, comme pour les Indiens, des réserves pour les cœurs purs. Ma maison de campagne n'en était pas si loin, car j'y veillais aussi méticuleusement que mon chien trop tendre et mon chat trop attentif. Puis, il y eut Stockholm. Un télégramme de Stockholm. Je me souviens de cet après-midi-là, j'étais comme d'habitude entre les genoux d'Éléonore et de Sébastien, allongée sur le tapis, riant avec eux parce que, malgré tout, le rire nous avait repris dans ses pièges et j'entendis les Postes arriver. Le télégramme disait que Hugo était enfin libéré et que le seul homme qui n'ait jamais douté d'Éléonore, ni de son amour, même une minute, attendait à l'aéroport de Stockholm qu'elle lui revienne. Elle se leva et je la comprenais, je la compris très vite de vouloir retrouver cet homme qui se trompait sur elle, de vouloir retrouver cette interminable erreur et cette rassurante folie. Car enfin pour une femme aussi épuisée qu'elle, et je voyais bien à ses yeux, à ses gestes qu'elle n'en pouvait plus, d'une certaine façon, de ce Paris de pacotilles 72 que son frère essayait de faire briller pour elle, je voyais bien que c'était la limite. À ce télégramme, elle respira, ils respirèrent. À eux les rivières tranquilles de la Suède, à eux ce Hugo si généreux dans sa bêtise, à eux des mondes que je n'avais pu connaître. Néanmoins la dernière soirée fut pénible. Nous étions tous les trois dans ce petit salon, le chat sur les genoux d'Éléonore, le chien allongé, respirant encore Dieu sait quelles odeurs de chasse mais respirant fort entre Sébastien et moi. Et puis, la fatigue tomba, l'énervement, et nous nous dîmes « au revoir, à demain » sachant que ce demain serait une espèce d'adieu bouleversé par le temps, l'urgence, la nécessité, car le train était à midi et quart et que nous n'étions pas des gens bien réveillés à midi et quart. En effet, le trajet fut un peu douloureux – de ma maison jusqu'à la gare de Deauville. Quand je dis douloureux, je veux dire silencieux. Nous avions cinq minutes à perdre et nous les perdîmes le nez dans le cou les uns des autres. Je ne savais plus de qui il s'agissait et eux non plus. Et puis ce train stupide commença à souffler et à fumer, à faire des bruits de train. Et brusquement, je retrouvais accrochés à ce qu'on appelle une rampe ces deux visages à la fois très lointains, mais si tendres que je savais que je n'en reverrais plus jamais de pareils. Je levais la main. Il pleuvait des seaux, mais ni l'un ni l'autre ne me priait de partir et je dis d'une voix légèrement éteinte, je crois, « au revoir, au revoir ». Éléonore Van Milhem se pencha (et toute la campagne normande oscilla avec elle dans la vitre) et elle me dit « non, pas au revoir, adieu » d'un ton si doux et si définitif que j'aurais pu le prendre mal si je n'avais pas su. Il avait fait très froid à Deauville au printemps, cette année-là. Néanmoins, quand je sortis de la gare, seule et légèrement écœurée de l'être, il faisait beau grâce à ces tourmentes heureuses que connaissent les ciels de Normandie et, en cherchant la voiture, je reçus un rayon de soleil, irrémédiable, sur le visage et je sus qu'Éléonore avait raison et que c'était la dernière fois que je revoyais, de face, les Van Milhem, et peut-être bien moi-même.

Remerciements

Mes remerciements et mes pensées vont à Mimo, Jean, Charles et Florence sans qui cette édition n'aurait jamais été possible.

Denis Westhoff

Un orage immobile

À Peggy Roche

Si un lecteur découvre un jour ces pages – si quelque aveugle vanité d'auteur ou quelque aléa du destin m'empêche de les détruire – qu'il sache d'abord que c'est plus pour me le rappeler que pour le relater que j'entame le récit de l'été 1832 et des années qui suivirent. Qu'il sache surtout que je souhaite à ceux qui y participèrent, ceux qui furent les bourreaux, les victimes ou, comme moi, les impuissants témoins, que je ne leur souhaite qu'une chose : l'oubli. Un oubli définitif, un furieux oubli, un oubli de plomb aussi écrasant que le fut ce premier été, dans cette si douce province d'Aquitaine, au climat pourtant si tempéré.

Je suis âgé, hors d'état d'aimer comme de l'être. Et l'on ne me croira pas si je prétends, comme tant d'hommes de mon âge, en être satisfait. Eh bien, on aura tort. Car dans quelques années, lorsqu'on enfouira ce qui aura été mon corps terrestre sous les cyprès du petit cimetière de Nersac, s'il se trouve alors, en même temps qu'une bonne âme pour pleurer ma mort, un esprit méchant pour s'en réjouir, celui-ci se réjouira pour rien. C'est à la fin d'un cadavre qu'il aura assisté. Il y a déjà trente ans que je suis mort. Il y a trente ans que je ne fais que survivre à ces étés brûlants.

En 1832, j'avais trente ans. Je n'étais qu'un jeune homme âgé, et niais de surcroît, célibataire, héritier d'une des meilleures charges de notaire de la province, bon parti, voire bel homme, si l'on recherchait la santé plus que l'élégance ; je présentais aux regards des cheveux plantés bas sur un front de hauteur convenable, des yeux de chien de chasse que je voulais hautains, une bouche saine et un menton un peu galochard, tout cela porté par de larges épaules, un corps vigoureux, d'une vigueur qu'attestait un teint vermeil. Seul point d'orgueil pour moi : de longues mains aux doigts déliés et que les femmes disaient belles. Les femmes... enfin ce que j'en savais après quelques séjours d'étudiant à Paris, une longue et sotte passion pour une Circé de province, aujourd'hui déjà vieille, quelques passades avec des épouses déçues, et des regards condescendants vers les tendrons que j'étais censé épouser bientôt. La seule femme que j'eusse aimée vraiment s'appelait Elisa. Elle était chambrière de ma mère, mais après un an d'amours tremblantes, et malgré mes supplications, Elisa m'avait fui en même temps qu'un scandale qui n'aurait peut-être jamais éclaté. Elisa, et elle seule, m'avait un peu aimé, un peu déglacé sur les choses de l'amour. Mais fort peu. Le reste de mon existence ne m'avait dans ce domaine qu'affolé ou frustré – sort que je croyais partager avec tous les célibataires provinciaux de mon âge, de mon milieu et de mon époque.

En 1832, Angoulême avait, comme il se doit, sa coterie, menée tambour battant, comme il se doit aussi, par sa préfète, Madame Artémise d'Aubec, surnommée « De Bec Haut », celle-là même qui, dans le temps, avait allumé ma flamme sans daigner l'éteindre pendant dix-huit longs mois. Cette Circé avait la taille trop haute, trop mince, le cheveu trop blond, la voix trop criarde et l'âge trop avancé ; je m'indigne encore parfois de l'avoir vue si séduisante. Il faut dire à ma décharge que j'avais vingt ans lors de ces amours, qui aujourd'hui encore me font rougir. Il faut y ajouter que d'autres avaient moins souffert que moi des rigueurs de cette vertu. Artémise d'Aubec menait donc Honoré d'Aubec, son époux, et ses soupirants d'une même main despotique et fastueuse, grâce à une fortune personnelle que certains disaient arrachée aux émigrés de par les fonctions de son père. Ce n'était en tout cas sous son règne, depuis dix ans donc, que bals, réunions poétiques, pique-niques, soupers fins, etc. N'être pas convoqué à ses bals était déshonorant, ne pas s'y rendre était provocant. Elle en profitait parfois pour oublier quelques invitations comme d'autres en profitaient pour oublier la date d'une réception : cela faisait grand bruit pendant tout un trimestre.

On pourrait trouver singulier que je parle si durement d'une femme qu'après tout j'ai aimée dix-huit mois, mais c'est qu'elle le mérite. Il faut vraiment être jeune pour être dégrisé d'une femme par le fait d'autres hommes. Il faut être vraiment fort lucide pour qu'une femme puisse perpétrer seule dans votre cœur, et sans nulle aide extérieure, sa propre destruction. Il faut même pour cela être si désabusé que l'on pourrait en mourir de tristesse et de honte.

Mais je m'égare. Nous voici donc à Angoulême en 1832, au printemps. Malgré quelques orages, Louis-Philippe règne sur la France, les riches sont riches, les pauvres sont pauvres comme d'habitude, et les bourgeois sont contents, ce qui est le seul baromètre politique de ce pays. Il fait beau dans toute l'Aquitaine... Il faudrait connaître l'Aquitaine pour goûter ce récit. Et je m'aperçois que je songe à présent, malgré moi, à un lecteur, un lecteur idéal et amusé, crédule et prompt à s'enflammer pour ma prose. Le ridicule me guette, mais qu'importe ! Qu'ai-je d'autre de si important à faire que de regarder ma main, restée belle mais où les veines saillent à présent comme des cordages, ma main qui ajoute un petit signe bleu à un autre petit signe bleu, de cette encre si bleue venue de cet encrier si blanc, jetée sur ce papier épais, comme farineux, et si blanc lui aussi ? Je n'ai jamais éprouvé cela en rédigeant le moindre de mes actes notariaux : il doit bien y avoir en effet quelque chose, comme une magique enfance rendue aux écrivains quand ils écrivent... Ne serait-ce que dans l'inutilité de tous ces signes, la futilité de leur entreprise. Celle de la mienne en tout cas m'apparaît clairement. Ma fenêtre, au dernier étage de ma maison (que les paysans appellent mon « château », et les nobles, ma « bâtisse », mais que les bourgeois appellent ma « demeure » dans leur langage avant tout pratique), ma fenêtre, donc, s'ouvre sur un paysage charentais, c'est-à-dire sur une basse colline étendue, comme enlisée dans une plaine verdoyante aux champs blonds bordés de peupliers, fendue d'une rivière placide. Une plaine où le ciel à perte de vue s'allonge avec de petits nuages roses, blancs, bleus et rouge vif à l'ouest, au couchant, des nuages ronds et caracolants mais qui n'affaiblissent pas suffisamment ce geste de possession qu'a toujours eu ce ciel sur nos terres : cet air de s'allonger sur nos prés, nos églises, nos bourgades, cet air de faire son lit sur notre terre d'un horizon à l'autre, d'une journée à l'autre, et sans qu'aucun épi ou un brin d'herbe n'y échappe. Si le temps qu'il fait ici a plus d'importance qu'ailleurs, c'est que le ciel est plus près et le soleil plus direct, c'est que la nuit est plus noire, les vents plus débridés, et que la chaleur ou la neige y sont plus immobiles. Les maisons de par ici sont rondes sans être grasses, généralement belles, grises ou blanches, avec un port de tête, un pan de portail plutôt qui les distingue des maisons pansues et carrées de la Beauce, ou de celles plus roses, plus élevées et plus étroites du Midi. C'est un pays qui se tient, ici, où les gens se tiennent eux-mêmes. On est aimable sans familiarité, honnête sans sévérité, et gai sans débauches. C'est un pays, en somme, où l'on est assez fier de ses voisins.

Cela pour dire que lorsque, en 1832, il nous arriva, ou nous revint plutôt, la femme dont nous devions être le plus fiers en Angoumois et en Saintonge, ce ne fut pas une fausse Parisienne, ni une étrangère excentrique, mais une femme de nos terres, de nos éducations, de nos coutumes, nos us et nos penchants, une femme qui était de France bien sûr, mais de cette province d'abord. Elle s'appelait Flora, Flora de Margelasse, une petite et vieille noblesse de Jarnac et dont le château, comme le disaient aussi les nobles, était resté près de quarante ans dans un demi-abandon, le temps que les Margelasse, partis les derniers, apprennent qu'on ne coupait plus la tête des aristocrates en France ; le temps qu'ils l'apprennent à leur fille unique, née en exil en 1805, le temps qu'elle se marie, qu'elle devienne veuve et que ses parents, la voyant triste, veuillent la ramener au pays ; le temps qu'ils liquident leurs terres anglaises, le temps qu'ils meurent là-bas à leur tour, et le temps qu'elle arrive : le temps qu'il avait fallu, bref, pour qu'on les oubliât complètement et qu'on n'ait jamais entendu parler de Flora de Margelasse.

Elle arriva au printemps, après s'être arrêtée deux ans à Paris. Elle apprit là, pendant ces deux ans, à parler sa langue natale à la perfection, une perfection soulignée par un très léger accent d'outre-Manche, elle apprit la France par ce qu'elle a de plus séduisant et de plus dangereux : sa capitale. Ce qu'elle a de plus tonique aussi, car Flora, devenue veuve à

Londres et y fût-elle restée, serait peut-être aussi restée veuve. Mais à Paris, arrivée veuve, elle devint très vite une jeune femme à remarier. Elle s'y refusa deux ans et à maintes occasions, semblait-il, elle refusa de quitter ce veuvage qui pourtant lui allait aussi mal que possible. Certaines femmes naissent veuves comme d'autres mères, comme d'autres naissent vieilles filles, comme d'autres naissent épouses, et d'autres maîtresses. C'est à ces deux dernières catégories qu'appartenait visiblement Flora de Margelasse. Elle était née pour partager la vie avec un homme, mais un homme qui rît avec elle aussi bien qu'il l'abritât sous son toit. C'était exactement ce que Lord Desmond Knight, son premier époux, lui avait offert pendant leurs cinq années de mariage et ce qu'elle avait accepté et rendu sans réticence : un amour chaud, réciproque, confiant, où le corps, le cœur et la tête s'étaient trouvés naviguer de concert. Quand le cheval de Desmond était rentré seul à l'écurie, comme dans les feuilletons, Flora avait vingt-quatre ans. Elle en avait vingt-six quand elle arriva à Angoulême. À la fin de l'été 1835, elle en eut même trente, le 23 septembre exactement, mais cela n'avait plus d'importance pour personne, ni pour elle. Cela n'en avait même plus pour moi, moi notaire, homme de loi, dont la principale fonction en somme est pourtant de donner de l'importance aux dates, de sanctionner du sceau de la légalité la possession des biens de ce monde, de rendre en fer forgé l'énoncé des droits et des devoirs de chacun. Et il me semblait pourtant, à la fin de cet été 1835, n'inscrire sur mes registres plus rien qui me survivrait à moi, ou à mes petits-neveux ou aux petits-enfants de mes premiers clercs. Il me semblait n'écrire que des gribouillis insipides et dénués de tout sens et de tout intérêt et qui, aussi éloignés que puissent être mes clients des remous de mon cœur, ne leur assuraient quand même rien, ne leur garantissaient rien de légal ou d'illégal. Rien, sinon la promesse d'avoir un jour entre les dents et le palais ce terrible goût de cendre qui m'emplit la bouche à présent dès mon réveil jusqu'à la nuit. Je souhaite n'être pas le seul à connaître cela, je souhaite que personne n'y échappe. Sommeil..., misérable, bienheureux sommeil, je n'ai aimé, désiré et voulu que toi alors, des nuits entières, comme je n'ai peut-être jamais aimé ou désiré une femme. Sauf Flora, bien sûr. Car je ne connais pas un homme digne de ce nom qui n'aurait pas voulu tout faire pour rendre Flora heureuse. Et je ne connais pas non plus un homme digne de ce nom qui n'aurait pas tout fait pour qu'elle le redevienne, même sans lui, quand elle ne le fut plus.

Le 10 avril 1832, donc, sans que nul ne l'ait vue ni croisée dans les ruelles de Jarnac, Flora de Margelasse m'envoya à moi, comme à bien d'autres, une invitation dont le sceau rappela quelque chose à ma mémoire défaillante. Le blason des Margelasse était un lion droit sur fond de blé sous ciel changeant, et la devise difficile : « Virtus sive malus. » J'avais dû voir ce blason dans les archives de l'étude, et je crus revoir tout à coup une berline fuyant sur fond d'incendie, emportant une petite vicomtesse et un petit vicomte hors du château de Margelasse, à cinq lieues de mon étude. Avant de me rappeler que je n'avais que trente ans après tout, et que cette belle image de la Révolution française devait provenir des cahiers d'histoire de mon filleul. Par ce carton, donc, Lady Desmond Knight, veuve de Lord Desmond Knight, m'instruisait de la réouverture de son domaine de Margelasse, sis à Jarnac, et me disait le plaisir qu'elle aurait à m'y recevoir, « ainsi que tous les amis qu'elle n'avait pas eu l'occasion et le bonheur de se faire plus tôt ». Elle associait à son invitation son père et sa mère, Odon et Blanche de Margelasse, décédés depuis deux ans dans le Norfolk, et qui, eux aussi, se réjouiraient sans doute, pour peu que je croie à l'au-delà, de ma présence sous leur toit. Les parents de Flora étaient cousins, avaient été élevés ensemble et finalement mariés ensemble sans que leur consanguinité n'eût jamais élevé, semblait-il, le moindre obstacle. Simplement Flora était née très tard, après dix tentatives malheureuses qui avaient ébranlé la santé de sa mère, et par chagrin, à la mort de celle-ci, entraîné celle de son père. Cette double perte survenue juste après celle de son époux avait projeté Flora hors de l'Angleterre, vers cette France qu'elle ignorait et cette province dont elle ne savait rien, sinon que des métayers loyaux et fidèles jusqu'au fanatisme lui avaient gardé intact le château de son père. Bref, Angoulême et ses environs et tous les étages de cette société apprirent d'un coup qu'il y avait une demoiselle de Margelasse à qui appartenait le château du même nom, que cette demoiselle était une dame veuve, riche, qu'elle revenait d'Angleterre s'installer parmi nous. Je passe sur ce que certains croyaient savoir en plus, et qui était aussi invraisemblable, romanesque et bizarre que peuvent l'être les produits des imaginations provinciales à la fin d'un hiver un peu ennuyeux à force de frimas. Pour ma part, mon grand-père ayant été le notaire des Margelasse, il m'était poliment demandé sur un autre carton si je voyais la possibilité de me rendre au château dès la semaine suivante.

Je m'y rendis donc le mardi 15 avril 1832. J'ai encore l'agenda devant moi, avec cette feuille-là, où est écrit de ma main ferme d'homme jeune, en travers : « Trois heures Margelasse » sans la moindre ponctuation, comme ça : « Trois heures Margelasse » Ah non, le destin ne se sert pas toujours de ses hérauts pour annoncer ses tours, ou bien ses hérauts sont-ils fatigués de faire des clins d'œil aux pauvres mortels obtus que nous sommes... Toujours est-il que je trottais avec plaisir sur mon bel étalon alezan ce jour-là, vers Margelasse, et qu'il faisait beau ce jour-là, et que le bois qui précédait le château sentait le muguet, ce jour-là, et la prairie, l'herbe nouvelle. Toujours est-il que ce château rond et classique me parut ravissant dans cette lumière de printemps, avec ses peupliers, ses prés où s'ébattaient déjà deux beaux chevaux noirs et blancs ; si blancs et si noirs que je les regardai un instant de trop sur le perron et que Flora de Margelasse sortit et vint vers moi la main tendue. Je me penchai, confus, sur cette main, sachant déjà que cette femme était belle et bonne, et quand je la regardai enfin en face, comme elle le faisait elle-même, il me sembla reconnaître ses yeux bleus à la coupe allongée, sa peau de jeune fille, l'ossature fine de tout son visage, sa bouche ferme, souriante et tendre, la grâce de son cou, de ses mains, sa blondeur épanouie, sans lourdeur, l'éclat de ses yeux, de sa voix d'alto, de sa gaieté. Je reconnus tout cela et j'eus envie de l'épouser sur-le-champ, de lui faire des enfants, de la chérir, de la protéger ma vie entière. J'étais encore un vieux jeune homme niais et j'avais jadis stupidement aimé une femme sans cœur. Mais il y avait dix ans de cela, et si je n'étais pas un homme froid, je n'étais pas non plus un homme passionné ni prompt à aimer. Mon cœur était bien plus lent que mon corps et mon esprit bien plus lent que mon cœur. Aussi l'on comprendra que je fus abasourdi lorsque je faillis dire à Flora de Margelasse : « Épousez-moi » au lieu de : « Mes hommages ». Il y avait là de quoi étonner un timide, et peut-être même aussi un audacieux.

Il y a trois semaines que je n'ai pas rouvert ce cahier. L'écriture ou le souvenir, ou les deux ensemble, ont des effets dangereux, en tout cas douloureux. En finissant le récit de notre rencontre l'autre jour sur mon papier blanc, j'y ai vu les signes bleus m'échapper, disparaître. J'ai vu voler les feuilles de ce papier vélin, voler les feuilles de mon agenda, voler les feuillets des lettres d'amour, voler les feuilles de l'automne, les feuilles du temps, et je me suis vu, un peu tremblant, sur ce perron. J'ai senti l'odeur de l'herbe venant du pré, l'odeur du parfum plus compliqué sur la main de Flora et j'ai cru entendre dans mon dos le cliquetis du mors de mon cheval qui encensait. J'ai vu les yeux bleus, les yeux gais, les yeux tendres de la belle Flora, j'ai vu ma jeunesse, la sienne. J'ai repensé à cette idée folle de lui dire : « Voulez-vous m'épouser ? » ; et le chagrin ridicule mais sérieux, le regret imbécile mais raisonnable de ne pas l'avoir fait a rendu intolérable tout à coup ce souvenir de soleil et d'ombre et d'odeurs mêlées. Si intolérable que j'ai failli arrêter court ce récit. Pourtant me voici là, à nouveau, écrivant malgré moi, malgré mon dégoût d'être malheureux, malgré ma haine de la complaisance, de la nostalgie cultivée, du passé et des bonheurs perdus. Malgré tout cela mais pour le bruit de cette plume crissant pour rien ni pour personne sur ce papier de plus en plus blanc, de plus en plus rétif à mon écriture de plus en plus difficile à relire ; sur ces feuillets intimes, odieusement intimes, dans cette maison-demeure-château-bâtisse où personne ne vient plus, en dehors bien sûr de ma paisible et myope gouvernante, de ses aides, et de son paisible et presbyte époux, en dehors du curé de Nersac qui ne supporte pas que j'aie perdu la foi, ou du moins que je le lui aie avoué dans un mouvement d'humeur impardonnable. À part ces personnages aimables, falots et fanés, pour qui le futur se traduit par la mort et non par l'avenir, personne n'est revenu ici depuis que Flora a refermé la porte sur elle, la dernière fois, sur sa dernière apparence, plutôt, sur sa robe de soie froissée, sur ses superbes et opulents cheveux blonds flottant dans le soleil clair comme une oriflamme prise à l'ennemi, et brandie par dérision au-dessus de son nouveau visage si blanc et comme désormais dépourvu d'âge et même de sexe.

Je fus sans doute le premier homme d'Angoulême à tomber amoureux de Flora de Margelasse, sans grand mérite puisque je fus aussi le premier à la voir. Mais je ne fus pas le seul non plus ; et je crois que, dès la fin du bal, du premier bal donné à Margelasse, j'avais un nombre respectable de rivaux. Sans grand mérite non plus de la part de ces derniers, puisque Flora était le charme même. Cette soirée en fut la première mais définitive démonstration. Car, par ce léger goût du mystère, que je continuais à déplorer mais qui est quand même le fondement de la coquetterie chez la femme, Flora avait fait en sorte que personne ne la vît vraiment avant cette soirée. Elle ne sortait pas de Margelasse, ou plutôt elle n'en sortait que dans sa charrette anglaise qu'elle conduisait elle-même (coutume ramenée d'Angleterre au grand scandale des dames angoumoisines) et qu'elle conduisait avec brio mais à toute allure. Les quelques hommes qui se trouvèrent sur son chemin pendant ces dix jours pensèrent d'abord plutôt à se ranger et à protéger leur fragile existence qu'à la partager avec cette amazone. Le cheval blanc et le cheval noir étaient deux trotteurs anglais, deux cobs admirables venus tout droit d'Angleterre et qu'elle menait comme le vent, d'une main sûre, ce qui ne laissait voir d'elle que des cheveux hérissés par la course, des yeux brillants de plaisir, et une silhouette plus garçonnière que féminine. Nos belles dames de la préfecture, habituées à relever leurs jupons en montant et descendant de leurs berlines, trouvaient cette attitude sportive des plus éhontées. Elles susurrèrent même que Flora de Margelasse avait dû mener son pauvre époux de la même manière : au fouet (encore qu'on ne l'ait jamais vue s'en servir sur ses chevaux), et qu'elle l'avait conduit ainsi à la tombe, au grand trot et sans ombrelle. Madame la préfète, devant qui j'avais eu la naïveté d'admettre que Madame Knight née Margelasse n'était pas dépourvue de tout attrait, devant qui je crois même avoir eu l'inconcevable sottise de rougir en le disant, avait fourbi ses armes longuement avant cette fameuse date du 30 avril qui verrait peut-être remettre en cause sa royauté absolue. Les quelques servantes et cuisinières, obligeamment dirigées vers le château par ces dames afin d'aider à l'aménagement de la malheureuse étrangère, s'étaient tout aussitôt repliées dans un silence inattendu. Il semblait que cette femme ait su se faire aimer de ces gens dès la première rencontre, et cela dérangeait bien des plans et frustrait bien des curiosités.

Le seul homme qui l'eût vue et lui eût parlé dans cette affaire, c'était moi, ce grand dadais de Nicolas

Lomont à qui sa charge notariale avait valu ce privilège. On m'accablait de questions comme si j'avais passé ma vie depuis quinze jours aux pieds de Flora. En fait, je ne la vis que trois fois, trois fois une demi-heure, où nous parlâmes affaires, ou plutôt elle me fit parler affaires, me confia ses intérêts et ses biens avec une spontanéité et une confiance déroutantes, une confiance qui m'eût enthousiasmé si je n'avais pas senti à quel point cette impression de sécurité que Flora de Margelasse ressentait auprès de moi était le présage le plus inquiétant qu'elle ne m'aimerait jamais. Je n'étais pas assez sot pour ne pas savoir qu'il n'y a pas d'amour sans peur de l'amour, et Flora n'avait pas peur de moi ; en quoi elle avait raison et par quoi j'avais peur de l'aimer déjà comme je l'aimais. Je ne vais pas expliquer ici en détail pourquoi et comment j'ai aimé Flora de Margelasse tout de suite et pour le reste de mes jours. Ce récit suffira largement, je le crains, par le simple énoncé des faits. Disons simplement que, dès le début, je fus résigné à aimer Flora, bien pis, je fus fier de l'aimer, fier à l'avance de tout ce qu'elle m'apporterait, y compris les chagrins les plus cruels. Quoi qu'il arrivât, rien venant d'elle ne saurait m'abaisser. C'était tout ce que je savais et tout ce que j'avais vu dès le premier coup d'œil.

Il y avait donc à ce bal tout l'Angoulême d'alors, une grande partie de Cognac, de nombreux nobliaux venus des quatre coins des départements, quelques hommes de plume venus de Paris à l'étonnement général (comme si Paris n'eût été peuplé que de dégénérés et de filles de joie) et même, curiosité suprême, un ou deux couples anglais. Je peux résumer cela plus précisément en disant que, dès le début de ce bal, je me fis l'effet d'un traître, sans savoir à qui, ni pourquoi ; et c'est un sentiment que j'ai rarement et que rien dans ma vie ne semblait susceptible de provoquer. Artémise d'Aubec était là avec son époux Honoré-Anthelme d'Aubec, lequel, je l'ai déjà dit, tenait la préfecture d'Angoulême en attendant d'avoir Lyon et de terminer dans la capitale, objet des convoitises, quoi qu'on en dise, de toutes les petites têtes politiques de la province française. Honoré d'Aubec avait des ambitions politiques et des ambitions matérielles connues de tous. Dans la convention tacite passée entre les d'Aubec, l'administration française et la ville d'Angoulême, il était entendu qu'à la fin de sa carrière, le rougeaud et pataud Honoré d'Aubec serait millionnaire, puissant, et que sa femme régnerait sur Paris de toute la force de sa voix criarde. En attendant, l'arrivée de Flora mettait en péril peut-être sa royauté présente, et je n'étais pas le seul à savoir qu'il faudrait que Flora fît acte d'allégeance, rentrât dans la troupe des dames d'honneur d'Artémise, ou bien qu'elle se résignât à la solitude en son château, voire à la fuite si son dédain était trop manifeste. Et je ne doutais pas un seul instant de ce dédain qui serait simplement le dédain d'une âme noble pour une âme basse, d'une personne naturelle pour une personne affectée, d'une femme charmante pour une femme qui croyait l'être. Pour être franc, je craignais le pire de ce bal. Je le craignais et je l'espérais vaguement, étant encore assez jeune homme pour m'imaginer offrant mon bras, ma réputation et mon honneur à une femme attaquée par des chiens. Je m'imaginais giflant ce pauvre Honoré, ou répondant insolemment à une insulte d'Artémise, moi qui n'ai jamais eu la moindre réplique quand il le fallait, mais bien plutôt trois jours plus tard. Je m'imaginais dans un mélodrame comme il en passait à la Porte Saint-Martin... Quand la voiture de Madame d'Aubec s'arrêta devant le perron de Madame Knight, je croyais au choc de deux mondes. Or je ne vis, comme le reste de l'assistance, que la rencontre de deux femmes suffisamment aimables et suffisamment polies pour se donner l'apparence immédiate de l'amitié la plus vive et la plus démonstrative.

Ce premier bal fut une réussite, donc, et Artémise

d'Aubec le disant elle-même, il fut entendu une fois pour toutes que Lady Flora Knight, née de Margelasse, était une femme délicieuse dont la bonne compagnie d'Angoulême se ferait un plaisir et un devoir d'adoucir le veuvage. Sans doute aussi se trouverait-il un jour, dans cette même société, un homme assez séduisant pour l'en consoler définitivement : cela ferait un beau couple qui ne déparerait pas, bien au contraire, ce petit Versailles charentais qu'était devenue notre bonne vieille ville. En quittant à l'aube la salle de bal de Margelasse, Artémise d'Aubec avait déjà fait des projets de remariage, et on lui voyait cet air de joie discrète que lui donnait toujours l'idée du bonheur d'autrui (alors que l'idée du malheur de ce même autrui lui donnait une joie tout à fait éclatante). Mais enfin, elle embrassa dix fois de suite sa chère Flora qui se laissa faire, et je dus me rendre à l'évidence : ma grand-mère, mes tantes, Elisa et Artémise avaient eu raison, je n'étais qu'un vieux jeune sot et un rustre de province.

Les pique-niques commencèrent, les dîners, les soirées, les promenades sous les arbres de la ville continuèrent comme avant, à la seule différence que Flora s'y trouvait à présent et que j'en étais éperdument et vainement amoureux. Et c'est ainsi que passèrent comme un rêve les années 1832 et 1833 qui auraient dû, semble-t-il, passer comme des décennies, s'éterniser. C'est que je n'étais sûr de rien à part mon amour. On ne peut jamais être sûr de l'indifférence d'une femme. On veut croire que non et un de ses regards vous fait penser que oui. On se lève désespéré et, par une pression de main, on se couche fou d'espoir. J'aurais dû rester dans cet état, ces hauts et ces bas perpétuels auraient fini par me mettre à mi-chemin dans une quiétude triste ou gaie, qui n'eût plus dépendu d'elle ni de mon cœur, mais des consignes de ma raison. Seulement je fus, là aussi, un jeune téméraire. Je voulus savoir ce que je savais déjà. Et puis, dois-je l'avouer ? J'en voulais à Flora de mon propre silence. Elle ne pouvait, après quinze jours, ignorer mes sentiments ; et elle n'y faisait jamais la plus légère allusion. Il s'offre peu de solutions à une femme qu'on aime et qui ne vous rend pas cet amour. Il y a le silence commode, un silence méchant et dont je savais Flora incapable, mais auquel je ne voyais pas d'alternative. Je pensais que Flora, pour ménager notre tranquille et pour elle confortable amitié, avait choisi d'oublier ce qui me déchirait le cœur. Un soir d'orage, je lui demandai rendez-vous, un rendez-vous en tête à tête qu'elle m'accorda aussitôt sans même m'en demander la raison et sans marquer la moindre curiosité. Je tremblais en arrivant à Margelasse le lendemain soir, avant dîner ; je tremblais de la blessure qu'elle n'allait pas manquer de me faire et je tremblais de l'imbécile heureux, de l'enfant fou qui m'avait deux trois fois réveillé pendant la nuit pour me dire : « Et si par hasard, elle tombait dans tes bras... Et si tout cela n'était qu'un malentendu... Et si elle attendait elle-même, le cœur brisé comme le tien, que tu te déclares... » La lampe rallumée et ma raison revenue, j'aurais pu étouffer cet enfant fou sous l'oreiller, mais l'on ne se tue pas soi-même, on ne tue pas son enfance malgré tous les efforts qu'on y apporte.

Flora m'attendait dehors, près de la serre qu'elle regardait avec cette indifférence presque amorale qu'elle portait à la nature. Elle n'aimait que ce qui bougeait, les gens, les chiens, les chevaux, le vent. Elle avait une robe d'un tissu gris-beige dont j'ignore le nom, qui faisait du bruit quand elle marchait, et qui attrapait le soleil couchant sous tous les angles, ce qui lui donnait l'air d'être vêtue de rose aussi bien que de gris.

« Voulez-vous que nous rentrions, dit-elle, ou préférez-vous vous asseoir ici ? »

Sans attendre ma réponse, elle se laissa tomber sur un banc de paille qui ornait la terrasse, s'attendant sans doute à ce que je m'asseye près d'elle, mais je m'assis en face, sur un fauteuil confortable, et levai mes yeux sur elle avec ce que j'espérais être une expression sérieuse, mais qui ne devait être que fixe et éperdue.

« Je voulais vous dire... » commençai-je.

Et je m'arrêtai, assez longtemps pour qu'elle levât les yeux de ses mains qu'elle pressait l'une sur l'autre.

« Flora..., dis-je enfin d'une voix suppliante.

— J'aurais tant voulu »... commença-t-elle.

Et nos yeux enfin accrochés l'un à l'autre, nous vîmes que nous étions au même degré de désespoir. Elle se leva, ou je me levai le premier, je ne sais plus, elle me prit dans ses bras plus que je ne la pris dans les miens – bien que j'eusse la tête de plus – et elle me berça tandis que je m'abandonnais sur son épaule en proie à des secousses que je me refusais à nommer sanglots, n'ayant pas sangloté depuis la mort de mon père, quinze ans plus tôt. Nous échangions des propos confus et nous nous excusions l'un l'autre, avant de nous rasseoir ensemble sur le même banc. Tout avait été dit par la phrase de Flora : « J'aurais tant voulu... » et par la mienne ensuite : « Ça ne fait rien. » Et il avait été convenu de la sorte que je l'aimerais toute ma vie et qu'elle ne m'appartiendrait jamais.

Quelques semaines plus tard, ayant trop bu, je lui demandai deux heures de sa nuit ; comme l'on demande une aumône. Elle me répliqua en femme fière, mais fière de ses sens plus que de sa vertu, qu'elle espérait bien qu'en deux heures je ne serais pas dégoûté d'elle, mais au contraire plus attaché, qu'elle-même avait toujours accordé du poids à ces choses dites légères ; et que tenter de les rendre faciles, voire vulgaires, même la pitié ne l'y déciderait jamais. Quand nous fûmes moins essoufflés, un peu plus tard, je lui reprochai à mi-mots son silence et l'ignorance qu'elle avait affectée de ma passion. Mais quand je lui parlai de « silence commode », elle se mit en colère.

« Vous auriez pu penser, me dit-elle sèchement pour la première fois, que c'est à vous que je pensais en me taisant, et non à moi. Il y a des hommes pour qui dire les choses les multiplie par trois. Peut-être en faisiez-vous partie, et en ne me disant rien, pensiez-vous donner plus de chance à vos sentiments de s'évanouir. Cela n'eût pas été sot, je vous l'assure. Les paroles sont souvent plus meurtrières que les faits.

— Et alors j'ai eu tort ? commençai-je, mais elle sourit et mit la main sur la mienne pour m'arrêter.

— Non, dit-elle, puisque vous en avez eu envie. »

Nous eûmes ainsi deux ans de rêve éveillé, du moins pour moi, et une fois encore, je le dis honteusement, deux ans heureux. Je voyais Flora presque tous les jours. Flora n'aimait personne plus que moi. Elle ne disparut que quelquefois pendant l'hiver 1833-1834 pour huit jours par-ci par-là qu'elle passait à Paris, chez des amis de son époux, et qu'elle consacrait, semblait-il, au théâtre, à la musique, à la compagnie des hommes de lettres. Je fus le seul à savoir qu'elle y retrouvait aussi un homme, un personnage mystérieux et haut placé, dont la situation, le poste, Dieu sait quoi, empêchaient qu'il partageât avec elle plus que ces huit jours. Je savais aussi que Flora n'en souffrait pas outre mesure, et cette amitié sentimentale, et aussi, hélas, sûrement sensuelle, m'aurait laissé toutes mes chances, si j'en avais eu l'ombre d'une. Flora rentrait de Paris avec de nouvelles toilettes, de nouvelles histoires, de nouveaux chevaux, de nouvelles toquades. Elle avait cette gaieté, cette joie de vivre qui faisaient oublier son âge, ou qui le faisaient considérer comme une particularité tout à fait secondaire. Le jour où elle revenait était pour moi le plus heureux de l'année. J'allais à cheval à la rencontre de la diligence, et quand je la voyais arriver avec ses huit chevaux au loin de la plaine, mon cœur battait comme si j'eusse encore quinze ans. Mais ce n'est pas notre histoire, au demeurant, que je veux raconter ici, c'est celle de Flora et d'un autre. Cet autre apparut au début de l'été 1833, probablement en juin, puisqu'une des premières images que je garde de lui, c'est celle d'un jeune homme mangeant des cerises devant une fenêtre, chez la préfète Artémise d'Aubec.

À Angoulême, le grand salon de la préfecture s'ouvre sur la place d'Armes, là où donnent les porches de l'Hostellerie du Progrès, de la mairie, les fenêtres des principaux notables, là aussi où les quatre grandes routes qui vont à Poitiers, Périgueux, La Rochelle et Bordeaux se retrouvent et font un tour ensemble sans pouvoir la traverser. Car la place d'Armes est réservée aux loisirs de la population. Elle est encadrée des plus beaux platanes, lesquels offrent leur ombre à des bancs de bois vert, symétriquement et harmonieusement dispersés. Les enfants n'y poussent que des cris respectueux, les citoyens y changent de pas, et au centre de cette même place s'élève le plus beau des kiosques à musique de la région et, dit-on, de la France entière. Couvert de lamelles d'un cuivre roussâtre, verdi par les intempéries, son chapiteau est soutenu par des colonnes de fer forgé élancées mais robustes où s'entrelacent des pampres et des vignes d'airain du plus bel effet. Son sol de marbre même pas usé a pourtant retenti de la mesure battue par des milliers de souliers vernis. Trois marches montent à cette estrade, trois autres à son centre mènent au pupitre du chef de l'« Harmonie d'Angoulême » que les autochtones appellent la Fanfare, et les étrangers, l'Orphéon. Sans évoquer la « Philharmonie de Covent Garden », comme disait si drôlement Artémise d'Aubec, ce n'était pas de si mauvaise musique que l'on y donnait, même si elle était qualifiée de facile par des oreilles exigeantes. Ce jour-là, l'Harmonie d'Angoulême, quand nous revînmes Flora et moi d'une délicieuse partie de pêche, rendue encore plus délicieuse par le retard que nous y avions pris sur notre convocation chez Artémise, l'Harmonie d'Angoulême, donc, jouait une valse, une valse de Rossini, c'est-à-dire un thème de Rossini mis en valse par les soins du percepteur de Cognac. Chaque habitant de cette province avait un rôle dans ses loisirs qui était généralement à l'opposé de celui qu'il avait dans ses fonctions. En l'occurrence, c'était le percepteur des impôts qui arrangeait et harmonisait à son gré tous nos concerts dominicaux. Mais tous ses soins n'étant pas parvenus à défigurer complètement Rossini, c'est sur une belle musique que nous entrâmes chez la préfète, et que moi-même, suivant Flora de trois pas et n'ayant pas comme elle à subir le feu de trente regards, je vis avant elle le nouveau venu : « Gildas Caussinade », ainsi que me le présenta la maîtresse de maison en ajoutant aussitôt : « Le fils de mon métayer Caussinade que vous devez connaître. » Je trouvai inutile cette seconde précision, mais le jeune homme n'en sembla pas le moins du monde affecté.

Gildas Caussinade était très beau. Une beauté

étonnante ou, tout au moins, qui m'étonna car je ne remarquais jamais la beauté chez les hommes. Il avait, je le sus ensuite, vingt-trois ans depuis peu ; les cheveux bruns ou noirs comme une crinière, des dents éclatantes, quelque chose de raffiné, de tout à fait aristocratique dans ses traits, son port de tête, ses gestes, en même temps qu'une jeunesse et une masculinité qui, déjà attirantes pour moi, devaient paraître irrésistibles aux femmes. Il me serra la main avec chaleur et m'assura que son père – dont il parlait sans nulle condescendance mais au contraire avec respect – lui avait parlé de moi comme du meilleur notaire de l'arrondissement sous prétexte d'un litige que je lui avais arrangé. Et il sembla même partager cette reconnaissance à mon égard. Quand il souriait, ses yeux se plissaient, son visage mince se détendait complètement, il avait l'air de la jeunesse même. Il était désarmant, et je fus désarmé comme tous les hommes ce jour-là... alors que nous aurions dû, au contraire, nous jeter sur nos armes et l'abattre...

Flora avait fait le tour de nos amis et arrivait près de nous, près d'Artémise et de moi, et dans le dos du jeune homme qu'Artémise tenait solidement par le coude. Elle ne le lâcha que pour le tirer par la manche de sa veste un peu étriquée, et dont je reconnaissais, en vieil Angoumoisin, qu'elle venait de « Jeannot le Paysan », fournisseur en effet des métayers de la région plus que des hôtes de ce salon. Elle le tira vigoureusement, donc, pour le présenter à Flora. Il se retourna et je ne vis plus de lui que sa nuque et, un peu plus loin, le visage de Flora le découvrant de face d'un seul coup. J'étais curieux de sa réaction. Je m'attendais à voir de l'admiration sur ses traits si contemplés et si chéris par moi, ses traits si déchiffrables à présent, croyais-je. Je m'attendais à de la surprise devant cette beauté si brutale dans sa finesse et si raffinée dans sa masculinité. Or, au contraire de toutes mes prévisions et de celles d'Artémise – qui scrutait Flora avec curiosité comme elle avait dû le faire de toutes ses invitées – c'est une expression de lassitude, de froideur, presque de bouderie qu'arbora Flora, expression au demeurant fort rare chez elle et qui, venant juste après la seconde présentation d'Artémise faite aussi lourdement qu'à moi, aurait pu faire croire à du snobisme ou à de la hauteur chez cette femme qui en était pourtant si dépourvue ; une expression qui suivait et qui semblait résulter de la phrase d'Artémise : « Vous savez, le fils de notre bon métayer Caussinade ? » Et d'ailleurs, une seconde après, la familiarité dédaigneuse et grossière de notre chère préfète dissipa comme par magie ce nuage, cette morgue inattendue. Et Flora, tendant sa main au jeune homme, enchaîna :

« Mon Dieu ! dit-elle, n'est-ce pas vous que j'ai vu avant-hier dans ce champ après le chemin de Porte ? Un champ de blé ou de je ne sais quoi ?

— C'est nous qui le cultivons, en effet, dit le jeune homme avec aisance, mais la terre appartient au comte d'Aubec, dont mon père est le métayer depuis trente ans je crois, à présent.

— Alors c'est quand même à vous que je dois des

excuses, dit Flora. Ma jument m'a emballée avant-hier et elle m'a fait traverser ce champ par le travers, en saccageant tous vos plants... Je voulais passer chez vous pour m'excuser, et même vous dédommager, mais...

— Ce n'était rien, n'y pensez pas, dit le jeune homme. Votre jument fait des sauts de puce ; elle est si belle et si légère ! J'ai repiqué ce matin, et l'on n'y voit plus rien. Le comte d'Aubec ne s'en rendra même pas compte. En revanche... »

Il s'arrêta, haussant le sourcil mystérieusement en se penchant vers nous. Et d'instinct, nous nous penchâmes vers lui comme pour échapper à des oreilles indiscrètes. Mais Artémise, à son grand dépit, fut obligée de voler vers la porte et d'accueillir le vieux juge de paix et son épouse.

« En revanche ?... reprit Flora avec impatience.

— En revanche, j'ai eu plus de mal avec ça qu'avec le champ... », dit le garçon en étendant les mains devant lui – des mains qu'il avait jusque-là gardées bourgeoisement derrière son dos et dont il montrait d'un coup les callosités, les jointures gonflées, les ongles ras, des mains visiblement reliées à la vie quotidienne et à ses travaux.

C'étaient des mains puissantes et hâlées, des mains musclées par des exercices de force, des mains auprès desquelles les miennes, pourtant tannées par la chasse, le cab, etc., semblaient des mains de citadin. Des mains de toute façon plus âgées que son visage, des mains d'homme et non pas de jeune homme, et dont Flora détourna les yeux aussitôt avec une hâte que, comme un benêt, j'attribuai à la compassion ou la gêne.

« Vous vous êtes bien écorché..., dit-elle avec douceur.

— J'avais surtout honte d'arriver dans ce salon avec des mains de laboureur... Ma présence est déjà assez déplacée ici », continua le garçon avec ce même sourire heureux et fier, cette sorte d'insouciance et de gentillesse qui me fit penser tout à coup qu'il était fort heureux qu'il fût paysan. (Sa beauté, si elle avait été jointe à un titre, en eût probablement fait le plus arrogant des jeunes aristocrates.)

« Pourquoi déplacée ? demanda Flora sans le regarder, les yeux fixés au contraire sur Artémise qui cinglait vers nous à nouveau. J'avais cru comprendre, en Angleterre, que les êtres humains étaient tous traités de la même façon en France, voire qu'ils étaient considérés comme faits de la même argile. Je croyais même qu'on avait fait une révolution dans ce pays pour le prouver.

— Cela n'empêche pas que je m'appelle Caussinade, dit Gildas avec une grande douceur et, dans la voix, une nuance réconfortante des plus inattendues. Et que mon père, mon grand-père et leurs pères à eux étaient métayers et ne travaillaient que la terre des autres... Nous sommes une famille de métayers. D'ailleurs nous sommes les meilleurs de la région. N'est-ce pas, Monsieur Lomont ? ajouta-t-il en riant.

— Vous avez parfaitement raison ; je peux témoigner », dis-je avec ma grosse voix, la voix que je prenais quand on m'interrogeait brutalement et qui faisait rire Flora.

Déjà Artémise, revenue essoufflée mais toujours en voix, m'interrompait :

« Je vous ai présenté ce beau jeune homme, ma chère Flora, dit-elle en nasillant, mais je ne vous ai pas expliqué ce qu'il fait ici.

— Ce n'est pas la peine, dit Flora avec froideur. Monsieur a une présence suffisamment agréable pour que vous n'ayez pas à nous l'expliquer...

— Figurez-vous, reprit Artémise, que ce jeune Apollon, qui grâce à notre bon instituteur avait déjà obtenu une bourse ou un prix, ou Dieu sait quelle folie que fait l'État maintenant pour la jeunesse, a, en plus, été reçu tout seul à je ne sais quel examen, qu'il est plus érudit que n'importe quel homme ici... plus érudit que vous en tout cas, mon cher Lomont, et bien plus érudit qu'Honoré ; mais cet exemple, bien sûr, ne prouve rien... Et savez-vous qu'en plus, ce jeune homme écrit ? (elle s'adressait à Flora). Et des poèmes... et que ces poèmes, au lieu de se dessécher à Angoulême, ont gagné la capitale et sont même publiés à *La Revue de Paris* ! Ah, comme le disait si drôlement Honoré, c'est bien, en des siècles, la première surprise de ce genre que nous font les Caussinade... », acheva-t-elle, exprimant ainsi son désir de faire remonter aux croisades le métayage des Caussinade et donc sa petite noblesse toute fraîche.

Je ne sais pas pourquoi, mais j'ai un souvenir en couleur de cet après-midi-là. Il faisait beau, je l'ai déjà dit, et un soleil couchant s'était glissé par la porte-fenêtre dans le dos de Flora dont il incendiait la chevelure, assombrissait le visage et éclairait ainsi les yeux d'un éclat sournois et dangereux qui lui allait fort bien. Elle avait une robe bleue, d'un bleu de rhododendron, auquel le costume de velours sombre de Gildas faisait une sorte de contrepoint. C'était beau à voir, me semblait-il, ce bleu pastel et délavé sur cette femme au faîte de sa beauté, cette femme dans l'été de son âge ; et à son côté, cette noire minceur de velours rectiligne qui canalisait les désordres et la fatalité rôdant sans doute avec son sang dans les veines de ce jeune homme. Artémise et moi nous devions les suivre d'assez loin sur le plan esthétique : moi, avec mon costume marron, et elle, avec ses taffetas jaunes qu'elle croyait à tort éclatants... Il y avait quelque chose de délicieux dans l'air, ce jour-là. Le sort a souvent des apparences de rémission, ainsi, avant qu'une crise ne vous secoue et ne vous jette à bas. Il y a souvent des clairières paisibles où l'on se repose en chœur, amants, rivaux, bourreaux et victimes, amicalement groupés dans ce qu'on ne sait pas être l'attente d'une infernale promenade.

« Mon Dieu..., dit Flora avec conviction (cette conviction qu'elle avait toujours et qui aurait fait sourire sans doute des esprits critiques, et leur eût même fait qualifier ici Flora de « bas-bleu »). Mon Dieu, Monsieur Caussinade, que je vous envie !...

— Mais bien sûr, nous l'envions tous !... » dit Artémise avec une bonne humeur bienveillante et même un rire qui paraphait sa phrase.

Et elle me jeta un coup d'œil égayé qui signifiait : « Chère Flora... ; envier un métayer. Il n'y a qu'elle et les petits oiseaux. » Elle dut lire mes pensées dans mes yeux, car elle se détourna de nous brusquement et partit dans son salon, l'air courroucé, vers des têtes moins poétiques mais plus solides.

« Ce départ brutal m'arrange bien, dit Flora. Je n'aurais pas vraiment osé vous demander devant elle de nous dire quelques-uns de vos vers, là, tout de suite...

— Mais..., dit Gildas en rougissant, j'en suis incapable.

— Je vous en prie, dit Flora, j'en ai envie. Sérieusement, j'en ai envie... »

Il n'y avait que Flora de Margelasse pour oser parler du sérieux de ses envies avec une telle innocence à un si jeune homme. Ce dernier dut le sentir et il la regarda sérieusement aussi, oubliant un instant cet air de politesse heureuse et distante qui semblait accroché à ses traits. Je vis sa mâchoire se serrer avant qu'il ne consentît et ne dît : « Très bien, si vous voulez, j'accepte », à voix basse. Flora lui sourit alors. Elle lui sourit, mais des yeux, comme elle ne m'avait jamais souri. Car s'il y avait du respect, de la gratitude dans son regard posé sur moi, je n'y avais jamais vu cette peur, ce défi, ce trouble que j'y voyais à présent, mais qui étaient contagieux et très clairs. À tel point que le garçon se retourna vers la porte-fenêtre afin qu'on ne le vît pas. Nous nous retournâmes aussitôt pour l'encadrer, Flora et moi, et pendant qu'il pianotait sur la vitre, cherchant ses mots, je me souvins, brusquement, tandis que je regardais la place grise et dorée dans le soleil, de mon enfance. Je crus me voir petit garçon, en tablier rouge, courant après un autre en tablier noir, et le rossant, ou me faisant rosser sous les flots mélodieux de l'Harmonie d'Angoulême et les cris indignés de nos mères respectives. Il me semblait tout à coup que cette place mal pavée, avec ces garnements dont j'avais été, était ma patrie et mon origine réelle, que c'était là chez moi. Et en aucun cas ce balcon, près d'une femme qui me déchirait le cœur et d'un jeune homme qui lui récitait des poèmes. Que faisais-je donc parmi ces gens, sinon âgés du moins parvenus quelque part ? Que faisais-je parmi ces adultes (ou qui se sentaient tels) ? J'avais envie de jouer aux billes et de me battre avec quelqu'un de mon âge. « Ce garçon ne grandira jamais... », disait ma mère. Et sans doute devais-je mon infantilisme à sa mort, peu d'années plus tard. Mais là, pour la première fois de ma vie peut-être, je la regrettais, pour sa chaleur, cette odeur de l'enfance qu'elle aurait eue, le tissu rêche de sa robe d'intérieur où j'aurais pu mettre la tête, petit. Bref, je regrettais les regrets que j'aurais eus d'elle si elle avait vécu suffisamment pour cela.

La voix du jeune Caussinade arriva à mon entendement tout à coup, une voix feutrée mais ardente, funèbre aussi. Une voix qui venait de son visage détourné vers l'extrémité du balcon, une voix blanche.

Comme je vois monter le rose à tes paupières,
Comme je vois tes cils battant les mers brumeuses
De tes yeux entr'ouverts sur un rêve de pierre.
Comme je vois ta main sur le drap qui se creuse...

Il disait bien. Sa voix était sourde, intime, et, ma première gêne passée, j'éprouvai du plaisir à l'entendre. Je l'écoutais. Je n'ai jamais apprécié la poésie autant qu'il était bon de le faire à l'époque mais, sans m'y intéresser, j'y étais sensible. Je l'entendais. Flora me découvrait chaque jour des dispositions musicales dans ce domaine qui me faisaient beaucoup rire devant des tiers. Mais qui, hélas, me faisaient me rengorger quand je me retrouvais seul. C'est qu'il y avait ces moments de ma vie où je me retirais du monde, du contact des autres, pendant des minutes ou pendant des heures. Et parfois, à l'aide de rêveries, de livres ou de rien, des nuits entières, je me contraignais à la vérité ou, plus simplement, à la solitude physique. Je m'empêchais de raisonner comme un notaire avisé, je m'empêchais de faire tenir à mon pauvre cœur cru les propos blasés d'un cœur libertin. Je refusais de me persuader que la possession éteindrait définitivement mon amour pour Flora. Je m'empêchais de me mentir. J'empêchais la vanité, le désir d'être heureux, le désir de me reposer, de reposer mon orgueil et mes blessures, tout cela au nom de la vérité, d'une vérité unique. Je me rappelle même avoir, pour cet examen de conscience, quitté comme ça, sans m'excuser, des tables de whist fiévreuses, des sofas bruyants de gaieté ; et même de ces dîners en plein air dont je raffolais, ces dîners à la fin desquels les robes des femmes deviennent toutes blanches et pâles sur une herbe sombre, odorante et étrangère. Je me rappelle être parti à reculons de mille endroits amicaux et chaleureux, tout cela pour me retrouver seul... Ah, je peux le dire, j'y suis bien parvenu ! Je suis tout à fait seul à présent. Je n'ai même plus le choix de ne pas l'être. Hors de mon étude, personne ne m'attend auprès de qui je puisse tenter quelques variations à mon personnage, au personnage définitif d'un notaire honnête de province, un riche, égoïste et secret tabellion. Il n'y a personne auprès de qui je pourrais même composer l'attendrissant et lugubre portrait d'un sexagénaire malheureux et solitaire.

C'est là l'ennui, semble-t-il, de s'attaquer au passé sous prétexte de reconstituer le présent. Un présent auquel, d'ailleurs, personne ne s'intéresse. C'est que les questions de date et d'heure, ces itinéraires maniaques, ces pèlerinages sentimentaux sont autant d'amorces à des comparaisons, ou des questions âpres que l'on ne se formule pas et qui vous envahissent : les refrains tenaces du présent couvrant peu à peu les couplets déjà vides du passé composé et du plus-que-parfait. J'ai beau tirer les rênes, je glisse de l'un à l'autre, je glisse de la question : « Que faisais-je donc, dimanche matin, en me réveillant ? » à une autre : « Et que fais-tu maintenant, à présent ? » Que fait cet homme qui, à trente ans, montait à cheval en joyeuse compagnie, cet homme qui redressait le torse dans les prés et les clairières, se penchait et baissait la tête sur le cou de son cheval dans les halliers ou les fourrés des Charentes ? Il est devenu cet homme-là qui écrit, honteux, ses plus proches et ses plus nostalgiques pensées, cet homme-là qui voit passer avec horreur des matinées semblables à ses soirées, cet homme que ces nouvelles machines traînées par des chevaux de fer dans un fracas de fin du monde révulsent et effraient. Cet homme qui déteste autant le progrès et l'avenir que son passé et ses défaites. Cet homme que sa solitude désespère sans que son visage ne l'avoue jamais, ni sa voix ; cet homme qui n'a personne à qui se plaindre, ni personne à faire rire, cet homme qui abandonnait ses proches, ses amis et ses amours pour être seul, et réfléchir seul, il y a trente ans de cela... N'est-ce pas du plus grand comique ?

Je reviens sur mon balcon, près de Flora et de Gildas que je regarde encore l'un près de l'autre se regarder et parler. Quand je les revis ensemble, un peu plus tard, le mal était fait, et d'une manière si profonde qu'elle était évidente. Mais j'avais été, moi, amoureux éconduit, le premier à savoir qu'un autre ne le serait pas.

Pendant quinze jours, on ne parla plus de Gildas Caussinade et on ne le vit plus dans Angoulême. Je crus le voir, un soir, à la nuit tombante, conduisant la charrue de son père, derrière les bœufs traçant des sillons dans le grand champ près de la rivière. En fait je le vis, très précisément, et je racontai à Flora que j'avais seulement « cru » le voir. Je lui mentis comme je me mens aujourd'hui sur cette page blanche, sans savoir pourquoi. À y réfléchir, je pense que ce fut pour deux raisons. L'une, informulée, était mon refus de rappeler à Flora l'existence de ce trop beau jeune homme prétendument poète. L'autre était une sorte de remords car j'avais bien vu Gildas Caussinade, penché, pesant de tout son poids sur le soc, le dos courbé et les muscles saillant sous sa chemise de toile grossière, dans l'attitude servile qui depuis des générations était celle des siens. J'en avais ressenti à ma surprise un plaisir trouble non dénué de bassesse. Et la bassesse, je déteste la reconnaître, surtout chez moi. Car tandis que, campé sur mon bel alezan doré, ma cravache de cuir à la main, ma chemise de soie et mon jabot voletant au vent, le cuir souple de mes bottes crissant sur la selle, je regardais travailler le jeune homme, j'avais entendu s'élever en moi une voix sarcastique et distraite, une voix qui d'ores et déjà commentait cette rencontre pour Flora : « J'ai vu notre petit paysan-poète jeter ses vers et ses sonnets dans des sillons bien profonds tout à l'heure, ma chère amie. J'espère qu'ils pousseront aussi nombreux et aussi drus que les blés dans notre bonne vieille terre... D'ailleurs, les travaux des champs vont bien à ce garçon. Il avait l'air autrement leste et à l'aise que dans le salon d'Artémise. » Cette voix me fit horreur, comme la facilité de ma plaisanterie. Je ne me reconnaissais pas. Et de fait, ce n'était pas moi qui parlais de la sorte, c'était un futur Lomont, un futur moi-même auquel je finirai par ressembler étroitement un jour, un jour de rage et de désespoir, et dont le destin, toujours facétieux, me donnait un avant-goût. C'est pour ces deux raisons, sans doute, que je dis à Flora avoir cru rencontrer Gildas Caussinade et non pas l'avoir fait.

Toujours est-il que je l'oubliai et pensai que Flora faisait de même. Comme nous étions un jour, après un pique-nique, partis chercher des champignons avec le chevalier d'Orty, un des vainqueurs présumés de la préfète et qui maintenant faisait sa cour, avec beaucoup moins de succès semblait-il, à l'inaccessible Flora, nous nous retrouvâmes seuls, elle et moi, allongés dans l'herbe ou presque, derrière un bosquet, tandis qu'il criait dans le bois : « Flora ! Flora ! Belle Flora ! » d'une voix suppliante. Flora le méprisait. Et elle avait cette habitude devenue si rare dans le monde, et surtout dans notre société, de fuir ce qu'elle méprisait. Nous le vîmes passer, donc, et disparaître derrière un arbre dans son beau costume lie-de-vin ; et Flora se renversa sur le dos, les bras derrière la tête, avec cette parfaite tranquillité que lui donnaient la présence de mon amour et la qualité de mon amour. Ses cheveux étaient mélangés à l'herbe déjà roussie du pré ; le soleil rendait ses yeux bleus presque verts, son cou légèrement hâlé par le cheval et les promenades au grand air lui donnait l'air plus jeune que jamais. Entre ses lèvres, ses dents luisaient, et je détestai une fois de plus que cet amour dont elle me remplissait fût justement de cette qualité-là qui m'empêchait de me jeter sur elle. Pour ne plus la voir, je m'allongeai à mon tour, les bras derrière la tête comme elle, et je fermai les yeux.

Sous mes paupières, comme placardé par la scène précédente, le visage de Flora passait et repassait, s'évanouissant ou renaissant dans sa beauté et sa jeune gloire. Elle avait fermé les yeux aussi, du moins je le sentais, car ce fut la voix d'une personne aux yeux clos qui s'éleva tout à coup près de moi, une voix rêveuse et troublée par sa propre musique. Une voix rauque soudain, et sensuelle, la voix que Flora devait avoir au lit avec un homme, dans la nuit, une voix qui murmurait :

Comme je vois tes cils battant les mers brumeuses
De tes yeux entrouverts sur un rêve de pierre...

Elle s'arrêta là. Et je restai comme paralysé, le cœur arrêté, n'osant plus rouvrir les yeux, ni rester près d'elle ni la regarder en face tant il me semblait que la jalousie affreuse, la fureur bestiale qui m'avaient envahi en reconnaissant ces vers devaient être visibles sur chacun de mes traits. Et sans doute elle-même avait-elle compris au milieu de ce poème que je pouvais le reconnaître, et n'avait-elle pas su ni s'arrêter aussitôt ni aller jusqu'au bout. L'intensité de mon silence ou le raidissement de mon corps l'avait peut-être alarmée, mais trop tard. Je m'obligeai à me taire, à ne pas bouger jusqu'à ce qu'elle fût partie sans rien me dire, jusqu'à ce que je me fusse prouvé à moi-même, par une démonstration pleine de raison et de bon sens, qu'il n'était pas atroce ni révélateur qu'elle récitât par cœur un poème de Gildas Caussinade.

Au demeurant, quelques jours plus tard, ayant enfoui dans un faux oubli cet incident ridicule – et par cet adjectif « ridicule », c'était ma réaction que je qualifiais – je sus par Artémise que Gildas Caussinade était parti pour Paris et que c'était un secret. Si cela ne tenait qu'à moi, ce secret en resterait un le plus longtemps possible.

J'eus alors quinze jours de bonheur. Il plut huit jours pleins si l'on s'en souvient, en cet été 1833. La semaine suivante en fut d'autant plus ensoleillée, d'un soleil d'autant plus repentant qu'il avait si longtemps fait l'école buissonnière. Dorés ou rosés, chaleureux, comme liquides, ses rayons se déversaient inlassablement sur les blés blonds et sur les arbres et les prés verdis de toute cette pluie, sur les maisons lavées, sur des animaux propres, des rivières hautes, sur une province pavée de flaques, embourbée d'eau et de ruisseaux nouveaux où les pas des chevaux ne résonnaient plus et s'amortissaient dans un bruit de succion. Une sorte de langueur se mêlait à ces buées d'averses. Comment m'expliquer... ? On ne galopait plus, on flottait. Il semblait que le combat du soleil et de l'eau fût incertain et, par cela même, délicieux. Un voile liquide, comme une toile d'araignée, s'interposait partout, étouffait les voix, ralentissait les gestes, adoucissait les profils, amollissait les cœurs, purifiait le teint. La peau des femmes en semblait à la fois plus riche et plus pure ; les hommes étaient moins velus et les saules plus pleureurs que d'habitude. Bref, Flora était plus tendre. Nous galopions ensemble, nous déjeunions ensemble, nous parlions ensemble, nous riions ensemble et je boudais tout seul, et si rarement qu'on eût pu nous croire mariés depuis peu, qu'on eût pu croire même à une comédie tacitement reconduite dans cette bouderie solitaire qu'elle refusait de voir, ou ne commentait que par un sourire plus tendre que d'habitude. En quinze jours, je ne lui signifiai que trois fois ce qui me tenait à cœur : que je l'aimais, que je la voulais et que ma vie ne voulait rien dire sans elle.

La première fois, comme par inadvertance, dans un couloir du pavillon de chasse de d'Orty où, ayant tenté de nous croiser, elle, chargée de fleurs, et moi, de gibier, vers le soir, nous fîmes deux, trois pas de gauche à droite, mais du même mouvement, nous barrant ainsi trois fois la route avec maladresse et rapidité. L'échec de ces manœuvres nous arrêta très près l'un de l'autre, riants et agacés – tout au moins elle. Je vis l'agacement faire place à la panique dans ses yeux lorsque, emporté par ce qu'il me semblait l'expression la plus sincère, la plus juste et la plus irrésistible de ma nature, je lui demandai de m'aimer, de ne plus bouger. Oui, je me souviens exactement lui avoir dit : « Aimez-moi, Flora. Arrêtez-vous pour de bon et aimez-moi. » Son regard vacilla, elle ouvrit la bouche, et je ne sais pas encore ce qu'elle m'aurait répondu – j'essaye encore de ne pas le savoir – si la lourde voix du préfet dans mon dos n'avait crié : « Eh bien, Lomont, on fait sa cour comme un hussard, semble-t-il ? » avant que je ne m'efface devant elle.

La seconde fois fut plus préméditée, plus cruelle aussi. Elle avait été si délicieusement, naturellement tendre et attentive à moi tout le jour, toute la longue journée d'un pique-nique au bord de l'Arce, j'étais rentré chez moi si heureux avant de me changer pour le soir, si heureux et si malheureux de ne pouvoir lui dire ce bonheur, la reconnaissance éperdue et stupide que je lui en portais... Et lorsque je vis dans le miroir de mon barbieri ce visage transporté et enthousiaste, ce visage arrondi et rendu puéril, quasiment sot, par le bonheur, et lorsqu'en ce visage je me fris reconnu, moi, Lomont, notaire paisible d'Angoulême, je décidai qu'il fallait trouver quelque alibi, quelque raison d'être à cet inconnu. Je décidai raisonnablement de faire la chose la plus déraisonnable qu'il me fût possible de faire dans les circonstances : je résolus de demander à Flora si elle m'aimait ; comme si, au cas où cela eût été vrai, j'eusse pu l'ignorer, comme si quelque veto secret, et que ma demande lèverait, avait pu jusque-là empêcher cette femme veuve et libre d'avouer à un homme fou d'amour (et qui le lui avait fait comprendre cent fois) que cet amour était partagé. Il n'empêche. Avec cet optimisme forcené des amoureux, je fis comme si ce veto mystérieux existait. Je m'habillai, me coiffai, me bottai, m'élançai vers Margelasse. Et je pris mes deux gants dans la main gauche, à peine descendu de cheval, pour aller d'un seul mouvement mettre un genou en terre dans le salon bleu. Un salon bleu où, Dieu merci, Flora était seule, et où mon arrivée, mon élan et ma posture lui firent des sourcils incrédules, stupéfaits et probablement consternés. Je la regardai, pour une fois plus bas qu'elle, mon genou fiché dans un vieux parquet plein d'échardes, je voyais d'en bas son cou, le grain de sa peau à cet endroit si fragile, si doux, que même les chasseurs les plus enragés frémissent en touchant celui de leurs victimes, je distinguai l'imperceptible fléchissement de la chair autour de la mâchoire, une ligne qui plus tard s'appellerait ride – et que je souhaitais désespérément voir devenir telle, se creuser jusqu'à la laideur et au ravage, signe que je serais le compagnon de Flora en même temps que le témoin de sa vieillesse ; je contemplai la manière dont ses cheveux si fins et si clairs naissaient près de l'oreille, et le lobe lourd et sensuel de celle-ci, et ce cou solide et rond, droit comme celui des statues. Je jetai un regard d'esthète, de prédateur, de soudard et d'idolâtre sur tout ce visage avant de rencontrer son regard atterré et, sans ajouter un mot, de me lever, de retraverser ce salon et de repartir au galop dans la grande allée. Ces scènes muettes qui dans les livres sont toujours définitives auraient dû m'édifier ; le silence en amour nous instruit mieux que tous les verbiages. (Il me semble qu'il y a là une erreur bien fréquente chez nos écrivains si lyriques.)

Quatre jours plus tard, en valsant dans le salon du chevalier d'Orty – danse où par un hasard extravagant j'excellais, et où mon corps, oubliant sa force et son poids, devenait léger et comme inspiré par un sang viennois inconnu – en valsant, donc, avec Flora, la tête grisée autant que le corps, et les répétitions de ces trois temps de la valse me semblant justifier peut-être la répétition de mes aveux, je me penchai vers l'oreille de Flora. Une Flora resplendissante et inquiétante d'ailleurs, comme chaque fois qu'elle s'amusait vraiment. Aussi, entendant à l'intérieur de moi-même le même tempo : « Un-deux-trois, je vous aime, je vous aime, un-deux-trois », je le lui dis, tout en resserrant mon bras autour de sa taille, en appuyant son corps au mien et en profitant de l'élan voluptueux des violons pour susciter chez elle et chez moi un frisson également voluptueux, frisson qui lui eût été odieux si elle m'avait haï. Je pris là un plaisir apparemment innocent et que la proximité physique, la persuasion de la musique, la chaleur de nos corps rendaient inévitable. Enfin, je me conduisis comme un palefrenier, et je vis Flora dans la glace, derrière elle, je vis sa nuque et ses épaules nues en rougir tout à coup.

Ce furent donc là, au milieu de ces quinze jours heureux, les seules secousses dans mon bonheur. Et je dis cela sans ironie, car finalement mes tentatives furent les seuls moments où je m'obligeai à souffrir. Le reste du temps, moi, le précis, le notaire, l'homme qui transformait en actes minutieux les petits faits et gestes de l'existence humaine, je ne fis rien d'autre pour étaler les sentiments les plus délirants que j'eusse jamais éprouvés. Je me laissai glisser sur ces prairies, glisser sur ces yeux pâles, glisser sur ces mains serrées dans la pénombre, ces tilleuls embaumant sur les terrasses, ces cheveux câlins, ces joues duvetées, je me laissai glisser sur ces rivières et sur ces robes de bal, glisser sur l'incertitude et la valse. Ces quinze jours heureux auraient pu durer quinze années peut-être sans que mon corps et mes sens ne se réveillassent autrement, si, comme un coup de tonnerre, comme une foudre imprévue, Gildas Caussinade n'avait resurgi un beau soir au milieu d'un bal, une estafilade au front. Il entra brusquement en faisant sauter deux mesures à l'orchestre, deux pas aux danseurs, et en faisant sauter aussi le cœur de bien des femmes tant il était beau et tragique à la lueur des bougies. L'orchestre s'arrêta. Il y eut un silence théâtral et je me sentis un instant envie de rire malgré moi, malgré ma jalousie, devenue curiosité, presque sympathie, tout ce que ce garçon exténué, à bout de souffle, provoquait chez moi, quoi que j'en eusse.

« Je vous demande pardon », dit-il d'une voix ferme et surprenante chez quelqu'un de si pâle, et il s'adressait visiblement plus à Flora qu'à la maîtresse de maison. Je la regardai. Flora était blanche comme je ne l'avais jamais vue être blanche, même lorsque son cheval s'était emballé sur deux lieues un jour d'orage.

Paris était alors couvert de barricades. Gildas fut assailli de questions. La musique ne reprit que plus tard et ce fut sans doute le bal le plus réussi de la saison, celui plutôt dont on jugea qu'il était le plus réussi puisqu'il avait été distrayant et qu'une part d'imprévu s'était mêlée à ses autres délices. Il fallait être en effet amoureux comme je l'étais, ou avoir été veuve dans une campagne anglaise comme l'avait été Flora pour s'amuser aux bals d'Angoulême en cet été 1833. D'ailleurs mon amour et l'insouciance de Flora furent nécessaires tout au long de ce récit où rien de ce qu'il rapporte, rien de ce qui s'y est passé, rien de ce gâchis, de cette ruine, de ce désastre et de ces larmes n'eût été possible s'il n'y avait eu, au départ, la double solitude de Flora et de moi-même.

L'affolement de Flora et sa pâleur devant ce garçon

m'avaient mis d'humeur exécrable. Pour la raccompagner à Margelasse, nous montâmes dans son tandem attelé de Hellio, le trotteur noir de Flora, un superbe hongre irlandais toujours sur l'œil, et de mon Philémon, le trotteur rouquin qu'elle m'avait fait acheter à Confolens un jour de foire. Je les laissai partir vite, contrairement à mes habitudes, et Flora, si elle n'y avait pas fait attention jusque-là, s'aperçut de mon humeur. Elle tenta d'y remédier, me prévenant de ne pas casser son visky, comme elle s'amusait encore à nommer sa voiture, et comme je m'amusais d'habitude aussi à le lui reprocher, ainsi que tous ses anglicismes qui devaient être en tout au nombre de trois. Cette fois-ci je ne la repris point et elle se tut d'un air pensif. Je réfléchissais ou je le tentais. Il me semblait soudain que mes cinq sens, mes facultés de pensée, mon imagination et ma mémoire, étaient comme galvanisés à la perspective de me faire souffrir, et que, la jalousie aidant, il me poussait des yeux aux tempes, des tentacules derrière les oreilles, que mes narines se dilataient à l'extrême afin que je puisse mieux voir de côté, entendre de loin et respirer à fond tout signe propre à exciter cette jalousie. Il me semblait tout à coup receler derrière l'insouciant jeune homme ou l'homme débonnaire que j'étais supposé être un sinistre malade, un forcené habile et pervers, acharné à sa propre perte. Cette idée d'un divorce d'avec moi-même m'effleurait pour la première fois. Et, sous l'offense, le dégoût et la crainte que cette sensation m'inspirait, je relançai nos chevaux de la main et de la voix. Ils bronchèrent, ressentant aussitôt ma colère, et bondirent dans l'obscurité. Notre mutisme ne fut pas dérangé pendant les dix minutes qui suivirent tant je fus occupé à les retenir, à casser l'emballement de ces bêtes.

Après dix minutes, dix minutes de tournants pris à demi versés, de fossés sautés et de champs saccagés, je parvins à les arrêter. Je sautai du tandem, vins à leurs têtes et, les ayant attachés à un arbre, je leur parlai, leur flattai le col, les assurai de mon affection et de mon regret : je fis en somme pour eux ce que Flora aurait dû faire pour moi.

Elle était descendue, elle aussi, elle m'avait rejoint près du tronc de l'arbre, le visage à peine pâli. Elle n'avait pas poussé un cri, un seul, durant cette folle cavalcade, et ce courage, qui m'eût la veille paru admirable, ce soir me semblait agaçant. Je levai la tête. Il y avait une lune superbe dans le ciel bleu sombre piqueté d'étoiles ; mais des nuées innombrables, des nuées fumeuses venues de l'est, venues du Quercy, glissaient parfois devant cette lune inerte, nuées menaçantes et morbides. La gorge serrée, je les regardais, la tête renversée en arrière, reprenant mon souffle avec peine, mes mains couvertes de bave et d'écume posées sur mon beau pantalon neuf : un pantalon de nankin que Flora m'avait aussi fait acheter un jour de caprice. Et soudain l'idée de tous ces achats superflus, la dureté des rênes entre mes doigts et la certitude de mon amour repoussé, tout me parut subitement ridicule et lugubre.

« Nicolas... », disait la voix de Flora, et je baissai les yeux sur elle. Nous échangeâmes alors un curieux sourire, je me le rappelle tout à coup, un sourire comme résigné déjà à la suite... avant que je ne recommence à me poser des questions.

Hier, pour la première fois depuis que j'ai commencé à gâcher le beau grain de ce papier, j'eus le sentiment de me rappeler quelque chose de nouveau, de retrouver un souvenir jusque-là non répertorié dans ma tête. J'avoue que cela m'a déplu et même terrifié. Car de ces souvenirs inconnus logés dans ma mémoire, je crains autant la douceur que les coups. Le rappel des moments heureux ferait-il naître d'autres regrets, et celui des mauvais se creuser d'autres chagrins ? Quelle mouche m'avait donc piqué d'ouvrir ce cahier ? Et quelle ténacité ou quelle savoureuse souffrance y ramenait ma main, l'y ramène en cet instant même ?

Je suis seul, là, dans la mansarde de ce grenier où j'ai installé ma « tour d'ivoire », comme l'écrit si dédaigneusement Monsieur de Vigny. Une tour d'ivoire qui sent le moisi, que je ferme à clé derrière moi sans pour cela rassurer ma fidèle gouvernante. Elle me croit plongé dans des dossiers et s'effraye déjà de ce lieu bizarre pour y travailler. Elle se désole de l'abandon que je fais de mon beau secrétaire d'acajou, lustré par elle tous les matins. Si elle savait, en plus, le sujet de ce dossier... Le scandale de 1835 est éteint mais son souvenir reste et ne s'affadit point. On en parle encore à plus de trente lieues d'Angoulême.

Par la lucarne de ce grenier je vois le soir et, allongée sur les mêmes pelouses, l'ombre de ma maison, de mes arbres, de tout ce que j'ai et tout ce que j'ai rêvé si longtemps de partager et de nommer à la première personne du pluriel. Tout ce que, depuis, je hais pour le singulier que la vie m'impose : ma maison, mes pelouses, mon cœur, tout cela, excepté le dernier nommé, n'a jamais eu qu'un seul maître et leur don et leur partage me furent refusés. Le pronom « nous » n'est pas pour moi, ni l'adjectif « notre ». Les prés sont violets, c'est que le colchique y a surgi et que ses reflets y tremblent. J'entends sonner l'église, signe de vent d'est et de pluie. Quand Flora l'entendait, elle, à Margelasse, c'était qu'il allait faire beau. Nous n'avions pas le même vent, ou plutôt le vent ne voulait pas dire la même chose pour elle et pour moi. Je suis bien stupide de m'étonner que notre mariage ne se soit pas fait.

Gildas n'était pas revenu de Paris avec une estafilade au front comme seul souvenir, il en rapportait aussi des exemplaires de la *Revue des Deux Mondes* où ses vers avaient été publiés. De plus, il avait commis une pièce de théâtre dans la plus grande discrétion, une discrétion qui faillit lui coûter fort cher au demeurant.

J'arrivai un jour chez Flora, la semaine qui suivit

le bal, et j'arrivai au pas, sans faire le jeune homme et le caracoleur pour une fois, mon cheval ayant eu chaud dans l'après-midi. J'arrivai donc au pas pour le sécher et l'ayant tout seul attaché à un anneau et ne trouvant personne pour m'introduire, je me dirigeai vers le salon bleu. Je m'arrêtai une demi-seconde dans le boudoir devant la psyché pour repousser mes cheveux en arrière, et c'est alors que la foudre me tomba dessus. Par l'entrebâillement de la porte donnant sur le grand salon, résidence habituelle de Flora, j'entendis la voix de Gildas :

« Je vous aime à en devenir fou ! Je me moque du monde extérieur, je me moque des fureurs de vos pairs, je me moque de tout ce qui n'est pas vous ! »

Il disait cela d'une manière fiévreuse, adolescente et virile, avec une conviction qui fit de moi un assassin. Je fis deux pas vers le salon, vers cette porte et vers ce sacrilège. Ma main avait retrouvé à ma ceinture le couteau de chasse que j'y gardais en général pour couper les branches, arranger les sangles, nettoyer les sabots du cheval, et non pas comme on aurait pu le croire à me voir ce jour-là, pour en égorger mon prochain. Ma main avait été malgré moi, d'un seul geste, vers ce couteau tranquille, et le tenait, la lame en avant, brûlante de soif.

« Ah vraiment, vous m'aimez ! Le bel aveu ! Et que fais-je d'autre, moi, que de vous aimer aussi follement et d'attendre que vous me le disiez ? »

C'était Flora qui parlait mais elle disait ces mots en les coupant en deux, en marmonnant la fin, bref en les déchiffrant, ce que je compris en une seconde avant de m'élancer. Je le compris juste à temps. Je m'arrêtai et je l'entendis dire en riant, d'un rire délicieux, pur et tranquille qui me fit honte : « Votre écriture est impossible, Gildas, décidément ! »

Il rit en retour et moi-même c'est en souriant que j'entrai dans la pièce.

« Quels sont ces cris d'amour que l'on entend du parc ? » demandai-je avec une affabilité qui étonna Flora, mais qui ne sembla pas réjouir le jeune homme. « Je ne vous croyais pas si bonne comédienne, ma chère amie », enchaînai-je en lui baisant la main, et elle me jeta un rapide coup d'œil scrutateur. Cela lui donna un air de duplicité tout à coup qui me déplut. Je me sentais supérieur à la situation, presque dédaigneux de ce qui aurait pu être. Je me sentais indifférent, audacieux, désinvolte et, effectivement, j'avais toute la désinvolture, l'audace et l'indifférence que l'on éprouve en se retrouvant indemne après ce qu'on a cru être un accident mortel. La rivière ne vous fait plus peur, ni la noyade. On se croit sauvé des eaux à jamais et l'on recule en souriant, intact et dédaigneux, pour tomber dans le gouffre ouvert derrière soi.

Je me rends compte à présent que je suis une personne, j'étais en tout cas jusqu'à Flora une personne qui ne s'était jamais vraiment adressé la parole : comme, je le crains, beaucoup d'hommes, et peut-être de femmes d'ailleurs, de ma génération. Seuls les poètes avaient droit à ces dialogues intérieurs, et c'est peut-être pour se venger de ce silence forcé qu'ils abusaient de leurs confidences. De toute façon, ils ne nous représentent pas. Personne ne nous représente. Nous étions à cheval sur une époque où tout étant interdit, tout devenait de ce chef désirable et fatal, et sur une autre époque, où bien des choses étant libres devenaient ternes en même temps que permises. Les deux époques ont un seul point commun : c'est qu'elles seront toujours, à perte de vue, à perte de vie et à perte de répétitions, interminablement surveillées, commentées et sanctionnées par une société qui perd la tête entre ses interdits et ses exhortations. De toute façon ces poètes, quels qu'ils soient, nous les aurons enviés pour leur bavardage. La pudeur bourgeoise et le triste orgueil de se dire qu'on obéit à ses lois ne soulageront jamais le besoin de crier fort, de hurler à la mort comme je le fais en ce moment ; ce besoin si violemment éprouvé par tout être humain. Nous sommes, nous avons été, nous serons... Pourquoi faut-il que je mette encore tout cela au pluriel ? Est-ce un dernier et ridicule refus de ma solitude, de la singulière impuissance de mon existence ? J'ai été, je suis et je mourrai bâillonné, esclave des lois, des préjugés, d'us et d'habitudes, de maniaqueries et de confort, d'interdits et de chaînes dont je n'aurai jamais connu la raison, l'origine ni l'utilité. Les hommes et les femmes de notre époque ont été dressés à se détester avec les plus grandes marques de respect, et tous ceux de nous qui ont voulu ou espéré jouer autrement les règles supposées normales et délicieuses de l'amour se sont vus parfois bafoués ou expulsés, mais plus banalement, et le plus souvent, emprisonnés pour la vie près d'une étrangère ou d'un étranger que tous les sacrements, les regards de la société et les balbutiements des enfants ne peuvent rendre autrement que haïssables, envenimés, désespérés. On nous prépare à une lutte, à un affrontement, en aucun cas à une union, ni même à cette amitié, cette confiance qui peut être la suite ou le substitut de la passion. Ce qui fait de nous, inexorablement, soit le maître despotique et indifférent des femmes que nous ne désirons pas, soit la victime des autres, celles qui nous plaisent d'une manière animale et qui sur nous vengent leurs sœurs, sans même le vouloir, par simple justice ou coquetterie.

Le soir tombe. Il n'y a plus d'ombre aux arbres, il n'y a plus d'ombre sur les prés que ce léger brouillard qui annonce la nuit. Mon histoire n'a pas poursuivi ce soir sa course habituelle, et si j'avais un lecteur, et si ce lecteur avait été assez patient pour suivre les sinueux détours de mes belles amours malheureuses, il s'en plaindrait peut-être... J'avais pourtant décidé de poursuivre ce récit mais je m'aperçois que, si je n'ai pas acquis les habiletés de mes célèbres confrères, j'en ai en tout cas acquis les vices. À me relire, je vois trop bien avec quelle molle complaisance, quel grotesque plaisir je me laisse aller à jouer le peintre des âmes. Me voilà, moi, notaire à Angoulême, occupé à retracer avec autorité le contour d'un cœur que je n'ai même pas su émouvoir, sinon de pitié. Me voilà expliquant, commentant, déclamant, proclamant, déterminant toutes les subtilités qui ont échappé à d'autres. Oui, à me relire et à voir quel progrès la prétention littéraire a déjà fait faire à ma sottise naturelle, de quelles redondances ma plume se plaît à l'orner, je me sens soudain déborder d'indulgence pour ces littérateurs que j'ai tant raillés toute ma vie. Je vais aller coucher sur le duvet de mon oreiller cette tête chenue enivrée de ses propres discours. Il semblerait qu'il soit temps...

... Si, quand même, il me reste trop de souvenirs précis, et puisque j'ai décidé de tout me dire et de ne rien oublier, rappelons-nous. Je me revois dans ce boudoir à l'instant où Gildas disait ces mots d'amour à une Flora que je ne savais pas innocente. Je me revois debout, le poignard en main, prêt à tuer et insulter un jeune homme et une femme qui ne me doivent rien ni l'un ni l'autre. Je tremble de tous mes membres, je suis inondé de sueur aigre et je dois m'appuyer à un fauteuil damassé d'un jaune paille. En mourant, peut-être verrai-je encore ce petit boudoir qui précédait le grand salon de Margelasse, ces persiennes fermées et, à travers elles, les rayons dorés et ocre du soleil où voltigeaient et se multipliaient des poussières impalpables. Le tissu du fauteuil est fané, un ancêtre de Flora jette sur moi, du mur, un œil amusé qui me le fait haïr. Il y a de la boue à l'extrémité de ma botte, qui m'obsède comme une faute.

Je suis perdant, perdu, ridicule.

Car si c'était une répétition de théâtre, c'en était une aussi de l'avenir, quelque chose me le jetait au visage. Je me rappelle m'être redressé, chancelant, avoir vu mon visage dans la psyché avec dégoût, et je me rappelle une fois de plus avoir songé à un crime que j'aurais dû commettre.

Je me souviens un peu plus tard d'avoir regardé ces deux êtres également charmants, et dont l'accord me tourmentait déjà. Ils avaient repris leur lecture et, stimulée sans doute par la présence d'un témoin, Flora lisait mieux. Elle trouvait plus de vérité pour dire ces phrases devant un homme que cet accent de vérité mettait au désespoir. C'est grâce à moi que, ce jour-là en tout cas, Flora et Gildas purent finir sans trop de mal leur duo passionné. Et le fait de m'en apercevoir me communiquait un rire nerveux et sarcastique que je ne me connaissais pas, un rire qui me soulageait et m'enferrait en même temps. C'est ainsi que je commençai la découverte de moi-même. C'est ainsi que je découvris en moi un témoin, un lecteur, et que je posai sur mes propres agissements ce regard opaque, aveugle et froid qui, petit à petit, est devenu avec les années mon seul regard. Je l'ai dit, depuis l'arrivée de Gildas entre Flora et moi, j'éprouvais de plus en plus souvent des sentiments partagés, des sentiments que je n'arrivais pas à nommer ni à deviner, des sentiments dont le sens et l'écho moral m'échappaient. Je m'étais jusque-là considéré comme un homme de bien et un homme assez courageux. Or je me sentais de plus en plus souvent un lâche, un faible et un menteur. Un lâche surtout. Il m'arrivait de détourner les yeux en me voyant dans le miroir, et même une fois je brouillai machinalement de la main le reflet que me renvoyait la mare où je faisais boire mon cheval. Je le fis sans y penser, comme on fait un geste d'hygiène, et c'est le contact de l'eau froide, glacée sur mes doigts, qui me rendit conscience de mon geste et de ce qu'il signifiait. « Mais tu n'as rien fait..., balbutiai-je, tu n'as rien fait de mal ! » Et je me vis soudain m'apostrophant moi-même, seul dans une clairière avec mon cheval.

J'ai fort mal dormi la nuit dernière et je crois savoir pourquoi. Ce bavardage puéril que je tiens avec mon passé doit être terminé au plus vite. Je ne suis pas d'une nature assez démonstrative ni assez fausse pour me livrer plus longtemps à cette ridicule confession. Je brûlerai tout cela à la fin de la semaine.

J'appris ce soir-là en bavardant sur la pelouse de Margelasse certains détails du voyage de Gildas dans la capitale. Gildas avait eu la chance de tomber sur Monsieur de Musset, celle que ses poèmes lui plussent, et celle surtout, qu'échappant pour une fois aux travers de sa profession, Monsieur de Musset fût plus ravi que furieux devant un nouveau talent. Je ne parlerai pas ici des écrits de Gildas Caussinade. Je n'y connais rien, au fond. Finalement, je n'aime vraiment, je n'ai d'estime que pour les actes notariés, précis, froids peut-être, mais loyaux. Les hommes sont des animaux imbéciles toujours en proie à l'orgueil, la colère ou le rut. Il importe avant tout de les calmer, de les classer et de les étouffer dans des tiroirs bardés d'étiquettes, c'est mon métier et c'est sans doute un des plus utiles à notre société.

Gildas Caussinade, donc, après ses vers qui avaient plu au public parisien, vint montrer son visage qui acheva la conquête de ses lecteurs déjà enthousiastes. On le fêta, on l'adula, et je dois dire qu'il rentra de Paris comme si rien de tout cela n'avait eu lieu. Il revint comme un jeune homme que l'on n'aurait pas fêté au Café de Paris, comme un jeune homme que Madame Sand elle-même n'aurait pas déclaré séduisant. Gildas Caussinade rentra comme un fils de paysan qu'il était, reprit sa fourche et sa herse, et n'aurait sans doute pas parlé davantage de ses aventures dans la capitale si Artémise et d'Orty, abonnés à toutes les revues de Paris, n'eussent entonné le récit de ses exploits. On l'arracha à ses champs, à ses foins, à son bétail, et on le fit asseoir au milieu du salon. On changea sa fourche pour une harpe et son chapeau de paille pour une auréole : celle, irrésistible à l'époque, de la poésie. De la rencontre, de la conspiration peut-être ou des barricades dont il avait rapporté l'estafilade qui lui barrait le front, personne ne sut rien.

Encore aujourd'hui, je ne sais pas ce que pensa Gildas Caussinade de tout cela. Il devait être piquant pour ce jeune homme qui faisait fructifier nos terres, qui avait passé sa jeunesse, son temps et ses forces à fertiliser des champs dont il ne récolterait pas un grain (tout cela sous nos yeux dédaigneux et ingrats), il devait être piquant, dis-je, de voir tout ce joli monde autour de lui occupé à lui arracher une faux dont on se fût scandalisé, un mois plus tôt, qu'il la déposât cinq minutes. Je lui prêtais, je lui espérais les plus acides réflexions et les plus méprisantes. Mais il offrait à mon attention incessante un regard de jeune chiot, ou de jeune homme sensible, également innocent et rêveur. Il souriait, ses yeux souriaient, et j'ignorais encore, je voulais absolument ignorer que cette indulgence et cette grâce étaient l'indifférence fondamentale, absolue que donne l'amour à un amant heureux – ou sentant qu'il va l'être. Flora promenait partout, elle aussi, des yeux extasiés et récitait sans se cacher les poèmes qu'elle avait tenté de rattraper sur ses lèvres lors d'un pique-nique pas si lointain. Monsieur Jules Janin, descendant voir une parente vers Nîmes, nous fit l'honneur de passer par notre bonne ville et se précipita au cou de Gildas, cause de son détour. L'honneur rejaillit sur chacun de nous. On fit des dîners où la naïveté le disputait au pédantisme de la manière la plus éhontée et la plus ridicule sans que personne s'en rendît compte, semblait-il, sauf moi. Moi, brûlant, ravagé, impuissant, furieux, moi, le bon, débonnaire et affable Lomont, notaire de son état. Cette transformation du bon chien berger que j'étais en serpent venimeux devait être invisible puisque même Flora ne s'en rendait pas compte. D'ailleurs, elle ne se rendait plus compte de rien à mon sujet, elle me parlait sans m'adresser la parole, elle me voyait sans me regarder, m'écoutait sans m'entendre ; et je crois que j'eusse pu l'embrasser et la prendre sans qu'elle sentît mon contact. Je ne fus pas assez courageux pour tenter l'expérience. Gildas, lui, le fit à ma place et me prouva que j'avais eu tort, peut-être.

Un soir où il pleuvait à seaux une fois encore, ou plutôt pour la première fois de cet automne étincelant – mais il me semblait qu'il tombait des trombes d'eau depuis le retour du poète –, il fut, par ces circonstances atmosphériques, amené à raccompagner seul Flora. Ayant bu quelque vin de Toquay ou quelque champagne, chose inhabituelle car le garçon était sobre, il osa dire à Flora ce qu'elle attendait qu'il lui dît. Elle le laissa dire, elle le laissa pencher sur elle sa belle tête brune dans le fond du cab. Elle le laissa poser un peu partout sur elle sa bouche brûlante. Elle le laissa monter avec elle le perron, l'escalier de son petit château, elle le laissa monter avec elle dans ce grand lit aux draps mousseux et blancs que j'avais entrevu une fois, par hasard, et dont l'image hantait mes nuits. Et les hante toujours... J'ai cassé ma plume en écrivant ce résumé qui me révulse encore ; j'ai même logé un éclat sous l'ongle de mon index, ce qui m'incite à arrêter là ce récit, en attendant de le reprendre. Si je le reprends un jour...

Je m'étais décidé il y a un mois à arrêter ce récit et même à en brûler les pages. Mais je ne m'y suis pas résigné, soit que je me sois attaché à ma propre prose par une faiblesse commune, dit-on, à tout écrivaillon, soit – et cela me paraît le plus probable – qu'un réflexe de tabellion consciencieux répugne en moi à laisser un compte rendu inachevé. Je continuerai donc, mais j'essaierai d'être moins amer. Car il est vrai, hélas, que le sarcasme s'avère presque inévitable dans ce que peut dire un homme à propos d'une femme qui ne lui a pas cédé. Il se venge plus durement que ne le ferait un homme comblé, même trompé ou abandonné par la suite. C'est que les souvenirs charnels, si cruels soient-ils pour la victime d'une passion, obligent quand même à quelque tendresse pour son bourreau : et c'est cette tendresse que l'imagination la plus déchaînée ne peut fournir à l'homme rejeté. Le parfum, la chaleur et la peau d'une femme font dans la mémoire un lit autrement tendre que le plus brûlant des désirs s'il est inassouvi. Gildas, s'il vivait encore, parlerait autrement de Flora, qu'il aima moins que moi cependant : il en parlerait plus doucement et plus respectueusement que moi. Moi qui semble ici la juger et même la mépriser... Moi qui... Flora... Ah, ma Flora... Mon cœur, mon âme, ma beauté, mon soleil ! Mon seul feu... Le seul rire de ma vie... Ah, si cela est vrai, Flora ma bien-aimée, si, seule dans la terre où tu achèves de te perdre, si dans la nuit où tu achèves de m'échapper, tu as senti comme une insulte venue de moi, pardonne-moi... Pardonne-moi, tu le sais, je te pleure toutes les nuits...

Revenons à mon histoire. Elle se passa il y a trente ans, je me le rappelle, et il y a trente ans, ce qu'on appelle les préjugés – et qui n'était en fait que l'instinct de survie de notre classe supérieure –, les préjugés avaient à peine commencé leur déclin. La bonne société s'y conformait et expulsait ceux qui y manquaient. Flora était née Margelasse, ses aïeux avaient été à la première et à la deuxième croisade – cela par son père – et quant à sa mère, née Aimée d'Arnagol, elle remontait par ses ancêtres jusqu'en 1450.

Or Gildas Caussinade, lui aussi, aussi loin qu'il pût remonter dans le passé, se retrouvait non seulement roturier, mais paysan et, plus loin, serf. Tous ses ancêtres avaient été domestiques chez nos ancêtres à nous, ses nouveaux amis, et des amis auxquels il parlait encore aujourd'hui chapeau bas. Gildas Caussinade, en tant que tel, et bien que poète à Paris, risquait tous les jours de recevoir d'un de ses amis, pour peu que celui-ci fût mal luné, un coup de badine, ou pis, une pièce de monnaie.

On le voit bien : il était impossible que l'ami, l'amant, le compagnon de Flora de Margelasse supportât cela, la pièce ou la badine. Il était impensable également que ces hobereaux contents de l'être donnassent du jour au lendemain du « Monsieur » à ce métayer. Et il serait impossible de surcroît de savoir, dans ce cas, si c'était la distraction ou l'insolence qui dicterait leur conduite. Les deux amants y pensaient-ils ? Y avaient-ils même pensé ? Je jurerais que non, si étrange que cela puisse paraître. C'est que ni l'un ni l'autre n'avait espéré un instant voir son amour partagé. La distance qui les séparait et qui, pour nous, les témoins, semblait énorme, était pour eux, uniquement conscients de leurs sentiments, gigantesque. Ils n'écoutaient que les bruits de leur propre cœur, craignant celui de l'autre sourd et muet. Bref, ils durent s'éveiller le lendemain plus stupéfaits qu'épouvantés, et moins épouvantés qu'heureux : le ciel immuable et gris de leur existence, de leur plate solitude venait de se déchirer, et dans sa trouée apparaissait un soleil éclatant, radieux, celui de l'amour partagé. Qu'importait que derrière lui accourussent tous les nuages noirs, menaçants et pressés du scandale ? Ils n'en avaient cure. Et pourtant Flora risquait la déchéance, l'exil de sa société naturelle et une vieillesse solitaire et déshonorée. Gildas, lui, risquait les affronts, la colère, la haine. Mais, encore une fois je le répète, ni l'un ni l'autre n'avait eu le temps de penser à tout cela sinon comme à des dangers improbables, trop improbables pour ne pas être presque désirés. Ni l'un ni l'autre n'avait eu l'idée même de trembler devant une autre menace, un autre mal que celui qui les désespérait chaque soir, d'ores et déjà : les draps de dentelle ou le matelas de paille, qu'importe... mais vides, atrocement vides en tout cas, et où, quotidiennement, chacun avait rendez-vous au soir avec sa solitude et la nostalgie désespérée d'un autre corps. Ce vide, ce désespoir et cette nostalgie, comme ce désir, sont les seuls points communs que nous ayons eus tous les trois. Sauf que rien ne fut comblé chez moi, ni apaisé.

C'est en octobre ou novembre, je ne sais plus, que je fus convoqué à Bordeaux pour y déposer dans un procès et y assister un ancien condisciple. C'était un petit hobereau malheureux en tout, déshérité par sa famille après avoir été moqué au collège, et qui à présent, volé par ses métayers et méprisé par ses voisins, n'avait pu supporter d'être trompé par sa femme et l'avait tuée. J'y allai et, devant l'incurie de son défenseur, finis par le remplacer à demi, le défendis pas trop mal, arrachai, en fin de compte, son cou aux jurés et aux juges (un cou qu'il glissa lui-même, d'ailleurs, dans une corde, deux ans plus tard). J'eus l'heur de faire pleurer les femmes et de plaire aux journalistes qui étaient venus de Paris voir ce spectacle devenu rare : un gentilhomme jugé pour un crime de gueux, un homme bien né jaloux de sa propre femme. Ces journalistes ayant pleuré aussi aux audiences, le vin du pays aidant, chantèrent mes louanges et je rentrai à Angoulême en triomphateur. Je fis trente lieues en huit heures, changeai trois fois de cheval et arrivai, harassé comme un jeune homme, à Margelasse sans m'être fait annoncer. Il me semblait dans ma sottise que les anges de la renommée ayant leurs trompettes dans le préau des assises de Bordeaux s'étaient rués ensuite à tire-d'aile jouer le même hymne aux oreilles de Flora, et que l'Aquitaine ne résonnait que de mon nom et de mon retour. C'était la seconde fois que j'arrivais sans être attendu chez qui que ce soit, et ce fut la dernière. La vieille tante qui m'avait élevé et m'avait enseigné cette règle d'or de ne jamais survenir ainsi sans prévenir n'eut pas à se retourner une fois de plus dans sa tombe.

À peine passé Angoulême d'ailleurs, l'entrain qui m'avait fait sauter d'un cheval à l'autre pendant ces trente lieues s'était dissipé, et je ressentais tout à coup les fatigues de ce voyage de jeune homme. J'étais moulu, brisé, je ne sentais plus la bouche de Philémon, pourtant retrouvé avec soulagement une heure plus tôt. Je ne m'accordais plus à ses allures, fort allègres après ses trois jours de repos. Je le menai mal, le contrariai et, en arrivant aux grilles de Margelasse, il était trempé d'une sueur blanche déshonorante pour un cavalier. Je décidai de le faire sécher un peu, mis pied à terre et marchai près de lui dans l'allée. J'étais trempé aussi, et j'eusse préféré l'être, comme mon cheval, de colère et non pas de peur comme je l'étais sans savoir pourquoi. Quelque chose me serrait la gorge. Mais, je le répète, j'étais triomphant, mes oreilles bruissaient encore des compliments bordelais et mon humeur s'allégea en même temps que celle de mon cheval. Dans le même moment où ce bel animal se disait sans doute : « Bah, calmons-nous. Mon maître est maladroit aujourd'hui, mais il n'est pas méchant après tout. Il n'use ni de cravache ni d'éperons à mollettes. Restons indulgent », je me disais à moi-même : « Bah, calmons-nous. Flora est imprudente, férue de poésie, mais elle n'est pas légère. Elle a le sens des conventions et le respect d'elle-même. Il ne se sera rien passé, bien évidemment. » J'espérais ne trouver à Margelasse que Flora, et sans son sigisbée. La lecture de ses poèmes, demandée et appréciée par une noble femme, n'aurait pu faire oublier à un Caussinade qu'elle était aussi une femme noble : si je lui parlais de mes soupçons, Flora allait me rire au nez. Et malgré moi, je souriais en me remettant en selle, en imaginant, en entendant déjà la voix moqueuse et tendre de ma Flora. Philémon, redevenu fier et content, entra au petit galop dans la cour et j'eus du mal à l'arrêter à la barrière : il eût volontiers escaladé le perron et devancé mon propre plan.

Un silence absolu régnait sur la pelouse en ce début d'après-midi. Le ciel était d'un blanc bleuté sur le toit d'ardoises, un ciel de chaleur, sans souffle et sans poussière, où veillait un orage immobile. Je fis le tour du manoir par le côté droit, répugnant à refaire le trajet de ma dernière visite intempestive, ou que j'avais crue telle, répugnant à retraverser ce boudoir jaune, heureux de retrouver Flora dans sa véranda, sur la pelouse ouest, où elle devait donner à manger à ses cygnes ou lire quelque poésie. Je savais l'y trouver, comme à son habitude quand il faisait beau, et je pensais vraiment l'y trouver seule, je le jure. Comme je jure que j'ignore encore ce qui me fit marcher si légèrement, si prudemment sur ce gravier crissant et si furtivement sur ce gazon déjà roux. Je ne pensais à rien, je ne me disais rien, je ne redoutais rien ni ne désirais rien. J'étais vide, transpirant et vide tout à coup. Celui qui marchait comme un espion était un homme que je ne connaissais pas, et qui d'ailleurs n'en savait pas plus que moi. La preuve en est que cet inconnu resta foudroyé en tournant l'angle du mur et en voyant Flora, à demi allongée sur son fauteuil d'osier, Gildas couché à ses pieds, la tête sur sa hanche. Elle venait de prendre une framboise dans une coupe à sa droite et elle tentait de la glisser entre les dents blanches du garçon. Mais il serrait les mâchoires avec un rire grondant dans la gorge et elle s'obstinait, riant elle aussi, pressait ses doigts si fins, si pâles contre les lèvres pleines et gonflées de Gildas, que je devinais chaudes et insistantes, contre lesquelles, d'ailleurs, les doigts de Flora s'attardaient, se dépliaient, avant de remonter vers le front, les cheveux de Gildas où ils se glissaient, laissant ainsi la paume entière de la main à la merci de cette bouche enfin docile et qui s'ouvrait au centre même de cette paume et y restait attachée, tandis que Flora fermait les yeux et crispait ses ongles dans les cheveux sombres.

Je restai immobile pendant cette scène, pétrifié de

peur. Oui, je l'avoue, je me l'avoue à moi-même aujourd'hui : de peur. La peur infâme d'être vu, la peur d'être surpris à surprendre, d'être obligé de me conduire comme quelqu'un qui a vu, c'est-à-dire de me conduire en homme furieux, offensé, méprisant, en homme que désormais son devoir et son honneur éloigneraient à jamais de Flora, puisque Flora de Margelasse avait une liaison, sinon contre la nature humaine, du moins contre l'ordre social, et qu'elle préférait s'abandonner à l'une plutôt qu'obéir à l'autre. Toute ma vie m'avait appris à préférer justement ce qu'elle bafouait : l'ordre. Je commençai à reculer lentement, pas à pas, tremblant qu'ils ne me voient et tremblant à me voir, moi-même, reculer de la sorte. Où étais-je donc ? Où étaient passés ma fureur et mon désir de tuer du mois précédent ? Quel était cet homme pudibond, troublé, au bout du désespoir mais craignant avant tout de se retrouver au bout de sa solitude ? Rentré derrière le mur d'où je venais et où je disparus, je m'accotai à la pierre, le souffle court. Et là, écoute-moi, lecteur, si tu le supportes encore, là, je respirai, je souris et je me sentis sauvé.

Sauvé ? Moi qui venais de perdre tout espoir de bonheur. Sauvé ? Moi qui avais vu Flora fascinée par un autre, éprise d'un autre, à la merci d'un autre. Sauvé ? Moi qui avais vu Flora glissant ses doigts entre les lèvres et les cheveux de l'autre, avec la lenteur et le plaisir d'une femme abandonnée, aimée et aimant à l'être. Sauvé ? Moi, déjà malheureux depuis des mois puisque je ne la possédais pas et qui à présent n'en avais même plus l'espoir, et qui même pouvais maintenant l'imaginer possédée par un autre. Sauvé... ? Je titubai jusqu'à Philémon, je m'appuyai à son flanc, je posai la tête sur son cou et, immobile, le cœur aux lèvres, je vis sur le côté sa tête se tourner vers moi. Je voyais sans le voir le blanc nacré de son œil étonné et brillant ; et comme, je l'imagine, un marin qui se noie s'accroche à un radeau, je m'accrochai à lui, mon cheval, mon seul ami, je murmurai son nom d'une voix amoureuse et ridicule. Et lorsque, tirant sur sa bride, il appuya sur mon visage brûlant et convulsé le velours frais de ses naseaux, les larmes me jaillirent des yeux. Je me hissai sur ma selle péniblement, maladroitement, comme un vieillard, et je laissai ma bête repartir vers son box et moi vers ma chambre également déserts : au petit pas, comme toute ma vie allait l'être puisque tout bonheur était mort.

Je ne le savais pas, mais je n'étais alors qu'au début de mes peines. Elles me parurent pourtant déjà bien dures. Je rentrai à l'étude avec une mine funèbre, et les félicitations et les compliments dont m'accablèrent mes clercs et mes serviteurs me semblèrent tout d'abord insensés avant que je ne comprisse que c'était au succès de ce procès et non à la ruine de mes sentiments qu'ils rendaient honneur. Nous bûmes du vin de champagne, je bus trop, fis le faraud et le jocrisse. Et le vin, la fatigue et le désespoir mêlés faillirent me faire rouler sous la table aux pieds de mes scribes. L'orgueil ou ma solide constitution m'en évitèrent la honte et je parvins sans tomber à gravir l'escalier jusqu'à ma chambre, avant de m'effondrer d'un coup sur mon lit, en travers, cloué sous mon baldaquin et mes portraits de famille par trente lieues à cheval, trois bouteilles de vin blanc et trente ans de solitude. Je dormis fort bien pendant vingt-quatre heures. À mon réveil, tout le monde connaissait la liaison de Flora et de Gildas.

Ce que j'écris là et qui se passa entre les deux amants, je l'appris par Gildas, le dernier soir où je le vis. Son visage de jeune homme devenu subitement celui d'un homme mûr, désespéré et plus proche de sa fin que de son enfance m'apparaît encore. Le grand charme de Gildas, pour les hommes comme pour les femmes, semblait-il, avait été sa difficile rupture avec l'adolescence. Son corps vigoureux était élancé comme celui d'un jeune arbre, ses gestes souvent gauches malgré sa grâce innée – et inespérée chez ce produit de la glèbe de Saintonge –, et dans ses yeux brillait parfois une naïveté qui faisait ressortir, au lieu de l'étouffer, le feu vivant de son intelligence. Car Gildas Caussinade était un jeune homme intelligent. Je m'en rendis compte tout de suite malgré moi avec fureur et dépit, car il est honteux d'éprouver de la honte à n'avoir pu mépriser quelqu'un. Je n'ai jamais pu mépriser vraiment Gildas, bien qu'il m'en ait donné apparemment toutes les raisons. Je l'ai haï, je l'ai souhaité mort, je l'ai... Bah, autant le dire : je l'ai envié surtout. Je n'ai jamais autant envié quelqu'un que Gildas

Caussinade, paysan et métayer, homme de main pour les gros travaux, et toléré dans les cuisines par ma gouvernante. J'ai envié cet homme alors que je n'ai jamais envié le plus grand avocat, ni le plus riche propriétaire, ni le plus grand poète, ni le prêtre le plus fervent, ni le père le plus comblé, ni l'enfant le plus chéri, ni rien, ni personne. Rien qu'à penser à lui, à elle, à leur réveil amoureux et surpris dans le lit de Margelasse, une sorte de lave immonde me recouvre, s'intercale entre mes yeux et ce papier. Si je pleurais, mes larmes seraient noires, ou d'un jaune infect, ou de ce mauve qu'ont certains bois quand on les coupe trop tôt et que leur sève répand une odeur nauséabonde.

Ils se réveillèrent surpris. Lui d'abord, de voir ces draps blancs et sa main brune posée dans cette blancheur comme un objet étranger, et elle, surprise de cette chaleur si près d'elle, de cette forme chaude qui la touchait encore et dont, dans son sommeil, elle ignorait encore que ce fût un corps. Il reconnut ces draps, ce lit, elle reconnut la source de cette chaleur, et ils tournèrent l'un vers l'autre des regards émerveillés et craintifs. « Je ne savais plus rien », me raconta Gildas. « J'avais peur qu'elle ne crie au viol, qu'elle ne me fasse jeter dehors et bâtonner, que j'aie rêvé tout cela ou qu'elle l'ait oublié. Je me sentais un sacrilège et à la fois je sentais encore à mon épaule l'exquise douleur qu'y avaient laissée ses dents quelques heures plus tôt. » Il ne me dit pas ce que pensait Flora mais je le devinai. Avec cette simplicité effrayante qu'ont les femmes et qui fait que parfois certains d'entre nous les prétendent sans âme, sans tête, ni conscience morale, elle avait pensé seulement que son rêve était vrai, que son amour était là, et que la blancheur des draps rendait encore plus séduisante la teinte cuivrée de son torse. Elle l'attira contre elle sans un mot, et se donna à lui avec la même facilité, la même ardeur qu'elle lui avait montrées la veille et toute la nuit. Cela, Gildas ne me le dit pas, bien sûr, mais il eut, en me disant seulement : « Heureusement, elle me reconnut aussitôt... » et en s'arrêtant là, une fugitive expression de bonheur parfait, et ses paupières se fermèrent sur un souvenir de félicité qui me transperça le cœur plus sûrement que s'il se fût livré à quelque description moins discrète.

Cette étreinte les mena jusqu'à midi. On frappa à la porte et les femmes de Flora commencèrent à s'inquiéter. Gildas voulut disparaître, se cacher, fuir, voulut éviter, lui dit-il fort honnêtement, de la compromettre. Il sauta du lit, et tout en s'habillant lui expliqua « qu'il comprenait fort bien qu'à l'avenir elle ne voulût plus de lui, qu'elle voulût oublier tout cela, qu'il s'arrangerait pour ne plus être sur son chemin et que chacun ignore ce qui avait été pour lui la plus belle nuit de sa vie. Il en garderait, disait-il, un souvenir aussi vivace, aussi profond que son silence ». Il eût continué de la sorte son héroïque et noble discours si Flora n'avait éclaté de rire et ne lui avait tendu les bras pour l'embrasser à nouveau, le recoiffer et arranger son col, le col de la seule chemise convenable qu'il eût dans sa garde-robe de pauvre et qu'il avait mise pour le bal, la veille. Et tandis qu'il parlait de la société, des convenances, de la réputation et des conséquences terribles qu'il voulait éviter à sa maîtresse, elle lui parlait de batiste, de coupe de chemise et des achats qu'elle allait faire pour lui dès qu'elle irait à Paris. Le désaccord de leurs discours finit par les frapper tous deux et ils s'arrêtèrent, se regardèrent et se virent enfin dans toute la beauté et l'horreur de la situation. Gildas se tut. Il resta immobile à regarder ses mains, « sans rien voir », me dit-il, prêt à partir, prêt à se tuer, prêt à rester aussi. Il lui sembla qu'un siècle s'écoulait avant que la voix de Flora ne lui parvînt aux oreilles et qu'il comprît ce qu'elle lui disait fort sérieusement, et qui était qu'elle l'aimait. Qu'elle n'y voyait nulle honte mais du bonheur,, qu'il n'était pas plus question pour elle de le cacher que de s'en priver à l'instant que ce bonheur était partagé. Gildas se crut devenu fou. Mais il ne songea pas un seul instant à la croire folle elle-même. Il y avait en Flora quelque chose de si raisonnable, de si loyal, de si gracieusement équilibré, que le terme de folie jurait avec toute sa personne.

« Mais... vous ne pouvez pas..., balbutia-t-il, vous ne pouvez pas... »

Elle l'interrompit, cria à sa femme de chambre d'entrer et de porter pour eux deux une collation matinale. « J'étais comme un objet », me dit encore Gildas en terminant son récit. « Je ne voyais, je n'écoutais, je ne croyais qu'elle : je me serais pendu si elle me l'avait demandé, comme je l'eusse aimée sur la grande place d'Armes, ou dans son buggy aussi bien, devant tout Angoulême. »

Ce fut d'ailleurs à peu près ce qu'elle lui demanda ; non pas de se pendre, bien sûr, ni de lui prodiguer son amour en public, mais elle le promena dans ce même buggy tiré par son trotteur noir, l'infidèle Hellio, tout l'après-midi ; et cela dans toutes les rues, toutes les ruelles et toutes les places de la ville. Elle s'arrêta devant chaque magasin, fit chaque achat à son bras et salua chaque rencontre en tenant ce bras de l'air fier et soumis, inimitable, qu'a toute femme amoureuse marchant près de celui qu'elle aime et qui la comble. Gildas avançait dans un rêve, saluait, s'inclinait, attachait le cheval, ouvrait les portes, remontait sur le cab, l'aidait à s'y asseoir, repartait, lui souriait, lui répondait, sans comprendre un traître mot de ce qu'elle pouvait lui dire (et que, d'ailleurs – elle le lui avoua par la suite – elle ne comprenait pas non plus). Le regard d'Angoulême, de ses habitants, qui avait d'abord reflété la surprise au début de l'après-midi, puis la stupeur, puis la fureur, puis enfin les plaisirs du scandale, reflétait la haine la plus pure lorsque, enfin, Flora décida de retourner à Margelasse. Ils y dînèrent du meilleur appétit, sans parler de rien (en tout cas, sans parler de leur après-midi). Puis, sous les yeux scandalisés et consternés de la domesticité, ils montèrent se coucher de fort bonne heure, pour y veiller toute leur seconde nuit d'amour. Depuis lors, depuis deux jours, on ne les avait pas revus en ville – où pourtant, l'on ne parlait que d'eux.

Les cinquante récits que je dus subir de leur promenade en ville, de cette exhibition honteuse, reflétaient la saine colère, la rancune de toute société morale lorsqu'on manque à ses lois. On en voulait d'ailleurs plus à Flora d'aimer Gildas en plein air que de l'aimer tout court. On eût supporté peut-être qu'elle se débauchât avec lui, qu'elle le prît dans sa chambre, mais pas qu'elle se promenât placidement à son bras. Et moi qui aurais tant aimé partager la révolte et la rage de notre ville, je ne pouvais, par esprit de justice imbécile et malgré tous mes ressentiments, je ne pouvais mépriser ce que je jugeais le courage, la race et la loyauté de Flora. Je l'admirais ; je la haïssais, bien sûr, mais je l'admirais. En revanche, je souriais des autres, les témoins, les juges, les bravaches, tous ceux qui ne voulaient pas se battre avec Gildas, par mépris de ce paysan indigne de leurs épées, disaient-ils, mais plutôt par crainte de se colleter avec lui à main nue, et d'en être bien rossés. Bref, je méprisais tous ceux-là que je voyais prêts à insulter Flora plutôt qu'à la venger de son bonheur.

Pour moi, je ne savais que faire. Le travail m'était odieux, l'inaction me tuait, le chagrin me rendait fou. Je montais à cheval sans cesse, toujours au galop, toujours dans la direction opposée à Margelasse. Cela me sembla durer des mois, cela en fait ne dura que trois jours. Trois jours au bout desquels, enfin, la lettre de Flora m'arriva à mon étude. Il était cinq heures du soir, et sa lettre ne contenait que ces quatre mots : « Venez, j'ai besoin de vous. Flora. » J'y allai, j'y volai, et ce fut pour trouver dans le vestibule Flora et Gildas habillés pour le voyage, leurs bagages déjà portés sur la voiture, pâles et beaux, embellis en tout cas d'un bonheur insoutenable à mes yeux. Ils partaient sur-le-champ pour Paris. Flora me prit les mains, leva vers moi ses beaux yeux tendres. J'y plongeai mon regard avec sans doute un désespoir trop clair puisqu'il la fit ciller un instant et altéra sa voix.

« Adieu, cher Lomont..., dit-elle. Je ne vous oublierai jamais. Et si j'ai tant de mal à partir, ce n'est qu'à cause de vous. Adieu, mon ami, adieu... »

Je ne répondis rien, saluai distraitement Gildas et partis à reculons. La nuit était tombée déjà. L'automne était là déjà, et l'hiver allait être long et triste à Angoulême, la froide Angoulême où sans doute Flora ne reviendrait jamais plus.

Deux ans passèrent. Les jours se suivaient et ne se ressemblaient pas puisque je m'ennuyais. Contrairement au dicton, quand il ne se passe rien dans une existence, les journées sont toutes distinctes et diffèrent les unes des autres par le jeu de nos humeurs, de nos mélancolies ou de nos insouciances. Il n'y a que dans le bonheur que les jours se ressemblent. Je le sais bien, puisque les seules aubes, les seuls soirs que je puisse maintenant encore distinguer sont ceux de cette heureuse, cette malheureuse quinzaine verte et jaune dont j'ai parlé plus haut, celle de ce somptueux été où j'eus la faiblesse, la bêtise, et l'intelligence après tout, de me sentir heureux, profondément heureux près de Flora. Ces quinze jours-là, je serais incapable d'en établir la chronologie et d'y répertorier et d'y dater les mille détails, les mille images qui parfois, quand je m'endors, viennent encore glisser sous mes paupières de vieil homme. Il fait noir dans ma chambre. La chandelle que je garde allumée la nuit – dont je préfère toujours la lumière à celle du gaz –, cette chandelle qui prouve, elle aussi, que je suis un vieil homme, un homme d'autrefois, fume, empeste ma chambre et en rend tragiques les contours bourgeois et cossus. Je respire difficilement l'air froid que les braises de la cheminée ne parviennent pas à tiédir. Mon corps devenu sans chair, sans forces, mon corps devenu froid, exsangue et blanc, dont les poils sont gris et la peau sèche, mon corps grelotte malgré moi, malgré les édredons dont me surcouvre ma gouvernante. Chaque soir, et bien que l'acajou de la commode, le mercure des glaces et le cuivre des bougeoirs étincellent par-ci par-là, au gré du vacillement de la flamme, chaque soir, je me sens pauvre, ruiné, malade, au bord de la mort et au fond de la solitude. Cette chambre devient un hospice, ce lit un grabat et ces draps, un suaire. Je serre des dents qui ne déchirent plus que des viandes blanches et des légumes, et je ferme mes paupières sur des iris éteints et, même en plein jour, couverts d'une très légère taie, une ombre qui me rend myope ou presbyte – selon les disciples d'Hippocrate –, qui me rend en tout cas aveugle au soleil et aveugle à la nuit, craintif du crépuscule, égaré dès l'aube. Et là, ces paupières rabattues sur un regard éteint, je vois se lever et se glisser quand même, entre eux, les ciels d'un bleu si bleu, les feuilles d'un roux si roux, cette campagne d'une beauté si belle, ces amis d'une gaieté si gaie. Et moi, je cède, je bascule en arrière, je tombe, je me laisse choir hors de ce corps épuisé et solitaire, je me laisse tourbillonner, glisser, je me laisse rouler avec les vagues, avec le vent, avec tous les soleils, je me laisse couler dans le passé. Ce passé-là, ces quinze jours-là, nuls autres.

Flora, à cheval devant moi, se retourne, me sourit, m'attend, puisque mon cheval boite. Flora regarde d'Orty qui profère quelque niaiserie. Flora me regarde, Flora a envie de rire et rit malgré elle de me voir rouge de la même envie. Flora est en colère contre moi car j'ai cravaché mon cheval qui dérobait. Flora me traite de brute, Flora me pardonne, Flora se penche vers moi pour que je lui pardonne d'avoir à me pardonner. Flora pose sa main gantée sur le pommeau de ma selle, près de ma propre main nue, ma main d'homme de loi, forte et faite pour la prendre ; ma main qui ne sait pas encore qu'elle ne la trouvera jamais sous elle ; ma main qui croit, encore, qu'elle aura un jour ce corps à parcourir, que ce corps sera mien ; ma main qui se voit déjà descendre de cette épaule jusqu'à ce genou, ma main qui se voit si habile et si fière, si attendue et si désirée, ma main fière d'elle avant moi, ma main folle et désobéissant à ma tête... à mes yeux surtout qui, eux, voient bien, sous le gant de suédine, une autre main tranquille et qui ne tremble pas sur les rênes, ni sur le pommeau de ma selle, et qui est celle de Flora. Était-ce un jour où Flora était si fâchée, mon cheval si furieux et moi si brutal, puis si repentant et si troublé ? Était-ce au début ou à la fin de ces quinze jours ? Cette anecdote fut-elle à la naissance ou au terme de ma grande histoire, de ma seule histoire d'amour, de mon roman à moi, de ma passion à moi, la sublime et sensuelle passion de

Nicolas Lomont, qui atteignit son faîte après quinze jours de promenades et de pique-niques, près d'une femme qu'il ne toucha pas, sinon par mégarde ?

Je me réveille alors, je rouvre les yeux sur le présent et, étonné, soulagé de ce que la chandelle brûle encore, de ce que je sois vivant, je reste un bon instant, une bonne minute avant que mon cœur se calme, avant de songer à être malheureux de vivre, d'être vivant, justement, et que Flora ne le soit plus. Et je suis malheureux un long instant, encore, avant de me réjouir confusément, malgré moi, d'avoir chaud dans mon lit, de respirer tranquillement et de sentir mon sang si rosâtre, si pauvre, battre au bout de mes doigts. Et je suis heureux un instant de plus, encore, avant de soudain avoir peur de mourir, avant d'être sûr de mourir, avant que l'idée de ma mort prochaine, de cet inconnu où l'on va me jeter, cette terre infâme, ce cercueil, de chêne ou de sapin – qu'importe la richesse en cet instant !... Et cette solitude pire, et aveugle, et noire où l'on va m'abandonner en toute bonne conscience, où l'on va laisser mon pauvre corps livré aux bêtes et aux herbes folles pendant que mon esprit, lui, peut être projeté Dieu sait où dans le noir des étoiles, hurlant de peur dans une solitude incompréhensible et définitive, mon esprit épouvanté cherchant quelqu'un, quelque chose et ne voyant rien, ne sentant rien, ne sachant rien sinon qu'il existe et qu'il est perdu pour toujours, et pour toujours condamné à cette horreur anonyme, mon esprit...

Alors je me dresse sur mon lit, je tire le cordon,

j'appelle mes gens : ces vieilles femmes que sont devenues les jeunes chambrières d'antan... se lèvent. La vieille, très vieille impotente, qu'est devenue ma gouvernante, accourt en se lamentant, en s'effrayant. Toutes se pressent à ma porte, laides, grises, effarées, vieilles, comme je le suis moi-même. Elles me regardent avec pitié, crainte et un obscur soulagement. Flora... Flora... Mais où est donc passée Flora ?... Peut-être elle aussi rôde-t-elle en hurlant dans le noir ? Peut-être même me regarde-t-elle moi-même, moi, le malheureux, le brave, le pauvre Lomont... ? Peut-être enfin a-t-elle besoin de moi... ?

Il faut que j'arrête ce récit. J'avais décidé d'arrêter dès la fin, ou plutôt le début de cette idylle entre Flora et Gildas, et que, eux une fois partis pour Paris, et moi resté penaud et benêt, comme d'habitude, à les regarder partir, je poserais là ma plume et je cacherais ce cahier là où j'ai prévu qu'il demeurerait à jamais caché. Mais je n'ai pas pu. À peine avais-je mis le point après : « L'hiver allait être long et triste à Angoulême, la froide Angoulême, où sans doute Flora ne reviendrait jamais plus », ma main d'elle-même, au lieu de mettre les trois lettres du mot « Fin » et de poser la date, de signer, de cacher tout cela, et d'aller retrouver une plume et des actes notariés qui lui conviendraient mieux, ma main a remonté vers la gauche et continué sans mon accord : « Deux ans passèrent. Les jours ne se ressemblaient pas... » Comme si je n'eusse pas décidé d'arrêter cette main ou comme si elle-même m'eût été rebelle... Oh, et puis à quoi bon mentir ?... Qu'importe ! Si c'est pour moi une occasion dernière de me mentir ou de me torturer, ou de me faire plaisir, il n'empêche que ce cahier m'est devenu indispensable et que la suite de cette histoire, si je ne l'écrivais pas, me tuerait en trois mois. Car c'est cette suite qui m'a vengé, mais qui m'a perdu. Car je n'ai raconté jusqu'ici que le bonheur de Flora et mon malheur à moi. Et si je ne peux pas raconter à présent mon bonheur qui n'eut pas lieu, je peux du moins raconter le malheur de Flora qui fut féroce et qui, bien qu'il me ravage de pitié et de chagrin pour elle, ne laisse pas par instants, dans ma méchanceté sénile de vieil homme, ne laisse pas de panser en moi quelque plaie douteuse, gangrenée, et que je ne peux nommer malgré moi par son nom. Qui est assez bas pour se réjouir du désespoir de quelqu'un qu'il aime ? Mais qui est assez haut pour se réjouir du bonheur de la même personne avec un autre ? D'ailleurs, haut, bas, bien ou mal, honte ou bonheur, qu'importe... Tout cela est fini, et mal fini. Et au lieu de ratiociner dans la nuit comme une vieille femme, je vais raconter précisément et vite, pourquoi et comment.

Il y eut deux ans de silence, mais un silence rompu sans cesse par des nouvelles mirifiques venues de Paris et qui, l'une après l'autre, représentaient autant de marches dans l'escalier qui menait Gildas à la gloire. Je ne pourrais les résumer plus sobrement que par ces quelques extraits du *Journal des Débats* parus le 3 janvier, le 11 septembre et le 10 novembre 1834 et le 30 du même mois, et enfin le 1er février 1835, et que je cite ici dans l'ordre :

« 3 janvier 1834

« Le public du Gymnase a fait hier une ovation à *La Flèche de Soie*, drame en vers de Monsieur Gildas Caussinade. »

11 septembre 1834

« Le recueil de poésie *Les Allées de la Mélancolie,* de Gildas Caussinade, a reçu ce matin le grand prix de l'Académie française ».

10 novembre 1834

« Notre beau et jeune poète, acclamé par ses admirateurs parmi lesquels, bien entendu, la ravissante comtesse de Margelasse, a été félicité par le souverain lui-même au cours de la réception... »

30 novembre 1834

« Monsieur Gildas Caussinade a été, de par la grâce de Sa Majesté, fait chevalier de Caussinade. »

Et enfin, le 1er juillet 1835 :

« Le chevalier Gildas de Caussinade a quitté Paris pour se rendre en Orient d'où, nous l'espérons, il nous rapportera un de ses chefs-d'œuvre. Notre jeune et glorieux poète s'arrêtera sans doute dans son domaine de Forchent, mais il résidera probablement dans le château de la comtesse de Margelasse... »

Je cite *Le Journal des Débats,* journal libéral mais respectable, un des seuls que l'on puisse acheter à Angoulême et déployer sans honte dans les lieux publics. Et d'ailleurs le seul que je lusse en général. Ce n'est que par hasard que j'appris, de temps en temps, par des feuilles de chou moins décentes, l'éclat de la liaison de Flora et Gildas. Leur passion, d'abord moquée, vitupérée et livrée à l'ironie des esprits jaloux de la capitale, leur passion peu à peu, à mesure que le succès, les honneurs et les titres se multipliaient sur la tête de Gildas, s'était transformée en un amour estimable, inentamable, et dont la profondeur, l'évidence décourageaient les échotiers friands de drames et tasteurs de larmes comme d'autres de médoc.

J'étais donc assis avec d'Orty à la terrasse de notre café favori sur la place d'Armes de la ville, où nous attendions qu'il fût l'heure de déjeuner pour traverser la place et monter chez notre préfet et sa belle Artémise. La conversation de d'Orty était, je l'ai déjà dit je crois quelque part, tout sauf distrayante. Aussi, sous prétexte de vérifier la Bourse, demandai-je *Le Journal des Débats* au garçon et le déployai-je à bout de bras devant notre table. C'étaient les premiers jours de l'été et les hirondelles rasaient les pavés de la place, signe de pluie, ce qui n'altérait pas notre bonne humeur. Bien que nous fussions de chasse le lendemain, nous avions bu, je crois, quelques xérès de trop ; l'on s'ennuyait ferme à Angoulême quand on n'y travaillait pas du matin au soir. Or nous étions samedi. Tous les deux des lève-tôt, notre désœuvrement nous avait conduits trop tôt au Café d'Aquitaine et nous avait fait absorber un peu trop de ce vin d'Espagne. Je contemplais d'un œil embué les articles placés sous mes yeux et qui relataient quelque carnage sanglant en Pologne, quelques-unes de ces horreurs comme ne cesse d'en perpétrer la folie des hommes en Europe et ailleurs. Ce fut d'Orty qui vit le premier la seule catastrophe nous concernant directement.

« Tiens, tiens... », s'exclama-t-il avec ce bon rire nasal qui avait fait fureur chez les femmes, disait-il, à Paris, quand il avait vingt ans et qui, maintenant qu'il en avait trente-cinq, provoquait également la fureur, mais chez les hommes tellement ce rire éclatait de vanité et de niaiserie intimement mêlées. Il est des gens, ainsi, dont on supporte toute la vie les tares et les défauts capitaux avec une patience inimaginable, que l'on n'aurait pour aucun membre de sa famille, aucun être aimé d'amour ou d'amitié, et qui semble pourtant aller de soi et être irrécusable. Je ne me précipitai donc pas sur la colonne du *Journal des Débats* responsable de ce « Tiens, tiens ». Je mis bien dix minutes pour y jeter un coup d'œil désappointé d'avance, et restai confondu : « ... Notre jeune et glorieux poète s'arrêtera dans son pays natal où il se reposera sans doute dans le château de la comtesse de Margelasse. » Mon verre sembla fondre entre mes doigts et éclata par terre, éclaboussant d'une tache sombre le pantalon de nankin blanc du malheureux d'Orty qui se leva en jurant comme un païen. La valetaille convoquée, l'eau chaude et l'ammoniaque prodiguées à son vêtement, les exclamations et les excuses, sa colère ridicule, tout cela me permit de reprendre mes esprits et de donner comme origine à mon trouble la culpabilité du maladroit. Les hirondelles avaient retrouvé leur optimisme quand nous traversâmes la place et elles fendaient l'air avec des cris perçants et joyeux. Leurs ombres filaient sur les murs et sur les pavés. Mais ces cris et ces trajectoires me semblaient autant de présages affolants. C'étaient des cris de douleur qu'elles poussaient et c'étaient des ombres de rapaces qui sillonnaient le ciel.

Tout cela, après un déjeuner copieux et délicieux, comme savait néanmoins, à travers tous ses défauts, en faire préparer Artémise, tout cela me parut bien exagéré. J'étais redevenu un homme sain, gros mangeur, bon buveur et profond dormeur, et la moindre insatisfaction dans ces domaines me communiquait chaque fois une angoisse quasi métaphysique, des pressentiments qu'une aile de poulet matait aussitôt. Il en fut ce jour-là comme d'habitude et je me rappelle que c'est d'un ton plaisant, et sans m'y forcer le moins du monde, que j'annonçai à notre hôtesse, pour une fois moins renseignée que moi, l'arrivée de nos célèbres amants. Elle poussa des cris d'orfraie, des cris de stupeur, de plaisir et de vague indignation, des « Oh » et des « Ah », des « Ce n'est pas vrai ! Non, ce n'est pas possible ! », des « Mais enfin, c'est extravagant ! », des « Comment peut-on ? », des « Mais, à quoi pensent-ils ? », bref, autant de questions dont le nombre, la véhémence et le vague restaient également sans réponse. Ce fut son époux qui s'agaça le premier.

« Je ne vois rien là de surprenant, ma bonne amie », dit-il. (Ce « bonne amie » qu'elle détestait entendre prouvait son agacement et elle s'arrêta un instant.) « Je ne vois rien d'étonnant à ce que Monsieur le chevalier de Caussinade, dit-il avec emphase et ironie à tout hasard, revienne voir ses vertueux parents. Ni à ce que la comtesse de Margelasse vienne revoir le château de ses aïeux... Vraiment, je ne vois pas ce qui vous surprend. Et vous, Lomont ? Et vous, d'Orty ?

— Mais moi non plus, s'écria d'Orty après une bonne minute de réflexion (qui se traduisait par des sourcils froncés, une lèvre pendante et une sottise plus affligeante que d'habitude, tant il était visible qu'il ne réfléchissait à rien). Non, je ne vois pas non plus, chère Artémise...Après tout... Après tout, ils sont chez eux... acheva-t-il platement. Enfin, elle est chez elle... et lui, chez lui... chez ses parents. Enfin, elle est chez elle à Margelasse et lui est chez elle, alors ?...

— Et vous, Nicolas, cela ne vous choque pas ?

— Mon Dieu, Madame, dis-je d'une voix que je voulais froide, mon Dieu, Madame, ni l'un ni l'autre ne sont adultères, que je sache. Monsieur de Caussinade est une de nos gloires et sa fréquentation n'a plus rien de honteux dès l'instant que Sa Majesté elle-même la pratique aux Tuileries. »

Artémise me jeta un curieux regard où je crus lire un mélange de dépit, de curiosité et, si elle en eût été capable, de compassion.

« Eh bien, Messieurs, puisque vous êtes si conciliants et tolérants, dit-elle en haussant les épaules et en levant son verre d'un geste mutin que ne supportaient plus ni son cou trop maigre ni son nez trop long, buvons à nos glorieux amants... En tout cas, conclut-elle en vidant d'un geste théâtral et qui lui heurta le nez sa flûte de Champagne, en tout cas, ce n'est pas moi qui la recevrai la première dans mon salon.– Bien sûr que non, dit Honoré avec une finesse inattendue, mais vous serez la première à regagner le sien dès qu'elle vous y aura invitée. À quelle heure partons-nous à la chasse demain, Messieurs ? Savez-vous, Lomont, qu'on m'a signalé un sanglier... », etc.

Si je semble m'attarder et me perdre dans des détails oiseux avant d'en arriver au vif du sujet, plus précisément aux deux personnages vifs de cette histoire, vraiment vivants dans la mesure où ils étaient les seuls à s'aimer, à se le dire et à se le prouver tous les jours, c'est que je crains d'avoir laissé oublier, depuis le début de ce récit, ce qui en fait à la fois le décor et le principal acteur : la paisible ville d'Angoulême. Ce qui va suivre, et qui se passe dans le sang, les pleurs, les caresses, les coups et les cris, tout ce qui est noir et rouge et qui va teinter de ce pourpre inquiétant aussi bien les ciels bleu pâle de cet été que les maisons dorées et le vert glauque et pur à la fois des rivières, tout ce drame abominable et meurtrier, tout ce saccage du destin aura eu pour cadre une petite ville de province, sise dans un paysage aux lignes douces et arrondies, un paysage à la Ronsard et une ville à la Carpaccio, avec ses platanes, ses pigeons, ses petits balcons de fer, ses ruelles, ses habitants assoupis dans leur hébétude, leurs bonnes mœurs et leurs secrets bien gardés sur peu de chose. Si je relate ici, comme en évidence, la niaiserie insipide de l'un, la bonasserie sournoise de l'autre et la méchanceté candide de la troisième, et leurs propos insignifiants, et la crampe de mon estomac, et le changement d'humeur des hirondelles, c'est pour suggérer au lecteur, que dis-je... ? c'est pour m'expliquer à moi-même, seul lecteur de ma seule œuvre, l'impossibilité et à la fois le motif qui emmurèrent cette année-là, dans Angoulême, tous les protagonistes de cette histoire. Je veux dire par là que peut-être, à Paris, cela ne se fût pas passé du tout, ou se fût passé autrement. Je veux dire que sans ces secrets, ces obligations de secrets, sans ces consignes de pudeur, de respectabilité et sans ces perpétuelles quêtes d'honorabilité qui constituent l'âme et la force de toutes nos provinces, il n'y aurait peut-être pas eu mort d'homme ; il n'y aurait peut-être pas eu tous ces dégâts et toutes ces ruines encore fumantes, non seulement dans ma mémoire mais dans celle de quelques témoins demeurés là. À Paris, ville dissipée, le drame se fût peut-être déroulé autrement, se fût peut-être perdu, envasé dans les cloaques et les mille égouts de la capitale. L'air est trop pur, ici, l'eau et le ciel trop clairs. Les yeux des gens, s'ils sont troublés par quelque passion, y détonnent aussitôt ; et si cette passion devient ostentatoire, ils deviennent eux-mêmes comme étrangers à la nature.

Je rentrai chez moi après déjeuner, en riant un peu amèrement quand même de ma surprise et de ce verre cassé. J'étais resté bien sensible, quoi que j'en eusse dit, à cette pauvre Flora de Margelasse, à présent maîtresse de son chevalier-paysan. J'avais pourtant oublié depuis longtemps son existence et le poids qu'elle avait eu dans ma vie. Il ne m'avait fallu qu'un an pour ne plus penser à elle que par hasard, et même si les hasards étaient nombreux, j'en étais délivré. Je n'aimais plus Flora et c'était bien dommage pour un homme aussi peu sentimental que je l'étais. Mais du moins aurais-je aimé une fois dans ma vie avec quelque ferveur, même si cette ferveur était imméritée. J'étais libre depuis deux ans, j'étais libéré de Flora, de cet amour et de son souvenir. Et quand, ayant reçu le lendemain un mot affectueux qui demandait à me voir, je partis au petit trot sur mon bon vieux chemin de Margelasse, je riais en me rappelant mes chevauchées d'antan et ce cœur déchiré que le galop de mon cheval ballottait contre mes côtes. J'en riais encore en montant le perron et en saluant une nouvelle chambrière au visage froid et visiblement amenée de Paris, et qui, sans me jeter un regard ni s'enquérir de mon nom, me fit entrer dans le salon bleu. Une fois là, je ris encore en me rappelant y avoir été si cruellement blessé, si jaloux et si furieux un autre jour d'été, des siècles plus tôt.

Ce fut mon dernier rire car Flora entra presque aussitôt. Et quand je repartis pour Angoulême, j'étais foudroyé, je tenais à peine sur mon cheval, j'étais encore, j'étais pour toujours amoureux fou de cette femme. Et les hirondelles et leurs cris d'aveugle n'avaient tenté que de me prévenir...

Je me rappelle avoir écrit ces derniers mots, hier soir, dans une sorte de spasme haineux et sec de ma mémoire qui tentait de me rendre les images de cette journée catastrophique, mais en vain (car comment nommer autrement que catastrophiques les sentiments qui assaillent un homme qui a aimé en vain, souffert en vain dans son orgueil et dans son corps, un homme qui a cru morts et enterrés les aveugles chiens de meute, les pitoyables et féroces Dingos de sa passion, et qui les revoit brusquement en travers de son chemin, haletants, affamés, les orbites définitivement creuses, la cornée blanche, les crocs relevés dans un rictus de chasse ?). Cela dit, je ne me rappelle pas un mot de Flora, ni un geste d'elle ce jour-là ; la consigne à bagages qu'est notre mémoire refuserait-elle, après un certain laps de temps, de restituer certains souvenirs supposés dangereux et repoussés par notre instinct de survie ? Je n'en sais rien. Je me souviens seulement d'une trouée pâle, un accroc bleu dans le drap gris du ciel, un détail ridicule : le crissement insupportable de ma selle dès que nous trottions. Je me souviens de projets dérisoires, inopportuns, tels que « tancer le garçon d'écurie dès mon retour », ou « changer de sellier », qui se croisaient avec cette énorme évidence affichée dans mon esprit, rendant ridicule à moi-même mon propre discours : « Que vais-je faire ? Je l'aime encore... Que faire ? Que faire... ? Il doit bien y avoir une cire qui supprime ce bruit de cuir. Fuir, bien sûr, fuir, mais où ? Flora serait partout. Et puis comment fuir avec ce bruit odieux dans mes oreilles... ? » etc. Comme si je n'eusse eu aucune autre selle et eusse, en revanche, disposé de deux métiers et de deux destins.

Comme prévu par notre préfet, Flora annonça, à peine arrivée, une grande soirée à Margelasse, un grand bal où furent conviés tout Angoulême et tous ses environs. Soirée où, bien entendu, se trouverait l'amant de la maîtresse de maison. La situation restait donc la même apparemment, sinon qu'il n'était plus possible, si on l'insultait, de refuser réparation à Gildas de Caussinade ; c'eût été récuser le pouvoir royal. Notre préfet n'était pas assez révolutionnaire ou d'ancienne aristocratie pour s'y risquer lui-même, ni pour en couvrir le coupable, en admettant que quelqu'un s'y risquât. Car ce n'était pas seulement un nouveau chevalier mais un nouvel homme que tous ces bretteurs éventuels auraient à provoquer. Gildas n'était plus le viril mais fin jeune homme que nous connaissions, « *Fier et même un peu farouche, – charmant, jeune, traînant tous les cœurs après soi*», dont la description racinienne avait accablé nos études. C'était un homme de plus de vingt-cinq ans, toujours mince de corps et large d'épaules, mais son visage avait rejoint son corps : il ne s'était pas durci, mais affirmé. Son regard gardait la confiance mais plus l'ingénuité ; son enthousiasme était devenu de l'entrain, et son respect pour nous, un mélange de courtoisie naturelle et de manières apprises. Enfin c'était un fort bel homme et digne d'être distingué que Flora recevait comme un hôte, ce soir-là. Mais à qui elle devait tout, très évidemment, de sa nouvelle et émouvante, de sa presque douloureuse beauté : tout en elle, au contraire de lui, s'était affiné, fragilisé, tout en elle était suspendu à son amour, cet amour bien réel, bien vivant : ce bel homme brun qui riait là-bas avec la coquette et comique Artémise. Et moi qui lui parlais à l'instant de ce rire, je me rappelle avoir cru voir, sous une peau devenue diaphane et irréelle de transparence, avoir cru voir couler un sang rouge clair dont la volupté, grâce à Gildas, avait en même temps gonflé sa lèvre inférieure, accéléré aux tempes et à la gorge le cours de ce sang et l'avait comme retiré des yeux : le blanc de l'œil de Flora était presque bleu de blancheur. Elle posait sur chacun, et sur moi-même, hélas, un de ces regards si purs que seule la pratique incessante de la volupté peut procurer à une femme. Elle était belle à s'agenouiller devant elle tout comme à la renverser sous soi. Elle portait sur tout le corps cet éclat de la chair triomphante qui faisait parfois reculer, ou parfois au contraire avancer vers elle, les hommes de ce bal sans qu'ils s'en aperçoivent eux-mêmes.

« Ils ont l'air heureux à vous en faire de la peine, résuma sobrement le préfet quand nous repartîmes à l'aube dans mon cab, un de leurs chevaux étant tombé boiteux sur la route.

— Heureux ? Vous plaisantez..., commença Artémise, mais Honoré d'Aubec, pour une fois, ne céda pas son droit à la parole.

— Ils sont fort beaux à voir, dit-il presque durement, comme pour clore là toute discussion. Et après un silence, il me demanda :

— Dites-moi, Lomont, connaissiez-vous la fille qui servait la citronnelle au buffet ?

— Oui, dis-je, c'est elle qui m'a ouvert la porte l'autre jour. On l'appelle Marthe. Elle vient de Paris, j'imagine.

— Ah, vous croyez ? reprit-il d'un air préoccupé, vous croyez ? Il me semblait la connaître. »

Je restai gêné un instant par sa question, non que nous n'eussions pas l'habitude, entre hommes de la même province, de nous partager et de conter nos exploits auprès des mêmes filles d'auberge, mais les évoquer devant sa propre femme me semblait d'un mauvais goût parfait.

« C'est une conversation passionnante, mon cher... », commença d'ailleurs Artémise, avec raison pour une fois, mais avec la même malchance car, sans l'écouter, il enchaîna :

« Comment la trouvez-vous, Lomont ? »

Je restai pantois une fois de plus avant de me rappeler la sorte de contredanse que certains de ces messieurs avaient dansée autour du buffet toute la soirée, tandis que les autres invités plus délicats, dont moi-même, se consacraient à Flora et à ses charmes. Je revis d'un coup le corps mince mais vigoureux, dru, de cette chambrière, sa lourde chevelure d'un noir de jais serrée en arrière, ses yeux gris de chat, sa bouche amère et provocante. C'était une belle garce, effectivement, et je le confirmai à Honoré dans la pénombre du cab, par un clin d'œil discret et masculin, mais il ne me le rendit pas, soudain préoccupé de ses vignobles dont il se mit à se plaindre au grand ennui d'Artémise.

J'aurais oublié aussitôt cet incident si le lendemain, les invités mâles de cette soirée, tout en se récriant d'admiration devant la grande beauté, l'éclat et le bonheur de Flora – trois éloges qui m'accablaient tous au demeurant –, n'avaient ensuite, par un biais ou par un autre, ramené la conversation à cette créature. Je m'aperçus avec amusement qu'elle avait eu sur son terrain autant de succès que sa maîtresse. Il faut dire que l'homme normal et sain s'extasie plus facilement sur ce qui lui paraît à sa portée que sur ce qui lui est définitivement inaccessible. Or Marthe semblait libre, Flora n'était plus qu'à Gildas. Ils ne pouvaient savoir, pas plus que moi, que si la chambrière était libre, elle était plus définitivement et plus furieusement inaccessible, même s'ils la possédaient, que ne le serait jamais Flora de Margelasse.

L'été de 1835 dans les Charentes fut un des plus délicieux de mémoire humaine, même si je le passai à souffrir comme un forcené. Des jeunes gens doués pour les arts, des musiciens, des hommes de lettres, des hommes du monde, de gais cavaliers et de jolies femmes descendirent de Paris et y remontèrent vingt fois pour passer quelques jours à Margelasse auprès de Flora et de son poète. Nous, les provinciaux, les bienveillants et incultes campagnards, étions néanmoins conviés chaque fois à profiter de ces délices de l'esprit, de cette conversation brillante et de ces reparties spirituelles. J'ai honte de ce que j'écris à l'instant. Je suis amer et injuste. Les amis de Gildas et de Flora étaient effectivement des Parisiens et comme tels plus légers et plus insouciants ou plus appliqués à le paraître que nous ne l'étions. Mais en les voyant gais, affectueux et enthousiastes de toutes les beautés aquitaines, il eût fallu avoir toute la triste austérité, toute la farouche bigoterie de nos dames de sacristie pour voir chez eux le moindre reflet d'une vie dépravée. Il arrivait que, d'une semaine à l'autre, le même ne revînt pas avec la même, mais cela se faisait sans éclats et sans commentaires, nul d'entre eux n'affichant plus sa liaison présente que la rupture de la précédente. Au sein de cette gaieté et de cette facilité à vivre, et à vivre heureux, semblait-il, Gildas et Flora étaient comme l'allégorie du bonheur. Non seulement pour nous, non seulement pour moi qui m'enivrais du désespoir de cette certitude, mais aussi pour leurs compagnons de Paris que leur liaison visiblement enchantait sans détour par sa réussite et sa constance.

Deux mois passèrent ainsi où je ne sortais de mon étude, surchargé de travail – mon efficacité dans ma charge n'égalant que ma frivolité dans ma vie privée – que pour festoyer jusqu'à l'aube à Margelasse, chez d'Aubec, d'Orty ou ailleurs. Je dormais peu, je promenais sur les prés ensoleillés ou sur les aubes pâles l'œil rond et fixe des hiboux et des gens malheureux. Je ne voyais rien. La vie était composée de quelques visages, celui de Flora, celui de Gildas réunis par un lien incassable, celui de mon premier clerc dont la laideur me réconfortait curieusement, et celui que me renvoyait mon miroir de temps à autre, quand j'avais le courage et le temps d'y jeter les yeux. Il n'y a qu'un incident dont je puisse faire mention avant le coup de foudre qui suspendit le temps et arrêta les années à la fin du mois d'août.

Un soir, après dîner, un dîner intime à Margelasse où nous n'étions que dix et où Marthe venait de nous verser cette fameuse citronnelle qu'on ne buvait qu'à

Margelasse, et pour laquelle d'Orty, je crois, la complimentait sans fin, Flora s'était écriée :

« Marthe a mille recettes, ainsi, qu'elle tient de sa famille. Des recettes étranges et inconnues en France. C'est que son père est italien et sa mère hongroise », dit-elle en souriant avec affection vers sa chambrière qui détendit un peu son visage obstinément sévère pour répondre :

« Non, Madame, c'est le contraire », avant de s'incliner et de disparaître derrière la porte.

« C'est vrai, c'est vrai : son père est hongrois et sa mère italienne, dit Flora en riant. Décidément, je suis d'une étourderie impardonnable.

— Oui », dit la voix de Gildas, debout derrière moi (et je me retournai en même temps que toute l'assistance tant sa voix était ferme et disproportionnée à l'incident. Il était pâle et comme furieux tout à coup). « Oui, reprit-il, quand on a la bonté d'interroger ses gens sur leur vie, on a celle de se rappeler ce qu'ils vous disent. Vous ne parliez pas du croisement d'un poney Shetland et d'un cheval Barbe, il me semble, mais de celui de deux êtres humains. »

Nous restâmes ahuris et indignés, et il dut le sentir car, marmonnant : « Je m'excuse », il s'inclina vers Flora et sortit dans le jardin. Artémise enchaîna avec un à-propos secourable bien rare chez elle, et je me penchai vers Flora, assise près de moi, et qui avait encore pâli, semblait-il. Je remarquai pour la première fois alors la petite ride sous ses yeux allongés et lumineux, devenus un peu liquides sous l'affront. Et un instant je haïs Gildas de toute mon âme.

« Comment peut-il..., soufflai-je, comment ose-t-il ?

— Mais il a parfaitement raison, répondit Flora sur le même diapason. Il a tout à fait raison. Et c'est moi qui suis brutale et médiocre dans ma fausse charité. »

Je me récriai. La charité de Flora était proverbiale dans tout le pays, comme ses largesses et la bonté de son cœur. On ne pouvait, sans mauvaise foi, lui reprocher comme une affectation ses longues courses dans les villages, ses innombrables tentatives pour aider les malheureux du pays, ses dons aux écoles, aux hospices et la perpétuelle porte ouverte de son château. Mais la charité de Flora eût-elle même été ostentatoire, elle arrivait néanmoins à soulager, soigner, aider et rendre supportable à beaucoup une vie qui ne l'était pas. C'est pourquoi la remarque de Gildas me paraissait si injuste et si cruelle. Il écrivait en ce moment même une tragédie – dont il n'arrivait pas à se dépêtrer, comme il le disait lui-même avec un petit rire exaspéré et confus quand on lui en parlait. Car, contrairement à beaucoup des invités de Flora, Gildas ne parlait jamais de ses œuvres ni de leur succès passé, pas plus que de ses projets et de ses triomphes à venir. En fait, je ne décelais rien en lui que je puisse mépriser malgré mes efforts. Cet éclat de ce soir, qui était peut-être la première faille dans une forteresse que je ne pouvais que souhaiter en ruine, cet éclat me déçut. Et je n'eus aucun mal, le lendemain, à rembarrer fort peu civilement Artémise qui, ravie, elle, de cet incident, l'attribuait à des causes fort peu honorables, trouvai-je, pour celle qui les exposait.

« Que voulez-vous, disait-elle, ces gens-là ont beau faire et beau dire, ils restent dans leur monde. La belle affaire que de s'être embrouillé dans la filiation d'une servante ! Il faut être né Caussinade et être chevalier depuis deux ans pour s'en offusquer à ce point. De toute manière, notre Gildas restera un paysan plus préoccupé du sort des paysans que du sort des nôtres. Vous n'y pouvez rien. »

Je la fis taire avec vigueur et lui rappelai que la seule élégance qu'elle-même déclarait valable il y a peu de temps encore, et solennellement, était l'élégance du cœur dont, justement, elle ne me semblait pas fort prodigue à l'instant même. Elle me répondit vertement, nous nous agaçâmes et je partis furieux contre elle et contre moi, malgré les efforts d'Honoré qui, lui, dépérissait à vue d'œil depuis le début de l'été, et que j'avais vu plus d'une fois s'égarer vers les communs de Margelasse et en revenir hagard (comme d'ailleurs tous les hommes de notre compagnie qui prenaient ce chemin). Il semblait que cette Marthe fût peu sensible à nos charmes, mais en revanche, elle le fut à ceux du premier cocher et du deuxième piqueux de la meute d'Orty, auprès desquels, d'après ma gouvernante que je ne pouvais pas faire taire à temps, on l'avait surprise parfois, dénudée au soleil, comme un animal.

Je m'aperçois que j'hésite à raconter ce qui va suivre. Il y a là quelque chose de si monstrueux que j'ai l'impression d'accabler d'avance les protagonistes de cette histoire incompréhensible. J'ai parlé de l'amour de Flora pour Gildas, cet amour visible et si touchant, et je n'ai pas oublié de dire à quel point il était évident aussi que cet amour lui était rendu. Il n'y eut jamais homme plus empressé, plus tendre, plus respectueux et plus sensible aux moindres humeurs d'une femme que ne l'était Gildas avec Flora. Il n'y avait pas une femme en Aquitaine et il n'y en avait, paraît-il, pas une à Paris qui n'eût souhaité être aimée de la sorte. Il parlait de Flora comme d'une femme à qui il devait tout, sa carrière et son talent compris, alors qu'il ne lui devait en fait que son bonheur, même si cela n'était pas rien. Il semblait avoir pour elle la gratitude d'un noyé pour son sauveur, d'un élève pour son précepteur, d'un amant pour sa maîtresse. Il la respectait, il la protégeait, la chérissait sans cesse et, pensais-je, la désirait de même, aussi exclusivement. Aussi, quand j'entrai dans le réduit qui suivait la salle d'armes de Margelasse, en ce soir d'août rougeoyant, je m'attendais à tout sauf au spectacle qui s'offrit à moi.

C'était une petite pièce carrelée où l'on entreposait indifféremment les casques, les fleurets, les quelques rapières des défunts Margelasse, même les dagues de chasse à courre. J'y venais prendre un poignard oriental dont venait de nous parler Flora, en buvant du porto sous le platane, et dont le dessin, disait-elle, était admirable. Gildas aurait dû partir le chercher mais il n'était pas là, probablement occupé à écrire, et j'y allai à sa place. Je poussai donc la porte et, au coin de ce réduit éclairé par une étroite meurtrière, ce réduit qui sentait la rouille, le cuir, le renfermé, la poussière, la moisissure, je vis, appuyée à une selle d'arçon, face à moi, la nommée Marthe, les cheveux défaits, le visage renversé en arrière, la lèvre supérieure retroussée sur les dents dans une expression de plaisir animal. Sa robe était relevée jusqu'à la taille, ses cuisses ouvertes par deux mains d'homme, un homme dont la bouche, appuyée avec ferveur sur sa cuisse droite, laissait échapper des mots dont j'entends encore l'écho rauque : « Je ne peux vivre sans toi... Tu es à moi... à moi seul. Quand veux-tu ?... Toute ma vie si tu veux... Je t'en prie ! Je veux tout... » Et cette voix aurait continué sans doute sa sourde supplication si, les deux yeux grands ouverts, la femme ne m'avait soudain fixé et ne se fût raidie malgré elle sous la surprise. Je ne voyais de l'homme, dans cette pénombre – car la lumière de l'embrasure n'éclairait que le visage, d'une sauvage beauté, je dois le dire, de la fille –, je ne voyais de l'homme que les épaules, la nuque et la pâleur du profil. Quand il tourna lentement la tête vers moi et que ses mains laissèrent retomber la jupe sur les jambes de Marthe, j'eus l'impression de recevoir un coup en plein visage : c'était celui de Gildas qui me regardait. Et j'aurais pu le tuer sur-le-champ si je n'avais vu se lever sur la lèvre de la fille et sur son visage toujours immobile, comme un horrible sourire d'invite.

Je ressortis en titubant, sellai mon cheval et repartis au galop vers Nersac, doutant de mes sens, incapable en tout cas d'affronter le regard de Flora.

Hormis ses protagonistes, personne ne savait rien de cette odieuse passion. Personne n'en savait rien que moi. Et personne, Dieu merci, n'était moins que moi porté au bavardage. Seulement le lendemain, nous devions chasser chez le marquis de Doillac où je retrouverais Flora et Gildas. Que leur dire ? Et surtout que dire à Flora ? Comment supporter de la voir jeter vers cette erreur de la nature, vers ce cœur versatile et faux, vers Gildas, les regards qu'elle lui adressait et dont le moindre eût comblé tous mes désirs ? D'ailleurs quel désir ? Je ne m'en sentais plus le moindre, je ne me sentais que du chagrin à imaginer celui de Flora, chagrin qui, semblait-il, arriverait très vite. La Vieille Dame était là : la Vieille Dame de la douleur et du drame. La petite vieille de province habillée de soie mate, cette petite vieille si discrète, si modeste mais à la voix basse et lascive, arrivait vers nous. De derrière les collines, je croyais déjà entendre résonner la voix trop forte, stridente, vulgaire à force de cruauté de la Vieille Dame de la mort : une voix faite en tout cas pour donner des ordres, des ordres que l'un de nous allait recevoir incessamment. La Vieille Dame arrivait à Angoulême.

Seulement cette Vieille Dame, pour une fois, ne pouvait étouffer en moi les cris violents du bel oiseau, de l'exquis oiseau de l'espoir. Cet espoir revenu et qui me représentait à présent, comme une image d'Épinal sanglante et naïve quand même, le beau Gildas mort dans un pré de ma main ; Gildas mort à mes pieds, et Flora, détournée de ce spectacle, appuyée à mon épaule, Flora enivrée de ma bravoure et tremblante encore du hasard des balles, Flora qui murmurait : « Sans toi, j'étais perdue... » Je croyais parfois entendre cette phrase à mes oreilles tout à coup bourdonnantes et exsangues, comme devaient l'être mon visage et mon corps. Demain, que dirais-je à Gildas ? Que ferais-je à Gildas ? Pouvais-je le questionner, le menacer, le sommer de rompre ses amours ancillaires ? Comment, mais comment cet homme qui n'avait rien de bas pouvait-il rester aux genoux d'une chambrière sous le toit même de sa maîtresse ? Et surtout, comment, comment osait-il lui dire les mots d'amour que l'on réserve à d'autres femmes : les femmes de son rang, les femmes pures ? Si Gildas était surpris par quelqu'un d'autre que moi, il serait mis au ban de la société. Par quelle folie, en admettant qu'il fût vraiment épris physiquement de cette catin, par quelle folie Gildas lui tenait-il de tels propos ? Pourquoi parler d'amour à cette servante, proie déjà avouée de deux hommes : un cocher et un piqueux ? C'était pourtant le genre de femme qu'on prenait une fois en la payant quelques sols, que l'on pouvait à son gré reprendre pour le même prix et encore plus facilement oublier pour rien. Pourquoi ces mots d'amour ? Des mots d'amour qu'elle trouvait risibles, bien évidemment. Car je ne m'étais pas trompé sur le sens de son sourire, j'en étais de plus en plus sûr à présent : « Ces gens-là, comme disait Artémise, ces gens-là n'avaient pas de mœurs ni de morale. » Je m'endormis aussitôt couché. C'était là la seule maîtrise que j'avais de mon esprit et sa seule chance peut-être : les questions les plus troublantes l'endormaient dès lors qu'elles étaient sans réponse.

Il avait plu toute la nuit et nous ne devinions le soleil naissant qu'à travers des brouillards effilochés à trois mètres du sol, accrochés aux clôtures des prés, et qui peu à peu, se noyant dans les arbres, s'évanouissaient, laissaient voir à nos yeux une terre encore assoupie, intacte dans la première lumière de l'aube. Il est arrivé à tout homme, quels que soient son rang, son âge, sa nature, de fêter un jour, ainsi, en secret, son union sensuelle et originelle avec la terre ; la terre ronde devenue tout à coup sa chose, sa femme et sa maîtresse, ou sa mort. Chacun de nous a un jour remercié la boue et la pluie de l'avoir engendré, de l'avoir laissé traverser même pour peu de temps les fumées, les feux, les draps de soie ou les épines de ces paysages, ceux de ces campagnes, de ces villes lorsque la pluie les avait lavés et qu'ils séchaient au soleil. Ce matin-là, par ses premiers rayons, il faisait fumer la terre dans la fraîcheur du matin, et l'on voyait des peupliers là-bas, plus loin, se dresser dans un garde-à-vous nonchalant et quotidien. Je m'arrêtai malgré moi, je regardai la vallée. Badigeonnée de l'argent bleu, jaune ou blanc de ses rosées étincelantes, cette campagne m'apparut soudain comme un énorme gâteau immangeable et superbe. J'arrivai en retard à la chasse, suivis un piqueux, me retrouvai à la tête de la meute aidé par les aboiements désolés des chiens dont, pour une fois, les cris m'étourdissaient, et rejoignis le premier un sanglier forcé que j'égorgeai moi-même. On se plaignit à moi du dénouement rapide et fier, ou sordide et triste, selon les avis, que j'avais donné à cette poursuite. Il est vrai que j'avais cru longtemps suivre ma propre mort, le risque de ma mort, alors que je n'avais suivi qu'un sanglier épuisé, casseur, sournois et sans doute aussi malheureux que je l'étais moi-même. Je dois avouer que, pendant ce quart d'heure, je n'avais pensé qu'à lui, et pour le tuer, comme s'il s'était nommé Gildas.

Aussi bien d'ailleurs, après cette exécution sauvage et dénuée d'esthétique si ce n'est de bravoure, je me sentis mieux. Les oiseaux réveillés chantaient avec le mien : cet oiseau d'espoir revenu enfin dans mon corps et dans mon esprit, dans ma raison, dans ma maison, après deux ans d'absence, après deux ans de jours obscurs et tièdes au soleil, glacés et flamboyants dans la nuit. Deux ans sans émotion, sans rancune et sans excès : car pouvait-on nommer excès mes écarts si raisonnables ? J'allais de temps en temps à Bordeaux relâcher le trop-plein de mon corps et de mon tempérament, j'allais y oublier mes rêveries sentimentales, ou le tenter, j'allais soumettre et dérober à la fois mes paysages nocturnes et tendres à des putains sans grâce. C'est en marchant dans une allée, au pas de mon cheval, le soleil brûlant déjà mon front, que je me rendis soudain compte que la prochaine fois que j'irais à Bordeaux, j'y exigerais une créature ressemblant à cette Marthe – à moins que je ne l'y trouve déjà installée elle-même avant ma visite. Je ne savais pourquoi, j'avais gardé en moi le souvenir du blanc de sa cuisse blanche, et de l'éclat de ses yeux gris. J'y rêvai un bon quart d'heure, m'endormis presque, sans doute, puisque je me réveillai un peu plus tard enlacé à elle dans une chambre du Louvre où habitait Louis XIII, où il pleuvait par les toits, une chambre où je me livrais à des comptes d'apothicaire pendant qu'elle m'embrassait le cou, l'épaule, le flanc. Ce rêve idiot me rendit enragé et je remis mon cheval au trot. Puis au galop. Tout à coup j'étais heureux. Il fallait bien me l'avouer, j'étais heureux. Les nuages, les brouillards n'étaient plus prisonniers des clôtures, ils filaient à présent, ils fuyaient dans le ciel et semblaient se cogner parfois à d'invisibles trottoirs d'où ils repartaient aussi vite, propulsés par un vent haut et amusé, comme devaient l'être, la nuit, les noctambules de la capitale, les fêtards, les bons compagnons de Gildas et d'une Flora inconnue et parisienne. Bref, je me sentais tout à coup fort gai, fort alerte, un peu comme délivré de mon fol amour, mon amour de roman, mon amour feuilleton. Sans me le représenter vraiment, j'avais imaginé une sorte de scène pour nos retrouvailles, pour cette rencontre de nos trois nouveaux personnages : la trompée, le trompeur et le témoin. J'avais imaginé Flora mélancolique, et elle riait aux éclats. Mais surtout, j'avais imaginé Gildas gêné, fuyant, pâle, et je le trouvai riant aussi avec elle, et d'un rire que ma vue ne fit pas baisser d'un ton. Au contraire, il me semblait voir quelque ironie dans ses yeux sombres et ce beau visage offert. Ce rire franc, relevé sur ses dents trop blanches, le regard troublé que jeta un instant Flora vers cette bouche éclatante et qui assombrit ses yeux mauves, tout cela me donna envie de le tuer, de frapper ce visage, ce mensonge vivant, ce coquin, ce faquin, ce subalterne qui non seulement se glissait dans le lit de la noblesse mais encore osait l'y encorner sous son toit. Ce fut moi qui pâlis sans doute car Flora, quittant l'arbre où elle s'adossait, entourée de ses admirateurs, fit un pas vers moi et posa la main sur mon bras.

« Mon Dieu, Lomont, dit-elle, vous êtes tout pâle... Qu'êtes-vous devenu, hier soir ? Je vous avais envoyé chercher un poignard mais je ne vous avais pas dit de partir avec, ou sans. Que vous est-il donc arrivé ? Une migraine ? » dit-elle d'une voix blanche, sachant que cet énoncé suffirait à tout le monde. (J'avais la malchance, en effet, ou la bonne, de subir parfois d'atroces névralgies qui me faisaient fuir au milieu d'un bal ou endurer le martyre dans les dîners.)

« Lomont boit trop », dit cet animal de d'Orty qui avait déjà lui-même abusé de sa gourde d'argent dont il versait piteusement les dernières gouttes sur le sol. « Lomont est un dangereux alcoolique. »

Personne ne lui prêta attention et cette stupidité n'eût pas eu d'autre suite si Gildas n'avait ajouté, d'une voix froide :

« Est-il vrai que vous buviez, Lomont ? On m'a dit que vous aviez des visions parfois. Que vous voyiez ce qui n'est pas. »

Je m'entendis répondre d'une voix calme et indifférente à ma grande surprise, une voix ennuyée presque :

« Je vois parfois ce qui ne doit pas être, oui. Mais c'est un don qui n'est donné qu'à moi, que personne d'autre ne partage, tout au moins à Angoulême. »

Le sourire sarcastique de Gildas disparut et ses yeux redevinrent un instant des yeux de chien battu, des yeux rendus mats par une indicible douleur, les yeux que je lui avais vus la veille, quand il s'était retourné vers moi, des yeux d'aveugle en fait.

« Je vous demande pardon », dit-il à voix presque basse.

Et chacun resta saisi un instant par le tragique de cette voix, une voix qui résonnait comme la jeunesse elle-même avec son ingénuité, sa violence et son désespoir.

« De quoi parlez-vous ? dit d'Orty. On croirait des pythies, ma foi ! Exprimez-vous en bon français, tudieu ! Vous les comprenez, vous, comtesse ? » demanda-t-il à Flora dont les yeux pensifs allaient à présent de son amant à moi et de moi à son amant, pleins d'une suppliante frayeur.

Je croisai ses yeux que je connaissais bien pourtant et que je rencontrais généralement chargés de cruauté, de la chaleureuse cruauté de l'amitié sans amour, et qui cette fois-ci étaient troublés enfin, qui enfin imploraient quelque chose de moi sans savoir même ce que c'était, par un regard qui voulait juste dire : « Taisez-vous ! Taisez-vous. Je ne veux rien savoir. » Je baissai les yeux devant ce regard nu et neuf, ce regard de femme, enfin, qu'elle avait vers moi. Je baissai les yeux de honte pour Gildas, de honte pour moi, de honte pour elle. Je la vis sans la voir chercher la main de Gildas, la serrer, y mêler ses doigts aux siens dans une étreinte convulsive, et je vis Gildas se tourner vers elle et l'appuyer contre lui, contre son corps robuste et trompeur, et épris d'une autre, auquel elle se confia entièrement. Les traits de Gildas étaient tirés mais il rayonnait d'un sombre bonheur. Mon arrivée intempestive de la veille avait dû redonner quelque imagination à sa garce de Marthe, et chaque millimètre de sa peau tannée, chacun de ses cheveux, chacun des muscles que l'on voyait glisser sous sa peau, chaque nerf, chaque parcelle de ce corps d'homme respirait la satiété, la félicité d'un corps, l'assouvissement le plus total, le plus bestial, le plus clair pour un autre homme. Et c'est à cela que s'appuyait Flora que j'aimais et qui l'aimait, lui ; c'était sur ce cœur qui battait calmement sous son oreille qu'elle s'appuyait, sans même soupçonner qu'il redoublait et triplait de vitesse sous une main aux ongles sales. Je pris la seconde gourde de d'Orty qui pendait à sa ceinture, l'arrachai presque, et me brûlai le palais d'un alcool infect dont j'ignore encore le nom et le goût.

Gildas pâlissait et maigrissait à vue d'œil. Flora s'en inquiétait tout haut. L'assistance émerveillée attribuait ces symptômes à la fièvre créatrice et, qu'il fût de Paris ou de Saintonge, chacun se récriait sur les exigences de l'inspiration. Et j'eusse, comme eux, sûrement fini par distinguer une auréole sur la tête du jeune homme si je n'avais vu celle-ci enfouie récemment dans l'entrejambe d'une chambrière.

Gildas, qui avait d'abord, non sans agacement, refusé l'alibi de ses muses, se laissait maintenant aller aux commodités de cette comédie. Il ne me disait rien, je ne lui disais rien, mais si par hasard quelqu'un faisait sans malice allusion à une situation similaire à la nôtre – enfin, à la sienne – c'était étrangement moi qui rougissais. Nous n'évoquions jamais « l'après-midi de la salle d'armes », comme je me le nommais à moi-même, mais Gildas eut le bon goût, tout au moins les jours qui suivirent, de ne pas disparaître quand j'étais là. Et pourtant j'étais avec eux aussi souvent que les autres invités, c'est-à-dire tout le temps. Les déjeuners chez l'un, les promenades à cheval, les chasses, les parties de pêche, les bals, les dîners et les soupers se succédaient à un rythme jusque-là ignoré d'Angoulême. Artémise elle-même chancelait parfois au soleil de midi et je voyais des cheveux blancs dans ses mèches roussâtres.

Mais, plus que chez elle, l'âge frappait son époux, Honoré-Anthelme d'Aubec. Je lui avais deviné la même obsession que Gildas et je n'arrivais pas à croire vraiment que cette garce puisse épuiser à elle seule deux hommes vigoureux en plus des deux rustres qu'on lui prêtait. Gildas et Honoré avaient l'air consumé. Ils étaient comme marqués jusqu'à l'os, à la peau des poignets et du cou, de souvenirs apparemment brûlants. Et cela de par la même femme qui ne semblait pas les voir quand son service l'amenait près d'eux : cette femme dont l'arrivée parmi nous leur faisait chaque fois détourner les yeux avec ensemble, avec effort, tandis qu'au contraire, les regards des autres invités mâles convergeaient vers elle. Mais cette indifférence d'Honoré, à l'inverse de Gildas qui, lui, ne fixait jamais les yeux ailleurs que sur Flora – et les fixait de plus, avec amour, je ne pouvais le nier – cette indifférence, donc, chez notre galant préfet devenait ostensible et inquiétante même pour Artémise. Elle finissait par entrevoir, et c'était là un coup affreux porté à son orgueil bien plus qu'à son affection, que son grand niais de mari, tout encorné qu'il eût été sans broncher toute sa vie, était en train de la tromper vraiment avec une femme du peuple. Honoré eût-il aimé une Rohan-Chabot, elle y aurait presque pris du plaisir. En attendant, qu'il couchât avec une servante ne la dérangeait pas non plus, mais qu'il y pensât en dehors de ses bras était pour elle inimaginable.

Car il y pensait. Il en était même obsédé, ravagé. Ses bonnes joues roses étaient devenues jaunes et creuses. Il buvait avec excès, devenait geignard sur tout et se désintéressait même de ses biens. C'est ainsi que lui, qui faisait dix fois par mois les comptes de son portefeuille, ne mettait plus les pieds dans mon étude. Et le jour où je lui en fis affectueusement le reproche, je fus fort étonné de ce qu'il me répondît brutalement : « Que voulez-vous que j'en fasse, mon pauvre Lomont... L'argent ne sert à rien dans mon cas. » Et cela avec une voix rauque et vibrante qui me fit fermer la porte de son bureau et lui avancer un fauteuil précipitamment, où il s'effondra et me raconta toute son histoire.

Il y avait de quoi s'effondrer, en effet. Certains malheurs, contrairement au bonheur qui est toujours triomphant, quoi qu'on dise, certains malheurs sont déshonorants. Moi-même, que ma passion pour Flora rendait ridicule, triste et humilié, du moins avais-je la consolation qu'elle n'atteignît point mon âme ni ma conscience. Il n'y a pas honte à aimer en vain une femme digne de l'être comme l'était Flora. Mais cette garce d'office !... De plus, il semblait que cette Marthe, si elle s'offrait vite, se rendait vite au désir de ses soupirants ; il semblait bien que ce fût pour elle une manière de les offenser plus que de leur plaire. La flamme de ses galants, attisée à présent par leur mémoire, devenait insupportable. Leur vague désir d'une femme était changé en désir précis d'une seule : celle-là. Surtout lorsqu'elle n'en voulait plus. À peine étaient-ils comblés qu'elle se dérobait, se promettait, ne venait pas, ne les voyait plus, leur fixait des rendez-vous dans des endroits innommables où elle venait se donner comme une femelle en chasse ou se refuser sans un mot d'explication. Enfin, et c'était là ce qui m'étonnait le plus, elle n'acceptait pas un sou de leur part, ni un écu. De personne. Si ce n'était des deux beaux rustres, pourtant démunis, qu'elle saignait de leurs quelques sous chaque fois qu'elle mêlait ses fantaisies obscènes aux leurs. Ces trois-là rivalisaient de dépravation, se donnaient des leçons de luxure et de sadisme au cours de scènes que je ne puis décrire, puisque Honoré s'y refusait. Il semblait qu'une fois il eût, malgré lui et par hasard, assisté à un de ces spectacles, mais en l'écoutant bien je vis aussitôt que si ç'avait été en effet malgré lui, ce n'avait pas été du tout par hasard. La fille s'était fait surprendre délibérément et ne lui avait infligé le spectacle de son plaisir avec d'autres que par ce que je nomme « vice » avec un petit « v », et non comme Honoré, « Volupté » avec un grand. Comment Gildas pouvait-il, lui qui avait la plus séduisante, la plus limpide, la plus épanouie des femmes – et une femme qui aimait en lui l'amant, visiblement, tout autant que l'aimé – comment pouvait-il s'agenouiller devant les reliquats de ce gros préfet et de deux valets ! Je dus marmonner tout haut ma question car Honoré, l'entendant et arrêtant ses plaintes, me regarda tout à coup d'un œil froid et exaspéré.

Comment dire ?... Il me semble revoir encore cette scène : moi, assis dans le bureau de ses prédécesseurs sous l'œil de ces préfets accrochés au mur autour de Louis-Philippe, moi, assis dans ce bâtiment aux volets clos, dans cette pièce si paisible où le soleil ne filtrait qu'à travers les persiennes, et où l'on entendait la voix des subordonnés d'Honoré à côté, leurs intonations paisibles et leur froissement de papier. Et lui assis et maître chez lui de son petit monde, devenu ce fou furieux qui, à deux mètres de sa maison et dix mille lieues de ses occupants, se débattait dans son cauchemar. Seules, les raies parallèles des persiennes dans la poussière dorée et poudreuse nous rappelaient l'existence, dehors, d'un soleil rassurant sur une place ouverte, ses raies lumineuses se posant sur le parquet et parfois sur la boucle du brodequin d'Honoré comme un clin d'œil déplacé.

J'avais bien besoin, au demeurant, de ce clin d'œil tant le récit, pourtant maladroit, naïf et sot, le récit emphatique et mélodramatique de mon interlocuteur contenait d'ombres troubles et inquiétantes malgré leur ridicule. À ce « comment », donc, posé sur moi qui pensais à Gildas, Honoré releva la tête et répéta : « Comment ? Comment ? » en me faisant face, laissant voir son visage, ses yeux striés de sang et une bouche gonflée sans doute d'avoir été mordue dix fois pendant son récit, une bouche qui se dissociait par un rictus du haut du visage et rendait ce visage frappant et hideux d'une complicité incongrue.

« Voyons, Lomont, dit-il d'une voix sifflante et dure, sa voix de préfet et sa voix d'ambitieux, voyons, Lomont, vous voyez bien que ce n'est pas une pute ordinaire dont je vous parle... Voyons, Lomont, d'Orty lui a offert mille écus pour venir chez lui gouverner, et non pas servir. Et savez-vous que Doillac voulait lui donner son pavillon de chasse à Confolens et l'y installer dans ses meubles ? Savez-vous qu'elle a refusé et l'argent, et les meubles, et le pavillon ? Et savez-vous que ses deux rustauds d'amants se sont battus à mort hier soir, au couteau, et que l'un des deux est à l'agonie ? Et savez-vous qu'il la réclame et qu'elle n'y va pas ? Savez-vous que les hommes font ce qu'elle demande, qu'ils lui accordent tout puisqu'elle ne veut rien ? Tous, les uns après les autres...

— Et moi ? dis-je en riant pour arrêter ce flot d'insanités, et moi, que lui ai-je donc offert ? Que lui ai-je promis ou accordé ? »

Honoré sourit.

« Votre silence, dit-il. Et uniquement votre silence, puisqu'elle ne veut pas autre chose de vous ».

Je devins furieux d'un coup, furieux de voir qu'il savait.

« Je me suis tu, dis-je, à cause de Flora et d'elle seule ! Je ne veux pas que Flora soit mêlée à vos amours d'office et d'écuries. Flora n'a rien à voir avec les accouplements bestiaux que vous nommez votre destin. Et elle en restera éloignée, je vous l'assure ! »

J'étais prêt à me battre mais l'orage éclata avant moi. Un grondement sinistre venu du ciel bas tomba sur la place, et un vent violent, soudain, la balaya, fit claquer ensemble trente volets et sembla se jeter sur les pavés. Le soleil disparut tout à coup et j'allai jeter un coup d'œil malgré moi par la fenêtre. Ce fut pour y voir, rejetés sur la place d'Armes et voletant partout, non seulement les journaux ou les habituelles feuilles précocement mortes, mais aussi d'incroyables déchets amenés du faubourg par ce vent, sans doute, des éclats de verre, des bouchons, des oripeaux, des saletés incongrues et inconnues de cet endroit et de ses notables. Il y avait quelque chose de sinistre dans ces preuves de vie misérable projetées dans notre décor bourgeois, dans ces détritus venus d'un autre monde, un autre monde qui n'était jamais qu'à deux cents mètres. Les habitants de la place jetaient comme moi un regard étonné et indigné vers ces objets innommables. Je me reculai et me heurtai presque à Honoré qui regardait aussi derrière mon épaule.

« Voyons, dis-je, Honoré, ressaisissez-vous. Après tout, il n'y a pas mille manières de se coucher avec une fille. Il n'y en a que trente-six, d'après les Hindous. Ce qui est déjà beaucoup plus que je n'en connais. Mais le plaisir reste toujours le plaisir, mon bon, ni plus ni moins. »

Il y eut un instant de silence avant qu'Honoré reprît d'une voix basse :

« Bien plus et bien moins, Lomont, je vous le jure. »

Et cette voix basse, nue presque, me fit plus d'effet que toutes ses confessions lyriques précédentes. Il ne parlait plus, il ne se plaignait plus, il ne semblait même plus souffrir, et pourtant, dans cette fin d'après-midi orageuse, dans cette atmosphère si bizarre que je sentais même l'odeur du seringa de l'autre côté de la place, je vis un instant Honoré comme un homme condamné à mort, un homme mort déjà.

« Je vais demander à Flora de la renvoyer », murmurai-je avec désespoir. Et c'était bien évidemment la seule chance d'Honoré pour acheter un jour cette hétaïre installée à Margelasse. Mais plus que mon égoïsme et ma mélancolie, je ressentais un sentiment d'urgence, de danger, un sentiment de catastrophe possible soudain, plus important que tous mes espoirs personnels.

Honoré leva les yeux vers moi, des yeux de bête malade, et ne trouva qu'à me dire :

« Si elle part, je la suivrai, vous comprenez, Lomont ? »

Et cette douceur m'accabla définitivement.

Arrivé à Nersac, je me précipitai vers la cuisine mais ni le vin d'Anjou ni le fromage que j'y avalai comme un remontant ne me rassurèrent.

Le grand bal que donna d'Orty dans son château, fort éloigné d'Angoulême, obligeait chacun à y passer la nuit, et chaque invitée partit donc avec sa cameriste ou son valet dans sa voiture, afin de s'habiller avant le bal. Je décidai de profiter de ce concours de circonstances pour m'expliquer avec cette Messaline. Je lui intimerais l'ordre de filer sans prévenir Flora et sans s'expliquer. J'emporterais avec moi assez d'argent pour l'y décider, croyais-je. Car son refus des écus d'Honoré ne signifiait rien pour moi sinon qu'elle voulait voir cette somme sur la table. Il n'y avait point d'autre explication à sa conduite puisqu'elle n'aimait ni les uns ni les autres. J'aurais pu la croire sensible à la beauté de Gildas si, au cours de sa confession, Honoré n'avait avoué l'avoir possédée l'avant-veille encore dans un box de l'écurie. C'était une femme folle de son corps sans doute, une erreur de la nature, et le sourire qu'elle m'avait adressé par-dessus l'épaule de Gildas quand je les avais surpris, ce sourire provocant et railleur joint à l'expression de ses yeux allongés, tout cela me prouvait que notre Messaline ne tenant à personne tenait donc à l'argent. Je connaissais ce genre de manœuvres, ma fonction de notaire m'ayant fait tout voir sur la cupidité et l'habileté des femmes. Bref, je m'étais résolu à être autoritaire autant que généreux, et si une somme de mille écus pouvait libérer mes amis, mes compagnons d'existence de cette furie, cela ne serait pas pour moi un sacrifice bien grand comparé à celui que je faisais de mes espoirs sentimentaux. Je partis pour Cognac, donc, dans la voiture d'Honoré, après la fermeture de l'étude, et je ne pus pendant cette course éviter à nouveau ses confidences. Le malheureux parlait tout seul, au demeurant.

« Je la déteste, disait-il en jetant des yeux fous par la portière comme s'il traversait un paysage inconnu, je la déteste et je ne me sens bien qu'avec elle. »

Il me faisait penser à un de ces emprunteurs qui ne comprennent qu'après coup que les hypothèques leur sont fatales en tous les sens. Dans son cas, ce corps qu'il avait emprunté lui avait été aussitôt repris ; l'hypothèque était sa vie, et sa réputation, et sa carrière. Quant à l'intérêt exorbitant, il était sa souffrance et son obsession. Car son désir n'avait plus le flou, l'obscurité que l'on a pour une femme inconnue, il était remplacé par des images, des gestes, des souvenirs exigeants. L'obscurité de ses désirs avait cédé la place à un immense soleil aveuglant vers lequel il marchait, les yeux grands ouverts et titubant sur le coin d'une mémoire affreusement précise. Chacun sait que, en musique comme en cuisine, ce n'est pas découvrir qui vous comble, mais retrouver. La plus grande volupté, ce n'est pas à la découvrir qu'on l'éprouve, mais à la reconnaître, semblable et différente. La mémoire d'Honoré, comme celle de Gildas, devait être bien lancinante à leur voir, tous deux si dissemblables, ce même regard de martyr incrédule. Car martyrs, ils l'étaient tous deux. Sur sa demande, ou plutôt sur son exigence, ils avaient tous deux écrit des lettres d'amour à cette catin, et elle les avait lues et relues suffisamment pour se les rappeler et leur en citer des passages. Elle leur en récitait des bribes, au hasard de ses humeurs et à chacun de leurs rendez-vous, rendant grotesques et indécents au grand jour ces mots écrits dans la fièvre de la nuit et de la fatigue, ces mots trop frais et trop sentis, dont l'encre, au soleil, affadissait les termes ou, au contraire, les embrasait jusqu'à les rendre obscènes. De plus, elle se trompait, ou le feignait, et répétait à l'un les formules de l'autre, les plus crues, bien sûr, riant aux éclats quand le malheureux, avec fureur ou désespoir, ou dans un effort de dignité impossible, rectifiait l'erreur et lui signalait qu'elle se trompait d'expéditeur. Cela la faisait rire aux larmes. « Bah ! disait-elle, du moment qu'elles ont la même destinataire... » Honoré, qu'elle appelait « Monsieur le préfet des champignons comestibles » depuis qu'il était revenu gêné et penaud d'un rendez-vous lugubre au fond du hallier, Honoré était à sa main à présent, prêt à tout, résigné à tout sauf à se passer d'elle. Or cette défaite totale agaçait Marthe. Il ne paraissait même plus souffrir en l'entendant répéter d'un air salace des phrases qui n'étaient de lui qu'une fois sur trois – car d'Orty aussi écrivait –, des phrases qui, au demeurant, ne lui semblaient pas plus ridicules que les siennes. Il semblait qu'il n'y eût plus que Gildas à se débattre. Gildas qui refusait encore de renier Flora devant elle et qui donc offrait le plus de distractions à sa cruauté en même temps que, comme elle le disait à Honoré, il lui procurait le plus de plaisir. Elle vantait sa beauté à Honoré, elle l'opposait à son insignifiance. Et Gildas était le seul pourtant qui, me semblait-il, aurait pu la séduire parmi tous ces gentilshommes dont elle dédaignait l'amour, la personne et, jusqu'ici, les biens, avec tant de hauteur. Mais si elle aimait Gildas, pourquoi ne pas fuir avec lui ? Gildas était riche à présent ; ses pièces et ses livres se vendaient partout. Et si elle ne l'aimait pas, pourquoi s'offrir à lui et lui faire l'amour avec cette frénésie dont parlait avec délice le malheureux Honoré ?

Je parle de Marthe avant de la mettre vraiment en scène, mais cela est indispensable pour qu'on voie bien ce qu'était cette femme et qu'on s'y retrouve dans ce récit.

Mais quel est ce « on » que je m'inquiète subitement de ne pas dérouter ? Il serait temps que je m'arrête. Mais là, que les dieux de la littérature me pardonnent, j'éprouve à présent du plaisir à cette heure que je passe chaque jour penché sur ce cahier. J'y oublie souvent le temps. Et l'autre soir, ma gouvernante s'est affolée, l'heure du souper étant passée, et m'a appelé par l'escalier, inquiète de ma santé. Elle a été bien rassurée à ce sujet car j'ai dîné de fort bonne humeur, grâce à l'exultation propre à tout plumitif, entouré que j'étais, à table, de Flora, Honoré, d'Orty et de Marthe auxquels j'avais redonné vie, me semblait-il. J'ai porté à Honoré des toasts silencieux et gais, à mes amis morts, à mon ennemie disparue et à mon bel amour égaré et perdu pour toujours.

L'hôtel particulier dont d'Orty avait hérité à Cognac était l'un des plus beaux du pays. Ses dimensions immenses, sa belle construction, donnent à ses pièces peu meublées un air lointain que j'ai toujours aimé à regarder. Cet air-là, je ne le retrouvai pas le soir du bal. D'Orty avait invité la province entière, sans doute pour éblouir sa maîtresse servante, et dissipé en une fois l'argent qu'elle lui avait jeté à la tête. Sa réception était royale, l'hôtel flambait de mille chandelles, de mille feux, de mille fleurs. Deux buffets somptueux étaient dressés dans deux grandes pièces et cinquante laquais, venus de Bordeaux, de Périgueux, tous habillés dans la livrée de d'Orty, veillaient à tout. Nous étions tous masqués et tous soucieux de ne pas être reconnus trop tôt. Chaque femme et chaque homme avait pour cela fait faire une toilette nouvelle et portait un loup qu'on enlèverait à deux heures au plus tard, à minuit au plus tôt, comme l'avait décidé le maître de maison. Ce malheureux d'Orty, dont l'intelligence semblait céder du terrain sous les coups du malheur, je le reconnus tout de suite à sa voix fluette, mais je fis le sot. J'identifiai aussitôt Flora, dans une robe bleu nuit, d'un bleu qu'on retrouvait dans ses yeux et qui la livrait très tôt à tout observateur un peu épris. Je lui donnai néanmoins du « Madame » d'un air distrait qui la fit rire, doucement d'abord, puis aux éclats. Un rire contagieux qui nous fit après cinq minutes enlever nos masques pour nous en éventer l'un l'autre, et sécher nos larmes de collégiens.

« Mes fards doivent être atroces ! dit-elle en s'essuyant les yeux. Mais mon Dieu, Lomont, diriez-vous vraiment : Bonjour Madame, Mes hommages Madame, sur ce ton à une inconnue ? Vous aviez la voix d'un suborneur de comédie... Avouez que vous m'avez reconnue tout de suite. »

Je niai énergiquement et nous partîmes danser dans la salle de bal. Là, on nous fit un grand succès tant il était vrai que nos pas s'accordaient bien sur la musique de l'orchestre. Après trois valses et une polka, Flora demanda grâce. Je la laissai assise dans un minuscule fauteuil avant d'aller, à sa requête, chercher Gildas qu'elle avait vu lui sourire deux fois au début de notre danse, mais pas depuis. « Il était en habit comme tout le monde, et son loup était doré, phosphorescent », me dit-elle pour que je le reconnusse. Je traversai donc deux fois consciencieusement une foule inconnue, venue de Paris, Lyon et Bordeaux autant que d'Angoulême, cherchant ce loup doré sans le trouver, ce que déjà, d'ailleurs, je redoutais. Ce ne fut donc qu'après dix minutes que je me dirigeai à la fin vers l'appartement de Flora, ayant le soir même été boire du porto dans les chambres qui leur avaient été réservées. Couloirs déserts, chambres désertes, vestiaires déserts, je glissais d'une chambre obscure à une chambre obscure, ouvrant doucement les portes, prêtant l'oreille au silence, repartant vers d'autres chambres identiques. La dernière que j'ouvris était la bonne. Dans le noir, le silence bruissait de quelques soies froissées, de quelques draps que l'on rejetait et d'un bruit que je reconnus vite : le bruit d'un corps battant un autre corps sur un rythme précipité qui m'arrêta sur le seuil et me fit repousser la porte. Mais je m'appuyai la tête contre le mur du couloir et je portai les mains à mes oreilles lorsque le feulement, le cri d'amour de la femme s'éleva comme celui d'un fauve au paroxysme de la rage, de la douleur, de la violence, et se brisa sur une note basse d'une façon brutale et intolérable, d'une façon insupportable et qui me fit bondir en avant à nouveau, qui me jeta dans cette chambre dans le seul but d'arracher Gildas à cette femme, de m'abattre à sa place entre ces jambes et dans le corps d'où jaillissait cette voix-là, cette voix charnelle : cette voix de la femelle que j'avais reconnue aussitôt, celle qui est due à tous les hommes et qu'ils ne trouvent jamais. Je me jetai sur la porte contre le mauvais battant et m'y assommai à demi, suffisamment pour que j'aie l'impression aussitôt de me réveiller ; dans un silence mortel, inquiétant et presque plus insupportable que ce cri poussé tout à l'heure par cette voix inhumaine, terrible à force de plaisir et de naturel.

Je ne sais comment je me retrouvai dans l'escalier

ni par quel miracle je reconnus dans un miroir l'inconnu hagard qui le descendait, moi-même, Nicolas Lomont, défiguré comme j'avais vu des gens l'être après une grande peur. Et j'eus une seconde d'affolement à la pensée de rentrer dans cette foule. Quelqu'un me bouscula et, se retournant pour s'excuser, me montra son masque et une issue à mon problème. Je me rappelai avoir mis le mien dans une poche en montant l'escalier, une demi-heure plus tôt. Je le cherchai dans l'escalier cinq minutes jusqu'à ce qu'un laquais qui passait par là s'exclamât devant ma bosse et mon front violet. Il me mit de la glace et des compresses et m'alla chercher un autre loup chez son maître. Je restai dans les cuisines à l'attendre, au milieu des domestiques, aussi affairés, austères et épuisés qu'ils semblaient souriants et paisibles dans le salon. Ma présence ne les dérangeait même pas et, à force de ne pas me voir, ils finissaient par me faire trouver le temps long. Enfin mon laquais oublieux revint, essoufflé, et me donna un masque neuf et une sorte de turban qui dissimulait les plaies et les bosses de mon chef. Je lui donnai quelques louis et cet infirmier miraculeux me fit absorber de force une mixture « propre, disait-il, à remettre debout un honnête homme à terre ». Je repartis, en effet, d'un pas léger vers la foule et je me préparai à bafouiller à Flora que je ne trouvais point son amant, quand je vis celui-ci près d'elle et lui parlant avec feu, gaieté et chaleur. Flora lui répondait en souriant du fond des yeux, de toute sa tendresse, son regard livré au sien. Il avait l'air si heureux, si ardent et si sincère que les femmes, en valsant à côté, en oubliaient leurs cavaliers. Je les voyais chercher sur Flora quelque défaut qui rendît ce bonheur moins cruel à voir. Car le bonheur était là, en même temps que l'amour ; l'amour infini et complet, l'amour absolu, le bonheur rêvé et recherché de tous, le bonheur qu'exprimaient ces deux visages et qui dépendait du bon vouloir d'une femme de chambre... Gildas était comblé dans sa chair, dans son orgueil, sa sincérité, et il venait offrir ce bonheur à celle qu'il aimait vraiment, celle qu'il chérissait et estimait vraiment plus que tout, celle qu'il avait trompée quelques minutes avant dans le seul but, peut-être, de pouvoir l'aimer mieux ensuite. Gildas était si beau, si jeune surtout, si innocent d'avoir si bien joui d'une autre, que je comprenais un peu ces esprits libertins qui disaient le corps si loin de l'âme et si peu destiné à s'y aligner. Comme s'il était vrai que le plaisir est innocent chez l'homme et que la peau, par tous ses pores, les sens, par toute leur fatigue exaltante, les nerfs, par leur relâchement heureux, comme si tout ce qui nous ramène du plaisir nous ramène aussi à une innocence originelle. Comme s'il était vrai que le contrat du plaisir partagé, donné et rendu, que l'échange des mêmes gestes, des mêmes soifs et des mêmes fièvres soit respectable en soi. Le corps de Gildas Caussinade, ce petit paysan trop beau et trop doué, à qui il arrivait trop de choses, était (à mes yeux exaspérés et jaloux) l'innocence même. La seule coupable, celle qui s'agenouillait, s'oubliait et haïssait cet état, c'était l'âme de

Gildas. Celle à qui répondait le corps fidèle de Flora et qui, comme une duègne paralytique, courait dans tous les couloirs à la poursuite de sa proie infâme et délicieuse, le corps agile, enthousiaste et affamé de Gildas.

Et pour moi qui le regardais, j'étais bien obligé aussi de m'avouer que, plus que de la fureur, la jalousie ou le dédain, c'était de l'envie qu'il m'inspirait. Mais quelle envie ! Non pas celle de la vie qu'il avait et qu'il allait passer avec Flora, mais l'envie du quart d'heure qu'il venait de passer. Il y avait plus de désespoir, plus de rancune dans mon âme, comme si l'on abandonnait plus facilement un rival au bonheur qu'à la passion. Car le bonheur l'enchaîne, front contre front à sa compagne jusqu'à sa tombe, et nous laisse à nous le malheur, bien sûr, mais aussi la passion, ses errements et ses libertés. Je me rendis compte, enfin, que j'aurais donné mon bras gauche pour entendre encore une fois cette voix torturée et comblée de tout à l'heure, et mon bras droit pour que ce fût sous moi qu'elle eût poussé ce cri. Bref, je me rendis compte que j'étais ivre par la faute de ce laquais et que je devais cuver mon alcool ailleurs que dans ce salon. Je me retrouvai dans les couloirs, marchant vers cette redoutable femelle pour remplir ma mission d'homme vertueux et d'ami fidèle.

Je la trouvai assise sur une petite chaise, au pied de ce lit d'où elle jetait ses cris tout à l'heure, et qui maintenant, parfaitement tiré, respirait la vertu et la province. Elle se tenait comme une sœur tourière, sa blouse noire bien tirée dans une jupe à petits damiers qui rejoignait presque ses souliers de chaisière. Elle recousait, ou semblait recoudre, une robe étincelante noire et or que je n'avais encore jamais vue sur Flora. Je m'immobilisai dans la porte, toussai, et elle me jeta un regard ennuyé, puis surpris, lorsque, titubant légèrement en entrant, je lui révélai mon état éthylique. Mais son ironie, si elle existait, ne me touchait pas. Je ne voyais plus ce visage austère, ce visage fermé et presque discourtois qui en faisait un être à part, étranger à la domesticité affable de Flora. Je regardai la peau si fine, si blanche, d'un blanc mat où la colère devait mettre des rouges fulgurants, je regardai la bouche tombante et avide autant que méprisante, je regardai les pommettes écartées, les yeux allongés d'un gris fer, je regardai le visage de cette femme point par point, et je reconstituai aisément le visage d'où était né tout à l'heure cet aboi d'amour. Elle dut voir quelque chose dans mes yeux qui arrêta son aiguille et la laissa les yeux rivés aux miens : des yeux intéressés, curieux, amusés peut-être, où je ne voyais pas trace de honte ni de frayeur, ni même d'embarras. Car, sournoisement, je comptais bien sur la gêne pour handicaper mon adversaire. Et quelle femme n'eût pas été gênée de revoir un homme qui vous a surprise quelques minutes plus tôt en plein accouplement avec un autre, et qui se tient maintenant debout devant vous ? Qu'est-ce qui me faisait poser cette question ridicule puisque j'en connaissais la réponse ? Quelle femme ? Une seule : celle-ci. J'aurais du écrire : « Je me trouvais en face de la seule femme que je connaissais à ne pas avoir honte, etc. » Voilà que je me livre à ces afféteries littéraires que j'ai tant raillées jadis. Et de voir quels faux problèmes, quelles fausses questions et quels stratagèmes on utilise en littérature pour éveiller l'intérêt d'un lecteur somnolent peut-être, je suis pris de vertige à l'idée des autres artifices auxquels nous nous livrons sans doute inconsciemment dans la vie de tous les jours pour éveiller quelque intérêt pour la vie d'un personnage pourtant autrement intéressant mais autrement plus difficile, hélas, que tout lecteur : nous-mêmes.

« J'ai à vous parler », dis-je enfin avec un effort des plus pénibles pour articuler, mais qui libéra chez moi un bavard inconnu, un bavard que jusque-là l'alcool n'avait jamais fait paraître.

Je lui fournis donc un fort beau discours, tour à

tour solennel, hypocrite, menaçant et familier, enveloppant et coléreux. Je lui parlai de Flora, de sa bonté, de son estime pour elle, je lui assurai que Paris tout seul ne saurait suffire à ses succès à elle, Marthe, et que les gendarmes l'y amèneraient de force si elle ne prenait pas les dix mille écus que je lui offrais en même temps que son congé. Comment étais-je passé du chiffre de mille écus prévu la veille à dix mille ? Je ne le comprenais pas moi-même et je ne voyais que le cordial de ce laquais, ce maudit mélange qui ait pu provoquer cette libéralité désastreuse.

En fin de compte, je fus pompeux, émouvant et ridicule, et en tout cas fort long. Les flonflons du bal parvenaient faiblement jusqu'à cette chambre, si douce dans la pénombre, cette chambre où j'étais assis en face de cette simple servante qui m'écoutait sans me lâcher des yeux un instant, avec une expression inerte et rêveuse, mais parfaitement attentive. Au bout d'un moment, je me relevai dans le feu de mes arguments, marchai de long en large, et elle me suivit des yeux, regardant mes épaules, mes genoux, mon torse, mes cheveux, d'un œil limpide et métallique, recommençant dix fois cet inventaire de maquignon en descendant de mes cheveux à mes pieds, puis en remontant.

Je ne me formalisai pas trop vite de ces regards insultants pour un homme, ces regards réservés d'ordinaire aux hommes sur les femmes. C'est qu'ils étaient vrais avant tout, bien plus vrais que salaces malgré leur précision éhontée. Quand je me rendis compte de ce que son expression laissait entendre, je m'arrêtai en face d'elle, à trois mètres, et tentai de cacher mon émoi en bredouillant encore quelques mots qu'elle n'écouta pas. Elle souriait vaguement en me regardant à la hauteur de la taille. Il y avait quelque chose d'approbateur dans son visage qui me fit jeter les yeux sur moi-même et, y découvrant le pourquoi de ce sourire, en rester cramoisi et furieux. Elle releva les yeux sur mon visage et posa sur la table son travail de couture. Elle se leva. Elle ne me quittait pas des yeux et c'est avec une sorte de terreur sacrée que je la vis marcher vers moi, poser sur la raison de ma honte et de son ironie une main que je sentis impérieuse et légère à travers mon habit, et je l'entendis à peine murmurer : « Mais oui... à bientôt ? », tandis qu'elle disparaissait dans la porte en chantonnant.

Cette sortie me laissa coi sous le ridicule, et pantois. Quels étaient donc ces émois de puceau devant le premier jupon venu ? Bien évidemment, mon pieux discours et mes pieux conseils – je dis bien conseils car après tout, je n'avais pas à lui donner d'ordres –, toute ma belle équation vertueuse une fois posée sur ce dénominateur, commun en plus à tous les mâles et commun tout court, en perdait toute sa portée, en admettant qu'elle en ait eu une. D'ailleurs je finissais par croire au pouvoir de Marthe, puisque je m'étais découvert inapte à mépriser sa personne physique. Et pourtant j'avais si aisément et si sincèrement méprisé sa personne morale, elle m'inspirait une telle aversion qu'il me semblait que mon corps se trompât et que la peau chaude et confortable qui, avec quelques os et quelques pièces ingénieuses, enveloppait mon âme, il me semblait donc que ma peau n'avait pas su faire la différence entre Flora et cette catin. Cela me décevait beaucoup sur moi-même. J'avais toute ma vie ri sottement aux récits de ces individus asservis par leurs sens. Mon corps m'avait toujours obéi et m'obéissait encore avec promptitude et dévouement. Depuis ma naissance, il ne me signalait sa présence, en dehors des plaisirs qu'il m'offrait, que par des petites exigences mineures, les mêmes depuis trente ans ; lesquelles exigences consistaient à m'indiquer par des fièvres qu'il fallait le coucher et le couvrir chaudement, ou par des dérangements nocturnes incessants qu'il ne fallait pas que je boive de vin le lendemain. Quant aux nécessités de son sexe, elles entraînaient donc de temps en temps une course jusqu'à Bordeaux où se tenait la maison où j'allais livrer cette carcasse matérialiste mais prude à une infirmière de lanterne rouge. Maison où j'arrivais après trois heures à cheval, poussiéreux mais content et aussi impatient d'ailleurs de me retrouver à la fin du jour allongé au chaud d'un corps humain que de livrer ce corps à ses appétits superflus. J'avais un bon serviteur en mon propre corps, mais il prenait mal parfois sa solitude ; et je lui offrais à travers une catin, la chaleur, les gestes des femmes, leur parfum, leur douceur, cette vie partagée avec quelqu'un d'autre que moi-même, fût-ce une heure, ce qui le laissait chaque fois comblé et moi mélancolique, moi sans appétit et lui affamé. Et ces filles de hasard le savaient sans doute ou le devinaient, puisque je les voyais devenir maternelles tout à coup, et douces comme toutes les femmes d'ailleurs à qui nous avons fait plaisir, ou plutôt toutes les femmes qui nous le laissent croire. Ce corps vénal auprès du mien, ce corps séduit, convaincu ou pas, ce corps était le seul que je puisse allonger près du mien quand, gavé de solitude et sevré de tendresse, il se mettait à soupirer et à piaffer malgré mes réprimandes morales. Mon corps, cet animal humain qui n'intéressait personne, et qui, moins encore que « personne », n'intéressait Flora.

Je me réveillai comme d'un rêve, et m'aperçus alors avec stupeur qu'il ne s'était passé qu'une demi-heure depuis le début de mon discours, alors qu'il me semblait être dans cette chambre depuis trois heures. Je me sentais un peu grisé maintenant de mes belles formules, assez talentueuses, trouvais-je, pour oublier leur échec total. C'était leur subtilité qui avait échappé à cette ribaude ; j'avais visé trop haut. Ainsi redescendis-je vers les salons, en me racontant des histoires et en essayant de diluer la honte de cet affront, l'escalier qui m'avait vu passer si sûr de mes arguments un peu plus tôt. Minuit n'était pas encore sonné. Je me retrouvai entouré de masques et non loin de Flora et de Gildas, assis ensemble et fort entourés. Je l'écoutai, lui, discourir gaiement, bien plus gaiement que Flora, me dis-je, en regardant celle-ci. Une amertume nouvelle plissait ses lèvres.

Je rompis le cercle qui se pressait autour d'elle et je l'invitai à danser, ce qui sembla la soulager de je ne sais trop quoi. Elle n'aimait pas être éloignée de Gildas en général. Sa proximité physique, dès lors qu'il était dans la même pièce, lui était instinctivement nécessaire, nécessité aussi évidente que celle qui lui interdisait généralement d'effleurer d'un doigt ou d'un geste le corps de son amant. Je me rappelais à présent cette attitude de grands brûlés qui fait s'éloigner ou reculer d'un pas, si le hasard les rapproche, les amants qui s'aiment, surtout ceux qui s'en sont donné la preuve avant de se retrouver dans le monde. Ces heureux amants-là, s'ils sont coupables, éperdus et comblés, surtout s'ils le sont, montrent alors une pâleur et un recul si exagérés qu'ils vous révèlent a contrario leur intimité interdite qui les a menés à l'acharnement, au plaisir et à l'épuisement tout l'après-midi, un après-midi dont eux-mêmes se demandent, tout à coup sceptiques, ce qu'il s'y est passé de si bouleversant ou de si heureux. Moments où les amants – les hommes surtout – se sentent seuls et célibataires, et tout à fait heureux de l'être, et désireux de le rester, dans la goujaterie de leur corps apaisé ; de leur corps neutre, d'une neutralité et d'une froideur que leur cynisme trouve flatteuses mais auquel, par hasard, une intonation, un geste de la main, un adjectif utilisé par l'autre avec un grand « A », rappellent d'un coup toute la douceur de cet après-midi d'amour, toute la vérité de ces heures brèves, toute la démesure exquise de la passion, et cela avec la célérité de la foudre.

J'arrête là cette longue et inutile homélie. Je m'arrête d'ailleurs bien volontiers et sans trop regretter de priver de la suite les générations à venir. Je reviens de ce pas sur les parquets du pauvre d'Orty où je valse avec Flora.

Nous dansions à nouveau, mais cette fois sans que je cherche à profiter de mon élan et de son abandon pour la serrer vraiment dans mes bras. Car Flora était triste soudain. Et elle s'abandonnait sur mon bras, le corps renversé, la taille pliée en arrière grâce au mouvement de la valse, mais penchée sans vertige comme elle était abandonnée sans langueur. Comment dire... ? Elle ne se penchait pas : elle se courbait, c'est le terme ; elle se courbait à l'envers des autres humains quand ils sentent arriver le destin ou le malheur et que, rentrant la tête dans leur cou, ils offrent la surface moins vulnérable de leur dos aux coups et aux blessures de l'existence. Flora, elle, rejetant ses épaules et son cou en arrière, semblait décider que le malheur ne la frapperait que de face ; et déjà elle tournait son visage à droite, puis à gauche, suivant le tempo, comme une lente et longue dénégation à son avenir, cet avenir qu'elle ignorait pourtant. Ses deux profils, avec chacun son œil mi-clos, une commissure de la bouche tombante, cette joue pâle, plus pâle que blanche sous ses yeux d'un bleu-gris au lieu d'être faïence, la beauté allait pourtant en devenir inutile, voire haïssable pour elle-même. Nous dansions, nous valsions, nous chuchotions, nous riions ; elle tournait la tête toujours dans le rythme, et chaque fois la masse de ses cheveux, cette masse soyeuse et dorée, semblait s'interposer entre Flora et sa vie, ou plutôt essayer de la dissimuler au destin.

C'est alors que j'éprouvai le sentiment le plus fort de toute mon existence, le plus intense et le plus plein ; le seul en tout cas qui ait réuni, en une seule supplication à un Dieu auquel je ne croyais pas, mon intelligence, mon corps et mon cœur. De même que ma morale, mon orgueil, mon courage et ma vulnérabilité. Je sentis une vague brûlante qui m'envahissait si totalement, si impérieusement et si tendrement à la fois que je devinai en même temps, à travers sa douceur, qu'elle ne me reviendrait plus jamais ; que cette lame de fond, cet accord parfait et cette force inconnue, je ne les reverrais plus. Combien étions-nous, ce soir, parmi ces deux cents, trois cents personnes qui dansaient là, combien étions-nous à avoir eu ce privilège ? Car j'étais privilégié : quoi qu'il m'arrivât par la suite, j'étais un privilégié d'avoir été ainsi jeté dans ce flot de plénitude et de m'y noyer, ce flot dont j'avais osé donner le nom, avant, à des faux-semblants, de pauvres élans, ce nom qui était pour moi et pour chaque être humain, de la naissance jusqu'à la mort, la plus grande des faims et la moins assouvie : la tendresse. J'aimais soudain Flora comme je n'avais jamais aimé personne puisque je ne la voulais plus pour moi. Je ne la voulais plus amoureuse de moi, ni passionnée, ni jalouse de moi, ni même vivant avec moi, je ne la voulais plus comme je l'avais voulue pendant près de deux ans, à chaque instant de ma vie. Brusquement je n'étais plus Lomont qui voulait Flora de Margelasse, j'étais quelqu'un qui voulait que quelqu'un d'autre fût heureux, et rien de plus. Je voulais Flora heureuse, que ce fût avec Gildas ou un autre. Ce visage si offert, si doux, si vulnérable, le visage de cette femme de trente ans avec son passé cruel, son courage et sa gaieté et son bon cœur, avec son amour de la poésie et ses enthousiasmes un peu hâtifs, avec ses yeux si malheureux parfois de me voir l'être à cause d'elle, cette femme si bien élevée et si sincère pourtant, si extrême dans ses sentiments mais si aimable en société, cette enfant faite femme qui écrivait des vers en cachette, des vers trop tristes ou trop languides pour n'en être pas un petit peu fades, quoique musicaux, je voyais cette femme qui avait si innocemment envie et besoin et raison d'être heureuse, si envie d'aimer autant que d'être aimée, si envie de donner autant que de recevoir, cette femme aussi incapable de méchanceté que de médiocrité ou de méfiance, cette femme qui avait tout misé, tous ses biens, tout son avenir, tous ses fantômes, tout son passé, tout son temps, tout son futur, tout son honneur et toute sa vie sur un paysan poète plus jeune qu'elle, sur cet homme enfant qu'elle avait aimé en silence et ensuite refusé d'humilier en prolongeant ce silence, dès qu'elle avait su cet amour réciproque ; cette femme tendre qui allait sans doute, sûrement, souffrir abominablement, je la serrais de loin sur mon cœur, je séchais toutes ses larmes à venir sur mon épaule, j'apaisais ses sanglots et je tenais compagnie à sa douleur par le dévouement le plus pur et le plus définitif. Bref, je lui donnai ma vie, mon sang, toutes mes heures à venir – et alors, elles étaient nombreuses. Je lui fis don de ma personne en même temps que je renonçai à la sienne.

Je ne voyais Flora qu'à travers une sorte de voile phosphorescent et, quant aux autres danseurs, je les voyais encore, mais dans un flou artistique que je ne comprenais pas, ma vue étant excellente. Je ne m'expliquais pas plus cette sorte d'étau qui me prenait à la gorge, la faiblesse de mes genoux, et je trébuchai, manquai un temps, deux temps, dérangeant même des valseurs dont les contours étaient plus que flous, rendus incolores par un phénomène dont la cause m'échappait. C'est Flora qui me donna la clé de ce trouble, de ces vertiges lorsque, arrachée à sa rêverie par mes entrechats d'ivrogne et levant les yeux vers moi, elle s'arrêta net de valser, là où nous étions, au centre de la salle, et d'une voix suppliante mais très basse, une voix épouvantée, me dit : « Nicolas, qu'avez-vous ? Vous pleurez... ! » Ce n'est qu'alors que je compris la cause de cette demicécité qui m'avait frappé, et la main que je portai à ma joue, machinalement, n'en fit qu'une vérification superflue. Je restai stupéfait. Je restai là, debout, moi, Lomont, âgé de trente ans, grand et fort, immobile, avec ces larmes chaudes qui jaillissaient de mes yeux, qui jaillissaient de je ne savais trop quel moment de ma vie, ignorant encore que c'était sur mon futur que je pleurais déjà, le mien et celui de mes amis, mes beaux, mes gais, mes charmants amis qui, ce soir-là, ne semblaient s'occuper que de danser.

Flora me prit la main comme un enfant et me fit passer entre les valseurs sans trop de dommages, mis à part le coup de pied d'un petit rouquin qui ne s'excusa même pas et que j'aurais bien pris au collet si je n'avais pas eu les yeux pleins de larmes et besoin de me moucher. Il me fallait avoir l'air moins sot avant que de semer la terreur et la contrition dans l'âme d'un rouquin inconnu. Dehors, il y avait un banc où Flora me fit asseoir, me sécha les yeux, me tint la main, me contempla d'un air si triste et si tendre que cela redoubla ce rhume larmoyant – comme je m'obstinais à l'appeler – et me fit serrer cruellement les mâchoires. Hélas, je sentais toujours jaillir impitoyablement de moi ces petites gouttes rondes et chaudes, entassées et piaffantes derrière mes paupières depuis mon plus jeune âge, depuis la dernière fois que j'avais pleuré, il y avait bien vingt ans, ces larmes qui, dans leur hâte à fuir de la prison de mon insensibilité et de nos bonnes humeurs bourgeoises, me faisaient mal au passage et me brûlaient les cils. Je me contraignis à cause de Flora à un de ces sourires égarés et peu convaincants que l'on accorde à un chagrin irraisonnable, fût-il le sien.

« Qu'avez-vous ? me demandait Flora. Qu'avez-vous, Nicolas... ? Je suis votre amie. L'idée que vous soyez malheureux me désespère.

— Ce sont mes nerfs..., hasardai-je. Sûrement. »

Mais je fus interrompu par une Flora tout à coup autoritaire.

« Vos nerfs ? Quels nerfs... ? Voyons, vous n'en avez pas ! Je vous demande de ne pas me mentir. Vous pouvez bien vous taire si vous le préférez, mais ne vous croyez pas obligé à me fournir de si piètres excuses ! Vos nerfs... Vos nerfs..., continua-t-elle en levant vers le ciel des yeux amusés. Nicolas Lomont me parle de ses nerfs, et en pleurant à verse ! Mais ce serait à ne plus croire en Dieu ! Nicolas, écoutez-moi : vous êtes avec Gildas l'être que j'aime le plus au monde. Si vous devez m'en taire la raison, sachez au moins que ces larmes me font du mal. Et que tout ce que j'ai vous appartient, en même temps que ma tendresse. »

Et se levant d'un coup, elle se pencha vers moi et m'embrassa lentement sur les paupières, les joues, le front, le nez, effleurant mes lèvres et murmurant :

« Vous avez un visage tout défait, Maître Lomont. Vous m'avez donné soif et je vais vous chercher à boire. Ne pleurez plus sur vos genoux, vous me faites trop de peine. Pleurez donc à la verticale, directement sur ce gazon... »

Et je la laissai partir en souriant de bonheur, finalement, d'affection, d'amour et de ma chance. La chance que cette femme-là m'aimât un peu et m'ait reconnu comme un enfant qu'elle nommait Nicolas, ce Nicolas que je continuais d'être et qui n'était pas adulte, mais qu'elle savait plus important que le Nicolas notaire.

Elle revint avec un verre de bouzy que je bus d'un trait, comme un homme, comme l'homme qu'était redevenu à présent Nicolas et qui, semblait-il, malgré ses yeux rougis, son gros nez encore grossi par les larmes, restait attachant pour cette femme féerique puisqu'elle me posait sur le visage, avec affection et douceur, le loup noir qu'elle m'avait trouvé et qui était le troisième de ma soirée.

J'avais perdu le premier dans des couloirs abandonnés, le second dans un grand salon, mais j'espérais que le troisième serait le dernier dont j'aurais à user. J'espérais que les événements n'en nécessiteraient pas une demi-douzaine. Il n'était guère qu'une heure. J'étais arrivé chez d'Orty à dix heures. J'avais valsé dix valses, j'avais fait deux promenades dans des couloirs déserts, j'avais surpris le cri d'amour d'une femme, j'avais fait un discours moral à la même, une catin, j'avais eu un élan de tendresse et une crise de larmes, tout cela en trois heures et en trois loups, trois masques, trois Lomont. Je songeai prudemment à aller coucher ce troisième personnage et à changer le loup pour un bonnet de coton, un bonnet de nuit que je n'avais pas mais que je désirais confusément à la place de ce bandeau noir, tout autant que j'aurais voulu changer mes sentiments violents contre un sommeil paisible. Je me dirigeai vers la sortie, mais trop tard ! Le hasard intervenait déjà ; le destin était entré dans la danse, ou plutôt dans le bal. Il montrait à mes yeux effrayés le sens devenu pervers et désastreux d'une histoire d'amour jusque-là heureuse. En tout cas pour l'un des deux amants, car Gildas devait bien sentir que tout cela ne saurait finir autrement que d'une manière misérable et épouvantable. Gildas, même quand il riait, devait sentir ses dents s'entrechoquer de terreur à l'idée de son vice, de cette abomination pourtant si voluptueuse qu'à cet instant encore je la lui enviais confusément. Flora marchait vers lui, et laissant mon regard toujours appuyé sur le beau visage brun de Gildas, je le vis tout à coup déformé par une colère indescriptible qui me fit hâter le pas et arriver avant Flora jusqu'à lui et l'objet de sa rage. C'était le rouquin qui m'avait bousculé tout à l'heure, qui s'appelait Choiseux, et était marquis du même nom et duc de Chantasse. C'était l'homme le plus hautain et le plus titré de toute la Saintonge, le plus entiché de sa naissance et de ses privilèges.

« Vous tombez bien, dit-il à Flora en tournant vers elle un visage aigu et exultant d'une joie mauvaise. Vous tombez bien, ma cousine – car vous vous souvenez que nous sommes cousins ?

— Oui, dit Flora d'une voix étonnée et contrainte. Oui, je le sais. Votre grand-oncle et mon grand-père... Mais qu'importe tout cela ? Pourquoi êtes-vous si pâle, Gildas ? » demanda-t-elle à son amant, sans écouter la réponse que lui fit de force son cousin roux, et qui se traduisit par un sifflement de chasseur, un sifflement par lequel on ramenait les chiens à la meute et qui, tombant dans un intervalle entre deux violons, figea tout le bal. C'était un sifflement grossier, trivial, et qu'on ne pratiquait pas avec les femmes, me sembla-t-il, fût-on Louis XIV.

« Je disais à ce paysan qui se prétend chevalier, dit Henri de Choiseux, qu'à sa place je quitterais cette pièce où sont réunis des gens du même monde. Je m'étais laissé dire, ma cousine, que vous frayiez avec un poète mais j'ignorais que ce poète avait gardé les lapins, fauché à la faux chez mes cousins, et nourri les cochons de leur porcherie. Je trouve que cela fait trop pour quelqu'un qui prétend avoir le cœur d'une dame de mon sang et de ma famille.

— Choiseux, vous êtes fou... ! dit d'Orty qui était arrivé avec rapidité et semblait décidé à tenir son rôle de maître de maison comme il convenait qu'il le fût. Choiseux, je vous demande de retirer vos paroles ou de quitter mon toit. Gildas est mon invité. »

Il y eut un silence qui permit à l'assistance de se rapprocher prudemment, et ce fut comme si une sorte de serre se refermait sur les deux hommes et leur interdisait toute conciliation.

« Je veux bien qu'il reste dans ce salon, reprit Choiseux dont le visage grêlé et la bouche amère étaient devenus hideux de fureur. Mais alors, qu'il porte les plateaux ou qu'il balaye le parquet. Je ne veux pas le voir danser devant moi avec n'importe laquelle des femmes ici présentes, et dont les pères ont peut-être été découpés par les siens. Vous manquez de mémoire, d'Orty. Il faut être fou pour inviter les manants chez nous après ce qu'ils ont fait à nos ancêtres... »

Gildas, qui était devenu blanc, puis rouge, puis de nouveau blanc, fit un léger pas en avant avec un sourire éteint, et dit d'une voix claire :

« J'ai fauché les blés, il est vrai, Monsieur le Jean-Foutre, et je prendrai plaisir à me battre avec vous à la faux, au sabre, à tout ce que vous voulez. Et dès que vous le voudrez.

— Je ne me bats qu'avec les gens de ma condition... » commença Choiseux, mais il reçut de Gildas un soufflet si violent qu'il en trébucha.

Son frère, qu'on appelait le « petit Choiseux » par dérision, car il était énorme et bedonnant à vingt ans et aussi sot que son frère était vif, se jeta alors sur Gildas. Il y eut durant une seconde trois portefaix qui se démenèrent devant les femmes, puis quatre quand j'envoyai un solide coup de pied au frère de l'insulteur. Une femme poussa un cri aigu, s'évanouit ou fit semblant, et sans me retourner je sus que c'était Artémise, ce qui calma tout le monde ou, plus précisément, rendit tout le monde agité mais lucide.

D'Orty alla de l'un à l'autre, de moi à Norbert de Choiseux, de Gildas à Henri, le marquis, et il fut décidé en cinq minutes, me sembla-t-il, que nous nous battrions le lendemain à l'aube, à l'épée ou au pistolet, l'insulte étant considérée réciproque, et le choix des armes laissé à nos adversaires. Je ne cache pas que je me sentis penaud en cet instant précis, n'ayant jamais tiré l'épée que contre des rats dans mon grenier et ne jouant pas mieux du pistolet que d'un éventail. Les violons reprirent et chacun se mit à valser en riant trop fort ou en chuchotant. La soirée me parut alors finie, en attendant le matin où ce serait mon existence qui le serait.

En attendant, d'Orty avait eu raison : son bal était le plus beau de la saison, du siècle, et ce serait bien celui dont on parlerait le plus et le plus longtemps jusque dans la capitale. Il était alors la demie passée d'une heure. J'ajoutai ce duel à la série de mes extravagances et valsai avec Artémise, excitée au plus haut point et qui se pressait contre mon corps, mon pauvre corps menacé, avec une fièvre qui m'eût comblé dix ans plus tôt, et me laissa froid ce soir-là.

Henri de Choiseux partageait son temps entre Paris et Cognac où étaient ses terres, accumulant à Paris des échecs auprès de femmes célèbres, que ses récits transformaient en succès dès son retour en province. Ajoutons à cela qu'il était non seulement bilieux, mais ravagé par une maladie qui ne laisse que de courts répits aux nerfs et à l'équilibre mental de ses victimes. Ayant rempli ce qu'il estimait être son devoir et se jugeant le héros de la soirée tout autant que le héraut de la noblesse, Henri de Choiseux se força à faire le faraud et le drôle pendant l'heure qui suivit. On entendit son rire grinçant et ses éclats de voix des quatre coins du grand salon de d'Orty, pourtant immense, à tel point que quand on ne l'entendit plus, je m'alarmai. Eh oui, je me sentis bizarrement inquiet lorsque je n'entendis plus braire cet animal stupide avec ses particules, cet âne bâté dont j'allais être par procuration la victime imbécile, moi, pauvre notaire de province, moi qui n'avais pas plus de sang bleu que de sang-froid. Puis je vis arriver Choiseux sur la piste avec une inconnue. Il y avait encore vingt personnes peut-être qui n'avaient point ôté leurs masques, et Choiseux dansait avec l'une d'elles. Une femme en robe noir et or que je n'avais pas encore vue dans cette soirée et qui dansait admirablement, me sembla-t-il, à travers les sombres voiles de mes réflexions. Gildas et Flora étaient loin, parlaient ensemble très bas, et très fiévreusement. Flora était blanche jusqu'aux lèvres et regardait Gildas, son visage, ses traits, son corps, ses mains, avec l'avidité d'une vraie maîtresse à qui l'on veut arracher son amant d'un coup d'épée ou de pistolet. Mais moi qui savais Gildas devenu fort bon ferrailleur et fort bon tireur après deux ans de leçons parisiennes, je dois avouer que je ne tremblais que pour ma propre personne. Seul dans ce cas, d'ailleurs, avec Flora et peut-être Artémise devenue tendre dix ans trop tard.

Henri de Choiseux semblait fasciné par sa cavalière. Il n'était pas le seul, car sitôt qu'il eut arrêté cette polka piquée, je vis trois hommes se diriger vers elle, se cogner presque les uns aux autres et ne pas s'excuser. L'un était d'Orty, qui après avoir ôté son masque le premier en bon maître de maison, et promené partout ses joues rouges et son air niais, était à présent pâle et sombre, comme hanté. Le deuxième des cavaliers de l'inconnue, ou postulant à l'être, était Honoré lui-même, notre préfet, qui avait montré toute la soirée un visage contraint et qu'il eût dû laisser masqué tant il était attristant. Et le troisième, qui venait de traverser toute la pièce et était arrivé presque en même temps que d'Orty, n'était autre que Gildas. L'inconnue avait grande allure. Ses cheveux noirs que l'on devinait à peine sous une parure de bijoux somptueuse, cette robe sublime de légèreté mais comme inquiétante dans l'éclat de son jais, la bouche gonflée et amère qui dépassait du loup, le port de tête, les mains, la minceur et la force de cette taille que l'on devinait sous le tulle et le satin, le rire de gorge bas et l'éclat des yeux dans les fentes du loup, tout cela formait un ensemble fascinant pour un homme ordinaire et terrifiant pour moi. Car dès l'instant qu'elle tourna les yeux dans ma direction, je reconnus Marthe elle-même, Marthe vers laquelle je me dirigeai inconsciemment. Marthe à laquelle d'Orty me présenta comme son excellent ami Nicolas Lomont, et qu'il appela tranquillement duchesse de Mougier pour satisfaire à la réciprocité d'une présentation. Je compris que j'étais malgré moi venu la voir de près comme on vient voir un tigre dangereux lorsqu'il est mis en cage.

Ce fut à moi que Marthe, « duchesse de Mougier », servante de Flora, maîtresse de Gildas et catin de toute la valetaille, ce fut à moi qu'elle accorda cette danse, posant ses mains gantées sur mon avant-bras avec une grâce et un élan qui me consternèrent tout autant que ses autres prétendants. Je vis Henri de Choiseux esquisser un pas, prêt à tout, mais se souvenant sans doute d'avoir déjà obtenu ma tête dans le duel du lendemain, il dut penser qu'il ne pouvait faire plus. Ces trois hommes interposés entre Marthe et le plancher du bal s'effacèrent avec ensemble pour nous laisser passer, et il y avait quelque chose de solennel, de guindé, de furieux et de frustré dans leur recul qui attira l'attention. Je dansai avec Marthe, d'abord sans un mot, ahuri, étonné mais sensible, bien malgré moi, à la proximité de ce corps qui semblait fait de fer, de soie et d'une chair plus charnelle que celle des autres femmes.

« Et alors ? dit-elle seulement d'une voix à peine interrogative, et alors... ?

— Il ne manquait que vous », répondis-je, et elle éclata de rire.

Elle éclata du rire le plus gai, le plus enfantin, le plus innocent et contagieux que j'aie entendu de ma vie. D'un rire qui résumait le rire comme son cri de tout à l'heure résumait l'amour, un rire qui me gagna finalement et qui nous projeta, hilares sous nos loups jusqu'au salon voisin où une bergère nous reçut. Encore aujourd'hui, je ne sais pas d'où me vint ce rire, si je riais de la vie, de nous, si c'était un rire de désespoir ou un rire de collégien, ou un rire pervers, ou un rire nerveux ; ou si la conviction que j'avais mise à cette malheureuse phrase : « Il ne manquait que vous » avait été vraiment d'un comique inappréciable.

Deux heures allaient sonner et il nous faudrait enlever tous les masques, obligation peu plaisante pour moi dont toutes les larmes, de chagrin ou d'hilarité, avaient dû boursoufler affreusement le visage par ailleurs meurtri, et pour Marthe qui devrait s'enfuir. J'imaginai un instant l'expression qu'aurait Choiseux s'il apprenait avoir fait sa cour à une femme de chambre, et le rire me reprit. J'expliquai à Marthe la cause de ma gaieté incoercible, ce qui fit ses délices. Flora qui passait nous vit et sourit, et Gildas, dont elle tenait le bras, tourna vers nous un visage de supplicié, livide, hautain, soupçonneux, trahi, trompé, trompeur, épuisé. Mais ce nouvel accès d'hilarité fut vite interrompu par le souvenir de ce qui m'attendait à l'aube. Marthe me questionna sur ma soudaine longue figure et je me rendis compte qu'à peine arrivée dans la fête et n'y connaissant personne, et pour cause, notre fausse duchesse ne savait rien.

« Pour tout arranger, je vais me faire tuer... », marmonnai-je en finissant de lui raconter l'incident.« Je sais manier un crayon, un cheval et une plume, mais en aucun cas une épée. Quant au pistolet, je crois que j'ai une fois tué une grive en visant un sanglier... »

Je me sentais étrangement à l'aise auprès de cette chambrière aux prétentions infernales. Son audace, celle de paraître à ce bal, de se faire nommer duchesse, celle de maltraiter les puissants de la région me semblait tout à coup l'emporter par la bravoure sur l'outrecuidance. J'éprouvais, dois-je l'avouer, une sorte d'admiration confuse pour cette traînée qui se partageait entre deux laquais, un préfet, des hobereaux et un paysan poète. Elle dut le voir dans mon regard car derrière le loup ses yeux gris semblèrent devenir plus liquides tandis qu'elle répondait à une phrase que je ne lui avais pas dite.

« Moi aussi, je vous aime bien, Lomont. J'ai toujours aimé les hommes grands, forts et bêtes, sentimentaux et maladroits, notaires des riches, généralement amis des pauvres. Vous semblez un peu moins méchant que les autres, ou un peu moins fat. C'est peut-être la roture qui vous sied.

— Elle me sied, mais elle me fera tuer demain tout comme un noble prince, dis-je avec humeur.

— Lequel est contre vous ? Le gros Norbert ? Il doit fort bien viser. Il est impuissant. Ces gens-là sont très cruels. Quand ils ne peuvent pas pratiquer ce commerce-là, ils veulent exceller dans un autre. Ce sera sûrement celui des armes qu'aura choisi ce porc.

— Impuissant ? » dis-je malgré moi, et aussitôt honteux de ma curiosité.

Je me levai, me rendant compte tout à coup que lui parler, m'entretenir et rire avec elle, c'était participer à son mensonge, à sa comédie, à ce qui allait être un drame pour Flora. Elle me sourit en me voyant prêt à la fuir et me dit : « Norbert mourra avant vous », comme elle m'eût promis un petit pain au chocolat après la messe du dimanche.

Je rentrai dans la salle de bal et y vis que cet incident, loin d'assombrir les invités, les avait en somme ragaillardis. D'Orty était décidément un maître de maison admirable : il y avait chez lui des vins capiteux, une chère exquise, de la bonne musique, de belles inconnues et, pour finir, un sujet de conversation qui valait mille feux d'artifice. Car ce duel prêtait à discussion, semblait-il. Certains hommes approuvaient Choiseux, d'autres approuvaient Gildas ; et à ces derniers se joignait l'unanimité des femmes. Quant à moi, je vis avec plaisir que l'on me regrettait déjà. Toute ma clientèle me pressait les mains en silence, les yeux mouillés, murmurait quelques mots confus sur mes talents de tabellion, et, mis à part certains cyniques ou certains avares qui eurent le front de me demander si j'avais bien exécuté leurs ordres en Bourse, je fus ravi de voir que si l'on se passait de moi, ce ne serait pas sans désagrément. Il n'y eut guère que le marquis de Doillac à s'inquiéter ouvertement d'un pré qu'il voulait que j'achète pour lui ces derniers temps. Je lui répondis avec humeur que rien n'était fait mais que je comptais procéder à cet achat dès le surlendemain. Cela lui fit hocher la tête d'un air pessimiste qui me fit ajouter que s'il comptait me voir partir à cheval sur l'heure acheter son pré, il se trompait fort ; je n'allais pas, pour quelques arpents d'herbe, passer une nuit blanche avant un duel. À vrai dire, c'est ce jour-là que je perdis sa clientèle.

D'Orty, lui, en revanche, se montra convenable. Il paraissait consterné de ce qu'il savait de mes talents de manieur d'épée ou de pistolet. Il s'en alla voir Choiseux cadet et revint accablé. Ce jeune homme, tireur exemplaire, avait demandé le pistolet, et était manifestement assez stupide pour prendre la vie d'un homme incapable de lui ôter la sienne. Gildas était allé un peu plus tôt proposer de se battre contre les deux frères, l'un après l'autre, si l'occasion lui en était donnée, pour essuyer le même refus des deux. Ces gens-là voulaient voir répandu mon sang innocent, un sang qui, n'étant pas bleu, pouvait être versé sans dommage. Si d'Orty était fort désolé, je l'étais aussi. Mais plus désolé qu'effrayé devant cette perspective. À vrai dire, l'idée que je puisse mourir, sottement tué par un homme que je connaissais à peine la veille, et à cause d'une femme adorable mais que je n'avais même pas touchée, me semblait si absurde que je n'en éprouvais qu'un vague dégoût, une sorte de lassitude exaspérée qui me fit considérer comme héroïque par l'assemblée. J'entendis louer mon imprudence et ma folie, avec encore plus de conviction que je n'avais pendant dix ans entendu louer ma prudence et ma raison de tabellion. Artémise alla même jusqu'à se pâmer dans mes bras et à verser des larmes ostensibles sur mon plastron et sur nos brèves amours, qu'au demeurant elle n'avait pas voulu vivre.

Quelques autres femmes qui m'avaient été plus accueillantes en Charentes et que ma discrétion, après nos étreintes, avait séduites autant que mes débordements, me prirent à part, m'assurèrent de leur tendresse, de leur bonne mémoire et de la place privilégiée que j'y occuperais le surlendemain. C'est un fantôme qui quitta la pièce et qui déambula une fois de plus dans des escaliers et des couloirs devenus eux-mêmes fantomatiques. Gildas et Flora m'attendaient, je le savais, mais brusquement, je n'avais plus cœur à les voir. J'allai jusqu'à mon lit où je m'étendis, décidé à dormir comme je l'avais rarement été, et je sombrai aussitôt dans les bras de l'inconscience, la plus facile de mes maîtresses. La dernière image à passer sous mes paupières fut celle de Marthe valsant et continuant de semer la zizanie entre ses admirateurs.

Je me réveillai vêtu d'une chemise blanche entr'ouverte, devant un pistolet noir braqué sur mon cœur, à l'autre bout du champ, par Norbert de Choiseux. J'ai toujours eu des réveils lents et difficiles et j'ai toujours promené un corps d'animal invertébré pendant une heure, entre mon cabinet de toilette et ma chambre, avant de descendre à l'étude et de m'y retrouver être humain et pensant. Il m'arriva la même chose ce matin-là, et malgré le côté dramatique de cette aube blanchâtre et fraîche, j'y grelottais avec mauvaise humeur sans savoir pourquoi j'étais là. Je me sentais seul, je n'avais plus d'amis. La conscience me revint d'un coup, je l'ai dit, et à la dernière minute. Alors, j'ouvris les yeux, je vis ce champ, ce ciel bleu pâle, ces herbes agitées par le vent, ce pays vallonné, cette terre, ma terre, ce ciel, mon ciel, et cette main, ma main, qui tenait un objet lourd et froid, inconnu, un pistolet chargé qui me faisait horreur par son poids même et son contact. Nous étions les premiers à nous battre et je voyais Gildas, un peu plus loin, les yeux fixés à terre, en chemise blanche lui aussi. Et il me semblait apercevoir, comme je l'avais fait un peu plus tôt, le visage hagard et gonflé de larmes de Flora dans l'embrasure d'une porte. « Mais ce chien va me tuer ! » pensai-je tout à coup. Et je sentis tous mes muscles se raidir, plus de fureur que de peur.

« Messieurs, êtes-vous prêts ? » dit la voix d'un inconnu qui plastronnait, lui, en haut-de-forme, bien couvert et bien au chaud à quelques pas de nous. Non sans imprudence d'ailleurs, car, je l'ai dit, en visant Choiseux je pouvais fort bien trouer la tête de n'importe quel témoin. Je jetai un coup d'œil vers cet homme pressé de me voir mort, puis de l'autre côté, et je vis alors, derrière la haie qui terminait le pré, une chose rouge, un tissu rouge qui en écartait les buis sur la droite de Norbert. Je pensai à un jeune garçon de ferme, appâté à l'idée de voir se tuer entre eux ses grandes brutes de maîtres, mais le jeune garçon leva quelque chose de la main droite, sur lequel les premiers rayons de l'astre du jour se précipitèrent aussitôt ; comme si le soleil eût attendu pour sortir des nuages et de l'aube que ce pistolet-là, et nul autre, fût dirigé vers sa proie.

« À trois, vous tirez, Messieurs. Je compte... »

Et Norbert de Choiseux, campé sur ses deux jambes, son grand corps épais devenu brusquement gracieux par la tension qu'il lui communiquait et par son désir violent de me tuer, commença de me regarder fixement, le bras tendu devant lui. Et presque pour ne pas paraître ridicule à rester là, le bras ballant, je levai le mien à mon tour dans sa direction approximative. « Deux », dit la voix. Et me rendant compte que je n'avais pas le doigt sur la détente mais sur le pontet du pistolet, je rentrai mon doigt précipitamment à l'intérieur et sentis la détente si proche de mon index que j'en reculai malgré moi d'horreur. Je le compris à l'instant, je ne pourrais jamais, et même s'il le fallait, tuer un homme délibérément. C'est alors que j'entendis quelque chose d'étrange, comme un miaulement, ou un sifflement sur ma gauche, c'est-à-dire de l'autre côté des témoins, venu du fichu rouge, audible seulement de Norbert et de moi, et qui disait : « Norbert... Norbert... » sur un certain ton qui me sembla comme un écho déjà entendu, mais qui me troubla moins que Choiseux qui, relâchant tous les muscles de son corps, me sembla-t-il, et m'oubliant, tourna la tête avec la rapidité d'un oiseau vers l'endroit d'où venait cette voix. Et je vis un sourire d'extase, de surprise, de bonheur, sur cette face de brute avant que la voix ne dise : « Trois ! » et que je tirasse en fermant les yeux, pour faire quelque chose, même d'inutile, avant d'être mort. Quand je rouvris les yeux, le sang battant aux tempes, le cœur soulevé d'une nausée bizarre et incoercible, je vis Norbert de Choiseux étendu par terre et, en me rapprochant de quelques pas, je vis qu'il avait une balle entre les deux yeux, comme il se doit dans un duel entre gens de bonne compagnie. Il n'y avait plus de tache rouge derrière la haie, mais une autre s'étalait dans l'herbe, déjà.

On me regardait avec stupeur, voire même admiration, ce qui redoubla ma nausée et m'obligea d'aller rendre contre un arbre le petit déjeuner que j'avais pris une heure plus tôt en somnolant. Marthe avait tenu sa promesse.

Les Choiseux étaient d'une vieille noblesse, sauvage en ses mœurs, mais étroitement unie. Et Henri, l'aîné, qui avait poussé son cadet, gaiement, à un crime, fut terrassé de l'avoir mené à sa fin. Il se jeta sur le corps de son frère et l'appela en pleurant, d'une façon si déchirante que j'en eus les larmes aux yeux, et que j'eusse même tenté de le consoler si quelqu'un ne m'en avait d'un air sévère indiqué l'inconvenance. Gildas était pâle. Il me jetait des regards surpris, inquiets et désorientés. Le malheureux garçon s'apprêtait sans doute plus à me venger qu'à entendre les pleurs de mes victimes. Enfin Choiseux se calma, prit son pistolet et sans même regarder Gildas, lui logea une balle dans le bras tout en en recevant une dans la cuisse qui le fit pivoter et rejeter à terre, où je le vis ; spectacle pénible, ramper vers le corps de son frère qu'il n'avait point voulu qu'on enlevât, tout en continuant à l'appeler, comme si son duel avec Gildas eût été une parenthèse inutile à son chagrin. Je tremblais, nous tremblions tous. Ce pré vert pâle, ces deux hommes en chemise blanche, enlacés et couverts du sang l'un de l'autre, ces deux frères dont l'un seul pouvait se plaindre d'avoir perdu l'autre et qui disait son nom en sanglotant, sans se soucier de sa jambe fracassée dont le gros os pointait, tout ce sang, tout ce blanc, toute cette vie misérable d'un être humain arrêtée net par du plomb et des idées imbéciles de naissance, d'honneur et de fausse fierté, tout cela était lamentable. Et même les témoins le sentirent puisque celui qui avait commandé le feu jeta son chapeau par terre et déclara que c'était la dernière fois de sa vie qu'il présidait « ce genre de comédie », comme il le dit avec horreur avant de s'en aller, saugrenu et ridicule dans sa redingote, sous un ciel tout à coup doré.

Car il était huit heures. Cette barbarie grotesque nous avait pris une heure et quart exactement. C'est bien la première fois de ma vie que je me sentis fier de n'être point gentilhomme et, par conséquent, de n'avoir pas à suivre leurs lois imbéciles et sanglantes. Je me retrouvai un peu plus tard dans l'appartement de Gildas et de Flora qui s'affairait auprès de son blessé, les yeux rougis par l'insomnie, partagée entre le soulagement et l'horreur de la nuit passée, l'inquiétude pour son Gildas et la joie de ce que ce fût le bras qu'il eût de traversé, et non point la tête. Elle m'embrassa avec transport, sans marquer la même surprise que les autres habitants du château qui, tous, me regardaient comme un revenant, après m'avoir, la veille, regardé comme un fantôme. Et m'ayant tiré à l'écart, Flora me dit en riant nerveusement :

« Mon Dieu ! Quel soulagement de vous avoir vivants tous les deux...Cette nuit fut horrible ! Où étiez-vous passé quand nous sommes redescendus au bal ? Car cet enfant..., dit-elle en montrant Gildas étendu sur son lit de douleur, cet enfant a voulu repartir danser, imaginez-vous, avant le duel... » Elle riait comme une mère des sottises de son rejeton. « Je vous l'assure. N'est-ce pas, Gildas ? ajouta-t-elle vers son amant qui cligna des yeux sans tourner la tête. Il a même dansé avec cette belle inconnue, cette duchesse de Mougier, dont je n'avais jamais entendu parler auparavant.

— C'est sans doute une des catins de d'Orty qu'il avait habillée pour le bal, dit Doillac, entré par hasard, ou qui venait encore me parler de son pré. Ce serait bien dans les habitudes de notre hôte !

— Sûrement pas, fit Flora avec cette générosité instinctive chez elle et qu'elle prodiguait jusque dans la jalousie. Sûrement pas. Cette femme-là n'avait rien de vulgaire, même si elle était un peu imprudente avec les hommes. Je serais quand même curieuse de la revoir.

— Elle est partie avant l'aube, Madame », dit une voix plate et étouffée.

Et je reconnus alors, aidant le médecin à panser Gildas, Marthe, vêtue de son sarrau noir habituel, son chignon tiré et l'air sévère. Je la regardai avec stupeur, gratitude, frayeur, je ne sais quoi, mais elle ne releva pas les yeux.

« Votre inconnue est partie quand d'autres revenaient, dit Flora en riant et en regardant Marthe avec affection. Le bal au village devait être bien gai pour que quelques-unes ne rentrent pas plus tôt, dit-elle d'un ton sans reproche. D'ailleurs, dit-elle à Marthe, vous ne m'auriez servi à rien. J'ai passé la nuit entière et la matinée dans cette robe, que je haïrai maintenant toute ma vie », dit-elle en désignant la robe de tulle bleu qui lui avait tant plu la veille.

Et comme Marthe ne répondait toujours pas, Flora ajouta à mon adresse en me la désignant d'un regard affectueux :

« Il faut dire que le rouge lui va à ravir. Je lui avais prêté hier mon grand fichu des Indes, qui a dû consacrer son succès auprès des galants du village. »

Et elle se tut car d'Orty entrait, l'air grave, sans paraître le moins du monde soulagé de voir son notaire et son ami Gildas encore en vie.

« Il va y avoir enquête, dit-il. Il y a eu mort d'homme. Il va falloir adopter une version et s'y tenir. Vous n'ignorez pas, j'imagine, que le duel est interdit aux gentilshommes comme aux autres. Et Choiseux a un oncle à la Chambre des pairs.

— Mais enfin, protestai-je, Honoré est là pour donner sa version. Honoré est préfet, que diable ! Sa bonne foi ne saurait être mise en doute. Et Choiseux n'est quand même pas homme à se plaindre d'un duel qu'il a voulu, et même exigé.

— Choiseux ne se plaint de rien, dit d'Orty, sinon de la mort de son frère. À ce propos, Lomont, il me charge de vous dire qu'il vous a vu fermer les yeux avant de tirer, et qu'il ne vous en veut pas. On a retrouvé la balle de son frère dans le tronc d'un arbre. Il a dû tirer en tombant. Et vous n'avez pas tiré avant le commandement. Non, Choiseux ne dira rien, ou il dira ce qu'on voudra. Mais Honoré lui non plus ne dira rien. Notre préfet s'est pendu ce matin dans la grange. On vient de le trouver. »

Il y eut un instant de silence si profond et si interminable que je fus soulagé lorsque Flora poussa un léger cri et, chancelante, roula à terre, évanouie. Tandis que Gildas se redressait et que d'Orty expliquait à la foule qui peu à peu envahissait l'appartement les circonstances de la découverte, tandis que chacun se répétait avoir vu, pourtant, Honoré fort tard la veille au soir, et que l'un disait même l'avoir vu valser la dernière valse avec cette inconnue si séduisante. Je fis deux pas hors de la chambre, après avoir fait signe à Marthe de me rejoindre. Elle arriva près de moi et me regarda de derrière son visage de chambrière modèle et de derrière sa soumission exemplaire, mais ses yeux gris riaient comme ceux d'un démon dans l'ombre du couloir.

« Alors, dit-elle à voix basse, content d'être vivant, Maître Lomont ?

— Oui, dis-je malgré moi. Je te remercie. Mais dis-moi, une question, une seule : Norbert de Choiseux, je l'ai vu mort, il souriait, il était heureux, il est mort heureux. Ne m'avais-tu pas dit qu'il était impuissant ? »

Cela me faisait honte de poser cette question en un moment pareil, honte de ne pas penser à Artémise et à Honoré, aux morts et aux vivants, mais cette question me vrillait la tête depuis l'aube.

« Alors, dis-je, il était impuissant ou pas ? »

Marthe me regardait avec attention et une sorte

d'obligeance éclaira son visage quand elle me répondit en souriant :

« Oui, il l'était depuis l'enfance.

— Et alors... ? Eh bien alors, pourquoi t'a-t-il regardée ?

— Pourquoi ? Parce qu'avec moi, il ne l'était pas », dit-elle sans plus de fierté que de regret.

Pour mille raisons que je passerai, car brusquement je me sens accablé de vieillesse et de chagrin, et de remords aussi à m'être complu dans cette histoire lugubre, pour mille raisons, donc, le mariage de Flora et de Gildas fut décidé rapidement. On enterra Honoré. On consola Artémise et trop facilement, trop vite. Puis il y eut le mariage dans le temple de Boutteville, Flora étant protestante de par son précédent mariage, et Gildas athée, catholique ou rien, comme le sont les paysans. J'étais leur témoin. On arriva à la phrase qui accompagne ces cérémonies-là dans le pays, phrase que prononça le pasteur d'une voix forte et qui perce encore mon oreille :

« Quelqu'un a-t-il quelque chose à objecter à l'union de cet homme et de cette femme ? Quelqu'un... »

Je ne me rappelle plus la formule mais je me rappelle avoir vu Marthe sortir du dernier rang de l'assistance, et l'avoir entendue dire : « Moi », d'une voix qui me glaça le sang, rendit Gildas livide et l'assemblée stupéfaite. Je me rappelle l'avoir vue marcher dans un silence épouvantable jusqu'aux pieds du pasteur, jusqu'en face de Flora et Gildas sur lequel, posant sa main hâlée mais à peine abîmée par les travaux domestiques, elle s'appuya un instant avant de dire d'une voix claire et audible à trois lieues :

« J'ai même épousé cet homme, il y a un mois, à Bordeaux. Mais je le laisse à ma maîtresse, en bonne servante que je suis. D'ailleurs, je lui préfère mille fois le cocher de Monsieur de Doillac qui m'attend dehors. »

Dans un silence encore plus total, car Gildas venait de se mettre le bras devant le visage, et Flora avait la bouche entr'ouverte par une stupeur mêlée de désespoir, Marthe ajouta :

« Je vous laisse aussi mes gages, Madame la comtesse », avant de repartir d'un pas royal et qui fit d'autant plus d'effet que ce pas, cette démarche et ce visage rendaient tout à coup plausible cette extravagante déclaration.

La suite, on la sait ou on l'ignore, qu'importe... Qu'importe même si je suis le seul à me la rappeler. Je fais vite, je vais trop vite, mais je ne peux plus supporter de me rappeler certains souvenirs, certaines heures que j'ai passées alors, dans cet automne terrifiant, orageux et désespéré, où le vent, la terre ne faisaient plus qu'un avec la folie des hommes. Je résumerai donc cette histoire au plus vite.

Le lendemain, Gildas se tua et Flora devint folle un peu plus tard. Étant donné son origine et sa fortune, elle ne fut pas mise à l'asile mais chez les sœurs de Bordeaux où elle mourut deux ans après. La première fois que je pus la voir, si elle ne me reconnut pas, moi-même je la reconnus à peine.

Le destin devait me remettre en face de Marthe. Après deux ans passés chez les religieuses, Flora de Margelasse était donc morte folle, folle furieuse, laissant tout à Gildas qu'elle croyait vivant. Lequel Gildas, lui, s'étant tué, laissait tout à Marthe, sa femme, de même qu'Honoré d'Aubec et le chevalier d'Orty qui céda à une pleurésie à peu près au même moment. Je fus de ce fait obligé de partir à la recherche de cette héritière devenue richissime. Je suivis sa trace et trouvai partout, dans la haute société de notre pays, les débris fumants qu'y laissait son passage. C'était une curieuse héritière, car partout où elle héritait de tout, partout elle laissait tout aux pauvres. Elle brisait tout et elle ne prenait rien.

Je ne la rejoignis qu'à Paris, après quatre ans de recherche, Paris dans lequel elle était entrée la veille du « complot des Saisons » et de ses fusillades, Paris où je la retrouvai sur une barricade du faubourg Saint-Antoine, morte d'une balle au cœur, et souriante, avec un grand air de douceur que je ne lui connaissais pas. Morte pour cette Révolution que nous craignions tous. Et qu'elle était peut-être...

Un matin pour la vie
et autres musiques de scènes

Un matin pour la vie[1]

Je m'appelle Nicole Montagné, mais tout le monde m'appelle Delphine. C'est le nom que je me suis choisi. Je travaille à *Vues*, un grand hebdomadaire féminin, dans la section actualités. J'ai vingt-cinq ans, et ce qu'on nomme un physique agréable. De plus, je sais « m'arranger ». De ce côté-là, pas de soucis. Ni complexes ni frigidité. Un salaire très suffisant, une santé vigoureuse, des parents charmants. Célibataire. Je n'ai failli me marier qu'une fois : avec Jean-Loup. Il travaillait aussi à *Vues*. Il est mort stupidement dans un stupide accident d'avion. J'étais bien avec lui, un peu trop près pour la morale. Mais à notre époque... Bref, le jour de sa mort, j'ai eu un grand chagrin d'amour, j'ai voulu me tuer. Je pleurais tellement et j'étais si fatiguée que j'aurais presque pu y arriver. Et puis les amis sont venus : ils avaient peur que je fasse « une bêtise ». C'est ce qu'on dit aussi dans ces cas-là. Il y a deux ans. De temps en temps, quand on m'en parle (par gaffe), je prends l'air lointain. Mais sa photo est devenue bien pâle sur ma table de chevet.

1. *Un matin pour la vie* a paru dans *ELLE*, en juin 1962.

Je n'ai pas d'opinion politique bien précise. J'ai celle de Marc, plutôt à gauche. Marc travaille aussi à *Vues*, il ressemble à Gérald Norton dans *France-Soir*. C'est plus ou moins mon fiancé. Enfin, les gens disent souvent : « Vous deux, depuis le temps, vous finirez par vous marier. » Lui aussi, moi aussi. Je détesterais le perdre.

Il est très dur de parler de soi. Je ne m'en rendais pas compte. Après tout, je n'ai pas une vie morne ni étouffée. Je gagne ma vie dans une ambiance plus que drôle, j'ai un garçon qui m'aime, un grand amour mort derrière moi, de bons amis. Je trouve la vie très agréable, et, je l'ai dit, si on parle politique devant moi, je me défends : c'est-à-dire que mes parents me trouvent de gauche, les amis de Marc de droite, et qu'en général je me borne à déplorer les exactions de part et d'autre et à dire que les hommes ne se rendent pas compte du prix du sang. Que c'est nous, les femmes, qui faisons les enfants, etc. C'est d'ailleurs mon seul côté féministe. Autrement, comme les gens de mon âge, je ne dis pas : « Nous les femmes, vous les hommes. » Personne n'y pense plus. Ni n'en parle plus. Et je n'aime pas inventer des trucs fumeux. J'aime bien être dans le coup, et, comme j'ai l'humeur gaie et que je comprends vite, ce n'est pas difficile... Dieu merci, je n'ai plus quatorze ans.

Aussi je n'écrirai rien sur moi.

J'ai été réveillée par le téléphone, tôt. C'était Gladys. Elle travaille aussi au journal. J'ai attrapé le téléphone en geignant, d'abord parce que je le croyais coupé (crise financière, paresse, etc.), ensuite parce que j'avais vu la montre en prenant le récepteur : « 9 heures du matin, un dimanche ! » Et puis, le téléphone est sur la table, entre la photo de Jean-Loup et celle de Marc, et chaque fois ça me gêne. Stupidement, j'ai l'impression de tromper quelqu'un, mais qui ? Jean-Loup, Marc ou moi-même ? En même temps, j'ai remarqué que ma tenue n° 2, celle chanélisante, que j'avais mise hier soir, avait glissé de ma chaise. Bref, un mauvais réveil.

Gladys pleurait au téléphone. Elle sanglotait. J'ai senti quelque chose d'impalpable me glisser entre les omoplates : la peur, l'horreur. Une seconde, je n'ai pas voulu savoir. Mais vraiment pas voulu. Et puis, j'ai dit : « Gladys, calme-toi », et elle m'a tout dit : la guerre était déclarée, la guerre atomique. Le journal était fermé, les communications coupées, c'était la fin. Inutile que je ramasse ma tenue n° 2. Dans une heure arriverait le premier missile. San Francisco avait disparu de la carte et Leningrad. Elle voulait me dire « Au revoir ». Je l'ai crue folle une minute. Puis j'ai pensé à Pierre, l'ami de Marc, celui qui était si laid et parlait toujours de notre inconscience. J'ai dit : « C'est pas vrai, c'est pas vrai », machinalement, puis j'ai entendu une sorte de hoquet et un déclic. La ligne était coupée cette fois pour de bon. Là, c'était le moment ! Ce n'était pas parce que j'avais négligé une note, dans ces circonstances... et puis j'ai pensé que ce devait être général. À vrai dire, je n'étais pas très réveillée. Je me suis demandé vaguement de quoi devait avoir l'air un missile. Je voyais ça comme une soucoupe. Et puis j'ai eu peur, brutalement, et je me suis enfouie dans mes draps. Ce n'était pas possible. Il fallait se renseigner. J'ai mis la main sur le récepteur puis je me suis souvenue. Plus rien. Je n'avais pas de radio. Marc dit que c'est abrutissant. J'ai été à la fenêtre. Silence, désert. Déjà. Il faut dire qu'elle donne sur une cour. Mais pas la moindre concierge. Pas le moindre locataire. Personne. Il fallait... il fallait que je m'habille, que je coure chez ma mère, que je lui demande de me protéger... Elle disait toujours que les engins atomiques étaient comme les gaz en 1914, qu'on n'oserait pas les utiliser. Et moi qui aimais jouer les Cassandre à table, je disais... Mais ma mère habitait Issy-les-Moulineaux... Combien de temps à pied alors qu'il fallait une heure en métro... Et dans une heure, le missile...

J'ai commencé à pleurer. Toute seule, en chemise de nuit, dans le demi-noir. Il y avait des soirs bien sûr ou je parlais de la mort comme d'une vieille relation, avec détachement, avec les amis, surtout après minuit. Mais la mort, à 9 heures du matin... juste réveillée... Marc habitait Passy, c'était le même problème. Et puis, je n'avais pas envie de mourir dans ses bras, je m'en rendais compte avec horreur. Vivre avec lui, oui, mourir non. « Plutôt mourir avec toi que mourir avec », non, « plutôt mourir avec toi que vivre sans toi ». J'avais retrouvé ma citation, ça m'a un peu soulagée, je me suis assise au bord du lit. L'idée que je serai un vague tas de cendres très vite m'a effleurée. J'ai mis ma bouche sur ma main, j'ai senti les pulsations de mon sang, tout m'a paru absurde. Grotesque. J'ai murmuré, je crois, des mots malsonnants à l'adresse de J.F. Kennedy que je trouve plutôt bel homme en général et de Khrouchtchev qui est, paraît-il, bourré d'humour (dixit Marc). J'ai essayé d'imaginer San Francisco vide comme dans *Sur la plage*, mais comme je n'y ai jamais été, c'était bien facile. Ou trop difficile. Et Paris... ma ville. La colère m'a reprise. Inconsciemment j'essayais de maintenir cette colère, de la faire durer : je ne pouvais pas m'écrouler sur mon lit et hurler... Ça ne se fait pas. Si encore j'avais eu un testament à faire avec des phrases nobles et tout... mais qui le lirait... qui ? Peut-être un berger des Cévennes, tout tordu... découvrant un jour les ruines de cette vieille cité : Paris. Instinctivement, j'ai refermé ma robe de chambre : j'ai visité Pompéi, un jour, et rien ne m'a abattue comme l'inélégance de certaines positions. Là-dessus, je suis passée dans la salle de bains et j'ai tiré mes cheveux, froidement, en arrière. (De même, je sais que nulle dépression ne résiste à un bon shampooing, ça semble stupide mais c'est ainsi), et puis je ne sais pas, je trouvais ça assez élégant. « Ah, nous allons tous mourir ? tut-tut, laissez-moi me recoiffer. »

Des séries de petites pensées irrésistibles me passaient par la tête. Des bêtises. Il devait y avoir quelque chose d'affolé en moi qui détraquait toute initiative. Et en même temps je me disais qu'il était urgent de réfléchir, moi qui ai toujours trouve la réflexion assez... je ne dirais pas secondaire, mais en tout cas « remplaçable » sur le moment. Il fallait que je réfléchisse. J'allais mourir. Mes parents allaient mourir, mes amis mourir, mes relations mourir. C'était grave. Et une petite voix en moi sifflait que j'avais oublié de me racheter une brosse en crins durs. L'enfer, quoi, déchaîné dans ma tête. L'incohérence. L'incohérence... Je me suis aperçue que je me murmurais ce mot avec satisfaction, car c'était le mot juste. Le bon mot. Dieu sait pourtant que ce n'était pas le moment de me féliciter de mon vocabulaire, mais je ne pouvais pas m'en empêcher. Comme dit ma mère : « Ma fille est née une plume à la main. » J'ai pensé au livre que je voulais écrire un jour, dont j'avais le plan... ce n'aurait vraiment pas été la peine. Tout détruit, en une seconde... C'était inimaginable... Et pourtant, déjà Leningrad n'existait plus. Les champs, les rivières autour, les maisons en bois, les isbas, tout cela s'était volatilisé. Comme San Francisco et bientôt Paris. Paris où s'étaient promenés Louis XIV, Napoléon et les autres. Combien de pas dans ces rues... J'avais les larmes aux yeux, je me mordais la lèvre. Je pensais au monde. En même temps, je me suis rendu compte que j'avais ramassé ma tenue n° 4 et que je l'avais mise sur un cintre. Cela m'a mise hors de moi une seconde, je me suis détestée.

Quelle heure était-il ? Cette pensée a subitement remplacé toutes les autres dans mon esprit. Quelle heure était-il ? Combien de temps me restait-il ? J'ai renversé la photo des garçons au passage – je dois dire que c'était le moindre de mes soucis – et j'ai attrapé ma pendulette. 9 h 20. Vingt minutes... J'avais perdu vingt minutes, dont cinq à me coiffer et mettre mes affaires en ordre. Je me suis remise à pleurer à gros sanglots cette fois, et salement. Je n'allais quand même pas passer cinq minutes à me chercher un mouchoir. La plaisanterie avait assez duré. Mais quelle plaisanterie ? Je me suis surprise à murmurer : « Mon Dieu, protégez-nous », moi qui suis athée depuis Jean-Loup. Si j'avais pu prier... mais c'eût été malhonnête. On ne se raccroche pas aux gens, comme ça, au dernier moment, après les avoir « snobés » cinq ans. Cette idée m'a remise un peu d'aplomb. Il fallait mourir dignement. C'était tout. Ma mère habitait trop loin, le téléphone et le métro étaient coupés, et ma Dauphine au garage de Marc. J'étais seule, j'allais mourir seule. Les sanglots m'ont un peu reprise à cette image de moi-même, j'ai dit : « Non, je ne veux pas, non je ne veux pas », à voix haute ; bref j'ai frôlé la crise de nerfs, ce qui est, chez moi, tout à fait extravagant. Je me suis mouchée dans le drap et je me suis redressée. Une seconde j'ai pensé à me rendre chez Corinne qui habite tout près et possède une terrasse. Je me voyais déjà regardant arriver le missile, tranquillement, du fond de l'horizon. J'aimais assez. Et puis j'ai pensé que Corinne devait être avec son mari, ses deux enfants et que ce devait être affreux comme scène. Le mieux aurait été bien sûr de me recoucher : ainsi je serais morte dans mon lit comme on dit, avec dix mille immeubles effondrés autour. Cette idée m'a fait rire une seconde. Oui, rire.

Au fond, ce n'était pas une si mauvaise idée : j'ai branché le pick-up, et me suis allongée. Du Wagner ? Bien entendu, pas dans la bonne pochette, mais néanmoins l'ouverture de *Lohengrin*, toute neuve. Je ne sais plus qui me l'avait donné. Un jour, il faudrait que je range mes disques... Cette phrase, si souvent prononcée, devenait cruelle, amère, déchirante... Je retrouvais d'un coup cette science des adjectifs qui fait mon succès au journal... Bref, j'ai écouté un bout de *Lohengrin*, en essayant de ne pas bouger. C'était bien ennuyeux. Je regardais les veines sur ma main, qui battaient, qui battaient... À ce moment-là, on a frappé à la porte. J'ai cru que c'était Marc une seconde, c'est le genre à faire trois kilomètres à pied en courant sans s'essouffler. Non. C'était Antoinette et Pierre (celui qui est si laid). Ils m'ont regardée bizarrement. J'ai souri, tristement.

— Qu'est-ce qu'il a, ton téléphone ? a dit Antoinette.

— Il est coupé, ai-je dit ; bien entendu. Ça fait deux mois que je ne l'ai pas payé.

Cette question me paraissait triviale. Il était après tout 10 h 15.

— Je le savais, a-t-elle dit à Pierre. Elle ne nous a pas crus, bien sûr. Tout Paris sait que c'est le 1er avril. Ce n'était pas la peine de cavaler jusqu'ici.

Je l'ai regardée, puis Pierre. J'ai compris comment on pouvait tuer, une seconde. J'ai compris Shakespeare et Wagner et plein de trucs. Mais je me suis ressaisie très vite.

— Vos plaisanteries sont un peu matinales, ai-je dit.

Je me suis détournée sous prétexte de faire du thé. Dans la cuisine, j'ai d'abord embrassé la théière. Puis le mur.

Histoire d'août[1]

Les fourmis mécaniques, les fourmis à essence qui, pendant onze mois, cernaient chaque trottoir et chaque quai de la ville de leur étreinte continue, les fourmis automobiles étaient parties, avec leur conducteur et leur famille vers des mers ou des prés d'un vert très distinct. Les avenues, les ciels, les découvertes de Paris se montraient à l'œil autrement que coincés entre les capots et les coffres de deux voitures voisines : Paris était beau. Et à force d'y traîner les pieds sur les trottoirs brûlants et d'y hésiter entre deux terrasses de café, Rémi Pelletier aurait pu se croire ramené à son adolescence, étudiant : si quinze années de travail et d'affaires, plus dix de mariage n'avaient rendu pour lui cette adolescence semblable à une planche de Larousse, à l'une de ces descriptions plates, stérilisées et stylisées de la jeunesse dont débordaient les magazines. Rémi ne se rappelait pas avoir été jeune et encore moins avoir été coureur ; l'amour avait été pour lui à quinze ans un besoin incoercible et honteux, à dix-sept, une

1. *Histoire d'août* a paru dans *VSD*.

illusion trompeuse, à vingt-deux, une réalité agréable, et enfin, l'amour était devenu un visage, celui de sa femme Catherine, comme d'habitude en août dans le Midi avec leurs deux enfants.

Depuis longtemps d'ailleurs pour Rémi, depuis très longtemps, l'excitation et le bonheur se trouvaient réunis non pas dans une chambre close, mais au contraire dans un stade ouvert à tous vents ; et il connaissait mieux les prénoms des footballeurs du Racing que ceux de ses ex-conquêtes, les sentiments les plus violents qu'il éprouvait ayant lieu pendant un match de football. Dans le domaine de la sensualité, Catherine, sa femme, avait plus souffert que lui de ce que la chambre des enfants fût contiguë à la leur. C'était presque par devoir qu'il prenait, deux jours pendant ce mois d'août où elle l'abandonnait seul à Paris, des airs désinvoltes et mystérieux. Pour rien ! Les jeunes touristes lui semblaient trop jeunes et il ne voyait pas de femmes de son âge à qui il pût proposer sa grande carcasse un peu fripée par la quarantaine, sans en avoir honte. Non, Rémi allait rentrer chez lui ce soir-là comme les autres, se faire un œuf au plat, donner un coup de poing à l'oreiller, un coup de poing sur les draps et s'allonger tranquillement seul, la télévision braquée sur lui. Cela s'appelait les vacances et cela lui plaisait assez.

Le seul obstacle au bien-être de Rémi ce soir-là était représenté dans le creux de sa main par trois boutons en bois ou en nacre, soit 1) un bouton de sa veste d'été, 2) un bouton de la manche de sa chemise, 3) un bouton de son pantalon. Ah ! où était passée son aimable concierge remplacée à présent par un code, irretenable de surcroît ? Est-ce que ces six chiffres – est-ce que ces 3, 2, 3, 4, A, B et quelque chose – allaient lui recoudre ses boutons à lui, Rémi ? Non, décidément le progrès se détournait de plus en plus de l'être humain. Et Rémi bougonnait, car enfin, en attendant que la retoucheuse soit rentrée (comme le promettait la pancarte sur sa boutique), il allait passer une semaine le col dégrafé et l'air peu soigné sous l'œil de son chef de bureau. Non que ce dernier fût maniaque, ou que Rémi le craignît le moins du monde, mais il avait accepté de travailler dans une maison où l'on était tiré à quatre épingles, il l'avait accepté et considérait qu'il devait tenir ses engagements. Son débraillé à venir lui déplaisait comme une fausse note, plus, comme une faute tout court. Bien sûr il aurait pu faire comme ses collègues, et demander ce service à Michel Mathieu, le chargé des graphiques, ce vieux jeune homme trop blond qui vivait avec sa mère et dont ses collègues contestaient toute l'année la virilité. Mais on ne pouvait pas, pensait Rémi dans sa bonne foi, on ne pouvait pas se payer la tête de quelqu'un pendant onze mois et lui demander de faire la cousette le douzième, ce n'était pas honnête, et bien que lui-même ne se fût pas moqué de Mathieu il n'oserait pour rien au monde lui demander le secours de son aiguille.

Aussi eut-il d'abord l'impression d'une bonne aubaine lorsqu'il aperçut sortant de l'épicerie en face, leur amie et voisine de palier Olga Parchy. Mais que faisait donc Olga Parchy à cette heure-ci, ce jour-là, dans Paris ? C'était une petite femme pétulante, brune et vive, avec une voix d'oiseau, des gestes d'oiseau et une tête d'oiseau, pour Rémi, mais qui était la meilleure amie de Catherine (enfin, une des six meilleures amies de Catherine : car sa femme n'avait que des meilleures amies, que des pires coiffeurs, que de féroces chauffeurs de taxi, que les plus ceci, que les plus cela... bref, sa femme était une excessive). Olga, elle, voyait (et le disait sans cesse), Olga voyait la vie comme une gigantesque partie de poker, ce qui faisait rêver Rémi. Le mari d'Olga, Jean-Pierre Parchy, ne ressemblait pas plus à un joueur de poker que lui-même, Rémi, à un parachutiste. Enfin, comme le disait Catherine, « si Olga avait l'impression de tirer un flush royal en faisant ses soldes, cela la regardait » car Catherine pouvait être assez drôle, parfois, quand elle ne dormait pas : mais il semblait à Rémi qu'elle s'endormait de plus en plus souvent, qu'il vivait près d'une endormie et d'une endormie sans rêves, hélas... Car lui-même était assez sujet à la rêverie et il eût aimé la partager.

« Olga ! » dit-il, se retournant d'un bond, comme d'habitude ; Olga le reconnut et leva les bras dans un geste dramatique, qui eut pour premier effet de lâcher des cabas, lesquels glissèrent par terre et s'ouvrirent. Un flot indistinct de victuailles, de bouteilles et d'objets pratiques en jaillirent sur le trottoir. « Rémi ! cria-t-elle d'une voix de stentor qui fit rougir Rémi jusqu'aux cheveux. Rémi lui-même ! Mon Dieu, dans cette île déserte un naufragé : Rémi, Rémi Pelletier !... » Déjà Rémi était à côté d'elle, s'agenouillait et l'aidait à remettre ses provisions dans ses sacs en marmonnant : « Voyons, quel plaisir de vous voir, et Jean-Pierre, et les enfants ? et gnian-gnian-gnian-gnian-gnian-gnian. » Au passage il sentit du doigt, dans une enveloppe, les contours d'une pelote de fil, ce qui acheva de l'enthousiasmer : Olga était la proie idéale. L'inviterait-il à dîner pour cela ? Il s'imagina soudain convenablement vêtu et lui fit un sourire comme il ne lui en avait jamais adressé ; Olga resta pensive un instant, l'air étonné, puis elle repartit dans son discours habituel où émergeaient les mots : enfants, mari, le Pyla, oncle Bernard, testament, notaire, un coup de train, aller-retour, etc., etc. Rémi se rendit compte avec étonnement et un peu de gêne qu'il n'avait jamais entendu ce que disait Olga. Depuis cinq ans qu'ils se connaissaient, il ne l'avait jamais écoutée, ce qui était une chose, mais non plus jamais entendue, ce qui en était une autre. Or Olga n'arrêtait pas de parler ; et comme il n'avait jamais pu, même au début, lui prêter attention, il se retrouvait incapable de dire si elle aimait le cinéma ou la lecture, si elle était heureuse ou malheureuse, si elle était catholique ou protestante ou...

En se relevant et en se chargeant instinctivement de l'un de ses cabas trop lourds, il fit un violent effort pour réunir, comme il le put, les quelques mots qu'il avait retenus de son babil. « Non ? dit-il. Alors cet héritage, euh, c'est bien, non ! Enfin, pauvre oncle Bernard, vous aimiez beaucoup votre oncle, je crois », et, l'œil compatissant, il fit de la main un petit geste discret mais définitif vers sa propre gorge qui représentait ses adieux à l'oncle Bernard. Mais Olga sursautait : « Oncle Bernard ! Mais non, voyons ! Rémi comme vous y allez. Oncle Bernard se porte très, très bien, vous pensez ! Il a quatre-vingt-treize an... » « Ce n'est pas une sauvegarde », dit Rémi plaisamment. Mais une fois de plus il fut aspiré dans l'œil d'Olga, lui, sa personne et ses mots, une fois de plus il se rendait compte qu'il n'était plus que l'un des éléments mâles, familiers, inoffensifs de l'univers trépidant d'Olga. « Quatre-vingt-treize ans ! et vert comme un chêne ! *Fluctuat nec...* quelque chose », ajouta-t-elle avec plus d'entrain que de chance. « Non, c'est un cousin à lui qui est mort et qui a laissé son héritage à l'oncle Bernard et à Jean-Jacques. C'est pour ça que je suis venue ici à leur place voir le notaire. Vous ne m'avez pas suivie très bien, je crois, mon pauvre Rémi. » Pour une fois qu'il l'écoutait, qu'il essayait de l'écouter, il fallait qu'elle le plaigne, c'était bien le comble.

« Voyons, dit Rémi, je vais vous aider à remonter ces cabas, donnez-moi l'autre, c'est horriblement lourd. »

« Mais non, mais non, laissez, laissez », dit-elle en lui mettant carrément le second cabas dans les bras. Titubant sous la charge, il la suivit dans l'escalier et entra dans l'appartement, de la même taille que le leur, où elle habitait avec son mari, l'aimable, délicieux et pétillant Jean-Jacques Parchy.

« Entrez, dit-elle, entrez ! Mon Dieu, comme vous êtes grand, je ne me rendais pas compte, je vous vois toujours avec votre femme qui, elle, a ma taille et ça vous rapetisse. Mon Dieu, que vous êtes grand, vous devez être normand, non ? Si, si, vous êtes sûrement normand. Asseyez-vous, Rémi. Il doit me rester un petit verre de bière quelque part, ou un whisky, bien sûr. » Elle s'agitait, elle papotait, elle courait dans tous les sens, elle enlevait une housse pour qu'il s'asseye puis la remettait pour que le fauteuil reste intact, elle courait dans tous les azimuts, elle tournait autour de lui, elle le tuait. Elle finit par dénicher du whisky au fond d'une bouteille poussiéreuse et le lui servit sans glace. Elle s'en servit aussi. Puis elle alla s'asseoir en face de lui. Elle avait embelli, pensa Rémi distraitement, elle était bronzée, elle avait grossi, elle avait les yeux verts, finalement, et ce teint hâlé, cet air de liberté dans cette robe vaguement indienne lui allaient fort bien. Elle avait moins l'air d'un oiseau et plus l'air d'une petite chèvre. Ses cheveux étaient beaux aussi, coupés court comme ça et bouclés ; elle ressemblait à une actrice, il ne savait plus laquelle.

« Et vous, mon pauvre Rémi, comment vous débrouillez-vous à Paris tout seul ? Ce n'est pas trop dur pour un célibataire ? » dit-elle en riant.

Et Rémi se sentit soudain sur la piste.

« Ah ! dit-il, ce n'est pas drôle tous les jours ! Figurez-vous que... » Mais déjà elle le coupait : « J'imagine, votre maison doit être un carnage, un véritable chantier, j'irai faire un tour avant de : je dois bien ça à Catherine. Vous vous rappelez quand j'ai eu mon appendicite la dernière fois, bla-bla... » Et elle était repartie : elle était juste opérée de l'appendicite, elle était encore à l'hôpital, elle saluait les internes, elle faisait rire le chirurgien chef, elle provoquait l'admiration des autres malades. Saoulé de chaleur, de whisky et de ce bruit, Rémi avait rejeté la tête en arrière, et profita d'un créneau dans la conversation pour se lancer à nouveau.

« Comment faites-vous, ma petite Olga, pour porter ces énormes cabas, c'est incroyable ! Tout à l'heure, en le soulevant, j'ai dû faire un tel effort que j'ai cassé le bouton de ma veste, vous vous rendez compte ? » Et déjà il glissait sa main dans sa poche. Mais Olga avait enchaîné aussitôt.

« Comment, trop lourds ? Mais figurez-vous que votre femme et moi, nous portons ça tous les jours, mon bon ami ! Nous nous faisons des muscles, nous, les ménagères ! Vous n'êtes que des petits malheureux chétifs à côté de nous. Si c'est lourd, c'est que là-dedans j'ai de quoi nourrir toute une petite famille pour trois jours, c'est tout. Car les enfants vont arriver... » et bla-bla... et c'était à nouveau en marche. Il remit la main dans sa poche avec le bouton. Il attendrait une autre occasion.

Une heure plus tard, sentant qu'il n'arriverait à rien avant quelques autres dialogues, il se décida à inviter Olga à dîner. Elle accepta avec des petites moues subites, des rougeurs insoupçonnées, des battements de mains, de cils, toute une panoplie et une pantomime qui étonnèrent plus Rémi qu'elles ne l'effrayèrent. Il se croyait en sécurité partout, et là, surtout, dans un appartement pareil au sien avec une femme qu'il connaissait depuis cinq ans et dont le mari allait avec lui au Parc des Princes.

Malgré ses prières, Olga qui sentait sur elle toute la poussière du train et qui avait décidé de se faire belle pour ce petit dîner d'« impromptus » comme elle le disait, Olga alla donc se changer et lui enjoignit d'en faire autant. Rémi grommelant traversa les paliers et rentra dans ses appartements. Du moins, pensait-il en mettant son second costume, du moins pourrait-il exposer sa chemise avec le bouton manquant à la hauteur du plexus, elle ne pourrait pas ne pas le voir : et donc s'en occuper. C'était le dernier espoir de Rémi car plus il y pensait, plus cette invitation à dîner lui paraissait proprement épouvantable.

Le restaurant *Guigo* chez lequel ils allaient en général tous les quatre, les jours où les femmes avaient la flemme de cuisiner, le restaurant *Guigo* était fermé pour le mois d'août. Ils restèrent un instant abasourdis, désemparés tant ils s'étaient tous les deux imaginés assis à la même table que d'habitude. Puis Olga prit la tête des opérations. Elle avait mis une robe blanche en toile, un peu décolletée qui lui allait fort bien, et les hommes dans la rue se retournaient sur elle, ce qui donnait un étrange sentiment de fierté à Rémi Pelletier. Lui-même se trouvait un peu pâle mais pas trop vilain dans son costume de shantung et de rayonne bleu-gris, et les cris d'admiration d'Olga auraient suffi à rassurer n'importe quel chevalier servant. Malheureusement la réaction qu'elle eut devant sa chemise bâillant sur son torse ne fut pas du tout celle qu'escomptait Rémi.

« Mon Dieu, s'écria-t-elle, ah ! mon Dieu, mais vous êtes ! Mais c'est incroyable ! Qui l'eût dit ? Vous qui avez l'air si doux ! »

Et Rémi, pantois, s'apprêtait à lui demander quelle incompatibilité elle voyait entre un système pileux développé et la douceur de caractère, quand elle brandit son index à la hauteur de son visage : « Ah ! dit-elle, vous cachez bien votre jeu, vous les blonds, hein ? L'air ailleurs... Et puis ! Enfin, enfin, dit-elle, enfin Catherine a bien de la chance, croyez-moi », et elle eut un rire de tête qui acheva de décontenancer son voisin.

« Changeons de quartier pour une fois », dit-elle d'un air décidé et farouche qui inquiéta vaguement Rémi. Vous avez votre voiture, avait-elle dit d'un ton péremptoire, eh bien, nous allons au *Croissant d'or.* » « Au *Croissant d'or*, avait dit Rémi, qu'est-ce que c'est ? Ma voiture est au parking. » « Eh bien, allez la chercher, dit Olga impérative décidément. Je vous attends ici, je vais consulter le plan de Paris, je sais que c'est rue Fenouil. Vous allez voir ce que vous allez voir. » Toujours grognon, Rémi alla prendre sa voiture puis, au passage, la belle Olga, puisqu'il commençait à l'appeler ainsi dans sa tête, et fut conduit par elle jusqu'au *Croissant d'or* qui se révéla une boîte russe où deux malheureux Tziganes transpiraient à grosses gouttes sous leurs costumes à brandebourgs et sur leurs violons. Mais ils jouaient assez bien, ma foi, des romances russes sentimentales et désespérées ; quelques vodkas achevèrent de dérider Rémi et achevèrent de lui faire considérer Olga avec des yeux plus concupiscents que coquets. Bref, ils se retrouvèrent en train de s'embrasser à bouche que veux-tu dans la 204 devant leur immeuble.

Une fois qu'ils furent rentrés il se produisit une espèce de course-relais assez vaudevillesque d'un appartement à l'autre. Dans la chambre de Rémi, Olga ne voulait pas coucher dans le même lit que sa meilleure amie, dans celle de Jean-Jacques elle voulait respecter le lit de son mari : ce qui finit par les faire échouer dans le salon, dans le salon de Rémi, sur le canapé qui, se révélant trop petit, les fit rouler sur le parquet et permit à Olga de le traiter de grand fou, d'une voix pâmée. Grand fou ou pas grand fou, il finit par l'entraîner dans la chambre de Catherine et deux heures plus tard s'endormit à côté d'elle, satisfait mais un peu inquiet, a posteriori : car Olga était une femme passionnée avec de longs ongles et Rémi avait l'impression d'avoir roulé dans un buisson d'orties.

Olga tenta bien de le réveiller deux ou trois fois pendant la nuit mais en vain. Rémi était un gros dormeur et, une fois atténué le feu des pinçons et des morsures dont son corps était couvert, fatigué par cette animation inhabituelle, il était tombé dans un sommeil semblable à la catalepsie. Ce n'est qu'à l'aube qu'elle obtint de lui un œil vitreux ; mais quand elle lui demanda d'une voix théâtrale : « Qu'avons-nous fait, Rémi, qu'avons-nous fait ? », il jeta un regard tellement étonné d'abord sur elle puis autour de lui, autour d'eux, un regard si expressif qu'elle n'insista pas et le laissa retomber dans les bras de Morphée sans plus insister. Elle-même n'y succomba qu'à l'aube et c'est une femme endormie que Rémi baisa au front avant de partir au grand trot vers son bureau. Il y arriva en courant, en retard, mi-amusé mi-penaud, et le regard que jeta M. Constantin vers sa chemise défaite lui apparut soudain d'une importance tout à fait secondaire. Ce n'est qu'à midi qu'il se rappela tout à coup qu'Olga devait repartir cet après-midi même dans son Pyla natal et retrouver sa famille. Qu'elle n'avait pas son téléphone au bureau.

En rentrant chez lui vers 9 heures, Rémi Pelletier trouva l'appartement impeccablement rangé et, sur le lit, son veston et ses deux chemises qui l'attendaient, toutes leurs boutonnières convenablement occupées ; une enveloppe trônait sur l'oreiller et la lettre qu'il en extirpa sentait le parfum : « Mon chéri, disait-elle, il faut oublier ! Ou en tout cas, il faut tenter d'oublier, il le faut (elle l'avait souligné deux ou trois fois). J'ai rempli mon devoir envers toi, l'un est jaune comme tes cheveux, l'autre bleu comme tes yeux, l'autre rose comme tes lèvres. Adieu, non, non... au revoir. » C'était signé Olga. Pris d'un pressentiment, Rémi retourna ses chemises et regarda ses nouveaux boutons : ils étaient cousus, effectivement, l'un de fil blanc, l'autre de fil rose et l'autre de fil bleu pâle. Pensant à la réaction qu'aurait, fatalement, un jour sa femme, Rémi Pelletier fut obligé de les découdre, mélancoliquement et difficilement. Mais après tout, il eût été amoral que ses désordres lui donnent l'air d'un homme rangé.

Un vrai macho[1]

Elle était allongée à plat ventre dans le sable, le bras sous sa joue, les yeux clos, le dos brûlant. À 5 heures du soir, aux Tropiques, le soleil est encore très fort.

« C'est drôle, disait la voix de Sylvie Bronier, dite Sylvie Néron à la télévision, c'est drôle de voir nos deux hommes sortir ensemble de la mer, on dirait deux prototypes, à contre-jour. Il y a ton Lucas, le bon Latin, trapu, costaud et puis mon Fabien, mon Slave, si longiligne. Ton époux sérieux et mon fol amant. Mais regarde-les, c'est amusant ! »

Anne Donan, née Perray, n'avait pas besoin de lever la tête pour imaginer les deux hommes et leurs différences, et Sylvie n'avait pas besoin de préciser ses préférences. Depuis qu'elles s'étaient retrouvées sur cette plage par hasard, depuis qu'Anne, éblouie, avait retrouvé son amie de collège devenue une des vedettes de la télévision, grâce à son émission si drolatique du samedi soir, et depuis que Sylvie s'était jetée à son cou avec une affection et un plaisir

1. *Un vrai macho* a paru dans *Playboy*, en octobre 1985.

charmants, depuis environ deux semaines, c'était tous les jours qu'elle retrouvait à nouveau la vie, la vraie vie, le sel de la vie, égarée depuis vingt mois de mariage avec le paisible Lucas Donan. Depuis quinze jours, Anne se rendait compte qu'elle ne vivait que sur des conventions, qu'elle appelait amour des habitudes, et bonheur, ou calme intérieur, le vide et l'ennui. Bien sûr, Sylvie n'avait pas dit un seul mot contre Lucas, elle était trop délicate pour cela, mais il était évident qu'elle était déçue par la vie de son ex-meilleure amie.

« Tu étais si romanesque et si indépendante », avait-elle juste murmuré un soir comme à elle-même, à mi-voix. Et c'était vrai, car Anne n'était plus ni passionnée ni libre. « Et puis, avait aussi demandé Sylvie, une autre fois, d'une voix affectueuse où on sentait, malgré elle, un terrible mépris, et puis tu comptes avoir deux ou trois enfants, et Lucas compte faire fortune, c'est ça ? », avait-elle demandé et Anne n'avait rien pu répondre. Elle avait honte. Elle n'avait pas honte de Lucas, bien sûr, en lui-même ; Lucas n'aurait pu faire honte à personne, tant il était calme, poli, et tant d'ailleurs il était taciturne. Mais elle avait honte de s'être satisfaite si longtemps, deux ans déjà, de ce plat bonheur. Et quand elle voyait le farfelu, le séduisant Fabien, l'amant de son amie, se fâcher avec elle – avec Sylvie – ou la prendre amoureusement dans ses bras, sans pudeur ni fausse honte, quand elle voyait alors Lucas détourner la tête, avec gêne, elle ne pouvait s'empêcher de lui en vouloir, de cette gêne. La vraie vie, le vrai amour étaient là, dans ce couple exposé à leurs yeux, ce couple intense, agité, tempétueux. Ah, non ! ni Fabien, ni Sylvie ne vivaient d'habitudes ni de conventions ni de confort.

Bien sûr, bien sûr, Lucas lui plaisait encore et bien sûr Anne l'avait aimé, vraiment. Mais elle ne pouvait s'empêcher de mettre ce verbe aimer à l'imparfait. Pourrait-elle vivre sans Lucas ? Mais l'idée de Lucas la quittant était tellement folle qu'elle ne pouvait même pas l'envisager un instant. Lucas l'avait rencontrée, aimée et épousée et maintenant il vivait avec elle, satisfait et content, puisqu'elle vivait selon la vie qu'il leur avait faite à tous deux. Une vie qu'elle avait acceptée d'ailleurs dans sa docilité aveugle, dans son respect instinctif de la volonté masculine, dans son confort nuisible et dans sa mollesse. Mais elle n'avait que vingt-sept ans après tout. À vingt-sept ans, était-il déjà trop tard pour rencontrer un Fabien, un homme qui ait l'air d'un hasard et non pas d'une habitude ? Ces deux mots qui commençaient par un H comme le terme de hache mais dont un seul vous eût coupé la tête et le destin : le second, l'habitude.

« Qu'est-ce qu'il a encore inventé ? » disait la voix railleuse et amusée de Sylvie.

Et malgré elle, Anne leva la tête. Un enfant avait laissé échapper son ballon devant les deux hommes et Fabien s'amusait à jouer avec, à faire des passes d'un pied à l'autre pendant que l'enfant hurlant, congestionné et sanglotant essayait de le lui reprendre. Au bout de quelques instants, Fabien envoya le ballon à Lucas qui, d'un coup de pied sec, le renvoya à l'enfant. Et les deux hommes reprirent leur marche comme si rien ne s'était passé.

« Vraiment, vraiment, il ne pense à faire que des bêtises », dit Sylvie en reposant sa tête sur le sable, ses yeux rieurs tournés vers Anne. « Heureusement que ton Lucas est là pour remettre de l'ordre. »

Elle souriait en disant cela, elle souriait devant ce petit jeu, cette petite séquence si exemplaire, si significative du caractère de ces deux hommes. Et Anne lui rendit son sourire faiblement avant de refermer les yeux. Un poids tomba dans le sable à côté d'elle, une main se posa sur son dos brûlant ; elle reconnut aussitôt sans bouger le contact de la main de Lucas et son corps, malgré elle, s'alanguit un instant sous cette grande paume dont elle connaissait chaque callosité, chaque détail presque par cœur. Elle leva la tête, rencontra le visage bronzé, les yeux bruns, marron, les yeux de chien cocker de son époux, Lucas Donan, et elle eut honte, une seconde, devant ces yeux tranquilles. Elle se rappelait le regard qu'il lui avait lancé, le jour où elle avait dit « oui » devant ce maire affreux, dans cette petite mairie grotesque d'arrondissement de Paris, elle se rappelait le vertige et la confiance qu'il y avait eu dans les yeux de Lucas posés sur elle, et elle eut l'impression tout à coup d'une énorme trahison.

Pendant ce temps, Fabien s'était lui aussi agenouillé devant sa maîtresse ; il avait plongé ses cheveux soyeux, ses cheveux dorés, ses cheveux de femme dans le cou de celle-ci, lui mordillait l'épaule.

Sylvie riait un peu fort, de son grand rire de cavalière ; et de sa voix rauque, elle insultait tendrement son beau Fabien :

« Fiche-moi la paix, Fabien, veux-tu ? Retourne à la mer. Pourquoi as-tu embêté ce pauvre enfant ? Heureusement que Lucas veille sur toi, maintenant... Lucas, vous êtes un vrai père pour ce cornichon ! Je suis tellement plus rassurée de le savoir gardé par vous, vous ne pouvez pas savoir comme ça arrange mes vacances. »

Et elle riait, et Lucas lui jetait un regard incertain. Il ne l'aimait pas, il ne les aimait pas, d'ailleurs. Il ne l'avait pas dit à Anne qui, néanmoins, l'avait vu dès le premier coup d'œil. Mais Lucas, jamais, ne lui dirait que ses amis lui déplaisaient. Il était trop gentil pour ça, il aurait peur de lui faire de la peine. Par moments, pourtant, elle lui avait vu un regard préoccupé en les observant, un regard un peu dur qu'elle ne lui connaissait pas et qui l'avait vaguement surprise. C'est que Lucas n'avait pas le même sens de l'humour ni le même sens des plaisanteries, et qu'il n'aimait pas tellement que l'on racontât des choses sur des gens qu'il ne connaissait pas, même si leur nom lui était familier. Et, bien entendu, Sylvie et Fabien connaissaient tant de gens à Paris, des gens qu'Anne eût rêvé de connaître, et dont elle ne se lassait pas d'entendre raconter les extravagances, riant malgré elle aux termes un peu osés dont Fabien ne se privait pas, malgré les réprimandes de Sylvie.

« Alors, qu'est-ce qu'on fait ? » disait Fabien, de nouveau debout sur ses pieds, toujours impatient. Il ne se calmait qu'avec sa guitare, le soir ; il restait assis sur sa terrasse, à en tirer des sons mélancoliques et à y jouer toujours la même chanson, un peu lancinante – « barbante », disait d'ailleurs Lucas, qui se lassait de cette scie, comme il disait, dont il ne comprenait pas le côté poignant. Fabien jouait toujours la même chanson, donc, avec un air penché et une sorte de douceur sur son visage mobile, railleur, qui le rajeunissait encore.

« Tu fais le narcisse », criait alors Sylvie, avec une sorte de rancune ; mais il ne répondait pas, baissait un peu plus la tête, prenait une sorte de noblesse – trouvait Anne –, une sorte de pureté étonnante.

« Dites-lui, Lucas, dites-leur tout ! J'ai trouvé un bateau à louer et on va aller faire un petit tour sur la mer démontée », ajouta-t-il en tendant la paume vers cette mer parfaitement plate, où commençait à peine à tomber un soleil pas encore enflammé.

« Un bateau ? Sur un bateau comment ? Un bateau à voiles ? dit Sylvie inquiète. Et tu sais en faire, Fabien ?

« Naturellement, dit Fabien avec un air de surprise chagrinée, qui les fit rire. Naturellement, je sais faire du bateau, pour qui me prends-tu ? J'ai appris la voile, petit, avec un grand-oncle qui était marin à Brest et qui fumait sa pipe en me racontant des histoires de sorcières. Non, dit-il, ça n'est pas vrai, j'ai appris à faire de la voile, je ne sais plus où, au Pyla, je crois ; en tout cas, je sais barrer. Et avec Lucas, pour m'aider...

« Moi ? dit Lucas d'une voix faible. Moi, je ne sais absolument pas faire de la voile.

« Comment ? cria Sylvie. Comment, vous, un macho, ne pas savoir barrer, ne pas tenir le gouvernail ? Mais on aura tout vu ! Lucas, voyons ! Comment allez-vous faire, si vous ne conduisez pas vous-même ce petit bateau, comme vous conduisez votre petite voiture et comme vous voudrez sûrement conduire notre petit avion, au retour ! Hein, Lucas ? »

Elle riait, elle lui passait la main sur ses cheveux en brosse, bruns, courts, avec un air de dompteuse attendrie qui, contrairement au ravissement d'Anne, semblait provoquer l'exaspération de Lucas. Il tournait un peu la tête, il se dérobait à cette main familière, il marmonnait quelque chose entre ses dents.

« En tout cas, disait-il, en tout cas, moi je vous le dis bien, je ne sais absolument pas conduire un bateau. Je décline toute responsabilité. Et Anne non plus.

« Qu'en sais-tu ? » dit celle-ci, brusquement agacée, et il la regarda, étonné. Elle détourna les yeux, furieuse contre elle-même et furieuse aussi contre lui. De quel droit disait-il qu'elle ne savait pas barrer ni conduire un bateau ? De quel droit décidait-il qu'elle ne savait pas faire ceci ou faire cela ? L'avait-il connue depuis son enfance, n'imaginait-il pas qu'elle avait d'autres facultés, d'autres connaissances, d'autres possibilités que celles qu'il lui connaissait ? Était-elle à ce point une chose connue pour lui, une assurance, une certitude ?

« Mais, dit-il, tu sais faire du bateau ?

« Non, dit-elle sèchement, non. Non, mais j'aurais pu ; j'aurais pu le savoir. »

Sylvie les regardait, un petit sourire aux lèvres.

« Vous n'imaginez pas, mon cher Lucas, le nombre de choses inconnues que sait faire une femme et qu'elle ne dit jamais à son époux ! Vous en seriez ébahi... »

Et comme il la regardait durement, elle se leva d'un bond sur ses pieds. « Allez, allez les enfants, à l'eau ! Allons faire du bateau, puisque Fabien l'a décidé. Allons naviguer et regarder les poissons par-dessus leur tête. En route. J'espère que ce n'est pas un trop gros bateau, on n'aura pas à manœuvrer des filins ? J'ai horreur de ça ! »

Elle était grande et belle, un peu efflanquée mais élégante, et Anne se sentait plus petite, plus dodue, plus misérable que jamais. Elle était à peu près du même gabarit que Lucas, en fait, celui des Français moyens, plutôt grands, plutôt vigoureux, plutôt sains. Mais sans rien de ce côté félin, de ce côté efflanqué et gracieux qui caractérisait les deux amants qui marchaient là, devant eux, en se donnant des coups d'épaule comme des enfants : les grands enfants qu'ils étaient restés – eux.

La main de Lucas chercha sa main et elle la lui abandonna par paresse, par distraction, les larmes aux yeux sans savoir pourquoi. Comme Sylvie marchait vite, Lucas la tirait, à présent, par cette main et elle obéissait, elle le suivait, passive, accélérant son pas malgré elle. Oui, il était bien le macho, l'homme qui la tenait par la main et il n'avait pas fini de la tenir, de la tirer et de l'emmener où il voudrait, même contre son gré à elle. Son gré à elle n'existait plus, elle était madame Donan, point final. Il n'y avait plus d'Anne, il n'y avait plus d'Anne Perrey, il n'y avait plus de collégienne romanesque, il n'y avait plus de femme aventureuse, il n'y avait plus rien. Plus rien que ce soleil qui déclinait lentement sur la mer et lui piquait les yeux, bêtement, comme à une écolière.

Le bateau en question était une sorte de petit voilier, ridiculement petit sembla-t-il à Anne, et dont le propriétaire se trouvait être un grand Noir qui riait beaucoup et qu'on voyait parfois rôder entre les bungalows. Il semblait toujours jouer une comédie raciste :

« Toi faire attention à mon bateau, disait-il à Fabien d'une voix aiguë. Toi faire très attention à mon bateau, toi aller droit sur la mer, toi revenir très vite, attention au vent, toi faire attention. Moi tenir à mon bateau.

« Mais oui, mais oui, ne t'inquiète pas, mon pote, je te le ramènerai ton bateau, disait Fabien d'une voix assurée, en rigolant et en regardant Lucas d'un air complice. Ne t'inquiète pas, mon pote, je te le ramène, ton bateau. Tu dois être assuré, comme je te connais, d'ailleurs, tout le monde est assuré ici, sur tout, j'ai remarqué », disait-il à la cantonade. Et il se mettait à l'eau, poussait cette petite embarcation sur la mer plate, d'un air décidé et tranquille, qui rassura apparemment tout à fait Sylvie.

Ils montèrent comme ils purent, en glissant et en se cognant. Le Noir tenait la proue – ou la poupe, Anne l'ignorait – de l'engin et leur donna une solide poussée pendant que le vent gonflait la voile et que le bateau faisait un vrai bond en avant, inattendu, comme un cheval de course ; et, à la grande stupeur et au grand ravissement des deux femmes, filait sur la mer. Lucas tenait un filin que lui avait tendu d'un air impératif l'inimitable Fabien et, la première surprise passée, les quatre riaient de bon cœur. Il y avait un léger vent, en effet, un bon vent qui faisait mousser l'écume contre le bateau avec un léger sifflement des plus délicieux. Un vent qui balayait leurs cheveux sur leurs visages et avait au passage, très gentiment, séché les légères larmes des yeux d'Anne.

Fabien avait l'air enchanté, il tenait la barre, ses cheveux étaient ramenés sur son visage ou rejetés en arrière par ce vent inattendu, et cela lui donnait un air de pirate ; un air une fois de plus romantique, qu'il devinait lui-même, et qu'il accentuait encore par son menton levé, ses yeux plissés, toute une mimique de hardi marin qui donnait à la fois à Anne envie de rire et envie de l'embrasser. Sylvie aussi le regardait avec fierté, comme un enfant prodige (et il était vrai qu'il avait quelques années de moins qu'elle, même s'ils n'en parlaient jamais ni l'un ni l'autre). Ou plutôt, se disait Anne, si Sylvie elle-même n'en parlait jamais, Fabien, comme malgré lui, avait laissé échapper quelques gaffes là-dessus, qui avaient visiblement exaspéré Sylvie. D'ailleurs, Fabien avait un métier puéril, aussi, semblait-il : il était quelque chose comme Relations publiques dans le cinéma ou dans le théâtre, Anne ne savait plus, car tout ça était très embrouillé ; mais il semblait que son métier consistât à plaire aux gens, à mettre en contact des gens qui se plussent entre eux. C'est tout ce qu'elle était arrivée à en comprendre. Lucas, consulté, avait haussé les épaules et marmonné quelque chose d'où ressortait le mot « jean-foutre » qu'elle n'avait pas voulu entendre.

En attendant, c'était un hardi marin, ce Fabien ! Le bateau allait de plus en plus vite et il demanda à Lucas, d'une voix impérative, de serrer un peu la voile pour qu'ils ralentissent. Lucas obéit, tira, et effectivement la voile se resserra contre le mât et la vitesse diminua. Fabien était visiblement enchanté de sa maîtrise parfaite de la mer. Laissant les deux hommes à leurs manœuvres maritimes, les deux femmes s'étaient réfugiées à l'avant du bateau ; Sylvie passa tout à coup le bras autour du cou d'Anne :

« Ma chérie, dit-elle, tu avais l'air fâché tout à l'heure – elle criait presque à cause du vent –, tu avais l'air fâché tout à l'heure quand j'ai traité ton époux de macho ! C'est pour ça ? Tu sais, mon chou, il en faut des machos pour faire un monde solide, tu comprends ? Ce n'était pas désagréable de ma part... »

« Bien sûr que non, ça n'était pas désagréable, songeait Anne, ça n'était pas désagréable mais c'était humiliant, affreusement humiliant, voilà ! » Elle ouvrait la bouche pour répondre gentiment à son amie, quand la voix de Fabien leur parvint :

« Penchez-vous, les filles, criait-il, penchez-vous, on va tourner maintenant. »

Il avait une voix rauque qui surprit Anne, elle se retourna en se baissant pour l'apercevoir et c'est ainsi que, seule, Sylvie reçut la claque de la voile qui balaya brusquement le pont de gauche à droite et la projeta à la mer. Elle tomba d'un coup, sans un cri, dans l'eau et Anne, horrifiée, la vit se débattre avant de reparaître, Dieu merci, presque tout de suite, battant des pieds et des mains, riant, mais jaune.

« Affale, affale », criait Fabien qui avait lui-même entrepris la voile. Il s'adressait, semblait-il, des ordres contradictoires, puisque le bateau glissa encore un long moment et que la tête de Sylvie s'éloigna encore un peu.

Enfin, ils étaient au milieu de la mer, immobilisés, et Dieu merci, Sylvie était bonne nageuse, elle aurait vite fait de les rejoindre, songea Anne soulagée. Elle l'avait crue perdue un instant, assommée par ce bois et prête à se noyer. Quelle horreur ! songeait-elle, quelle bêtise que ces histoires de bateau ! Lucas avait eu raison, finalement, tout à l'heure, de prendre son œil mauvais et son air rétif.

« Holà ! criait Fabien à Sylvie, holà, courage, on revient ! » Il retirait sur ses ficelles, le bateau tanguait un peu et semblait repartir lentement, très lentement cette fois-ci, vers sa victime. Ils devaient être environ à deux cents mètres d'elle, lorsque soudain Lucas fit un bond au même moment où Sylvie se mettait à hurler. Et Anne vit alors le pire de ce qu'elle avait jamais vu au cours de sa vie, elle vit une chose noire, une sorte d'arête noire, comme une espèce de lame noire et rapide, suivie d'une autre, qui glissaient lentement de la droite et qui allaient couper leur route, sur l'eau, se dirigeant droit dans la direction de Sylvie : ce qui s'appelait, elle le sut tout de suite, des requins. Deux de ces fameux requins dont on leur avait parlé souvent, distraitement, et auxquels ils n'avaient jamais cru. Sylvie, Dieu sait comment, les avait vus et elle hurlait à présent, d'un hurlement ininterrompu, inhumain et atroce. Les deux hommes s'étaient mis debout en même temps qu'Anne ; ils regardaient hébétés, stupéfaits, cette attaque incroyable qu'ils n'avaient vue qu'au cinéma, qu'ils n'imaginaient même pas possible dans la vie réelle, dans un voyage touristique, lequel, moyennant une somme relativement modique, en tout cas pour Lucas et Anne, leur assurait quinze jours de repos et de plaisir dans un farniente tropical. Non, ces requins n'allaient pas avec des charters ni avec rien d'autre, ces requins étaient à la fois irréels et cruellement évidents de réalité.

« Plus vite, plus vite », jura Lucas sourdement dans la direction de Fabien. Celui-ci, blême, se débattait avec la barre mais ce n'est qu'avec l'aide de Lucas qu'il arriva à remettre la voile debout et accélérer leur allure. Ils allaient vite maintenant, mais les requins allaient arriver avant eux, c'était évident. Et tout à coup, à sa grande horreur, Anne vit Sylvie disparaître dans la mer plate, reparaître, elle vit son visage convulsé par la terreur et elle comprit que son amie se noyait, se laissait couler de terreur, qu'elle était incapable de bouger, qu'elle n'allait même pas nager vers eux malgré les injonctions de Fabien qui hurlait du fond du bateau, tenant sa barre d'une main et sa corde de l'autre, Fabien absolument impuissant et qui hurlait :

« Nage, nage, dépêche-toi, nage ! » Mais Sylvie coulait. Seule sa tête affolée, défigurée par la terreur, sa tête avec les traits figés et horrifiés, dans une seule et unique grimace, replongeait, redisparaissait et revenait à la surface. Ils la regardaient, ahuris, tandis qu'elle poussait ce long hurlement :

« Au secours, au secouououours ! » dont le « ououours » n'arrêtait pas. Puis elle se mit à crier : « Fabien, Fabien, Fabien... » On entendait « Fa... », le reste se perdait dans l'eau et on entendait « ien »... après, à la surface. C'était une horreur, une horreur vivante.

« Mais, dit Lucas regardant Fabien, mais... » – et Anne, regardant Fabien à son tour, vit qu'il était pâle comme la mort, qu'il tremblait, que, lâchant la barre et la corde, il s'était affalé au fond du bateau, qu'il se tenait la tête, les mains sur les oreilles pour ne plus entendre ce cri et qu'il était incapable de faire autre chose. Anne vit avec horreur cet homme rompre avec lui-même, rompre avec sa maîtresse, rompre avec tout, et c'est avec un soulagement mêlé d'horreur qu'elle entendit le bruit sec du ventre de son mari se jetant à la mer.

Le reste se passa à la fois au ralenti et en accéléré : Anne figée, immobile, pétrifiée, vit les deux requins passer paisiblement derrière Sylvie, toujours ballottée par les eaux, elle vit les bras de Lucas crawler à toute vitesse vers elle, se lever et ressortir de l'eau, se lever et ressortir de l'eau. Elle vit Lucas prendre Sylvie par le cou et la ramener en nageant et en soufflant, en rejetant de l'eau de tous les côtés dans un infernal bruit et un infernal silence à la fois, la ramener jusqu'au bateau. Elle se vit se pencher, hisser Sylvie suffoquée, elle se vit la réchauffer, elle se vit mettre une couverture autour d'elle. Et elle se sentit aussi, plus tard, serrer Lucas dans ses bras, et lui embrasser le visage, le cou, le torse, comme elle n'aurait jamais pensé qu'une femme normale puisse embrasser un macho, un vrai macho...

Menu[1]

Les cocktails

— ... Nous devrions boire quelque chose, dit Paméla d'une voix plaintive. Vous n'êtes pas spécialement gais, ce soir, tous les trois.

Ils étaient assis à la terrasse du *Gritti.* Venise était noire et verte et belle, ils étaient beaux eux-mêmes : Gilles et Paméla Mendle, Anna et André Bassen. Tous les quatre entre la trentaine et la quarantaine. Mais ils n'étaient pas gais. Et seule Paméla demandait de l'être.

Paméla était blonde et insouciante et absolument pas bête, contrairement à l'opinion publique. Les gens ne voulaient simplement pas croire qu'une intelligence puisse être à ce point inemployée. Celle de Paméla était assez fine pour percevoir que quelque chose, ce soir-là, n'allait pas. Mais elle ne pouvait pas savoir que son propre mari, le très brun et très séduisant Gilles, était depuis six mois l'amant

1. *Menu* a paru dans la *Revue de Paris,* en 1955.

de son amie Anna, et qu'il avait annoncé la veille à cette dernière son intention de rompre. Elle ne savait pas non plus qu'Anna le prenait très mal, qu'André Bassen était au courant depuis deux mois et qu'il devait à cette connaissance son sourire amer et certains silences. En fait, Paméla était à Venise en voyage avec son mari et de charmants amis. Et Gilles la regardait avec une certaine tendresse et reconnaissance. Cette légèreté, ce bonheur de vivre superficiel mais profond de sa femme, à la fois, le changeait enfin d'Anna, et des orages de sa passion.

— Nous avons déjà bu hier excessivement, ma chère Paméla, dit André. Nous allons laisser nos foies à Venise.

Il jeta un coup d'œil inquiet à sa femme : Anna était silencieuse et pâle. Extrêmement pâle. Quelque chose avait dû casser entre Gilles et elle. Peut-être, avec beaucoup de patience et de douceur, pourrait-il... Une espèce de pitié remplaçait chez André la haine du début, une pitié tendre... si tendre.

— Buvons quand même un dry, dit Gilles.

Il en avait besoin. La dernière explication avec Anna avait été plus que pénible. « Je ne te permettrai pas de me quitter. » Elle le fatiguait. Il jeta un coup d'œil au beau visage décomposé et se sentit mal à l'aise.

— C'est une bonne idée, dit Anna.

Elle referma les mains sur son sac, sentit le petit contact dur sous ses doigts et son cœur bascula un peu. Ce petit revolver noir et brillant, assoupi dans son sac, comme un animal familier. Tout à l'heure, il se réveillerait, jaillirait au bout de sa main comme un serpent ; Paméla aurait l'air prodigieusement étonnée, André essayerait de l'arrêter, et Gilles serait défiguré un instant par la peur. Puis il tomberait lourdement à travers la table. Elle aurait peut-être le temps, avant la ruée de la foule, de relever ce très beau visage, de regarder couler le sang de ce très beau corps. Elle se sentit remplie subitement d'un immense amour pour Gilles mort.

— Buvons donc un dry, dit-elle impérieusement.

— Je compte goûter le canard vénitienne, dit Paméla. J'espère qu'on ne les élève pas sur le canal. André, jurez-moi, vous qui savez tout, que ce sont des vrais canards d'eau douce.

— Je le jure, dit André.

— André jurerait n'importe quoi, dit Gilles, et il éclata de rire. Personne n'est plus ignorant que lui.

« Et toi, pensa Anna très vite, toi qui me jurais que tu m'aimais, que tu m'aimerais toujours. Tes serments, tes rires, tes mains... »

Elle baissa les yeux vers les mains de Gilles. Elles étaient larges et longues, un peu trapues. Bien moins belles que celles d'André. Mais elles lui étaient nécessaires. Ces mains-là, et aucunes autres. Elle savait depuis deux mois qu'il y avait, dans sa passion pour Gilles, quelque chose d'irrémédiable. Elle qui n'avait jamais pris l'amour très au sérieux. C'était peut-être d'ailleurs là le motif de ce cauchemar. Toujours jouer, choisir, abréger ; et un jour, constater qu'il vous est impossible de vivre sans un autre être, ou qu'il vive avec une autre, et qu'il faut qu'il meure pour que le jour devienne supportable.

Elle prit son verre, le vida. Paméla riait. Anna la regarda un instant, et la vit brusquement en noir. Elle serait ravissante. Pauvre Paméla... si irresponsable. Anna l'avait tellement haïe. Surtout quand elle regagnait sa chambre avec Gilles : Anna, debout dans le hall, près d'André, les regardait monter l'escalier en riant. Paméla était la femme de Gilles, il vivait avec elle, se réveillait près d'elle. Oui, elle l'avait bien haïe. Mais maintenant, elle la regardait si blonde, si insouciante et ses yeux se remplirent de larmes.

— Je propose que nous passions à table, dit Gilles. Je meurs de faim.

« Il avait faim aussi après l'amour, pensa Anna. Il est peut-être normal qu'il ait faim après les ruptures. Mais s'il savait ce qui l'attend à table... » Elle se mit à rire et se dit qu'elle devenait peut-être folle en ce moment. Paméla lui jeta un coup d'œil étonné, puis se mit à rire aussi d'un air complice. Dès que quelqu'un riait, sans raison apparente, Paméla riait aussi de confiance. Anna se leva et, son sac sous le bras, fit une entrée fort remarquée dans la salle à manger.

Les hors-d'œuvre

— Que prenez-vous ? dit Gilles d'un air attentif.

Il s'essayait déjà au rôle de bon ami qu'il lui avait

proposé l'avant-veille. Elle le voyait déjà : « Cette chère Anna. » Et dans quelques années, lui envoyant parfois des coups d'œil attendris : « Chère Anna, quand on pense... » Et en fait, c'était bien ainsi que cela se passait généralement. Seulement, manque de chance pour ce pauvre Gilles, elle l'aimait. Elle l'aimait passionnément. Elle se rappela leur première nuit, à l'hôtel du quai Voltaire, la voix altérée de Gilles, ses épaules dorées dans la lumière. Elle ferma les yeux un instant. Ce n'était pas le moment de pleurer.

— Anna va prendre un pamplemousse comme d'habitude, dit Paméla. Et moi une terrine.

L'appétit formidable de Paméla faisait toujours leur étonnement :

— Une terrine, le soir ? dit Gilles, indigné.

— Mais mon chéri, il n'y a pas d'ail, dit Paméla innocemment. Qu'est-ce que ça peut te faire ?

André éclata de rire. Gilles lança un coup d'œil furtif à Anna. Elle avait les yeux fermés, à demi, et un curieux sourire sur les lèvres. Un sourire immobile et un peu effrayant. Elle semblait penser à autre chose et être à la fois odieusement sensible et présente. « Pourvu qu'elle ne fasse pas de scène », pensa Gilles subitement. Mais ce n'était pas le genre d'Anna. Pas en public. Elle était bien trop soucieuse de l'opinion d'autrui. Bien trop snob pour dire à quelqu'un d'autre qu'elle était amoureuse de lui. Il eut un petit mouvement de vanité satisfaite qui lui fit redresser les épaules. Anna le regarda fixement et reprit son sourire. Elle allait le tuer. Elle savait à présent qu'elle allait le tuer. Deux balles ou trois. Pour ce sourire cruel et pour tous les sourires tendres et passés. Pour ces nuits d'amour et ces jours de complicité. Pour cette dernière nuit de larmes. Pour de mauvaises raisons et une très bonne.

— Allons pour le pamplemousse, dit André. Que pensez-vous, Gilles ?

Anna dessinait des ronds sur la nappe avec son couteau. Le même que celui dans lequel elle tournait depuis deux jours comme une bête malade. Elle lâcha son couteau pour le pamplemousse. Il avait un drôle de goût, elle aimait ça. « A-t-on des pamplemousses en prison ? » C'était sûrement le dernier qu'elle mangerait. Elle se sentit subitement pleine de tendresse, d'affection, pour sa vie passée, pour les pamplemousses, pour les robes habillées, pour les voyages, pour tout ce qui n'avait plus de goût, pour André. L'avait-il entendue pleurer cette nuit ? Elle lui jeta un coup d'œil mais il ne la regardait pas. Il parlait à Paméla. Il avait toujours eu un faible pour la brave Paméla. Comme disait Gilles, cyniquement, au début : « On pourait s'arranger très bien. » Seulement, ça ne s'était pas arrangé du tout. Mais pas du tout.

— Ce que j'aime en Venise..., disait André.

Mais elle ne l'écoutait pas. Pourtant, en général, elle l'écoutait. André avait beaucoup de goût, c'est très agréable d'avoir un mari de bon goût. Seulement sa phrase lui en avait rappelé d'autres, chuchotées et criées à la fois : « Ce que j'aime en toi, disait Gilles, ce que j'aime... » Une rougeur subite la rajeunit. Était-ce possible, était-ce le même être, cette sorte de bel animal suppliant, à sa merci, et cet homme tranquille et méfiant, cet étranger ?

— Gilles ! dit-elle tout haut.

Seul André broncha à son intonation. Il eut un mouvement du poignet vers elle. Puis sa main se rabattit sur la nappe. Gilles avait détourné la tête et Paméla ne semblait pas l'avoir entendue. « Je parle tout haut, pensa Anna, quelle était cette voix ? » Elle se mit à penser à des détails matériels. Comment ferait-elle pour sortir le revolver du sac avant qu'ils ne le voient ? Ils devenaient brusquement des flics, des étrangers, des espions. Ces êtres qu'elle avait aimés, leur chaleur, tout cela brusquement hostile, d'un autre monde. Elle était seule, c'était horrible.

— Ce qu'il y a de merveilleux, disait Paméla, c'est Gilles en gondole. Il se lève, il s'asseoit, il est mal à l'aise comme un chat. Il se sent en danger, c'est trop drôle.

Anna avait rêvé, avant leur départ, de ces gondoles. Gilles l'aimait encore, ils avaient projeté mille fuites, mille échappatoires. Elle lui avait dit : « En gondole avec toi... tu me fais faire des rêves de pensionnaire. » Dans son esprit, l'eau était vert et noir, elle y laissait filer sa main que celle de Gilles repêchait comme une algue étrange. Sa main sentait la vase, la mort, les vieilles pierres, Gilles disait qu'il aimait cette odeur fade, ses yeux s'incendiaient. Mais en fait, les gondoles étaient trop hautes au-dessus de l'eau, la main n'y parvenait pas. Et Gilles n'était pas dans la même gondole.

Le plat du jour

— Que pensez-vous de ce canard ? dit Paméla. N'ai-je pas de bonnes idées ?

— Vous n'avez que de bonnes idées, dit André. Ce canard est extraordinaire. Nous ne fermerons pas l'œil de cette nuit, mais tant pis.

« Vous ne fermerez sûrement pas l'œil, pensa Anna avec un petit rire intérieur. La police doit se déplacer en canot automobile avec des sirènes. Quelle idée absurde ! Où suis-je ? Ils auront des ennuis de passeports extravagants. Et comment ramèneront-ils le corps de Gilles à Paris ? » Pour elle, c'était simple. L'administration, la justice se chargeaient d'elle, tout était si bien organisé, elle n'avait qu'à se laisser faire.

— Anna, ma chérie, goûte ce canard, dit André.

Il penchait vers elle un visage tendre, un peu défait. « Il souffre, pensa-t-elle, je vais le faire souffrir encore plus. » Quelque chose vacilla en elle.

— Je vais vous le couper, dit Gilles. Je connais parfaitement le squelette du canard.

Il prit son couteau, sa fourchette, et commença à couper son canard en souriant. Paméla souriait aussi, avec affection, et André avait posé sa main sur la sienne, un instant. Ils l'aimaient, ils avaient de l'affection pour elle. Et elle, pendant ce temps, projetait leur malheur à tous, les abusait. « Mais quel est ce cauchemar ? pensa-t-elle. Jamais je ne pourrai... » Elle soupira, se détendit tout à coup. C'était fini, elle renonçait, elle abandonnait, elle souffrirait encore un peu, André l'aiderait. Il était bon.

Elle le regarda et sourit un peu à son tour.

— Voilà, dit Gilles. Vous n'avez plus qu'à mâcher soigneusement à cause des os.

Il lui tendit son assiette en souriant. Elle le regarda un instant avec douceur. « Mon chéri, mon pauvre chéri, je renonce à toi, à ta mort, à notre amour. Mon pauvre amour, sois heureux. »

Le canard avait un drôle de goût.

— Finalement, ce doit être un canard de canal, dit-elle en souriant.

Paméla poussa une clameur d'effroi. Ils se mirent tous à rire. Anna se sentait faible et calme, elle avait hâte de remonter, de s'allonger près d'André, de lui demander son épaule comme un refuge. Elle était vieille et lasse, elle aurait voulu avoir des enfants. Pour la première fois. Quant au revolver... elle le jetterait dans le canal de sa fenêtre. « Joli geste, d'ailleurs. Combien de revolvers gisaient ainsi au fond du canal ? »

— Voilà enfin l'orchestre, dit Paméla enthousiaste.

Paméla allait esquisser, assise, toutes les danses, l'air un peu supplicié jusqu'au moment où André ou Gilles l'inviterait à danser. L'orchestre s'accordait.

Puis il commença à jouer. Une clarinette très

étouffée esquissa l'air *I'm confessing*, le piano le suivit et Gilles détourna la tête.

Cet air, Anna l'avait dansé avec lui partout. C'était leur signe de ralliement. Ils l'avaient demandé à vingt orchestres, chantonné ensemble ; il était à eux. Dix souvenirs, dix soirées, revinrent brusquement à l'esprit d'Anna. Elle se renversa légèrement en arrière, sentit contre son dos le contact dur du revolver. Elle sut que ces deux minutes n'avaient été qu'une trêve, que tout cela était intolérable : Venise, les rires, la présence de Gilles, cet air. Qu'il fallait qu'elle agisse.

Le dessert

— Quatre cafés, dit Gilles.

— Paméla, dit André en souriant, voulez-vous danser ?

Paméla ne fit qu'un bond. Elle dansait très bien, ses cheveux blonds brillaient sous le lustre, Gilles sourit un peu. Puis il se retourna vers Anna d'un air contraint.

— Anna, veux-tu danser ?

— Non, dit-elle tout d'abord.

Puis elle pensa : « La dernière danse, cette musique... Soyons mélodramatiques jusqu'au bout. » Elle se leva, marcha vers la piste et se retourna vers Gilles, contre Gilles qui la prit dans ses bras. Son corps retrouva la place amie, les mouvements amis, sa main l'épaule dure, sa tête la tête chaude. Elle se sentit sombrer dans un désespoir sans limites.

— Le chanteur est excellent, dit Gilles d'une voix mesurée.

« Un chanteur ? Quelqu'un chantait ? »

I'm confessing that I love you.

Mais le temps des aveux était passé. D'ailleurs, Gilles n'était pas homme à avouer une passion mais à l'annoncer. Cet air qu'il avait eu chez les Revel, la première fois, en dansant :

— Anna, Anna, je crains d'être amoureux de vous.

Elle avait éclaté de rire :

— Quelle idée, mon cher Gilles.

Puis après un temps :

— Quelle bonne idée, d'ailleurs !

Il l'avait serrée dans ses bras et elle s'était dit : une nouvelle aventure. La joue de Gilles était brûlante, contre la sienne, le disque était ravissant, il s'appelait : *I'm confessing.* Une semaine après, elle avait retrouvé Gilles, quai Voltaire.

Cette clarinette était lancinante. Gilles ne disait pas un mot, se raidissait imperceptiblement. Il devait avoir peur qu'elle ne s'accroche. Elle fut envahie d'une bouffée de mépris violent, elle eut soudain envie du contact glacé et dur dans sa main, du bruit sec des détonations. Envie de violence.

— Allons nous asseoir. Cet air n'en finit pas.

Il la raccompagna, visiblement soulagé. André et Paméla les rejoignirent aussitôt. Anna se sentit déjà étrangère, les oreilles bourdonnantes.

— Je me sens en pleine forme, dit Paméla. Et André danse beaucoup mieux. Mes escarpins sont à peu près intacts.

— Ingrate ! dit André. Vous m'avez fait faire des pas extravagants. Ne vous étonnez pas...

Elle était à bout. Quelque chose se glaçait en elle peu à peu tandis qu'elle saisissait son sac, qu'elle l'ouvrait. Son sang lui martelait les tempes. Ses mains étaient précises et calmes. Quelque chose était déjà mort, son passé, sa vie, son enfance, tout était fini...

— Anna, cria André.

Paméla eut l'air prodigieusement étonné. Gilles fut un instant défiguré par la peur, elle tira et il s'écroula au travers de la table. Seulement il y eut aussitôt un remous terrible, des cris, des mains étrangères qui la tiraient en arrière et elle n'eut pas le temps de relever, de regarder une dernière fois le visage de son amour.

Musiques de scènes

À mon ami Jean-Jacques Pauvert

Le chat et le casino

Angela Di Stefano s'époumonait en vain à appeler son chat, le beau Filou, qui avait disparu depuis le matin dans les ruelles du vieux Nice. Il était 3 heures de l'après-midi et, bien que l'on fût en septembre, il faisait encore affreusement chaud. Ce n'était pas dans les habitudes de Filou d'oublier sa sieste et sa pâtée, quel que fût le charme des chattes avoisinantes, et Angela, qui lui était fort attachée, devenait de plus en plus inquiète. Son mari, Giuseppe, était parti jouer aux boules comme tous les samedis après-midi, et ses voisines faisaient la sieste, allongées sur leurs lits de cuivre, derrière des oriflammes multicolores de chemises et de chaussettes suspendues à leurs fenêtres. Angela n'osait pas crier trop fort, de peur de troubler leur sieste, et elle chuchotait « Filou, Filou » dans tous les porches en maintenant son châle sur sa tête à cause du soleil.

À trente-deux ans, Angela Di Stefano était une fort belle femme, très latine et très pulpeuse, mais à laquelle des ascendances corses avaient donné des traits fermés et austères parfois, qui auraient découragé les éventuels rivaux de Giuseppe. D'ailleurs, ce dernier le savait et il plaisantait parfois la vertu de sa femme d'une manière qui ne faisait pas rire Angela.

Elle ne trouvait pas Filou et pourtant il fallait qu'elle se rendît à la banque avant 4 heures déposer les cinq cents francs habituels, puisqu'ils avaient décidé d'acheter leur maison à crédit, mois par mois. Giuseppe lui avait remis sa paye la veille, en bon époux, et elle voulait se débarrasser au plus vite de ce billet si chèrement acquis. Elle crut voir un éclair, tout à coup, derrière un mur, un éclair gris, et s'exclama : « Filou ! » avant de pousser la porte du petit jardin qui bordait la maison de la belle Helena. La belle Helena était leur voisine depuis dix ans, et l'on avait beaucoup chuchoté à son sujet depuis son veuvage, mais sans nulle preuve. Angela, toujours sur la pointe des pieds, fit trois pas, aperçut Filou goguenard sur le rebord de la fenêtre, et elle l'appela à voix basse une fois ou deux avant de se décider à le rejoindre. Filou lui jeta un regard oblique de ses yeux verts et sauta dans la maison. Instinctivement Angela poussa un volet pour le rattraper et c'est ainsi qu'elle vit son beau Giuseppe endormi dans les bras d'Helena. Elle ressortit à reculons, le cœur battant, terrifiée à l'idée qu'il eût pu la voir.

Ce n'est que dans la rue, en marchant à grands pas, que sa surprise, son effroi se transformèrent en colère. Elle aurait dû le savoir, tout le quartier devait le savoir, même Filou le savait... C'était là que Giuseppe allait jouer aux boules certains samedis.

Depuis combien de temps ? Elle allait rentrer chez sa mère, regagner son île, rejoindre des gens honnêtes. La trahison n'était pas une chose faite pour des femmes comme elle. Depuis dix ans, elle s'occupait de Giuseppe Di Stefano, de sa maison, de ses affaires, de sa nourriture et de son lit. Depuis dix ans, elle n'avait fait que lui obéir et tenter de lui plaire ; tout ça pour qu'il lui mentît, la nuit comme le jour, en pensant à une autre !

Elle se retrouva sur la promenade des Anglais, endroit où elle n'allait jamais, marchant du même pas décidé, comme si, arrivée à la mer, elle n'eût qu'à continuer pour la traverser à pied sec et retrouver la maison de ses parents. Un coup de sifflet l'empêcha de se faire écraser et, se retournant brusquement, elle vit qu'elle était devant ce grand bâtiment blanc nommé Casino – où les étrangers venaient, paraît-il, perdre leur fortune et où même les hommes de son quartier ne s'aventuraient que prudemment. Elle vit une femme blonde y pénétrer, une femme sensiblement plus âgée qu'elle, vêtue d'un pantalon de toile. Elle la vit rire avec le portier et disparaître dans la pénombre. Cette pénombre avait quelque chose de fascinant, de beige, de gris, par rapport à ce trottoir écrasé de soleil, et, machinalement, Angela monta les marches à son tour.

Elle était habillée sobrement, mais elle avait belle allure. Aussi est-ce sans plaisanter que le portier la guida vers la grande salle, et toujours sans plaisanter qu'après lui avoir demandé ses papiers un homme vêtu de noir et d'un nœud de cravate lui demanda combien de jetons elle voulait. Angela agissait comme dans un rêve et seuls les quelques films vus à la télévision lui indiquaient la marche à suivre : de sa vie elle n'avait risqué un franc au jeu ni essayé autre chose que la crapette.

Elle demanda donc cinq cents francs d'une voix posée, tendit le beau billet de Giuseppe et on lui remit en échange cinq petites choses rondes et ridicules qu'elle était visiblement censée aller poser sur la table verte, un peu plus loin. Quelques joueurs pensifs et fatigués par la chaleur l'entouraient déjà et elle put les regarder faire et s'instruire, pendant dix bonnes minutes, sans que personne ne fît attention à elle. Elle avait la main tellement serrée autour de ses jetons qu'elle sentait la sueur couler de sa paume et que, gênée, elle fit passer ces jetons dans la main gauche, s'essuya la droite et, profitant d'un silence total et de l'arrêt de cette petite boule, si agitée, elle prit un de ses brillants objets et le posa fermement sur le numéro 8. Elle s'était mariée en effet le 8 août à Nice, et elle habitait le 8, rue des Petites-Écuries.

« Rien ne va plus », dit l'homme indolent, habillé en costume du soir ; et il rejeta la bille qui se mit à tourner follement avant d'aller se loger avec grâce dans une encoche noire, trop loin d'Angela pour qu'elle en distinguât le numéro.

— Le numéro 8 ! cria l'homme d'une voix lasse. Le 8 : en plein ! ajouta-t-il après un coup d'œil vers la table.

Et il aligna une dizaine d'autres jetons, les posa, après un regard circulaire, devant Angela. Il lui indiqua en même temps un chiffre (qui lui parut astronomique) et la fixa d'un œil interrogateur :

— Le 8, répéta Angela d'une voix ferme.

Elle se sentait bien, la proie d'une sorte de fantôme, d'ombre inconnue, qui la téléguidait ; elle s'étonnait simplement de n'avoir plus devant les yeux l'image de Giuseppe endormi contre Helena. C'était la petite bille à présent qu'elle voyait : elle seule.

— Le maximum est de deux mille francs sur un numéro plein, dit le croupier, l'air surpris.

Elle hocha la tête sans répondre, sans comprendre, et le croupier disposa un tas de ses jetons sur le 8 et lui tendit les autres – qu'elle ramassa machinalement.

Les gens s'étaient approchés à présent et la regardaient avec une certaine curiosité. Ni son visage, ni sa mine, ni son attitude ne pouvaient laisser soupçonner en elle la folle qui venait de risquer deux mille francs sur un numéro simple au Casino d'été, à Nice, en septembre. Le croupier, après une seconde d'hésitation, cria : « Faites vos jeux ! » La dame en pantalon posa dix francs à côté du tas rutilant d'Angela, et la bille repartit. Après quelques bruits divers et discordants, elle s'arrêta. Et ce furent le silence, d'abord, l'espèce de rumeur choquée ensuite, qui ranimèrent Angela : car elle avait fermé les yeux (et sous le sommeil, semblaient avouer ses paupières lourdes, bien plus que le choc) !

— Le 8, dit le croupier d'une voix moins gaie, lui sembla-t-il...

Et, se tournant vers Angela qui était restée froide, le visage immobile, il s'inclina et déclara :

— Mes compliments, madame. Nous vous devons 66 000 francs. Si vous voulez me suivre ?...

Elle était entourée d'hommes en noir – mi-obséquieux mi-grognons – qui la conduisirent à un autre guichet. Là, un autre homme, aux yeux pâles, lui compta des jetons beaucoup plus grands et beaucoup plus carrés. Angela ne disait rien, ses oreilles sifflaient, elle avait du mal à se tenir droite.

— Combien cela fait-il ? demanda-t-elle en désignant ces plaques anonymes.

Et lorsque l'homme lui déclara : « 66 000 francs, madame ; c'est-à-dire six millions six, en francs anciens », elle avança la main vers lui et s'appuya à son bras. Il la fit asseoir, fort poliment, lui demanda un cognac et le lui offrit avec la même politesse un peu glacée.

— Pourrais-je les avoir en billets ? demanda Angela dès que la chaleur de l'alcool lui eut rendu une idée de la situation.

— Naturellement, dit-il.

Et il replongea dans ses tiroirs, en sortit une montagne de billets : jaunes, semblables à celui que lui avait confié Giuseppe le matin même ; il poussa même l'amabilité jusqu'à l'aider à les installer dans son sac.

— Vous ne voulez pas rejouer, madame ? demanda-t-il, mais d'un ton sans espoir.

Car il était évident (pour lui qui s'y connaissait) que c'était bien la première et la dernière fois qu'Angela Di Stefano mettait les pieds dans un casino. Elle refusa de la tête, dit « Merci beaucoup » et sortit du même pas, rapide et ferme, qui l'avait amenée là.

Le soleil lui rendit son visage dès qu'elle fut dehors. Elle reconnut la mer, la promenade des Anglais, les voitures, les vieux palmiers, et elle se rappela qu'elle était une femme trompée : elle alla s'asseoir au premier café près du casino (c'était, d'ailleurs, aussi, la première fois qu'Angela Di Stefano s'asseyait seule dans un café), et elle posa son sac entre ses jambes bien serrées avant de demander une glace à la framboise au garçon, d'une voix éteinte. Là, elle se mit à réfléchir. Un petit jeune homme vêtu de beige qui l'avait suivie depuis le casino tenta de lui faire la conversation et de lui offrir une cigarette, mais elle le repoussa, sans un mot, d'un geste de la main des plus éloquents ; et ce parasite, pourtant blasé, des casinos et des dames seules, se sentit pour une fois tout à fait humilié : ce n'était pas la peine d'insister.

Il partit donc et, livrée enfin à elle-même et à ses réflexions, Angela examina, successivement, les trois ou quatre plans qui lui semblaient logiques.

Le premier consistait à déposer de toute urgence ces billets jaunes dans une banque ; mais cette banque était celle de Giuseppe ; et Giuseppe l'ayant trahie, elle devait le quitter.

Le deuxième plan consistait à affréter un bateau ou une barque dans un port et à se faire ramener directement chez ses parents.

Le troisième consistait à prendre un taxi (comme dans les romans), à passer à la maison chercher Filou, sa valise et à laisser cinq cents francs à Giuseppe, avec un mot déchirant. Puis repartir vers le port, etc.

Le quatrième devenait plus romanesque : elle rentrait dans un magasin, elle se couvrait de robes arachnéennes en soie rouge, de bijoux merveilleux, elle louait une calèche et rentrait à la maison au grand galop, devant les voisines ahuries, en jetant des bonbons aux enfants sur tout le parcours. Ou alors elle trouvait deux gangsters – il devait y en avoir par là – et elle les chargeait d'aller rosser la belle Helena. Ou alors elle louait une voiture avec un grand chauffeur vêtu de gris, elle l'envoyait prendre ses affaires chez elle, rue des Petites-Écuries, avec un mot pour la voisine afin qu'il se fît remettre Filou et ses effets.

Toutes ces possibilités donnaient le vertige à Angela et le cognac se mariait mal avec la glace à la framboise. Elle avait mal au cœur. Il y avait si longtemps, en plus, que la vie était dépourvue de possibles pour elle, si longtemps qu'elle savait très exactement ce qui l'attendait dans la demi-heure qui suivait – et dans la semaine – et même dans l'année –, si longtemps qu'elle n'avait pas à choisir quoi que ce soit, que là, brusquement, cet imprévu : Giuseppe dans les bras d'Helena, devenait presque rassurant, à y penser, puisqu'il avait eu lieu, qu'il existait et qu'elle n'y pouvait plus rien. L'erreur, l'épouvante, c'étaient toutes ces possibilités enfouies dans ce sac, à ses pieds.

Si elle n'avait pas eu ce sac bourré de ces billets jaunes, elle le savait, elle serait revenue à la maison. Elle aurait crié après Giuseppe, elle l'aurait insulté, elle l'aurait menacé de le quitter, et peut-être même l'aurait-elle quitté pour quelque temps ; avant qu'il ne vînt, tout contrit, la rechercher dans son île. S'il n'y avait pas eu ce tas de billets, la vie serait restée simple et plate et, finalement, très douce, car elle aimait Giuseppe. Et si elle savait bien qu'il était, au fond, un peu coureur, elle savait aussi qu'il l'aimait, elle, Angela, et que, le samedi d'avant, c'était le fils de la vieille voisine qui avait passé l'après-midi chez Helena. Seulement, maintenant, elle pouvait être autre chose qu'une femme trompée, avoir en face d'elle autre chose qu'un homme repentant : elle pouvait être une femme libre et riche abandonnant un homme effondré... Giuseppe était maçon, et c'était un bel homme, mais enfin il n'avait plus vingt ans et il ne gagnait pas beaucoup d'argent. Si elle partait, les femmes ne courraient pas toutes après lui. Surtout que si, par erreur, il avait quelques francs d'avance, il les lui donnerait à elle, Angela. Car c'était elle qui avait dû insister pour qu'il achetât, par traites, leur vieille maison de la rue des Petites-Écuries : la robe en soie rouge, c'était toujours lui qui la lui promettait ; et finalement ce n'était pas elle qui en rêvait.

Le soir tombait lentement sur la mer grise et

blonde, devenue soyeuse au soir, et Angela commençait à avoir peur que Giuseppe ne s'inquiétât. Peut-être pensait-il qu'un voyou l'avait attaquée pour lui prendre le beau billet jaune qu'elle devait porter à la banque : il ne pouvait, bien sûr, s'imaginer qu'elle était là, dans le café de cette avenue brillante, avec des millions à ses pieds, qu'elle pouvait partir et ne plus le revoir. Que feraient-ils vers 8 heures, lui et Filou, si elle ne rentrait pas ? Ils attendraient devant la porte comme deux bons à rien qu'ils étaient, incapables même de savoir où étaient l'huile et la farine, le saucisson et le vin. Non, ce n'était pas possible ! Elle ne pourrait pas, au même moment, profiter de la langouste, du Champagne, des petits gâteaux que lui apporterait un maître d'hôtel de ces somptueux palaces si elle se décidait à partir. Elle ne pourrait rien faire de cet argent, tout aurait toujours un goût de mélancolie. Elle n'était pas faite pour ces possibles. Elle n'avait pas vu assez de films à la télévision ou pas lu assez de livres. Ou pas assez rêvé à d'autres que Giuseppe...

Elle se leva, rentra au casino et eut la chance de retomber sur le même homme aux yeux pâles, l'homme au cognac, qui la reconnut aussitôt. Elle l'attira dans un coin sombre et lui chuchota sa demande à voix basse.

— Comment ? dit-il.

Il avait haussé la voix, il était devenu rouge, et tout le monde les regardait. Alors elle le tira un peu plus vers elle, elle recommença à chuchoter, et, tout à coup, il sembla comprendre.

— Vous voulez que je vous les reprenne ? C'est ça ? dit-il. Mais je n'ai pas le droit, madame.

Il appela un autre homme, habillé comme lui, et ils chuchotèrent tous les trois. Les deux hommes avaient un drôle d'air à présent, ils semblaient brusquement plus jeunes et plus enfantins que tout à l'heure. Quelqu'un passant à côté d'eux eût été fort étonné d'entendre ces deux croupiers et cette belle femme parler des œuvres du Bon Secours ou des mérites des petits frères des Pauvres. Finalement, ils entrèrent dans le bureau, Angela reposa son argent, on lui remit un chèque qu'elle tourna et qu'elle endossa aux œuvres de Saint-Vincent. Elle signa « Angela Di Stefano » : il était évident aussi que c'était bien la première et la dernière fois qu'elle mettait son nom sur un chèque. Puis elle repartit fièrement, croisant des femmes à présent élégantes et des hommes nerveux, car c'était l'heure du vrai jeu. Et les deux croupiers la raccompagnèrent avec un tel luxe de civilité et de courbettes que toutes ces élégantes se retournèrent sur elle avec un air d'interrogation.

Elle rentra en courant et trouva Filou et Giuseppe, tous deux assis, mais l'un sur les genoux de l'autre, devant la télévision.

— Tu rentres bien tard, dit Giuseppe de sa voix grondeuse.

Et elle murmura juste :

— Oh oui, c'était long à la banque et j'ai rencontré une cousine de Bastia..., avant de se précipiter vers ses casseroles.

Giuseppe, qui se sentait lui-même un peu honteux, et qui avait eu le plus grand mal à faire disparaître le parfum de l'horrible eau de Cologne dont se couvrait Helena, tendit la main derrière lui et lui tapota la taille au passage. Il avait un peu sommeil. Une voisine chantait dehors, d'une voix fausse, et le chat ronronnait déjà à sentir ce qu'Angela faisait griller dans la poêle. « Cela avait été un samedi bien agréable, pensa Giuseppe, chaque homme a droit à un petit peu d'aventure dans sa vie, de temps en temps : les femmes ne s'en rendent pas compte... »

Les suites d'un duel

L'hiver 1883 fut précoce en Autriche. Il y fit grand froid dès septembre, les animaux sauvages rejoignirent leurs tanières plus tôt que d'habitude, et cela abrégea la chasse du baron von Tenck. C'est avec une avance de dix jours qu'il regagna Vienne et qu'il découvrit le lieutenant Serge Olevitch, du 1er régiment de la Garde, couché dans le lit de sa femme. Le baron von Tenck fit cette pénible découverte à 8 heures du matin, un mardi, et le duel, arrangé l'après-midi même par ses témoins et ceux du jeune homme, fut prévu pour le mercredi matin. La baronne Ilsa von Tenck passa la soirée à pleurer et à se baigner les yeux de camomille, alternativement. Le baron von Tenck graissa une fois de plus ses pistolets et ajouta quelques codicilles à son testament. Les quatre témoins, prévoyants, se couchèrent tôt. Seul le jeune officier Serge Olevitch eut un comportement plus original : c'est qu'il était lâche.

Issu d'une bonne famille austro-hongroise, élevé pieusement et durement, décemment beau et presque intelligent, jouisseur sans excès et gai sans ironie, Serge Olevitch avait tout pour être heureux. Sa lâcheté même n'avait que légèrement assombri son enfance ; un précepteur privé lui avait évité les affronts et les rossées des collégiens d'Autriche, et, n'étant entouré que de sœurs, il n'avait pas eu non plus à affronter les caprices d'un frère aîné. Son amabilité naturelle n'avait pas eu à être fouettée pour qu'il nouât vite au régiment des relations courtoises avec ses compagnons les plus brutaux. Il n'avait rien qui excitât l'envie ou la haine, il était bon garçon ; et c'était vraiment le hasard le plus tragique qui l'avait jeté dans le lit de la baronne von Tenck après un bal trop arrosé.

En fait, Ilsa von Tenck avait passé la quarantaine, entretenait de solides appétits, connus des Viennois comme de son époux, et sans ce malheureux retour inopiné Serge Olevitch aurait pu fort bien devenir, voire rester, l'amant discret de la belle Autrichienne sans que personne y trouvât à redire. Mais, même accommodant, un mari ne peut échapper au devoir qu'entraînent certaines évidences : une épouse nue, dans les bras d'un jeune homme nu, dans votre propre lit, tout cela sous le regard de votre propre valet de chambre, vous contraint à invoquer l'honneur. Le baron von Tenck, peu sanguinaire, était au demeurant désolé de cette obligation, se trouvant être à la fois le meilleur tireur de l'Empire autrichien et le moins empressé des époux.

Serge Olevitch marchait de long en large dans sa chambre, sa chemise ouverte malgré le froid, et jetait à son miroir, au passage, un regard à la fois épris et honteux. Il aimait le reflet de ce jeune homme sain et vigoureux dans la glace, mais il avait honte de l'expression de terreur qui parvenait presque à le défigurer : von Tenck allait le tuer, il le savait, von Tenck tirerait le premier, étant l'offensé, et il ne le manquerait pas. Il allait être tué à cause de quelques nuages trop précoces, dans un ciel d'automne, tué en fait à cause d'une femme que ni son mari ni lui-même ne désiraient vraiment. Il allait mourir pour rien. Ce nez droit, ces cheveux drus, cette peau colorée, ce cœur qui battait fidèlement, vigoureusement, tout cela ne serait demain, bientôt, tout de suite, qu'un tas flasque qu'on enfouirait aussitôt dans la terre. Le jeune homme dans la glace avait une telle expression d'horreur que Serge en gémit tout haut. Et son propre gémissement le fit sursauter comme s'il émanait d'un animal traqué, un cerf aux abois, par mégarde réfugié dans sa chambre.

Il fallait qu'il trouvât une solution. Fuir équivalait à un suicide : déshonoré, sans amis, sans famille, sans argent, sans honneur, sans courage, son destin s'achevait là, sa vie n'était plus qu'un simulacre. Non, il ne pouvait pas fuir. Il fallait trouver quelque chose qui empêchât ce duel. Un instant il éprouva la ridicule tentation de courir jusqu'à l'hôtel de von Tenck et, à la faveur de l'obscurité, de monter sans bruit jusqu'à sa chambre et l'assassiner. Mais cet assassinat vite attribué serait aussi déshonorant que la fuite ; il valait mieux mourir d'un coup de pistolet que sous la hache. Non. Rien n'empêcherait le baron von Tenck de se rendre, à l'aube, au bord du

Danube, rien ne l'empêcherait de tuer Serge. À moins que...

La sueur qui coulait sur le corps du jeune homme s'évapora d'un coup : Serge Olevitch se détourna de son miroir et s'assit sur le lit. « À moins que » il ne puisse pas, lui, être au rendez-vous. Après tout, il pouvait, lui, se faire assassiner par un tiers ; assassiner... ou « presque » assassiner. Dans ce « presque », dans ce petit mot bâtard et ridicule du dictionnaire se tenait la vie future, la vie rutilante du jeune lieutenant Serge Olevitch. 2 heures sonnèrent, il fallait faire vite. Ce « presque », il le savait, ne ferait bien sûr que retarder le duel, un accident quelconque ne lui assurerait qu'un mois ou plus de survie ; mais, pendant ces précieux jours, il trouverait la solution : du temps, il lui fallait du temps, il fallait avant tout que cette horloge cessât de sonner des coups qui le ramèneraient à sa tombe ; il fallait que cette aube ne fût pas la dernière, il fallait que le soleil éclairât son front le lendemain. Serge Olevitch ouvrit la fenêtre et se jeta, les pieds en avant, du deuxième étage.

Les eaux de la petite ville de Turinge, en Bavière, ne sont pas spécialement recommandées aux déficiences osseuses, et quatre sources sulfureuses, une promenade bordée de deux rangées d'ormes royaux, trois hôtels élégants et vieillots en font tout le charme. L'arrivée du jeune Serge Olevitch à la *Hunter Gasterhaus* surprit donc les curistes comme les habitants, et, parmi ceux-ci, la très honorable Hannette von Tenck, propriétaire de dix mille acres à l'est de Turinge, du plus bel hôtel particulier du bourg, et surtout unique sœur du baron outragé.

À cinquante ans, Hannette von Tenck était une solide célibataire que nombre de prétendants – plus attirés peut-être par sa fortune que par ses charmes – n'avaient pu conduire à l'autel. Longue et sèche, les cheveux d'un roux cru, le visage altier, c'était moins l'amour qu'elle inspirait au premier abord que le respect, voire l'effroi. Néanmoins, c'était la seule parente qui restât au baron von Tenck, le seul lien qui, peut-être, sûrement même, retiendrait ce dernier de parachever son duel. Et lorsqu'elle sortit de l'église Saint-Joaquim – dont le jeune Olevitch, dans sa chaise roulante, encombrait la porte –, elle lui parut, par ce beau matin d'hiver, la beauté même. Plus que la beauté, elle était la vie : ses cheveux roux avaient la chaleur des flammes, sa rigidité présentait un appui, et son âge une assurance. Bien sûr, ce n'était pas de partager le lit de cette baronne qui excitât précisément l'ardeur du jeune lieutenant, mais cette image lui répugnait moins que celle d'un faubourg de Vienne, à l'aube, et d'un pistolet noir braqué sur lui. Aucune promiscuité ne pouvait être pire que celle des cimetières, nul contact plus odieux que l'absence de contact.

Serge Olevitch – si l'on juge les sentiments à leur intensité autant qu'à leur nature – fut l'amoureux le plus fervent de l'Empire germanique. Ses lettres, ses fleurs, ses attentions envahirent la demeure jusque-là peu gâtée de la chaste Hannette. Entre deux chasses à courre – car, fière amazone, Hannette vivait pratiquement sur son cheval –, elle finit par s'inquiéter des assiduités de ce jeune et bel homme. Elle se renseigna, apprit avec surprise et plaisir qu'il était fortuné et, sans surprise ni plaisir, qu'il avait été l'amant de sa belle-sœur. Hannette ne vit dans ces assiduités auprès d'une même famille qu'une malheureuse coïncidence, « coïncidence d'ores et déjà fort malheureuse pour le pauvre garçon », pensa-t-elle, car le baron von Tenck et sa sœur avaient eu, jadis, le même rusé maître d'armes et avaient encore le même œil d'aigle. Hannette vit donc mort cet infortuné jeune homme riche, le plaignit, lui parla, vit qu'il partageait sa funèbre conviction, crut du coup à la sincérité de ses propos. « On ne ment pas à si peu de temps de sa fin », pensait-elle. C'était bien le charme de ses qualités morales joint à celui de sa conversation qui attiraient Serge Olevitch chez elle. Pas un seul instant elle n'imagina le vrai mobile de cette toquade : la peur n'existait que de nom dans la famille von Tenck. Et pourtant c'était la peur et non l'adoration qui entrecoupait les paroles de Serge Olevitch, c'était la panique qui troublait sa voix et embuait ses yeux.

Hannette von Tenck n'avait eu jusque-là, sur le mariage, que des idées cérémonieuses. Son propre tempérament était chaque jour plus que comblé : éreinté par huit heures d'équitation. À chaque demande en mariage, elle s'était toujours imaginée en robe blanche, au bras de son prétendant de l'église Saint-Joaquim, et à chaque fois cette image lui avait paru grotesque. Cette fois-ci, à cause peut-être du lugubre avenir de son soupirant, elle eut moins envie d'en rire. Elle lui jeta des regards d'abord curieux, puis amusés, et enfin attendris, tant il était touchant dans sa hâte et dans son épouvante à l'idée d'un refus.

Un soir d'hiver, après un après-midi d'équitation, où elle avait quand même pu apprécier la monte excellente du convalescent, elle lui parla sincèrement : « Le seul obstacle à notre mariage, dit-elle, serait mon frère, le baron. Mais il ne voudra pas tuer son beau-frère. D'ailleurs, je lui en voudrais, ajouta-t-elle en hennissant affectueusement. D'autre part, laisser un duel en l'air, c'est faire bien peu de cas de l'honneur. » « Je sacrifierais mon honneur lui-même à notre amour », répondit fermement Serge Olevitch. La fière demoiselle fut touchée de cet élan et ce n'est que plus tard qu'elle se rappela qu'après tout c'était l'honneur de son frère qui avait été atteint. « Bah ! dit-elle alors en secouant ses épaules musclées et en balayant de sa cravache une verte branche d'érable qui se retrouva aussitôt dénudée. Bah ! mon frère le baron en a assez tué ; il n'aime pas le sang. D'ailleurs, le voudrait-il qu'il ne pourrait régler leur compte à tous les étalons qu'a chevauchés ma belle-sœur. Ne discutez pas », ajouta-t-elle en réponse au faible et galant bruit de protestation qu'émettait le jeune homme.

Elle changea donc sa cravache pour une plume d'oie et, après avoir confié sa main, pour la première fois, aux lèvres de Serge Olevitch, elle s'en servit pour envoyer à son frère la nouvelle de son mariage. À Vienne, ce dernier, à demi oublieux, au demeurant, de son duel, et qui ne s'en rappelait la date que comme on se rappelle celle de Pâques ou des Rameaux, fut tout à fait enchanté de ces tardives fiançailles. Le caractère de sa sœur, jusque-là accaparée par l'équitation, lui faisait redouter, lorsqu'elle serait impotente et de retour à Vienne, de fort mornes soirées. En revanche, il fut plus surpris de savoir le fiancé riche. « Ce jeune homme est décidément l'étourderie même », pensa-t-il, et il ne chercha pas plus longtemps à s'expliquer ce mariage inexplicable. Seule la baronne von Tenck froissa quelques mouchoirs à cette nouvelle, mordit quelques oreillers et vida quelques flacons. Mais, son optimisme naturel reprenant le dessus, elle crut voir là une folle ruse d'amoureux, s'enivra d'idées incestueuses et, troublée, s'abandonna aux bras d'un attaché d'ambassade.

Une partie de chasse paracheva la réputation de notre héros. Tandis que les piqueux pourchassaient un cerf, les fiancés, imprudemment descendus de leurs montures, faisaient quelques pas dans un étroit sentier. Fut-ce le rire vibrant d'Hannette qui troubla sa sieste, fut-ce le son lointain du cor, toujours est-il qu'un gros sanglier mâle chargea le couple. Hannette courait déjà vers son cheval chercher sa dague, mais Serge Olevitch, qui marchait devant elle, resta pétrifié de terreur. Telle une statue de pierre, interposé entre cette masse fauve et son agile fiancée, il pensa vaguement : « Tout ça est trop bête », avant de s'évanouir. Le sanglier le touchait déjà, et il eût sans doute été horriblement piétiné si quelque chose, peut-être le rouge ardent des cheveux d'Hannette, n'avait brusquement dévié l'animal de sa course. En tout cas, quelques instants plus tard, Hannette, à genoux, regardait, les larmes aux yeux, l'homme qui avait affronté à pied, pour elle, la charge d'un sanglier mâle de quatre-vingt-dix kilos, l'homme qui lui avait fait un rempart de son corps. « Le sang des von Tenck se retrouverait en bonne compagnie », pensait-elle, et le regret d'éventuels petits von Tenck-Olevitch l'effleura pour la première, et d'ailleurs dernière fois. Hannette n'avait rien d'une pouponneuse ; ni d'une romanesque, on le savait à Turinge ; aussi le récit succinct mais précis qu'elle fit des exploits de son fiancé frappa-t-il la ville d'admiration autant que de surprise. Se faire massacrer pour une faible femme, à la rigueur, pensa-t-on, mais Hannette von Tenck ne respirait pas précisément la faiblesse ni la féminité.

On accorda donc à Serge Olevitch et le respect très marqué que l'on doit au courage et celui, moins net, que l'on rend à la folie. En tout cas, une considération vaguement craintive et tout à fait inattendue à ses yeux. Inattendue mais savoureuse : bien sûr, le sanglier ne l'avait-il que frôlé et, bien sûr, Serge Olevitch n'avait-il chu que de sa hauteur, mais ce choc avait modifié quelque chose en son âme. Il était toujours aussi lâche, hélas ! mais moins honteux de l'être. « Tout cela est trop bête, vraiment trop bête », répétait-il en songeant que c'eût pu être là sa dernière pensée, et cela le faisait sourire de biais. Un sentiment d'outre-Manche inconnu de sa Westphalie natale, et d'ailleurs de toute la Prusse, un sentiment qu'en Angleterre on épelait comme « humeur » mais prononçait autrement, envahissait peu à peu cette âme couarde et calme.

C'est empreint de cette indifférence béate qu'il épousa, trois mois plus tard, Hannette, plus hâlée que rougissante, et qu'il donna une accolade affectueuse et dépourvue de toute rancune à celui qui avait failli être son meurtrier.

La vie était paisible à Turinge et, ayant abandonné l'armée pour se consacrer au domaine de son épouse et au sien, Serge Olevitch, qui aimait la campagne et ne dédaignait point les amours ancillaires, y eût coulé des jours heureux et interminables sans l'événement imprévu qui s'abattit sur son ménage.

Hannette von Tenck avait été, on le sait, une fanatique de la race chevaline. Après une nuit de noces durant laquelle Serge Olevitch sut se conduire en gentleman si ce n'est en mâle triomphant, Hannette von Tenck se réveilla fanatique de la race humaine. Ses sens et ses chevaux se débridèrent ensemble. Le lit remplaça la selle à pommeau ; les forêts de Turinge ne retentirent plus de ses « Taïaut ! », mais le grand hôtel de la ville retentit de cris bien plus déchirants. Les craintes du baron, son frère, n'étaient pas vaines. Le sang impétueux des von Tenck, réveillé trop tard, conduisit le malheureux Serge

Olevitch à des vertiges et des excès dont son tempérament bonasse se fût fort assurément passé. L'amour lui avait évité la mort, l'amour l'y ramenait. Pâle, blême, décharné, nourri de viandes fortes et abreuvé du traître muscat des vignes westphaliennes, le lieutenant Serge Olevitch voyait son existence s'amenuiser lentement derrière un rideau de cheveux rouges, emmêlés – et qui ne blanchissaient pas. Six mois après ses noces, il s'alita, se mit à tousser, et les médecins appelés de Vienne parlèrent de cachexie. Le désespoir d'Hannette fit peine à voir. Sur les conseils de son frère et de ses amis, elle tenta d'abord de retrouver ses plaisirs d'antan, de reprendre, tandis que son époux se reposait, ses chevauchées. Mais ses galops lui en rappelaient d'autres et ses fatigues n'étaient jamais à la hauteur de sa vitalité.

Un après-midi de printemps, ainsi, où elle parcourait la campagne en soupirant, suivie de son fidèle piqueux, elle eut l'imprudence de se plaindre à cet homme de basse condition. Il la comprit mal, ou trop bien ; le beau et jeune Serge Olevitch, du 1er régiment de la Garde, fut à vingt-cinq ans trompé par son épouse quinquagénaire avec un forestier rustaud. Ignorant de tout cela, il avait néanmoins, à l'automne, repris quelques couleurs et on le vit, au premier dimanche d'octobre, sortir de la grand-messe à Saint-Joaquim au bras de son épouse. Amaigri, mais sauvé.

Et de fait, après deux mois de sieste, de blancs de poulet et de vin de Porto, Serge Olevitch se croyait sauvé. Hannette dormait, paisible, près de lui, son souffle puissant faisant parfois vibrer le baldaquin, mais sans esquisser le moindre de ces furieux assauts dont il gardait encore un souvenir épouvanté. Il en venait parfois à se demander s'il n'avait pas inventé ces nuits de cataclysme, ni ces terrifiants corps à corps qui l'avaient jeté si souvent au bas du lit. À y repenser, le jeune homme se signait silencieusement dans le noir, car il y avait eu des moments, pendant ce printemps funeste, où il eût préféré revoir la charge du sanglier dans le sentier plutôt qu'Hannette, en tenue de nuit, le couvant des yeux dès leur coucher. Ils allaient rentrer à Vienne et, à présent remis de toutes ces fatigues, le jeune homme envisageait même sans répulsion quelque aventure bien banale avec une ballerine du grand Opéra. Il la choisirait légère, se disait-il tout bas, aérienne, diaphane, translucide... Tous ces adjectifs se succédaient et ne s'arrêtaient que lorsqu'un sursaut geignard du lit signalait qu'Hannette se retournait dans son rêve. Au demeurant, la chère femme, sa première frénésie passée, restait affectueuse avec lui et n'insistait même pas pour qu'il la suivît dans ses harassantes chevauchées.

Ce ne fut pas sans mal qu'il la convainquit, néanmoins, qu'il était temps de rejoindre la capitale. Il y avait là-bas, lui assurait-il, de belles promenades à faire dans le bois de Sprau, et elle trouverait bien quelque seigneur épris aussi de ce noble sport pour l'accompagner dans ses promenades. L'imprudent Serge Olevitch parlait en toute innocence. Il ignorait que les citadins délicats et blasés de Vienne n'avaient ni le sang-froid ni le sang chaud des paysans de Turinge, et que c'était à la famine qu'il conviait son épouse.

Le premier bal donné par le jeune couple attira tout ce que Vienne comptait de noble et de brillant. La fortune de la mariée, l'assurance que l'on avait de trouver chez elle bonne musique et bonne chère attiraient moins cependant que l'incongruité toute nouvelle de cette union. La soirée fut fort gaie. Serge Olevitch avait fière allure dans son habit noir, et l'on vit, non sans malice, sa belle-sœur, la baronne von Tenck, le poursuivre d'encoignure en encoignure toute la soirée. Pendant ce temps, Hannette, épanouie et rose, semblait-il, sous son hâle, valsait avec vigueur. Le vieux baron Turnhauh, devenu un peu frêle avec les ans et qui avait eu la dangereuse idée de lui proposer une valse, se trouva à un moment donné les mollets parallèles au plancher, fort inquiet, son monocle volant au vent. Cela fit rire quelques esprits malicieux, avant qu'Hannette ne le reposât délicatement près d'une bergère.

À vrai dire, la gaieté d'Hannette faisait plaisir à voir. Parmi les frêles et diaphanes comtesses de Vienne, toutes blêmies par un été passé à l'ombre, elle tranchait par ses joues rouges, son cou vigoureux et des éclats de rire plus fréquents dans les parties de chasse. De temps en temps, on la voyait jeter au beau Serge Olevitch, qui les lui renvoyait, des regards amoureux qui, à tout prendre, faisaient plutôt bon effet. Quelques douairières, quelques mauvais esprits asexués et quelques jeunes femmes jalouses de naissance se permirent des commentaires ironiques ; mais dans l'ensemble on peut dire que le premier bal des Olevitch fut un succès. Certains gentilshommes, néanmoins, promenèrent, pendant la soirée, après avoir valsé avec la maîtresse de maison, des visages indécis ; on les voyait s'arrêter, les sourcils froncés, avec un grand air de doute, voire de stupeur, avant de repartir bravement en haussant les épaules. « Par Dieu ! se disait par exemple le baron Cornélius von Strass, par Dieu ! j'aurais rêvé... Il n'est pas possible que cette pauvre Hannette, si dévote, m'ait froidement demandé de la... culbuter ? – le mot que j'ai cru entendre était pire ! – entre deux figures de polka... ? » ; « Par Dieu ! se disait de son côté le très savant Dr Zimenatt, il faut que je sois fou d'avoir cru sentir la main d'Hannette tâtonner dans mon habit... ? » Indécis, ces gentilshommes n'osèrent se confier leurs impressions, d'autant plus que, concertées, leurs femmes s'ébaubirent. « Ce serait bien le diable, disaient-elles, que la chaste Hannette, à peine mariée, veuille tromper son beau mari... ! » Ce disant, elles soupiraient car déjà cela attristait fort les jolies femmes de Vienne de voir ce beau et fringant jeune homme à jamais lié à une créature si bizarre.

Et de fait, Serge Olevitch n'aurait eu aucun mal, dès son retour, à choisir une maîtresse parmi les plus jolies et les plus désirables femmes de la ville. Mais, contrairement à toutes les lois du genre, il ne bronchait pas, ne regardait qu'Hannette et opposait un visage de bois aux œillades les plus claires. En revanche, et presque ouvertement, son épouse faisait de telles agaceries aux nobles Viennois de passage que l'on crut chez elle à un oubli des usages, une bonhomie un peu verte due à son long séjour à la campagne, car, eût-elle voulu attirer dans son lit tout porteur de pantalon, Hannette ne s'y fût pas prise autrement. « Il ne fallait point s'y méprendre », se disait-on ; mais c'est pourtant ce que fit le jeune Aloysus von Schimmel, un soir de décembre.

De très vieille famille, un peu dégénéré, ce qui expliquait peut-être à la fois sa tuberculose, sa myopie et ses égarements de pensée, le jeune Aloysus, à vingt-sept ans, semblait en avoir quinze. Installé à Vienne par sa famille pour se dégourdir – depuis près de dix ans –, on ne l'avait jamais vu ailleurs qu'à son piano. Il était sombre, susceptible, enfantin, et de plus il arborait au sommet d'un corps petit et maigre une épaisse toison bouclée du même rouge ardent que celui d'Hannette. Ayant dédaigné jusque-là les faveurs de quelques Viennoises attirées par sa fortune, il sembla se réveiller tout à coup en voyant, reflétée dans le bois sombre de son piano, une tête coiffée d'un rouge égal au sien. Aloysus quitta son piano et voulut danser, ce qu'il n'avait pas fait six fois en dix ans. On vit Hannette Olevitch saisir ce freluquet par la taille, on les vit s'élancer sur la piste en un furieux tourbillon qui n'était pas sans évoquer une meute à l'hallali ; bref, on vit se former ce soir-là ce qu'on devait appeler méchamment par la suite : le couple des rouquins.

Le contraste était grand entre la bonne santé, la

carnation de l'héritière des von Tenck et la pâleur, la chétivité de l'héritier des von Schimmel ! Leur seul point commun était, semblait-il, cette chevelure ardente, mais ils semblèrent s'en découvrir de nouveaux très rapidement. Hannette eut la joie de faire découvrir à un autre – peu de temps après les avoir découverts elle-même – les plaisirs de l'amour. Aloysus, dompté, secoué, caressé, étrillé, nourri – nourri de force –, se mit au contraire de Serge à prendre quelque vigueur. Le matin voyait la fière Hannette dévaler à cheval les allées du bois suivie de son pianiste. Le soir les réunissait autour d'une partition, ou au coin de quelque cheminée. Quant aux après-midi, après quelque temps on ne douta point de l'usage qu'ils en faisaient. La passion flambait entre ces deux têtes flamboyantes. Et Serge Olevitch ne bronchait toujours pas.

À Vienne, on allait donc de bizarrerie en bizarrerie : qu'un beau jeune homme riche se mît en tête d'épouser l'ingrate Hannette était une chose étonnante ; qu'elle y eût consenti, après vingt ans de chasteté et de chasse à courre, était une chose aussi étonnante ; mais que, de retour à Vienne, ce fût elle qui le trompât, cela devenait presque scandaleux. On se mit à jaser, et à douter même de la virilité du jeune marié. Serge Olevitch le sentit et se vit quasiment contraint de faire ses preuves. Il s'en fut donc au foyer de l'opéra faire sa cour à une danseuse. Malheureusement, les gentilshommes de Vienne étant aussi fortement sourcilleux sur la vertu de leurs maîtresses qu'ils l'étaient peu sur celle de leurs femmes, Serge Olevitch dut prendre des gants et, pour éviter un duel – qui l'eût ramené des années en arrière –, choisir parmi ces beautés une proie qui ne fût point en main – c'est-à-dire un laideron.

Néanmoins, le laideron, enchanté de ce brusque succès, parla, s'extasia, et nul ne put plus avancer comme explication à cette intrigue une faiblesse pathologique du jeune marié.

Au demeurant, il faut ajouter qu'Hannette, bien qu'éprise aussi, semblait-il, ne se livrait pas à ces mignardises, à ces regards ni à ces grimaces qui obligent un honnête homme à faire l'époux et le jaloux. Elle envoyait à son amant de grandes claques dans le dos, des « bonjours » tonitruants, des bourrades vigoureuses qui réellement ne laissaient traîner aucune équivoque. On pouvait dire des deux rouquins, grossièrement, qu'ils étaient « comme cul et chemise », mais il était fort difficile d'en prendre ombrage. Et Serge Olevitch se gardait bien de le faire. Encore que les gammes et les trilles du jeune Aloysus fatiguassent considérablement ses oreilles, il s'estimait heureux qu'Hannette n'eût pas jeté son dévolu sur un maître d'hôtel bavard ou un laquais sans manières. Il éprouvait même une sorte d'admiration pour l'énergie nerveuse qui semblait animer le jeune homme. Il le plaignait pour ses cernes, et il compatissait à chacune de ses fausses notes. Son rôle, à lui, était simple, en tout cas d'apparence : ne rien voir.

Et pour cela Serge Olevitch, l'hiver, ne cessa de tousser, de se cogner aux meubles, de parler très fort tout seul, de sonner à grands coups à sa propre maison et mille autres précautions. Il aurait vraiment fallu que les amants le voulussent pour qu'il les surprît. Ah ! Aloysus von Schimmel n'était pas plus soucieux de cette éventualité que ne l'était Serge lui-même : l'idée qu'il pût les voir enlacés et que les deux le vissent les voir le glaçait d'effroi ; car enfin, s'ils le surprenaient à les surprendre, il serait obligé d'agir – c'est-à-dire de provoquer le jeune homme et de se retrouver dans un champ, à l'aube, le pistolet à la main... Cette image revenait chaque nuit dans les cauchemars du pauvre Serge Olevitch.

Hélas ! l'inévitable ne peut être évité trop longtemps. En rentrant dans la serre, où il cultivait depuis peu des orchidées napoléoniennes (Serge Olevitch s'était découvert une passion pour la botanique), il eut la déplorable idée de rajouter quelques caissons de paille autour d'un jeune plant spécialement frileux. Et dans la réserve du jardinier, au milieu des bottes de paille, il découvrit Hannette et Aloysus étroitement enlacés, et, sinon nus, du moins fort déshabillés. « Hannette... », gémit-il d'un ton désolé tandis que cette dernière, plus énergique mais néanmoins surprise, émettait un juron des plus païens. Quant au jeune homme, déjà il redressait son col et s'inclinait très bas avec des airs de gentilhomme qui achevèrent d'exaspérer Serge Olevitch. Il fut à deux doigts de le gifler pour de bon ; non point pour sa félonie mais pour sa maladresse. « Ne le frappe pas ! » s'écria l'héroïne, se rappelant le sanglier, et cela réveilla tout à coup Serge Olevitch. Il se fit un visage sévère, et non pas décontenancé, s'inclina à son tour profondément devant le couple défait et déclara d'une voix ferme : « Je n'ai rien vu », avant de refermer la porte. Puis, le cœur battant, le visage calme, il rentra à grands pas dans sa chambre et s'y enferma, interdisant qu'on le dérangeât ! « Ce petit galopin, pensait-il, aurait ainsi le temps de se calmer, et il n'aurait à convaincre du bien-fondé de sa position que la seule Hannette. »

Celle-ci se retrouva fort ennuyée et comme dégrisée – car elle avait été proprement intoxiquée par les adagios, les pâleurs et les fièvres du jeune Aloysus. À présent, et après avoir trouvé excitantes ces étreintes hâtives dans des greniers, elle commençait à regretter la vigueur simple du piqueux, et le calme des champs et le silence approbateur de la nature lui paraissaient plus doux que le murmure des citadins. Néanmoins elle était assez contente de cette aventure qui donnait du piquant à sa vie quotidienne, selon les déroulements des plus purs romans français, et elle ne répugnait pas à monter jouer une grande scène de repentir aux pieds de son cher Serge Olevitch. Elle défrisa ses cheveux en signe d'affliction et, d'un pas ferme – car, même en escarpins, elle faisait un bruit de bottes –, elle pénétra chez son époux, non sans bousculer le valet de chambre.

Serge Olevitch était en robe de chambre et fumait un havane ; après une légère hésitation, elle jugea plus séant de s'asseoir en face de lui.

— Cela fut fâcheux, commença-t-elle de sa belle

voix grave, je vous avouerai que j'en suis désolée. Cette idée de serre n'était point la mienne.

Serge Olevitch se taisait. Et, ne pouvant attribuer ce silence au chagrin – car elle avait entendu parler du laideron de l'opéra –, Hannette l'attribua à l'orgueil.

— Voyons, dit-elle, cela n'est rien. Après un petit duel – vous serez assez bon pour ne point estropier ce garçon qui n'est que jeune – nous pourrons partir quelques mois à Turinge pour éviter les commérages.

— C'est hors de question, dit Serge Olevitch. Il est hors de question que je me batte.

Un flot de sang envahit le visage déjà rouge de sa compagne, mais Serge Olevitch, d'un geste, dissipa la pensée ignominieuse qui se glissait dans l'esprit de son épouse :

— Car me battre, ajouta-t-il d'une voix ferme, serait admettre que vous avez failli à l'honneur, chère Hannette, que vous avez rompu la première les serments que vous m'avez faits devant Dieu.

Hannette, qui était dévote, quoique peu croyante, broncha sous le coup :

— Vous voulez dire que vous n'allez pas exiger réparation ?

— Exactement, dit Serge Olevitch avec grandeur. Pour votre honneur, je me passerai de réparation.

Alors là, pour la première fois de sa vie, et sans doute pour la dernière, Hannette von Tenck-Olevitch éclata en sanglots. Plus qu'un héros, son mari était un saint ! Ce qu'il faisait là, pas un homme d'Autriche ne l'avait fait, pour aucune de ses amies ! Sa gloire, à elle, lui était plus précieuse que la sienne propre ! Elie couvrit ses mains de larmes, se jeta à son cou en sanglotant – ce qui le fit trébucher – et lui jura un amour, sinon fidèle, du moins éternel.

Je ferai très attention..., ajouta-t-elle en se mouchant vigoureusement. Vous n'aurez plus à me surprendre.

Magnanime, Serge Olevitch enregistra cette promesse et, presque aussitôt, donna l'ordre d'atteler. Le jeune Aloysus von Schimmel attendit toute la soirée au *Sacher*, et toute la nuit chez lui, des émissaires qui ne vinrent pas. Mais quand au matin, déconfit, il s'en plaignit dans Vienne, nul ne voulut le croire. L'histoire du sanglier était encore fraîche et personne ne pouvait penser que Serge Olevitch, ce solide gaillard, avait reculé devant ce jeune homme malingre.

D'ailleurs, on n'entendit plus parler pendant longtemps de l'heureux couple. On n'en entendit plus parler car il n'y avait rien à en dire. Hannette Olevitch parcourait les bois ; elle y chassait l'homme et le daim avec la même vigueur. Serge Olevitch, lui, avait une camériste particulière, aux doux yeux sombres et à l'instinct maternel. Il fumait des cigares, buvait du porto, et même, parfois, quand il avait abusé de ce dernier, il lui arrivait de se risquer lui-même dans le lit de sa femme.

Après quelques années de bonheur, il fut effectivement chargé par un sanglier, piétiné et saigné à blanc. Nul ne remarqua que les blessures s'ouvraient dans son dos. Et le discours de l'évêque de Turinge fit allusion à sa vaillance et à son imprudente témérité, devant une assistance aussi convaincue qu'éplorée.

La Futura

À quarante ans, Leonora Guiliemo, dite « La Futura », était encore une des plus belles femmes de Naples. Ce nom de « La Futura » qu'elle portait depuis vingt ans n'était pas un nom usurpé. Depuis vingt ans, elle représentait le plaisir, le jeu, l'argent, la débauche et autres débordements passionnels pour toute la noblesse dorée du beau Naples. Et depuis quelque temps, depuis que les Autrichiens tenaient la ville, elle représentait aussi le futur au sens le plus simple du terme. Grâce à ses relations avec les carabiniers de la police et les notables de la ville, et grâce à sa nouvelle liaison avec le colonel autrichien qui y faisait régner l'ordre, Leonora avait été plusieurs fois à même – moyennant beaucoup d'argent – de soustraire au fusil et à la corde de nombreuses têtes princières, ducales ou simplement bien nées. Le comte Di Palermo qui se tenait devant elle, ce soir-là, et qui empilait sur son lit de nombreux tas d'or ne se faisait aucun souci. Son fils, Alexandre, qui devait être exécuté le surlendemain pour avoir tué en duel un misérable capitaine de Vienne, rentrerait vite dans le château de ses pères. La Futura s'en chargeait. Bien sûr, cela lui coûtait fort cher mais, aussi sot et aussi odieux qu'il fût, Alexandre était son fils. Et le comte Di Palermo s'obligeait à rester aimable devant cette superbe mais méprisable catin. Elle devait sentir sa rage et cela devait l'amuser, car elle souriait un peu pendant qu'il alignait ses sacs.

— Le compte y est, dit-il.

— C'est fort bien, dit La Futura. Mais dis-moi, comment est-il déjà, ton Alexandro ? Je ne me le rappelle plus.

Le comte Di Palermo sourcilla un instant : non au tutoiement, mais il lui déplaisait que l'on ne se souvînt pas de son fils, même dans un bouge de cette sorte.

— Oui, reprit La Futura, il va bien falloir que je le remplace, pour l'exécution. J'enverrai un benêt se faire tuer à sa place en lui faisant croire à un simulacre. À l'aube, tous les morts sont gris, dit-elle avec un petit rire, mais il faut un minimum de ressemblance.

— Alexandro est grand et blond, dit le comte Di Palermo avec fierté.

Puis il ajouta d'une voix plus basse :

— Et il a une cicatrice en travers de la joue... Une marque d'ongle, ajouta-t-il devant les sourcils interrogateurs de La Futura.

Elle se détourna et sembla écouter quelque chose d'inattendu au-dehors. Mais les faubourgs étaient calmes. C'est d'une voix égale qu'elle lui posa une dernière question :

— N'a-t-il pas d'autres signes distinctifs ?

— Si, dit-il, il lui manque une phalange au petit doigt. Alors je compte sur toi ?

— Tu peux compter sur moi, dit La Futura. Le comte Alexandro Di Palermo sera mort pour tout Naples après-demain.

Restée seule, La Futura sembla hésiter puis elle se dirigea à grands pas vers la porte qui donnait sur la ruelle et l'ouvrit. Un nain se glissa dans la pièce.

— Frederico, dit La Futura, dis-moi, le perverti, tu te rappelles, celui de la pauvre Margarita, il avait un doigt en moins, non ?

— Oui, dit le nain.

Et, bien que son visage fût en lui-même une horreur à regarder, il arbora quand même une expression horrifiée. La Futura sembla réfléchir un instant puis, d'un air de regret, elle haussa les épaules et s'empara des sacs d'or qu'elle soupesa longuement.

— Bah, tant pis ! dit-elle. Margarita est morte à présent, il faut que tu me trouves un homme blond, Frederico, grand, que tu lui griffes un peu la joue, et qu'il ait un doigt en moins. Demain au soir, il me le faut.

Gabriele Urbino reprit connaissance. Il éprouvait une vive douleur au doigt et il essayait désespérément de se rappeler où et quand il avait pu se faire mal de la sorte. Il était ligoté, les mains derrière le dos, et il faisait noir dans la pièce froide où il gisait. Il se rappelait avoir aperçu pendant son après-midi de pêche une ombre ridicule, petite et difforme, s'allonger sur la prairie à côté de lui, et il se rappelait s'être retourné. Après, plus rien. La porte s'ouvrit et un bras tenant une bougie apparut. À la suite du bras, il y avait la tête affreuse d'un nain, et derrière lui le visage de la plus belle femme que Gabriele ait jamais vue de sa vie. Il se leva machinalement et s'adossa au mur. Le nain coupa ses liens d'un geste sec et il se rendit compte alors qu'un pansement blanc recouvrait sa main. Il la regarda avec incrédulité.

— Comment t'appelles-tu ? dit la femme.

— Gabriele, dit-il.

Et malgré lui, il sourit. La femme avait une voix basse, chantante, « une voix comme un violon », pensa-t-il. Il avait envie qu'elle lui parlât très longtemps.

— Pourquoi souris-tu ? demanda-t-elle.

Elle avait une expression intriguée qui la rajeunissait tout à coup de vingt ans.

— Vous avez la voix comme un violon, dit Gabriele. Je n'ai jamais entendu une voix pareille.

Le nain se mit à rire et la femme en fit autant.

— Mon Dieu ! dit-elle, on te rosse, on te coupe le doigt, on t'emprisonne ici, et tout ce que tu trouves à dire c'est que ma voix a le son d'un violon ! La nature t'a fait joyeux, mon garçon...

— C'est vrai, admit Gabriele.

Et il se mit à rire aussi. Il était joyeux et il était beau, pensa La Futura. Il était bien plus beau que cet Alexandre qu'elle se rappelait bien à présent. Ses cheveux étaient blonds comme les blés, luisants et drus, et non pas jaunes comme le foin triste du fils de Palermo. Ses yeux étaient bleus, brillants, vifs, et non pas gris et glauques. C'était bien dommage, pensa-t-elle, c'était une pitié, vraiment.

— Écoute, dit-elle, il faut que tu me rendes un service qui te sera payé cher. On doit fusiller à blanc, demain, le fils du comte Di Palermo, mais il a les nerfs fragiles et il faut que quelqu'un le remplace...

Elle parlait, elle dévidait ses mensonges et son piège, et pour une fois elle butait un peu sur les mots et son discours manquait de conviction et de son habileté coutumière. Elle s'en rendait compte et cela la gênait. Mais quand elle parvint au bout de son discours, le jeune homme souriait toujours. Cela l'irrita.

— Eh bien, dit-elle, es-tu d'accord ? Tu te glisses dans sa cellule, dans la nuit, tu mets ses vêtements, tu suis les soldats...

— Mais oui, dit-il, je suis d'accord. Tout ce que vous voulez... Je ne vous ai pas écoutée.

— Tu ne m'as pas écoutée ! reprit-elle avec colère.

Mais il l'interrompit :

— Non, dit-il, je n'entendais malgré moi que votre voix. Pourrais-je avoir à manger ? J'ai faim.

La Futura hésita, sembla quêter l'approbation du nain, puis soudain elle se décida :

— Bon, dit-elle, viens, tu vas dîner avec moi. Tu vas faire un bon repas avec du vin comme tu n'en as jamais bu et comme tu n'en boiras plus jamais.

Effectivement, ce soir-là, Gabriele fit le meilleur

repas de sa vie, arrosé du meilleur vin de Chypre qui existât en Italie. Il en but beaucoup et La Futura l'imita. Ils étaient dans la chambre désordonnée et somptueuse de La Futura, îlot de satins, de soies et de chaleur égaré dans les murs décrépis d'une vieille maison du faubourg ; et au coin du feu de bois, la chaleur des flammes et du vin aidant, le garçon et la femme se retrouvèrent bientôt joue à joue, puis bouche à bouche, et Gabriele sut vraiment ce que c'était que le plaisir. Et jamais, sans doute, La Futura ne se donna-t-elle tant de mal pour le prodiguer à un homme, et jamais sans doute n'y trouva-t-elle une telle volupté et une telle amertume.

Le comte Alexandro Di Palermo marchait de long en large dans sa cellule. Le geôlier l'avait rassuré : tout allait bien, mais il trouvait que cette Futura se faisait bien attendre. Bien sûr, il n'était pas question qu'il mourût, lui, Alexandro, fils du comte Di Palermo, futur comte lui-même ; il avait bien trop d'argent pour cela. Néanmoins, cette catin se faisait attendre. Lui, Alexandro Di Palermo, attendait le bon plaisir d'une catin et du benêt, du gibier de potence qui prendrait sa place ! L'idée des fusils braqués sur lui lui fit courir un petit frisson désagréable dans le dos. Dieu merci, il n'aurait pas à affronter cela, car en plus de ses tares diverses, il était lâche. Et c'était pendant son sommeil qu'il avait tué ce capitaine autrichien. Mais cela, même son père l'ignorait. Cependant, le jour se levait et ses pensées étaient moroses. Aussi, lorsque la porte grinça, il se dressa d'un bond, le visage mauvais.

La Futura était pâle dans le petit matin, et le grand garçon derrière elle était pâle aussi, les yeux cernés, comme s'il avait su. Alexandro eut envie de rire à voir ce grand dadais se tenir si droit, et, apparemment, si fier de lui-même dans la cellule. Tout à l'heure, il ne serait plus qu'un petit tas sanglant sur les pavés de la cour.

— Tu arrives tard, La Futura ! dit-il avec rage. On te paie assez cher, non ?

— Mieux vaut tard que jamais, dit La Futura. Déshabille-toi, dit-elle au jeune homme derrière elle.

Et les deux hommes commencèrent ensemble à se déshabiller. Le jeune homme posa sa chemise de toile écrue et Alexandro sa chemise à jabot ; le jeune homme enleva son pantalon de lin grossier et Alexandro ses bottes de cuir et ses superbes culottes de soie. À présent ils étaient pratiquement nus l'un devant l'autre, et le regard de La Futura allait du corps blanc, maigre et mou du fils de Palermo au corps doré, élancé et vigoureux du paysan. Son regard était insistant mais si explicite qu'Alexandro le surprit, le comprit, et qu'il explosa de colère :

— Tu oses me comparer à ce manant ! dit-il.

Et, emporté par la colère, il lança la main vers La Futura, mais non sans plaisir car il avait toujours aimé frapper les femmes. Mais, avant qu'il ne l'atteignît, le rustaud avait tendu le bras à son tour et l'avait touché au menton. Alexandro Di Palermo tomba en arrière, se heurta à la voûte et resta proprement assommé sur le sol. La Futura fit un pas vers lui et s'arrêta :

— Qu'est-ce que tu as fait ? demanda-t-elle.

Gabriele, demi-nu, immobile, ressemblait à la statue d'un de ces lutteurs ramenés de Grèce par les Romains dans des temps révolus.

— Il a failli vous frapper, dit Gabriele. On ne vous frappera jamais devant moi, ajouta-t-il d'une voix rassurante.

Et il prit La Futura par les épaules et l'appuya contre sa poitrine. Elle avait le visage sur cette épaule nue, elle respirait sur cette peau l'odeur de la campagne, du soleil, et, plus tenace et plus perfide aussi, l'odeur de leurs récentes amours. Elle se dégagea doucement, se détourna de lui et dit d'une voix basse :

— Rhabille-toi.

Et comme Gabriele tendait la main vers la chemise de dentelles, elle ajouta d'une voix plus dure :

— Non, remets tes vêtements, les tiens.

C'est ainsi qu'au petit matin du mois de mai 1817, on vit mourir de façon abjecte, sanglotant et hurlant qu'il n'était pas lui-même, le comte Alexandre Di Palermo. Quant à La Futura, on n'en entendit plus jamais parler. Non, plus jamais, à Naples. Quelqu'un prétendit l'avoir vue habillée en bourgeoise, au bras d'un grand homme blond, à Parme. Mais personne ne le crut.

Une partie de campagne

L'été 1940 fut magnifique et un ciel bleu, des blés blonds voyaient avec stupeur défiler sur la route une interminable caravane de fuyards. Pare-chocs contre pare-chocs, les camions, les voitures de sport, les limousines familiales se traînaient au rythme que leur imposaient les Stukas, plongeant parfois du ciel comme des vautours, afin de tuer. Néanmoins, dans cette colonne hétéroclite, les Rolls étaient rares, et celle de Mme Ernest Dureau, des Entreprises Dureau, s'attirait parfois les quolibets sarcastiques des autres conducteurs, pas mécontents, ces derniers, de voir que la guerre, elle, ne respectait pas la hiérarchie sociale, pas mécontents de voir que quelques riches n'avaient pas eu le temps ou la prudence de partir avant eux.

Hélène Dureau baissait modestement les yeux devant ces regards ironiques, comme elle les baissait un mois encore auparavant quand elle entrait en robe du soir, couverte de bijoux, au gala de l'Opéra, et que la double haie des curieux lui envoyait ces mêmes regards, à ce moment-là dénués d'ironie.

Hélène Dureau était née Chevalier, ce qui l'avait mise toute sa vie à l'écart de la foule.

Dans la Rolls, en revanche, son jeune amant Bruno, qui, lui, sortait d'un foyer très modeste du Pas-de-Calais, avait tendance à redresser la tête et à faire le beau, aussi bien en ce jour d'été que dans les soirées parisiennes. Quelque chose en lui semblait malgré les circonstances proclamer : « Eh oui, je m'en suis sorti, moi. Je vis avec les grands, les puissants, les riches. » Et son statut de gigolo – loin de lui sembler méprisable – devenait visiblement le couronnement de grandes ambitions. Près de Bruno, la vieille baronne de Poquincourt, ayant miraculeusement retrouvé dans ses bagages un chapelet d'ébène – dont nul auparavant ne lui en avait soupçonné l'usage ni la possession –, égrenait, les larmes aux yeux, d'interminables et incompréhensibles litanies. Sa bouche molle, luisante d'un fard trahi par la chaleur, s'agitait sans cesse et, de temps en temps, elle émettait un petit bruit de succion, un bruit mouillé qui exaspérait Hélène et Bruno. Il avait fallu une série de calamités imprévisibles, une série de trains manqués, de pannes mécaniques et de quiproquos pour que ces trois-là se retrouvassent sur cette route populaire. Mais en attendant, ils y étaient bel et bien, et deux fois déjà il leur avait semblé que les Stukas allemands se plaisaient à survoler la Rolls.

Un embouteillage avait dû se créer plus haut car il y avait près d'une heure maintenant qu'ils étaient arrêtés au même endroit, en plein soleil, à trois mètres exactement de l'ombre délicieuse d'un platane ; trois mètres occupés par une vieille Rosengart, deux vélos et une charrette à bras. Inconsciemment, Hélène Dureau laissait son regard s'appuyer sur la nuque bronzée et blonde du jeune homme à la charrette. Il était appuyé aux brancards, il fumait une cigarette avec nonchalance, et rien dans son attitude ne signifiait qu'il se crût ailleurs que dans son champ. Son corps était long, harmonieux, et Hélène se prit à craindre qu'il ne se retournât : il était sans doute affreux. « C'est bien le moment, pensa-t-elle, de regarder un jeune homme... », et elle détourna les yeux, mais trop tard, car Bruno avait suivi son regard et ricanait déjà.

— Vous regrettez la Rolls, chère Hélène ? Vous préféreriez un moyen de transport plus rustique ?

Son visage généralement pâle et trop fin sous ses cheveux noirs, brillants, était devenu rouge, et dans sa voix pourtant soigneusement surveillée venaient de se glisser – grâce à la colère – quelques décibels de vulgarité. Bruno était bon amant, relativement courtois, mais il avait l'agressivité tout à fait commune ; et Hélène, qui se rappelait parfois avec délices des scènes atroces, avec d'autres, lui en voulait toujours lorsqu'il cessait d'être aimable.

— Encore heureux que nous ayons cette Rolls, dit la vieille baronne avec vigueur. Au moins la carrosserie nous protège-t-elle.

— Absolument pas, dit Bruno, ne vous y fiez pas : la moindre balle la traverserait comme du papier.

La nouvelle dévote lui jeta un regard angoissé, au bord du désespoir, et Hélène vit avec surprise trembler cette bouche généralement si péremptoire. Depuis trente ans à présent que la vieille baronne faisait la pluie et le beau temps dans le Tout-Paris, elle ne pouvait que rester stupéfaite, désemparée de voir que les Stukas du Fûhrer n'observaient pas la même déférence.

— Mais que faisons-nous là-dedans ? s'enquit-elle en larmoyant mais la voix révoltée. C'est trop d'injustice !

En effet, songea Hélène, pour une femme qui interdisait que l'on parlât politique chez elle, qui savait tout sur le surréalisme et rien sur le national-socialisme, pour une femme qui avait de si charmants amis allemands et qui avait récité pendant cinq ans du Heine dans les matinées poétiques, pour une femme enfin qui depuis toujours encensait Wagner, ces mitraillades ne pouvaient être qu'une funeste erreur. Elle était persuadée, pensa Hélène, amusée, qu'il lui eût suffi de paraître sur la route et de montrer son visage aux vilains pilotes, hélas ! trop lointains, pour qu'ils s'en allassent en battant des ailes en signe d'excuse.

Un léger mouvement secoua la colonne, et Hélène soupira de soulagement, remit dans son sac un mouchoir trempé dont elle s'essuyait le visage depuis une demi-heure. On allait rouler peut-être plus vite, le vent frais les ferait revivre... Mais à peine le chauffeur avait-il embrayé que le grondement recommença. C'était ce vol de guêpes, ce ronron si inoffensif, si régulier, si vite transformé en un bruit assourdissant avant de devenir ce feulement, ce cri d'animal supplicié lorsque, toute colère déchaînée, les Stukas piquaient vers la foule. Ils venaient de loin, ils venaient de Paris ou d'Allemagne, et tout le monde se retourna dans cette direction machinalement, sauf Hélène qui venait de voir enfin de face le visage du jeune homme blond. Il était beau – contrairement à ses pronostics –, il avait un visage ouvert et insouciant, tanné par le soleil, et sans aucune raison cette mâle beauté rassura Hélène.

— Mon Dieu, ça recommence... Les voilà ! s'écria la voix plaintive de la baronne.

Et elle reprit le chapelet entre ses mains baguées tandis que malgré lui, à son insu, Bruno rentrait la tête dans ses épaules. Le jeune homme inconnu baissa les yeux un instant, et son regard croisa celui d'Hélène et s'y fixa, l'air étonné. Pendant une seconde tout sembla pétrifié car, à part ces deux-là, tous ces gens n'étaient qu'une seule attente, une seule oreille accueillant avec une fascination horrifiée l'arrivée inexorable de l'essaim d'abeilles. Puis un enfant cria quelque part, et, recouvrant l'usage de leurs membres, des dizaines d'animaux affolés, à peine humains, se précipitèrent vers les fossés. La baronne, déjà, avait ouvert la portière, oubliant totalement que cela lui était impossible sans l'aide de son chauffeur. Bruno s'était relevé du siège et poussait la baronne sans même remarquer l'immobilité tranquille de sa maîtresse car, à travers la vitre qui les séparait, le jeune homme avait souri, comme à une vieille connaissance. Et Hélène, malgré elle, sentait sa bouche s'étirer et lui souriait à son tour. La voix de Bruno, hurlant du fossé, la réveilla.

— Mais que fais-tu ? cria-t-il. Tu es folle !

Elle tourna la tête vers lui machinalement, le jeune homme aussi, et, comme à regret, ils se dirigèrent ensemble vers le même arbre. Bruno jeta un regard furtif, affolé et furieux vers le jeune homme, mais la peur était plus forte que toute jalousie, et, tandis que l'air se déchirait au-dessus de leurs têtes, tandis que le bruit révolté et atroce des moteurs surmenés devenait la seule réalité, il mit sa tête sur le sol et ses mains sur sa tête. La baronne, à plat ventre elle aussi, révélait dans cette posture chez elle inaccoutumée des rondeurs vaguement cubiques qui firent sourire, une seconde, Hélène. Elle s'était elle-même allongée mais sur le côté, appuyée à son coude comme sur une plage, et elle sentit le soleil brûlant à travers les feuilles lui chauffer la joue et l'oreille, avant que son regard ne se fixât sur un de ces avions noirs qui, suspendu au-dessus d'eux, comme immobile, semblait prendre sa respiration avant de plonger. Il était petit et noir sur ce ciel blanc de chaleur, il était insolent et ridicule, il était tout à coup comme un jouet prétentieux. Le jeune homme, accoudé comme elle à deux mètres de là, lui aussi, semblait fixer le même avion.

Il y eut un instant de répit avant que l'avion ne se décrochât, cédât brusquement à l'attraction terrestre et, contre son gré, semblait-il, se précipitât, vaincu, vers leur arbre. Elle ferma les yeux sous le bruit, leva machinalement la main vers son oreille, et aussitôt la terre sembla secouée de nausées irrépressibles, un tacatac frénétique hacha les brins d'herbe, fit voler des morceaux de peinture sur la belle Rolls abandonnée, et, ne pouvant supporter de voir cette chose énorme et préhistorique, cette chose de fer qui voulait sa mort, Hélène se recroquevilla et s'accrocha au tronc d'arbre. Elle serrait le bois rugueux entre ses mains, elle sentait sous ses doigts l'écorce tiède, elle ne se rappelait pas avoir jamais rien aimé autant que cet arbre. Dans un long sifflement, l'avion se redressait à présent, se lançait victorieusement vers le ciel tandis que des cris, des plaintes, des appels s'élevaient déjà autour d'eux. De sa place, Hélène, les yeux toujours clos, entendait les sanglots éhontés de la baronne et le claquement des dents de Bruno dont elle devinait le visage convulsé par la peur, comme elle le connaissait par la colère. L'avion allait revenir, elle le savait, ce n'était qu'un répit. « Mon Dieu, pensa-t-elle, je vais peut-être mourir entre ces deux-là, ces deux personnages ridicules, mesquins... Si je suis blessée, ils ne sauront pas me porter secours, si je meurs leurs visages ne m'aideront pas à passer le pas. » Et, une seconde, elle eut une vision de sa vie passée, de sa vie présente et à venir, si lamentable et si dépourvue de chaleur que les larmes lui vinrent aux yeux. Elle releva la tête et les essuya avec colère. Elle ne voulait pas montrer aux autres ces larmes qu'ils attribueraient tout aussitôt à la peur, elle ne voulait pas que même dans ses dernières minutes ils puissent la croire une seconde de leur espèce. Et pourtant...

— Il revient ! Il revient ! cria la baronne.

Relevant la tête, Hélène revit très haut, encore plus haut que la fois d'avant, semblait-il, le robot meurtrier. Quelqu'un en elle, une petite fille trop protégée, se mit à gémir et à prier un Dieu qu'elle avait oublié depuis longtemps. Il lui serait insupportable de réentendre ce vacarme, ce cri des moteurs, il allait lui arriver quelque chose d'autre, de presque pire, une crise de nerfs, une panique, un élan fou furieux qui la ferait courir sur la route à la rencontre des balles qu'elle voulait fuir. C'est alors qu'une ombre s'interposa entre elle et ces rayons ingénus du soleil, et que le jeune homme blond s'agenouilla à ses pieds.

— Ça secoue drôlement, dit-il. Vous n'avez pas trop peur ?

Il y avait de l'indulgence dans son ton, une gentillesse confiante, comme s'il eût trouvé, lui, ridicule toute cette comédie, et qu'il y eût en effet un degré convenable, justifié, de peur à avoir. Avoir peur de mourir était sûrement avoir trop peur, d'après son expression.

— Ils vont s'amuser encore cinq minutes, et puis ils repartiront, dit le garçon en s'asseyant et en appuyant la tête contre le tronc d'arbre, mais votre Rolls est rudement abîmée.

Il était au-dessus d'elle et, en renversant le visage, elle le voyait d'en bas. Elle voyait la chemise à carreaux ouverte sur le cou solide, et elle observait avec étonnement la mâchoire à peine épaisse, souple, et qui ne se crispait même pas maintenant que l'avion arrivait.

— Cette fois-ci, cette fois-ci, c'est pour nous ! hurla la baronne.

Et en effet le bruit était pire qu'il ne l'avait jamais été pendant ces deux jours de débandade. Elle n'était plus rien d'autre que la proie de ce vacarme, elle allait mourir, elle était morte. Et quand le garçon se laissa choir sur elle, elle pensa un instant que c'était le début de son ensevelissement. Elle sentit le corps dur tressaillir et, pour ne pas crier, elle appuya sa bouche sur un bras musclé et couvert de poils blonds. « Il a une odeur d'herbe », songea-t-elle vaguement, tandis que les battements de son cœur lui revenaient peu à peu aux oreilles. L'avion était loin à présent. Elle ôta sa bouche du bras inconnu et bougea un peu la tête. Le corps au-dessus d'elle bougea à son tour et versa sur le côté, l'arrachant ainsi à ce noir obscur et bénéfique où elle avait été enfouie. Elle vit tout d'abord les taches sur sa veste beige, des taches rouges dont elle se demanda stupidement la provenance avant de comprendre. Le garçon était allongé à côté d'elle, très pâle, les yeux clos, il avait une blessure à la hauteur des côtes d'où le sang giclait doucement ; et elle réalisa tout à coup que c'était elle qui aurait dû porter cette boutonnière écarlate ; et que ce beau paysan en se jetant sur elle la lui avait épargnée.

— Comment vous appelez-vous ? murmura-t-elle avec passion.

Car tout à coup, plus important que tout, il fallait

que cet homme vécût, qu'elle sût son nom, et qu'en le rappelant à voix basse, en le suppliant, elle le gardât sur terre.

— Quentin..., dit-il.

Et il rouvrit les yeux, esquissa une petite grimace tout en dirigeant une main hésitante vers sa blessure.

— Tu n'as rien ? disait la voix de Bruno derrière elle, une voix déformée et lointaine qu'elle ne reconnaissait plus.

Elle ne répondit pas mais mit sa main avant celle de Quentin sur la plaie ouverte, resserra ses doigts sans dégoût dans le sang tiède pour en empêcher le flux.

La ferme sentait le champignon, le feu de bois et la lessive. Assis précautionneusement, les jambes repliées, sur les tabourets de la cuisine, la baronne et Bruno faisaient la tête. Et dans la chambre trop grande, couverte d'affiches de cyclistes et de footballeurs, Hélène, attentive, regardait dormir le jeune homme, en compagnie de sa mère. Le pansement faisait une bosse sous le drap et, de temps en temps, l'une des deux femmes allait vérifier s'il restait blanc. Plus loin, très loin, à un millier de kilomètres, au Portugal, un énorme transatlantique attendait qu'ils montassent à bord, mais ce bateau, ce port, cette Amérique lointaine (pourtant bien connue d'elle) apparaissaient irréels à Hélène. La vie, la vie vraie, c'était cette chambre, et le caquètement des poules sous la fenêtre, et ce brûlant silence de la campagne vers 3 heures, l'été, ce silence qu'elle n'avait jamais connu. Il n'y avait plus dans sa tête la moindre trace de plan pour les jours à venir, pas plus que le moindre souvenir de ce qui avait été une vie fort remplie, pendant quatre décades. Cette vie-là s'était terminée sous cet arbre, dans un hurlement d'avions. Et distraitement, passivement, Hélène se disait qu'elle devait absolument changer de veste, cette veste où le sang à présent était devenu marron, brunâtre, laid à voir.

La femme à côté d'elle se leva un instant avant qu'elle n'entendît la voix du blessé, et Hélène au passage admira les presciences de l'instinct maternel. Le garçon s'était soulevé sur un coude, il les regardait l'air étonné, puis, en la reconnaissant, enchanté :

— Vous n'avez rien ? demanda-t-il.

Hélène sourit en secouant la tête.

— Quentin, dit la mère, tu vas mieux ?

Il tâta son côté d'un geste incrédule sans quitter Hélène des yeux. Le soleil envoyait un rayon doré qui coupait la chambre en deux et sciait en même temps le bois sombre du lit et le torse nu de Quentin. Sa poitrine était couverte de poils blonds, « comme son bras », se rappela Hélène tout à coup, et, à sa grande surprise, elle se sentit rougir. Comment pouvait-on poser un regard sensuel sur un jeune homme qui vous avait sauvé la vie et qui gisait sans défense, sans aucune défense contre des schrapnels ou des baisers étrangers ?

— Vous allez rester un moment ? demanda-t-il.

Mais cette question ressemblait beaucoup à une affirmation, tant la voix était gaie.

La baronne de Poquincourt s'énervait, visiblement. Elle se promenait de long en large dans la grande cuisine au carrelage inégal et sur lequel de temps en temps elle butait, ce qui ôtait toute majesté à sa célèbre démarche. Bruno, lui, avait étendu ses jambes devant lui, les mains à plat sur ses genoux, dans une position qui eût plu dans un fauteuil club ou un tabouret de bar, mais qui ne convenait pas avec cette chaise de paille. En vérité, les cachemires de Bruno tout autant que le manteau de Carven de la baronne perdaient un peu de leur élégance dans ce décor rustique, et Hélène se demanda si elle-même n'avait pas ridiculement l'air d'une grande bourgeoise égarée. Pour la première fois de sa vie, sa fortune lui sembla gênante. Et pourtant combien d'hospices et d'hôpitaux n'avait-elle pas inaugurés au bras de quelque brillant ministre, lorsque les affaires de son époux le demandaient... Il faut dire que ces jours-là elle était bienfaitrice et qu'aujourd'hui elle était quémandeuse. Le sang de Quentin avait coulé à la place du sien. Et bien qu'on ne fût qu'à quelques centaines de mètres de la grand-route, dont on entendait encore le bourdonnement, elle se sentait très loin de son univers habituel : il n'y avait pas de téléphone dans cette ferme, il n'y avait pas de maître d'hôtel prêt à partir sur son ordre, et la Rolls, elle, devait encore dresser sur la route ses chromes inutiles et martyrisés.

— J'espère que ton sauveur va mieux, dit Bruno d'une voix doublement sarcastique.

La baronne s'arrêta sur un pied avec, elle aussi, un air de rancune. Elle avait l'air d'une poule faisane ainsi, à laquelle on eût joué un vilain tour, dérobé les œufs, peut-être..., et Hélène eut envie de rire. Ils la regardaient tous deux comme si elle eût délibérément – et dans des circonstances choquantes – fait une fugue avec un gigolo. « Après tout, j'aurais pu mourir », se dit-elle, et elle songea rapidement qu'ils eussent peut-être préféré transporter son cadavre dans la Rolls qu'être privés de celle-ci. Bruno avait-il quelque affection pour elle, en dehors des satisfactions de vanité et des mille commodités financières que lui octroyait leur liaison ? Trouvait-il à l'amour – quand ils le faisaient – un autre charme que celui de remplir brillamment son rôle de mâle ? Il était « bon amant », comme on disait à Paris, mais Hélène n'avait jamais très bien su ce que cela voulait dire.

— Comment allons-nous repartir ? s'enquit la baronne, reposant son second pied sur le sol et changeant ainsi sa posture interrogative en une posture assurée et revendicatrice.

— La Rolls est bousillée, dit Bruno. Il n'y a pas une voiture aux environs. Tous ces pauvres gens ont pris la fuite comme des lapins, ajouta-t-il (non sans une belle inconscience, car enfin, que faisaient-ils d'autre, tous les trois !).

— Et vous me croirez si vous voulez..., reprit la baronne, dont le chapelet, remarqua Hélène, avait disparu probablement dans le sac de lézard vert qu'elle tenait jalousement contre elle.

Sans doute une ferme isolée, à ses yeux, était-elle aussi dangereuse qu'un cabaret mal famé... Le toit de tuiles lui procurait quand même quelque aplomb car sa voix était frémissante d'indignation quand elle poursuivit :

— ... il n'y a pas un téléphone à moins de huit kilomètres. C'est insensé !

— De toute manière, que ferions-nous du téléphone ? demanda Hélène. Les lignes doivent être coupées...

Elle s'assit sur une chaise à côté de Bruno et se tourna vers la cheminée instinctivement, comme devaient le faire ses occupants habituels.

— J'ai envoyé Edmond aux nouvelles, dit la baronne en reprenant sa marche. Mais il ne m'a pas caché qu'il allait sans doute prendre un train quelque part. Il ne faut pas compter sur lui. D'ailleurs, Hélène, depuis le début je vous l'ai dit : votre chauffeur ne m'inspire aucune confiance. Si vous aviez pris, comme je vous le conseillais, celui de Lea Carlivil...

— Croyez-vous qu'il soit nécessaire d'évoquer le chauffeur de Lea ? demanda Hélène plaintivement. Je ne sais pas ce qu'il faut faire. Je ne peux pas demander...

Elle s'arrêta et ouvrit les mains en signe d'impuissance. Pour une fois, elle ne pouvait rien demander à Ernest Dureau, l'efficace et décidé Ernest Dureau, son époux, celui qui depuis des années organisait tout dans sa vie matérielle – et peut-être même, pensait-elle parfois, dans sa vie sentimentale. Il avait une sorte de brutalité dans la complaisance qui enlevait à ce terme toute son équivoque générosité.

La mère de Quentin descendait l'escalier. « Elle a l'air d'une très vieille femme, pensa Hélène, mais sans doute n'a-t-elle que quarante ou cinquante ans... » Elle vit avec gêne le regard fixe et brillant de l'impitoyable baronne de Poquincourt détailler le corps épais, le visage tanné, ridé par le soleil, les vêtements informes, sans couleur définie. « En fait, elle doit avoir mon âge ! » pensa-t-elle, avec aussitôt un mouvement de recul.

— Mes pauvres dames, je ne vois pas bien ce que vous allez faire, dit la femme. Le docteur a dit tout à l'heure qu'il n'y avait plus un train qui marche.

— Mais il doit bien y avoir un hôtel quelque part, dit Bruno. Même un petit hôtel, avec un téléphone...

La femme le regarda avec surprise et un léger amusement, car il avait parlé de cette voix impérieuse, affectée, un peu trop haut placée dont il usait avec les maîtres d'hôtel, et qui – Hélène s'en rendait compte pour la première fois – lui donnait un vague air châtré, châtré et insolent, ce qui n'allait pas ensemble.

— Mon pauvre monsieur, dit la femme en s'asseyant à son tour à côté d'eux (à la surprise vaguement choquée d'ailleurs de la baronne qui oubliait tout à fait qu'elle n'était pas chez elle, avenue Henri-Martin)... Mon pauvre monsieur, le premier hôtel est après Giens, à quinze kilomètres, et les propriétaires l'ont fermé il y a dix jours. Ils l'ont même barricadé avec des planches...

Et elle se mit à rire avant d'ajouter comme une excuse :

— C'étaient des Parisiens...(le terme de « Parisiens » incluant à l'évidence une notion de couardise).

— Mais on ne peut quand même pas rester là, dit la baronne, de nouveau arrêtée sur ses deux pieds gracieusement en équerre.

C'était sa position favorite quand elle formulait ses diktats, quand elle décrétait, par exemple, qu'« un tel était irrecevable, ou telle pièce décidément inécoutable ». C'était curieux de découvrir à la campagne, dans ces circonstances qui s'y prêtaient si peu, le mécanisme de comportements pourtant si familiers. Une adolescente amusée, critique et facétieuse se réveillait chez Hélène, pour la première fois depuis longtemps.

— Il n'y a pourtant que ça à faire pour le moment, dit la femme avec bonne humeur. Tant que la route est comme elle est...

— Mais vous plaisantez ! C'est impossible !...

La voix de la baronne était révoltée comme devant une invitation à un bal musette, ou comme si cette fermière eût absolument tenu à héberger ces trois énergumènes trop bien habillés, et qui avaient failli lui coûter la vie de son fils. Hélène s'attendait même à ce que la baronne s'écriât : « N'insistez pas ! », mais, pour une fois, elle se tut.

— J'ai deux chambres au-dessus, reprit la fermière d'un ton égal. Celle de mon fils aîné, et celle du valet, qui sont à l'armée, eux. Ils ne m'ont laissé que Quentin pour les travaux. Et le blé qui n'est pas rentré..., ajouta-t-elle d'une voix soudain anxieuse.

— J'avoue que je suis brisée...

La baronne de Poquincourt tournait casaque. Elle avait toujours été d'une grande célérité lorsqu'une volte-face s'imposait à elle. Sa voix, de grondante devint plaintive, sa main se desserra de son sac, et elle baissa le front, image de la femme élégante en détresse.

— Il faut que je m'allonge, dit-elle encore.

Et elle se dirigea vers l'escalier, s'appuya même au bras de la fermière qui s'était levée – comme elle s'appuyait, lors de ses lumbagos célèbres, au bras des infirmières de l'hôpital américain. Hélène suivit, et Bruno, l'air écœuré, ferma la marche. Le soleil commençait à décliner et, par la fenêtre, Hélène vit les ombres des platanes allongées démesurément dans les champs.

Des dizaines de télégrammes furent envoyés de la poste de Giens où Bruno, juché sur un vélo archaïque, parvint le lendemain matin. Dans une des chambres (sans meubles et sans le moindre confort), la baronne de Poquincourt, bien que révoltée, avait ronflé bruyamment toute la nuit pendant qu'à côté Bruno, amer et furieux, cherchait querelle à Hélène, parfaitement indifférente. Elle avait l'habitude de lui répondre vertement quand il était dans ces humeurs, mais ce soir-là elle le laissa parler sans réagir, ce qui acheva de l'exaspérer. Cette course à vélo, à l'aube, ne le réconcilia pas avec la vie, et quand, à son retour, sans lui demander autrement son avis, la fermière, accompagnant son geste d'un péremptoire et imparable « Puisque Quentin est malade... », lui mit une fourche entre les mains et partit devant lui, vers un champ moissonné la veille, il crut à un cauchemar. Mais lorsqu'il revint, vers 4 heures, courbatu et cramoisi, s'il put voir la révolte et la compassion dans l'œil noir de la baronne – en train d'écosser des petits pois, en gants de chevreau –, il crut distinguer une horrible gaieté dans l'œil gris d'Hélène, ellemême préposée au fourneau. Elle répondait à tuetête aux banalités du nommé Quentin, toujours allongé sur son lit à côté, et ses joues étaient roses. Bruno remarqua avec amertume qu'elle avait rajeuni de dix ans. Il eut à peine la force d'avaler une soupe et une tranche de jambon trop salé avant de s'effondrer sur ce lit dont il avait tant médit la veille et qui lui sembla ce soir-là du plus grand confort. Et son sommeil fut si profond qu'il n'entendit pas Hélène lorsqu'elle se leva dans la nuit, pas plus qu'il ne l'entendit chuchoter dans le noir de la chambre à côté, pas plus qu'il n'entendit la légère plainte de plaisir qui lui échappa à l'aube, à l'instant où les coqs commençaient à éveiller la campagne.

Pendant trois jours, et grâce à la grande débâcle de 1939, les trois exilés découvrirent et apprécièrent différemment : les charmes de la campagne pour la baronne, les travaux manuels pour Bruno, et ceux de l'amour pour Hélène. Le télégraphe aidant et, déjà, certains contacts bienveillants avec l'armée d'occupation, Ernest Dureau parvint à affréter une limousine chargée de ramener à bon port, c'est-à-dire à Lisbonne, tout ce petit monde. Mais l'ordre ne régnait pas complètement en France, les transmissions se faisaient mal, et c'est en toute bonne foi que le lieutenant Wolfgang Schiller, jeune pilote de la Luftwaffe, ayant aperçu une limousine en zone interdite, la mitrailla abondamment, et par trois fois. Après son passage, et tandis qu'il cinglait vers un ciel bleu et doré comme en possède seule la Touraine, plus rien ne vivait à l'intérieur de la limousine.

Ces trois disparitions s'intégrèrent aux autres dans le petit monde des mélomanes parisiens. On les oublia vite et Ernest Dureau se remaria à New York, dès 1942. Seul Quentin, pendant quelques années, eut un léger pincement au cœur en croisant une Rolls sur la départementale 703. Mais au fond, il le savait bien, cela n'avait été qu'une aventure due aux circonstances, un caprice de femme riche.

À mi-parcours

Ce n'est qu'au douzième trou que Cyril Doublestreet se sentit mal à l'aise. Le soleil, bien sûr, tapait férocement sur les links du Country Club de Detroit, mais, en même temps que brûlant, Cyril se sentait glacé. Pourtant il n'avait rien : son méticuleux docteur l'en avait assuré récemment : il n'avait rien de plus que cinquante-cinq ans. Il soufflait et cela lui était d'autant plus désagréable que ni Joyce, ni bien entendu David Bohen, son nouveau sigisbée, ne semblaient le moins du monde fatigués. Il faut dire qu'ils avaient respectivement vingt-huit et trente-deux ans, et qu'il fallait bien se résigner parfois à ce que « l'âge de vos artères » – comme il avait l'habitude de le dire lui-même – ressemblât furieusement à votre âge d'état civil... Depuis le neuvième trou, d'ailleurs, le jeune Bohen lui lançait des coups d'œil furtifs et satisfaits comme pour vérifier chaque fois le bien-fondé de son ambition la plus secrète : celle de semer ce vieux beau, Cyril, avant la fin du parcours. Il voulait sans doute le disqualifier définitivement aux yeux de la belle Joyce ; et si Cyril Doublestreet avait eu la moindre illusion en commençant sa cour envers celle-ci, il aurait pu la perdre ce matin. Mais il était déjà parti perdant.

Cela faisait cinq ans maintenant qu'il partait perdant dans ce jeu de conquêtes où il avait été « *the winner* » de si longues années. Il était résigné depuis cinq ans à ne pas conclure, à ne pas insister, bref, résigné à devenir et à rester « le charmant Cyril Doublestreet qui avait été si bel homme ». Ce plus-que-parfait était désormais le seul temps qu'il pût conjuguer sans ridicule ; le présent et le futur avaient perdu leurs auréoles. Non, il n'était, et ne serait pas, l'amant de Joyce. Mais, de cette décision involontaire mais ferme, le jeune Bohen ne pouvait être au courant, et Cyril commençait à trouver choquante la férocité du jeune homme. Ils étaient sortis tous les trois la veille, avec Sarah, une amie de Joyce, et ils n'étaient rentrés qu'à 5 heures du matin. Beaucoup de champagne, beaucoup de bruit, aussi le réveil à l'aube avant d'aller au golf avait-il été très éprouvant. Et l'admiration railleuse qu'avait affichée le jeune homme en le voyant arriver à l'heure n'avait pas tout à fait plu à Cyril. « Comment ? Déjà debout ? Mais vous êtes merveilleux, vous savez ! » Car Joyce, malgré elle, lui avait jeté un regard plus apitoyé qu'enthousiaste.

C'était à lui. Cyril leva son club en souriant et l'abattit avec force sur la balle qui, l'espace d'une seconde, avait ressemblé à la tête de Bohen. « Joli coup », dit Joyce aimablement en se tournant vers lui. Et il vit ses cheveux blonds, ses yeux bleus, sa bouche fraîche, carnivore, son corps mince, hâlé, tourné vers lui. Il vit tout cela avec, déjà, une impression de recul ; il l'admirait comme un esthète, non plus comme un homme à femmes. Joyce dut sentir ce qu'il y avait d'éloignement et de regret dans ce regard, car elle prolongea son sourire et s'appuya de la main à son épaule. Elle avait un instinct sûr et un cœur charmant ; elle avait la jeunesse généreuse, contrairement à ce petit crétin de David.

Celui-ci venait d'accomplir un coup magistral et déjà il repartait d'un pas vif. Cyril le suivit en sifflotant : ses jambes tremblaient, son cœur battait trop fort à présent et, en arrivant au troisième trou, il se sentit brusquement mal au cœur. Au moment de frapper sa balle, les bras en l'air, il eut un éblouissement. « Je n'arriverai jamais au bout du parcours... », pensa-t-il brusquement avec horreur. Que pouvait-il prétexter ? Un coup de téléphone urgent à donner un samedi ? Personne n'y croirait : depuis toujours, il était Cyril le désœuvré, le charmant Cyril qui, s'il oubliait un rendez-vous, se bornait à envoyer des fleurs le lendemain, un Cyril qui ne se contraignait à rien et qui en tout cas n'avait jamais interrompu ses loisirs pour un motif sérieux. Les petits mamelons du golf semblaient danser devant lui, à des kilomètres ; tout ce vert lumineux l'écrasait et le profil bronzé, les cheveux de jais du beau jeune homme lui semblaient ceux d'un funeste archange. Il pouvait évidemment envoyer la balle beaucoup trop loin, mais le caddie, il le savait, se précipiterait pour la chercher, il ne gagnerait ainsi que trois minutes insuffisantes. Cyril Doublestreet jeta autour de lui un coup d'œil traqué : à trois cents mètres du golf brillaient les vitres des premières maisons. Cyril vit une femme pousser les vitres de la main, ouvrir sa fenêtre en grand et se pencher une seconde pour respirer l'air du matin avant de disparaître. La femme avait un turban rose, d'un rose ravissant, et c'est peut-être cette couleur tendre qui le décida. Le club de Cyril fendit l'air et les deux jeunes gens s'exclamèrent en même temps : la balle, après une envolée superbe, était allée s'engouffrer droit dans la fenêtre ouverte.

— Mon Dieu ! dit Cyril. Quel imbécile ! J'ai glissé.

Joyce riait, et déjà le caddie tournait la tête vers lui, mais Cyril prit l'air vertueux :

— Bien, dit-il, je vais m'excuser moi-même, c'est la moindre des choses. Continuez sans moi.

Et il descendit le petit tumulus, le cœur content. Quel que soit l'accueil qu'il recevrait, il aurait tout loisir ensuite de le déclarer charmant, suffisamment pour ne rejoindre que trois quarts d'heure plus tard ses jeunes compagnons.

— On ne vous attend pas ? cria Bohen.

Cyril fit un grand signe négatif du bras en souriant. Il se sentait tout à coup rajeuni, et même curieux de voir quel visage s'abritait sous le turban rose. Peut-être était-ce une ravissante femme inconnue ?... Peut-être, comme Mady Christer, qui adorait la même couleur, la femme à la fenêtre serait-elle provocante et licencieuse ? Peut-être lui offrirait-elle un de ces longs gin-fizz glacés et pâles dont il rêvait depuis dix minutes ?

Il sonna à la porte de la maison, une maison semblable à toutes les petites maisons de campagne autour de Detroit ; machinalement il remit son foulard dans son col et se lissa les cheveux de la main. La porte s'ouvrit ; et, dans la pénombre, il ne distingua pas tout d'abord grand-chose. Il entendit la voix de la femme avant de la voir et il mit une minute à comprendre que c'était la femme de chambre tant la voix était jeune, insouciante et gaie.

— Je parie que c'est à vous, dit la femme en tendant la balle au bout de sa main. Entrez donc.

— Je m'excuse, dit Cyril en passant le seuil, je venais voir si j'avais fait des dégâts.

Il jeta un rapide coup d'œil derrière lui : de loin, de très loin à présent, les deux autres semblaient tournés vers lui, et, même s'ils ne le regardaient pas, il était encore visible à leurs yeux. Il entra donc précipitamment, décidé à tenir cette femme en haleine dix bonnes minutes.

— Je n'ai rien cassé au moins ? demanda-t-il.

— Si : un très vilain vase, dit la femme. Venez voir.

Et elle monta l'escalier devant lui en chantonnant. Cyril pénétra dans une chambre claire, reconnut aussitôt la fenêtre et s'arrêta, l'air consterné, devant les débris affreux de ce qui avait dû être effectivement une affreuse potiche.

— En effet, je suis désolé, dit-il en relevant la tête.

Et ce n'est qu'alors qu'il put voir le visage de la femme. Elle devait avoir quarante-cinq ans ; elle était brune avec un visage paisible, tendre même, sembla-t-il à Cyril, et un sourire plein d'humour.

— Comment avez-vous pu arriver jusqu'ici ? demanda-t-elle sans animosité. Généralement les joueurs lancent tout de l'autre côté.

— J'ai glissé..., commença Cyril, et il s'arrêta.

Brusquement, il s'en rendit compte, il avait envie de dire la vérité à cette femme. Il y avait quelque chose d'indulgent et d'amusé dans ses yeux qui empêchait qu'on lui mentît. Ou qui, en tout cas, l'empêchait, lui, Cyril, de lui mentir.

— J'étais claqué, dit-il, je n'en pouvais plus de tout ce gazon, et je ne savais pas comment me défiler. Alors j'ai visé la fenêtre, et par un coup de chance...

— Eh bien, vous auriez pu me tuer..., dit-elle en riant, apparemment pas le moins du monde étonnée. Vous n'avez pas honte ?

Elle s'était assise en prononçant cette dernière phrase et, d'un geste tout à fait mondain, avait invité Cyril à en faire autant. Il s'assit aussitôt avec soulagement. « Si les patrons arrivent, pensa-t-il, j'aurai bonne mine avec mon club à la main, discutant le coup avec la femme de chambre... » Elle dut sentir sa pensée car elle se mit à rire et à lui parler d'une voix rassurante.

— Les propriétaires de la maison sont en Floride, dit-elle. Je viens pour aérer une fois par semaine. Vous avez eu de la chance ; à un jour près vous deviez casser la vitre. Croyez-vous que cette potiche vaille cher ?

— Oh non ! dit Cyril aussitôt en ramassant les morceaux et en les faisant sauter dans sa main. Pas un dollar. Je suis antiquaire, voyez-vous. Cela dit, conclut-il avec honnêteté, c'est tellement vilain qu'il est possible qu'ils l'aient payée fort cher.

Elle se mit à rire, bougea la tête sur le côté, et le soleil éclaira de biais ses cheveux noirs et ses yeux d'un marron clair, à la limite de l'ambre. « C'était une très jolie femme, ou qui avait dû être une très jolie femme », pensa Cyril rapidement. Il était même étrange qu'elle fît ce métier. « Si elle avait été sa femme de chambre à lui, Cyril, il aurait eu vite fait d'en faire sa maîtresse et de l'installer chez lui », pensa-t-il aussi rapidement et avec gaieté. Il redressa le torse et fit son sourire le plus séduisant. Il n'était pas beau, bien sûr, mais, depuis cinquante ans, il avait eu le temps de savoir qu'il plaisait aux femmes, et surtout comment leur plaire.

— Que voulez-vous que je fasse ? demanda-t-il. Je vous laisse ma carte, mon adresse, ou un mot pour ces gens ? Dieu, quelle horreur... ! acheva- t-il en parcourant le décor des yeux.

Et en effet ce n'était que faux chippendale, tapis turcs et mauvaises reproductions.

— Vous n'avez pas soif ? demanda la femme d'une voix si polie que Cyril, malgré lui, se leva et, inclinant légèrement la tête, se crut obligé de se présenter.

— Mille pardons, dit-il. Je m'appelle Cyril Doublestreet. J'aurais dû commencer par là.

— Je m'appelle Mona, dit la femme en se levant à son tour et en se dirigeant vers le fond de la pièce. Qu'est-ce que je vous porte ? Il doit rester du jus de tomate, et peut-être un fond de gin.

— Vous croyez que vos patrons me paieraient à boire pour avoir cassé leur bibelot ? dit Cyril en riant.

— Oh non ! dit-elle. Ils auraient déjà appelé la police, mais suivez-moi.

Cyril la suivit dans la cuisine et, au passage, remarqua la courbe pleine des hanches de la femme, le cou solide, l'impression de vigueur calme qu'elle dégageait. Mais cette fois-ci ce n'était pas d'un regard d'esthète qu'il la parcourait des yeux, c'était bel et bien d'un regard alléché, reconnut-il en lui-même avec un mélange de gêne et de contentement. Avec son turban rosé, sa blouse beige et ses mules, cette Mona était rudement plus excitante que la belle, diaphane et stylisée Joyce. La maison était à demi fermée, ombreuse et fraîche, et Cyril sentait son cœur battre plus vite que d'habitude. Mais ce n'était pas l'accélération de tout à l'heure, ce n'était pas le tempo de la fatigue mais un autre, bien connu, et qu'il croyait oublié.

Elle avait un verre de pamplemousse dans la main droite et, appuyée de la hanche à l'évier, le regardait de son œil chaleureux et pensif, en souriant toujours. Pourquoi souriait-elle ? De qui moquait-elle ? pensa Cyril confusément en avançant la main et en prenant dans la sienne la main hâlée de l'inconnue. C'était une main forte, pleine et chaude, une vraie main de femme, une main qui se refermait sur la sienne à présent, tandis que le sourire disparaissait lentement, très lentement, à mesure que le visage de Cyril s'en approchait.

Une heure plus tard, Cyril Doublestreet rejoignit au bar du Country Club ses jeunes amis. Ils étaient assis avec les Norton, les Westwood et les Crosby, tous les amis de Cyril, et ils l'accueillirent par de joyeuses huées.

— Alors qu'avez-vous fait ? Comment était la dame ? plaisanta Bohen d'une voix condescendante mais vaguement outragée.

— Quand même, elle devait être superbe pour le retenir si longtemps..., dit Joyce un peu pincée.

— Ce bon vieux Cyril, toujours sur la brèche, ajouta Crosby en plissant les yeux.

Il s'assit sans rien dire. À sa grande surprise, ces allusions l'énervaient tout autant que si elles n'avaient pas été fondées. Il se rappelait de quelle manière, toute sa vie, le jeune Cyril Doublestreet avait raconté et commenté ironiquement ses faits d'armes, et, pour la première fois de sa vie, il s'en sentit un peu honteux. D'ailleurs comment oserait-il retrouver Mona demain soir, et rire avec elle s'il les laissait parler ?

— La balle était tombée au fond de la baignoire, dit-il en souriant. J'ai dû pratiquement démonter toute la tuyauterie pour la récupérer. Heureusement, les enfants m'ont aidé, ajouta-t-il vaguement.

Bohen eut un petit rire de commisération, Joyce

détourna la tête, et ses amis, déçus, reprirent leurs cancans. Il n'était plus le héros du jour. Mais en se penchant un peu il voyait la fenêtre, là-bas, qui, grâce au soleil qui s'y réfléchissait, semblait lui faire un clin d'œil...

« Un an déjà »

Elle avait posé son manteau sur le canapé et, bien qu'elle sût être une des dernières, elle se donna un coup de peigne, lentement, devant la glace de l'entrée. Elle entendit un brouhaha dans le salon et elle distinguait déjà le rire hennissant de Judith, mais elle ne distinguait pas les autres voix.

C'était la première fois qu'elle le revoyait depuis un an et elle ne s'y attendait plus malgré la probabilité de la chose ; il avait fallu que Judith, après son invitation, répétât deux fois la même petite phrase : « Tu sais, chérie, j'ai invité Richard et sa nouvelle femme, ça ne t'ennuie pas ? Ce serait ridicule à présent, etc., etc. » Elle avait répondu : « Mais bien sûr, voyons, je serai ravie, tu sais que nous nous sommes quittés bons amis, ça ne m'ennuie pas du tout, au contraire. » Seulement Judith ne savait pas à quel point ce « au contraire » n'était que le faible reflet de la vérité. Si elle avait pu continuer sa phrase, elle aurait dit : « ... au contraire, je ne vis plus depuis que nous ne vivons plus ensemble. Au contraire, mon seul espoir de revivre un jour repose sur lui, sur la possibilité tout à fait impossible qu'il m'aime à nouveau. » Mais, même à Judith, sa meilleure amie après tout, il n'était pas question de tenir ce langage. La séparation avait été rude pour elle, c'était un fait entendu, et chacun avait fort bien admis qu'elle en souffrît cruellement. Mais un an de désespoir représentait la limite admissible pour souffrir d'une séparation ; il était désormais entendu qu'elle était guérie de Richard, ou alors – et cet accord tacite-là n'était pas formulé – il était convenu qu'elle devait faire semblant. Déjà, inviter une femme seule à Paris, pour une maîtresse de maison, ce n'était pas si facile, ni si commode ; si par surcroît la femme seule se laissait aller à la mélancolie, cela devenait franchement impossible. Au bout de trois mois, Justine avait compris qu'il lui fallait rire si elle ne voulait pas être oubliée, et que du rôle d'épouse heureuse elle devait passer au rôle de divorcée gaie. Sur sa seule tête s'étaient réunies, semblait-il, les charges d'un couple : elle devait avoir à la fois l'indépendance et l'entrain, voire le côté désinvolte du mâle, et la douceur, la gentillesse, le côté confident de la femelle. Et : c'était ce à quoi, jour après jour, et pour surnager dans cet océan de solitude où l'avait laissée Richard, elle s'était, elle, Justine, jadis femme heureuse, amoureuse, comblée, peu à peu astreinte.

Il lui avait semblé réussir, petit à petit ; de cette chose ronde, naturellement ronde et lisse dont le bonheur de vivre lui avait donné la forme, elle avait su extraire une silhouette plus aiguë, plus brillante, une femme armée, quoi, une femme « libre » comme ils disaient. Mais elle était peut-être la seule à savoir et à admettre, à force d'insomnies et d'oreillers mordillés dans le noir, que cette liberté-là s'appelait désespoir. Néanmoins, cette fière, moderne jeune femme, bâtie de bric et de broc à l'aide de quelques lectures, quelques exemples et quelques souvenirs, elle l'avait trimballée partout devant elle, pendant près d'un an à présent, sans que personne ne songeât apparemment à l'écarter de devant son visage, sans que personne ne songeât à lui dire : « Et toi, Justine, comment vas-tu ? » Sa famille, ses amis, sa concierge, son chef de bureau, tous semblaient reconnaître, avec une déférence nouvelle d'ailleurs, cette Justine élégante et débrouillarde ; et certains hommes semblaient aussi trouver du charme à cette image caricaturale de l'indépendance – tout au moins était-ce l'effet que, par moments, se faisait Justine à elle-même. Seulement, ce soir, il ne s'agissait plus d'obtenir l'adhésion d'une société tout entière désireuse de la lui donner, il s'agissait de confronter ce masque avec celui qui en avait provoqué la création, celui qui l'avait obligée à le porter (pour le renier, tel un Pygmalion à rebours), celui qui enfin savait – et ne pourrait pas se leurrer là-dessus – qu'il y avait un visage cru, à vif, désespérément familier quelque part sous ce masque ; quelqu'un que son autonomie ferait rire et sa gaieté à peine sourire : Richard ; Richard qui l'avait quittée dans ce même appartement un an plus tôt et à ce même endroit.

Elle se peignait très lentement à présent. Il y a un an, la femme dans la glace avait les cheveux moins blonds et une robe bleu pervenche, un peu niaise lui semblait-il, au lieu de ce ravissant tailleur coq de roche qu'elle voyait en ce moment. Cette autre femme était plus pâle, bien que son visage fût plus rempli, et ses yeux, au lieu d'être étincelants et sombres, soigneusement maquillés comme ce soir, ses yeux étaient éteints et pleins de larmes. Et l'autre femme surtout ne se peignait pas tranquillement, silencieusement devant une glace : ce soir-là elle distinguait à peine son propre reflet troublé par les larmes, tout entière suspendue qu'elle était à la voix froide à côté d'elle, une voix qui disait : « Il faut que tu comprennes vraiment que, cette fois-ci, c'est définitif. Et si je te quitte là, avec un parfait mauvais goût, devant tout le monde, c'est pour que les autres m'aident à te persuader que c'est bien fini. » Et il était vrai que Richard, qui n'était pas mesquin pourtant, avait été obligé de lui infliger cet affront public, de partir dès la fin du dîner rejoindre ouvertement sa belle maîtresse Pascale. Il avait fallu qu'elle se retrouvât en larmes, entourée de pitié et d'indignation, bref, il avait fallu que les autres, le monde, sanctionnassent cet abandon pour qu'elle-même se résignât à y croire.

Elle sortit son poudrier et se repoudra le nez sans grand enthousiasme. Son maquillage était au point, elle l'avait assez travaillé avant de sortir. Elle s'était maquillée pour Richard : elle avait allongé la forme de ses yeux, appuyé la courbe de sa bouche, accusé d'ombre ses joues exactement comme Richard aimait qu'elle le fît, un siècle plus tôt. Elle pouvait prétendre, depuis bien sûr, s'être maquillée pour Eric, pour Laurent et même pour Bernard, mais pas une seconde, dans aucun de ces trois visages, elle n'avait cherché à retrouver son reflet. Ce n'étaient pas des miroirs, c'étaient des vitrines ternes qu'ils lui avaient présentées, et ce soir elle allait enfin, pour la première fois depuis des jours et des nuits également insipides, elle allait se voir dans l'œil de quelqu'un d'autre.

Elle entra et, bien sûr, elle ne vit pas Richard tout de suite. Judith avait une voix gaie, animée, peut-être plus animée que d'habitude, et Justine se retrouva très vite en face de l'étrangère, « l'Autre », qui lui parut aussi terrible que par le passé. Elle avait toujours ce profil court, ce port de tête, cette voix insolente, et, à côté d'elle, souriant, d'un sourire un peu attendri – un sourire qui rappela tout à coup à Justine les sourires d'un vieil oncle trop affectueux –, il y avait Richard, le double de Richard, un homme grand, brun, élégant, un homme avec la même voix, les mêmes sourcils, la même main ferme que Richard. Justine lui sourit précipitamment et passa à un autre couple. Elle avait dû s'attarder plus qu'elle ne le pensait dans le vestiaire, car déjà Judith battait des mains, ameutait son petit monde, et l'on passa à table.

Ils étaient treize, quatorze avec elle, six couples plus ou moins unis, le si charmant cousin de Judith et elle-même donnant le triste exemple du célibat. Elle était assise du même côté que Richard, aussi ne voyait-elle pas son visage, ni son regard. Mais en face il y avait sa femme, la belle Pascale, qui tenait la table en haleine. Il n'avait pas perdu au change, vraiment. Pascale menait la conversation avec humour, amusement et férocité, une mèche de ses cheveux noirs battait son front, ses yeux brillaient, sa voix devenait rauque à force de rire. « Elle était le charme même », pensa Justine avec une sorte d'apathie. Son voisin lui faisait des compliments un peu plats qu'elle relevait à peine, elle se sentait étrangement déçue. Cette soirée qu'elle avait attendue toute la semaine comme un événement, cette soirée où il devait forcément se passer quelque chose et qui lui paraissait périlleuse, triomphante et aiguë, au-dessus des jours plats de la semaine, cette soirée était et resterait banale. Elle échangerait trois mots avec Richard, en souriant, et discrètement les autres approuveraient l'aménité de leur dialogue, puis elle rentrerait chez elle, lui chez lui, et Judith pourrait dire le lendemain à ses amis : « Tu sais, j'ai fait dîner ensemble Richard et Justine ; ça s'est très bien passé. Deux étrangers... C'est drôle, quand même. » Et peut-être même Judith échangerait-elle avec son interlocutrice quelques réflexions désabusées sur la fragilité de l'amour. Et tout à coup Justine avait envie que ce dîner s'achevât très vite, qu'il n'y eût pas de café, pas de cognac, pas un mot de cette conversation reconnaissante qu'après on tient généralement quelque temps dans le salon qui vient de vous nourrir. À bien y penser, cette comédie était odieuse car, malgré le convenu et le placide de tout cela, il n'empêchait que le seul homme qu'elle eût aimé, qu'elle aimât et qu'elle aimerait jamais, l'homme dont l'absence la mettait au désespoir depuis des mois, celui qui transformait sa vie en une suite de péripéties absurdes, il n'empêchait que cet homme était là, à quelques mètres d'elle, toujours invisible, aussi bien caché ce soir par trois visages qu'il l'était le reste de l'année par des kilomètres. Toute cette comédie n'empêchait pas qu'elle rentrerait chez elle le soir même, solitaire, malheureuse, battue, comme elle y était rentrée précisément un an plus tôt. Et qu'elle ne pleurât pas ce soir-là n'y changeait rien.

Après dîner, elle alla solliciter de Judith la permission de partir très tôt, « la fatigue, un rendez-vous urgent le lendemain matin ». Judith l'écoutait d'un air distrait ; des couples s'étaient égayés dans le salon, dans le petit bureau à côté, et elle les surveillait du coin de l'œil en bonne maîtresse de maison. Néanmoins, se rappelant quelque chose, elle tapota l'épaule de Justine affectueusement pendant dix secondes, avant que ce souvenir ne se précisât.

— Alors, dit-elle enfin gaiement, tu as revu Richard. Depuis combien de temps ?... Un an, déjà. Comment le trouves-tu ? Un peu fatigué, non ?

— Un peu, dit Justine du bout des dents.

Mais elle n'en pensait pas un mot ; Richard était toujours aussi beau, aussi séduisant ; il était toujours le superbe et l'infidèle Richard, celui auquel la liait un amour racinien dans une atmosphère à la Feydeau. Elle avait revu Richard, oui, et une fois de plus constaté sa défaite. C'était tout ce qu'elle aurait pu dire à Judith – si Judith s'en était souciée ce soir-là. Mais Judith, tout entière à son rôle de maîtresse de maison, ne voyait en elle qu'un rouage de sa soirée, et comme elle ne s'en sentait pas justement l'indispensable rouage, Justine quitta le salon à l'anglaise. Elle s'arrêta un instant dans le couloir avant le vestiaire pour remettre la lanière de son escarpin et, quand elle se redressa, elle avait déjà entendu la première phrase. La première phrase que disait la voix rauque et gaie de tout à l'heure, la voix triomphante du dîner, la voix de « l'Autre » :

— J'aimerais que tu comprennes à quel point c'est fini, et vraiment fini, disait cette voix. Ne m'oblige pas à te laisser en plan au milieu de tes amis. Est-ce qu'il faudra que je le leur annonce à tous pour que tu me croies ? Je ne t'aime plus, Richard. C'est réellement fini.

Il y eut une voix d'homme, haletante, suppliante, métamorphosée, une voix qui n'avait rien à voir avec la belle voix de Richard. Il y eut des mots qu'elle ne comprit pas, peut-être même un coup, un cri, des chuchotements malheureux. Elle ne bougea pas quand le couple rentra dans le salon par l'autre porte. Justine se secoua, vola jusqu'au canapé, y prit son manteau et, le tenant à bout de bras, s'enfuit dans l'escalier.

Ce n'est que dehors, dans l'air frais du boulevard Saint-Germain, qu'elle pensa à le mettre. Elle enfila une manche après l'autre soigneusement et le boutonna de haut en bas avec application. La station de taxis était au coin de la rue de Grenelle et elle partit dans cette direction d'un pas vif. Il y avait du vent sur le boulevard, un vent de printemps, et, à sa grande horreur, et en se haïssant pour cela, Justine se sentait tout à coup parfaitement en forme.

La cousine éloignée

« Les villes d'eaux sont déjà assommantes par beau temps, mais sous la pluie on y deviendrait suicidaire... », pensait Charles-Henri de Val d'Embrun, treizième vicomte du nom, en recomptant pour la sixième fois de la journée les quelques louis échappés de ses vêtements, mis au complet, poches retournées, au milieu de la chambre. Leur somme se montait à trente-huit, trente-huit malheureux louis blottis dans la main d'un homme qui les avait jetés au vent toute sa vie, et qui devait faire depuis quelque temps des efforts surhumains pour en retarder la fuite. Déjà la suite, l'indispensable suite au *Brenners* – seul hôtel « convenable » de Baden-Baden – lui en aurait mangé dix, même convertis en thalers, à la fin de la semaine. La seule proie, la seule chance était cette demoiselle Hettingen, prénommée gracieusement Brunehilde, et flanquée naturellement de Mme Hettingen mère, imposante et redoutable bourgeoise de Munich, elle-même flanquée de l'inévitable amie française, Mme de Cravelles. Cette dernière, Charles-Henri s'était renseigné, était une cousine éloignée du sieur Hettingen ; fort éloignée d'ailleurs, à en juger par le maintien, qu'elle avait gracieux, et le regard qu'elle arborait mélancolique. La conjonction de ces deux femelles largement quadragénaires donnait au plan du vicomte – lui-même âgé de quarante-trois ans – les allures d'un pari impossible. Il s'agissait en effet pour notre homme de compromettre jusqu'au mariage forcé une jeune fille riche, et de sauver ainsi un nom honorable et une existence déshonorante également menacés.

Charles-Henri de Val d'Embrun jeta un regard à sa glace et y vit un pauvre homme consterné. Il se redressa aussitôt, par réflexe autant que par courage naturel, carra ses épaules, brossa sa moustache, sourit en découvrant des dents superbes, et fut soulagé de retrouver instantanément le beau et brillant jeune homme que, depuis vingt ans, il s'était bêtement obstiné à rester. Sans croire au travail, ni aux vertus qui s'y attachaient, sans croire tout bonnement à la vertu, Charles-Henri croyait au vieux sens du mot « vertu », le sens latin, c'est-à-dire le courage. Il lui avait d'ailleurs fallu parfois plus de courage pour continuer la fête que pour devenir vertueux. Combien de fois, en effet, des parents bien intentionnés, navrés de voir se dissiper en vain ce beau nom, cette belle santé et ce beau physique, n'avaient-ils pas tenté de faire racheter l'ensemble par de solides fortunes, au demeurant nobles, et pour le bonheur de demoiselles pas du tout laides. Il n'eût tenu qu'à lui de mener une vie douce et soyeuse, avec femme, enfants, chevaux, livrées et petites maîtresses à l'opéra. C'était avec un bel esprit d'absolu que Charles-Henri s'était refusé à ces compromissions, et qu'il avait suivi de ville en ville, de capitale en capitale, c'est-à-dire de lit en lit, toutes celles qui, pour lui, ressemblaient tant soit peu à l'image qu'il se faisait de l'amour. Sa fortune, ou plutôt celle de son père, y était passée ; et c'est pourquoi il devait, ce soir, s'obliger à rêver d'une Brunehilde Hettingen, héritière de la maison Hettingen et Schwartz, au capital de cent mille thalers, à Munich.

Ces dames prenaient les eaux à 11 heures, heure où Charles-Henri dormait profondément, puis à 4 heures, heure où l'avant-veille il avait décidé de les attaquer. Le concierge du *Brenners Hôtel*, un vieil ami, avait, par l'entremise d'une *marchesa* d'opérette, arrangé la rencontre. Les présentations ayant été faites, Charles-Henri y était allé de son plus beau numéro de cœur brisé et inconsolable – prêt à se laisser consoler. La jeune Brunehilde s'y était aussitôt consacrée et en avait acquis, malgré sa gaucherie déjà redondante, un certain éclat. La mère, elle, quoique plus longue à émouvoir, avait fini, au dessert, le son des violons se mariant harmonieusement aux délices de la crème Chantilly, par évoquer les charmes latins de la Bavière en 1860, date à laquelle, semblait-il, elle n'avait pas encore connu l'intéressant Wilhelm Hettingen. Ces dames plongées dans la mélancolie du souvenir et de l'espérance, Charles–Henri eût été presque vainqueur dès ce soir-là, château en Dordogne et bons mots parisiens aidant, s'il n'y avait eu la cousine éloignée qui méritait, une fois de plus, ce mauvais adjectif. Elle regardait avec une froideur bizarrement mêlée d'approbation les manœuvres d'encerclement du malheureux vicomte, et il l'avait même surprise à hocher la tête d'un air admiratif quand il avait lancé habilement le nombre d'hectares en Dordogne après la couronne ducale du cousin Edmond.

Curieusement, cette approbation, au lieu de l'encourager, glaçait notre héros. D'abord les deux Teutonnes étaient trop blondes, leurs yeux trop bleus et leur chair trop rosé ; cette cousine avait les cheveux noirs, presque bleus, comme il les avait aimés toute sa vie, et, malgré les rides en biais et au-dessous, son œil gris avait des lueurs de gaieté insolente d'un autre temps, gaieté qu'il jugeait inopportune en tout cas, étant donné le déchirant récit qu'il faisait de son existence. Elle avait l'air détaché et railleur, de ce détachement et de cette ironie qu'il connaissait bien et que seule donne l'assurance d'une grosse fortune et d'une vie passée à s'en servir au mieux – de ses envies, s'entend. « Elle était sans doute de sa race, pensait-il avec rancune, mais elle, du moins, avait su se mettre à l'abri. » C'était même peut-être elle qui tenait les rênes ou les cordons de cette bourse allemande, à en juger par son air calme et l'empressement respectueux des deux autres. « Marie conseille ceci, Marie pense que cela, Marie voudrait que... », on n'entendait parler que d'elle et de ses desiderata. Charles-Henri en était arrivé à penser qu'il faudrait que son mariage fît partie, lui aussi, de ces desiderata pour aboutir.

Assis à la terrasse du *Brenners*, devant une fine à l'eau, sa canne de jonc à la main, vêtu de coutil blanc, élégant, nonchalant, superbe et ruiné, Charles-Henri de Val d'Embrun en était arrivé à se demander s'il lui fallait jouer franc-jeu avec Mme de Cravelles et étaler ses cartes de mauvais sujet repenti (ou prêt à l'être) ; ou, au contraire, s'il devait continuer ce numéro lamartinien de plus en plus pesant même à ses propres yeux. Aussi ne prit-il pas garde au couple de vieillards, littéralement ravagés par le temps et par leurs vices, qui, émergeant du casino comme sans doute Orphée des Enfers, hagards, balbutiants et livides, étaient venus s'écrouler sur les fauteuils derrière le sien.

Il avait croisé ce couple, justement célèbre dans le monde entier, dans toutes les villes à casinos. C'étaient des Russes de fort bonne famille qui, en dix ans, domaine par domaine et verste par verste, avaient tenté de liquider petit à petit leur incalculable fortune familiale. Malgré leurs efforts – la chance étant assez cruelle pour parfois sourire à ses victimes les plus consentantes –, il leur restait encore, disait-on, un certain nombre de palais à Moscou et à Saint-Pétersbourg. Parfaitement prisonniers de leur passion, ils étaient passés dans ce siècle sans rien en voir, et on ne connaissait d'eux, sinon cette passion partagée, que leur désordre et leur générosité des plus extravagants. Sur leur chemin se pressaient de pauvres hères plus ou moins fanfarons et affamés, que seuls leurs caprices de joueurs et leur mobilité d'équipage arrivaient à semer loin derrière eux.

Charles-Henri les regardait de biais avec une sympathie un peu dégoûtée, comme on regarde certains infirmes, et il était si profondément plongé dans ses manœuvres et dans ses incertitudes qu'il n'aurait sans doute rien entendu de leurs propos si le même prénom, répété dix fois par le vieillard et par sa femme, n'était venu à la fin frapper son oreille. C'était ce même prénom qu'il entendait depuis quelques jours proféré par sa « fiancée » et par sa mère, c'était Marie. La coïncidence lui fit tendre l'oreille :

— Il faudra penser à Marie, disait l'homme, avant de partir. J'ai trouvé Marie bien pâle, cette saison...

— Souvaroff n'avait plus un sou, disait la femme. Marie le savait, pourtant. Elle a gardé trois mois les enfants de Nikolaï avant d'être lectrice de cette Anglaise, et maintenant...

— Maintenant, c'est pire que tout, reprit tristement l'homme. Te rends-tu compte ? Marie apprenant les bonnes manières à ces grosses femmes ! Tu sais que la mère la fait passer pour une cousine... Les Allemands adorent la noblesse. Si elle savait que Cravelles est en Guyane, au bagne, en ce moment même... Oui, il faudra laisser quelque chose à Marie, reprit-il.

Et il cria « Vodka ! » d'une voix de stentor qui fit se retourner toute la terrasse sauf Charles-Henri de Val d'Embrun, pétrifié sur sa chaise.

Cinq minutes plus tard, ces dames arrivèrent et, escortées par le vicomte, allèrent au kiosque entendre les musiciens. On joua du Massenet, et les deux dames blondes eurent la larme à l'œil aux mêmes mesures. Le vicomte français, à côté d'elles, semblait pensif et tourmenté, et il sembla apprécier l'offre de la cousine Marie de ne se retrouver qu'à 11 heures, le soir même, à la redoute du casino. Il mit ces dames dans un fiacre avec sa galanterie habituelle mais, au grand dam de la jeune Brunehilde, ne lui pressa pas la main comme il le faisait depuis deux jours (il faut dire qu'à son vif déplaisir il avait vu les deux dames s'installer au fond de la calèche, laissant leur cousine éloignée se contenter du strapontin). Pire, c'est sur cette dernière qu'il tint les yeux fixés tandis que la voiture s'en allait, et c'est vers celle-ci, souriante et brusquement rajeunie à contre-jour, la voiture roulant vers le soleil, qu'il agita longuement le bras, comme put le constater Brunehilde en se retournant. Le ton fut sec pendant le parcours, et le prix de la chambre occupée par la Française fut évoqué avec acrimonie par ces deux dames, soudainement économes.

— Que me conseillez-vous ?

Marie de Cravelles répondit par un petit rire, à demi joyeux, à cette question pourtant prononcée d'une voix angoissée, et se dégagea des bras de son cavalier. Il était minuit, la foule valsait avec entrain dans la nuit d'été et le charmant casino de Baden-Baden était illuminé de mille feux.

— Je vous conseillerais de faire valser Mlle Hettingen, plutôt que moi, dit-elle. Mais d'abord, je vous conseillerais de m'offrir une orangeade, je meurs de soif.

Marie de Cravelles avait une belle robe de dentelles aquarelle gris pâle qui rendait ses yeux vert d'eau, sa taille encore plus fine, et, malgré lui, Charles-Henri se demanda comment il avait pu faire la cour à une autre femme devant celle-ci. « Il fallait qu'il eût vraiment l'ambition chevillée au corps... », songea-t-il avec un orgueil cynique et prématuré. Mais cet orgueil s'évanouit vite quand il la suivit parmi les sentiers du parc, vers le buffet enguirlandé et presque désert, et quand il la vit prendre son verre, le vider d'un trait, la gorge rejetée en arrière, assoiffée, gaie, insouciante, tout ce qu'il aimait au monde. « Il s'agit bien de ça, pensa-t-il. Nous sommes peut-être de la même race, mais nous sommes aussi dans le même pétrin. » Il la fit asseoir sur un tabouret de bois à l'abri d'une treille, et se pencha vers elle d'un air décidé.

— Je dois vous parler sérieusement. Il s'agit, pour moi, d'une question grave.

— Mais je sais, dit-elle en essayant de ne pas rire, je sais. Vous êtes le vicomte Charles-Henri de Val d'Embrun, la vie vous a maltraité, vous n'avez jamais donné votre cœur qu'à des femmes qui n'en avaient pas, et vous voulez fonder un foyer chrétien dans votre manoir de Dordogne. C'est ça, n'est-ce pas ?

— Vous exagérez, dit Charles-Henri faiblement, et

en rougissant de honte malgré lui. Je n'ai pas exactement dit ça. Là, vous poussez la charge un peu loin...

— Parce que c'était une charge ? demanda-t-elle. Vous m'étonnez... J'avais cru entendre là le cri d'un homme honnête, blessé...

— Ah, je vous en prie ! (Charles-Henri s'était décidé.) Je vous en prie, cousine de Cravelles. Et avez-vous des nouvelles du bon cousin Wilhelm ? Le négoce va-t-il bien à Munich ?

Elle cessa de rire, et ils se regardèrent un instant en silence. Marie avait de nouveau plus de quarante ans et sa robe n'était pas neuve.

— Dieu merci, oui, dit-elle d'une voix tranquille après un instant. Dieu merci, oui, le négoce se porte bien. Nous en avons besoin tous les deux, non ?

Ce fut au tour de Charles-Henri de détourner la tête et, dans un geste nerveux, de laisser voir l'empiècement déchiré, à force d'usage, de son plastron. Machinalement, elle leva la main et remit l'habit en place, geste qui la rendait complice au moment même où elle l'effectuait – et ils s'en rendirent compte tous deux ensemble. Ils se regardèrent et se sourirent avec tendresse. « Ils n'avaient plus rien à se dire », pensa Charles-Henri avec lassitude, une lassitude mêlée d'allégresse sans qu'il sût pourquoi. Ce simple geste avait tout résumé : et ses comédies à lui, et la connaissance qu'elle en avait, et l'aide immédiate qu'elle était prête à lui accorder. Pour la première fois depuis longtemps, Charles-Henri se sentait vaguement ému. Il se débattit faiblement :

— Mais enfin..., demanda-t-il, imaginons que je réussisse dans mon entreprise auprès de cette jument nubile et trop bien nourrie : vous perdez votre gagne-pain... ! Il y a longtemps que vous apprenez à vivre à ces dames ? Enfin... que vous essayez ?

Six mois, dit-elle avec une petite grimace. Et vous ? Comment avez-vous su, pour moi ?

Par les Russes, dit-il, les joueurs, le couple des deux..., vous savez ?...

Ah ! Varvara et Igor... Les chéris, ils parlent toujours trop fort partout.

Elle souriait, attendrie et sans rancune. Et Charles-Henri l'appréciait. Il réfléchit :

— Et moi ? Comment avez-vous su ?

— Oh ! dit-elle en éclatant de rire et en se rejetant en arrière (et là, elle avait de nouveau vingt ans), oh, c'est simple ! Je n'ai jamais vu un seul bel homme qui, en vingt ans, n'ait connu que des femmes sans cœur. Ça n'existe pas. Votre tactique repose sur une absurdité, mon cher vicomte. Croyez-moi, il faudra en changer.

Ils se mirent à rire tous les deux à gorge déployée, d'un rire qui alerta les oreilles de la jeune Brunehilde qui valsait à quelques pas de là, avec un uhlan de sa taille, et qui darda vers eux, vers le coin sombre d'où venaient ces rires, un regard furieux qu'ils ne virent pas.

— Vous n'avez pas répondu à ma question : qu'auriez-vous fait ? insista Charles-Henri (sans remarquer qu'il parlait déjà de ce mariage à l'imparfait). Qu'auriez-vous fait si je m'étais marié avec votre élève ?

— Oh, d'abord, j'aurais dit « Ouf ! », dit Marie. Et puis après, sincèrement, je n'en sais rien. Je vous aurais maudit et plaint à la fois. Mais dites-moi, ce domaine en Dordogne est-il, lui aussi, illusoire ?

— Pas du tout, dit Charles-Henri dans un élan tardif de respectabilité. Seulement, il est effectivement en Dordogne, c'est-à-dire loin de Paris. Les terres autour sont hypothéquées depuis longtemps, et je n'ai jamais pu le vendre.

— Vous pensiez y emmener Brunehilde ? demanda-t-elle, adoptant machinalement, elle aussi, cet imparfait.

— Ah non ! reprit Charles-Henri avec une fermeté excessive provoquée par l'effroi. Non. En fait, je n'ai jamais connu de femmes avec qui j'aimerais y vivre... Là ou ailleurs, ajouta-t-il. Je n'ai d'ailleurs jamais vécu à Paris. Il me serait impossible...

Il arrêta sa phrase au milieu, tenta de la reprendre et se tut. Ces violons étaient bien dangereux tout à coup, et cette femme complice, avec ses yeux vert d'eau et son rire insouciant, et son visage marqué de souvenirs tendres et extravagants..., cette femme au passé fou mais évidemment généreux, cette femme aussi était très dangereuse... Il recula lorsqu'elle mit la main sur la sienne, et déjà, à l'avance, il secouait la tête négativement avant même qu'elle ne lui demandât :

— Mais alors... pourquoi pas ? J'adore la campagne ! (Son sourire s'élargissait jusqu'aux yeux, devenant irrésistible à force de confiance, de soulagement et de gaieté.)

Il ne restait à Charles-Henri que peu de forces à opposer à ce sourire. Mais peut-être eût-il échappé à son bonheur si la jeune Brunehilde n'était apparue soudain à leurs yeux, campée devant leur table et semblant du même bois incassable, les yeux flamboyants et la voix tonnante :

— Ma cousine semble oublier son âge, ce soir, dit-elle dans un français pour une fois correct, tout au moins dans la forme.

Alors, Charles-Henri, horrifié, vit le sourire quitter d'un coup le visage de Marie ; il vit celle-ci se lever précipitamment, incliner légèrement la tête et montrer par mille signes la connaissance qu'elle avait de sa culpabilité et de sa mauvaise conduite. Il la vit prête à s'excuser, et il comprit en même temps qu'il ne saurait supporter qu'elle le fît devant lui : lui son protecteur naturel et son futur amant.

— Je crois que vous avez oublié le vôtre, dit-il en se levant à son tour. Votre jeune âge n'est pas une excuse suffisante, déjà, mademoiselle Hettingen, articula-t-il avec une déférence blessante, pour que vous oubliiez le nôtre, à madame et à moi, et il n'est pas une excuse suffisante, en tout cas, pour vous dispenser d'en faire. Je les attends, acheva-t-il d'une voix cassante (en invoquant l'âme de son aïeul Émery jeté cinq ans à la Bastille par Louis XIV pour insolence).

La jeune walkyrie, ignorant tout de cet aïeul exemplaire, hésitait, passant sans aucune grâce d'un pied sur l'autre, « comme un jeune ours », pensa distraitement Charles-Henri. Il n'osait pas regarder Marie mais il avait envie de se tourner vers elle, de la prendre dans ses bras ; et cela le plus vite possible, à présent que quelqu'un avait décidé à sa place, quelqu'un que lui, Charles-Henri, avait toute sa vie négligé d'écouter, et qui n'était peut-être, après tout, qu'un hobereau campagnard, bon vivant et respectueux des formes, fidèle à sa femme et prompt à la colère.

— Maman..., commença la jeune fille, mère dirait...

Puis elle s'arrêta, rougit d'un coup et hurla presque : « Je m'excuse », avant de s'enfuir dans un galop poussif « qui fit trembler les verres », pensa dans son exagération Charles-Henri. Mais ce devait être une exagération minime puisque cette fuite fit naître le même rire, derrière lui, rire qui ne cessa que lorsqu'il se retourna et prit contre lui la cousine éloignée.

Souvenirs... souvenirs...

La Land-Rover roulait à fond de train vers le troisième campement et Wilhelm Hans, le guide, son conducteur, se sentait bizarrement soulagé. Pourtant sir Glatz et sa femme, Anna, étaient des clients idéaux pour un safari ; silencieux, polis, distants. De plus, ils avaient payé d'avance. Mais cela n'empêchait pas Hans, pourtant rodé en dix ans de chasse aux fauves, cela ne l'empêchait pas d'avoir peur, surtout de sir Glatz. Ses yeux de myope, ses cheveux blancs et son corps si souple – Hans l'avait vu sauter de la voiture pratiquement en marche –, tout cela le gênait obscurément comme un anachronisme vivant. Sa femme était plus jeune, certes, mais elle était déjà courbée, évasive, encore belle peut-être mais bizarre, et ils se parlaient si peu entre eux.

« Après tout, pensa Hans, on n'a encore rien chassé, mais ce sont des Anglais et les Anglais sont sportifs, c'est bien connu. »

— Arrêtons-nous là.

Il leva la main et, dans le soleil couchant, les deux voitures derrière s'arrêtèrent, juste à temps. Les boys prirent un air pressé pour monter les tentes qui le fit sourire une fois de plus. Ils jouaient une belle comédie à l'égard de ces touristes qui payaient si cher pour se faire si durement secouer. Ils en remettaient.

— Voulez-vous boire quelque chose ? dit Hans poliment. Avec toute cette poussière vous avez dû avoir soif.

Sir Glatz aidait sa femme à descendre de voiture d'un geste plus mécanique qu'affectueux.

— Allez par là, ma chère, dit-il, on est en train de monter votre tente. Vous vous reposerez.

Une fois de plus, son accent rigide, presque teutonique, frappa l'oreille de Hans. Mais après tout, il s'en moquait. Tous ces dollars portés par tous ces gens qui se croyaient chasseurs, uniquement parce qu'ils possédaient assez de ces mêmes dollars pour acquérir de beaux fusils, d'excellents billets d'avion, de confortables campings, et même, ses bons services..., tous ces gens-là lui répugnaient à présent. Comment pouvaient-ils croire que le gibier, lui, fût achetable ou kamikaze ?

— Je suis désolé, sir, dit-il poliment, nous n'avons pas de chance actuellement.

Il s'arrêta net car le soleil était bas et son ombre oblique venait presque heurter de front l'ombre de sir Glatz.

— Voyez-vous, dit Glatz, nous n'étions pas venus ici pour chasser, spécialement. Ma pauvre femme Anna vous le dira.

« C'est très bien, pensa Hans, ce type doit avoir

besoin d'air ou il aime faire des photos, ou il en a assez de Londres. »

Il sourit vers Glatz mais déjà la voix lasse de ce dernier continuait :

— Je suis venu ici pour tuer.

Il regarda Hans en face de ses yeux délavés et il se mit à rire :

— Pour tuer des bêtes, bien sûr. Les gens sont un peu trop chers, maintenant, vous savez.

« Cet Anglais est dingue » se dit Hans. Mais, en plus du léger rire qui l'envahissait, il eut de nouveau une sorte de peur ; pourtant il en avait connu des dingues, et des plus divers : des mythomanes, des impuissants, des snobs, des faux mâles, des gens d'argent. Mais là, ce profil bronzé, aquilin, presque pur sous les cheveux blancs, le désorientait.

— D'où êtes-vous ? demanda Glatz en posant la main sur la manche de Hans qui, à sa propre stupeur, tressaillit.

— Je suis d'Amsterdam, dit-il très vite.

— De quand ? Je veux dire, quel est votre âge ?

Il semblait parler distraitement, à présent. Les boys avaient monté les tentes, ils allumaient le feu pour le dîner. Il faisait bon et sec et doux, c'était la savane de septembre. Hans respira à fond cette odeur de bêtes et d'herbes et de marécages qu'il aimait tant, et sourit à son bizarre client.

— Moi ? Ah oui, je suis né en 1941.

— Trop tard, dit sir Glatz, beaucoup trop tard.

Il s'arrêta, regarda son pied chaussé de bottines, puis la Craven qu'il tenait à la main. Il sembla un instant établir un rapport entre les deux, les évaluer, puis jeta la cigarette sous sa chaussure.

— Demain, dit Hans sans trop s'avancer, nous irons chasser l'éléphant. Vous verrez, ils sont vraiment impressionnants !

— Trop gros, dit Glatz. Ce n'est pas la force qui m'impressionne, c'est la faiblesse. Pas vous ?

Et sans attendre de réponse, il s'éloigna.

Après tout, Hans s'en fichait. Il avait lu Hemingway et London et d'autres, et tout cela n'était pas dans ses cordes. Lui, il faisait son travail, aussi bien que possible. Il avait presque envie de l'expliquer à ce type. C'était bien la première fois qu'un de ces maudits touristes lui donnait un sentiment de culpabilité. Il soupira et, machinalement, à cause de l'incendie toujours possible, regarda par terre. La cigarette de sir Glatz était si enfoncée, éventrée, écrasée sur le sol qu'il eut un léger recul. C'était le pied d'un homme fou de rage qui avait éteint ce mégot.

— Mais où sont ces bêtes ?

Sir Glatz s'énervait. La voiture tressautait une fois de plus et Hans, une fois de plus, fouillait la savane de ses jumelles. Rien. Décidément les Glatz n'avaient pas de chance. Et comment annoncer à des gens de cet acabit qu'ils n'ont pas de chance, que leur expédition est inutile, grotesque et faussement dangereuse ? Hans haussa les épaules.

— Je suis désolé, sir, dit-il, je ne crois pas...

— Que ne croyez-vous pas ?

La voix de Glatz était très sèche.

— Je ne crois pas, dit Hans, que nous puissions trouver, aujourd'hui en tout cas, un gibier convenable.

Il y eut une sorte de rire et de toux près de lui. Il jeta un coup d'œil vers son voisin qui, effectivement, semblait bien s'amuser.

— « Convenable », dit Glatz. Enfin, croyez-vous que je sois venu ici pour tuer du « convenable » ?

Le ton de sa voix était tellement méprisant que Hans changea de couleur.

— Comme je vous l'ai dit, reprit Glatz, je suis venu ici pour tuer n'importe quoi.

Et ce dernier terme, jeté entre les dents, stupéfia Hans.

— Par exemple, reprit Glatz, des antilopes.

On leur avait signalé des antilopes la veille, en troupeau au nord-ouest, mais quel intérêt cela pouvait-il représenter pour un chasseur ? Les deux hommes se regardèrent.

— Ce serait de l'assassinat, dit Hans, et sans charme.

— Pour vous, dit sir Glatz, pour vous peut-être...

Et Hans, le bon chasseur, en resta foudroyé.

Mais déjà on voyait des nuages de poussière, déjà on devinait les bêtes là-bas, et déjà, impérieux, Glatz indiquait la direction du troupeau au boy stupéfait.

Ils durent descendre de voiture et s'enfoncer dans la forêt. Hans soutenait la femme à travers les herbes et tentait bêtement de la rassurer.

— Voyons, disait-il, ne vous affolez pas. Sir Glatz ne risque vraiment rien. Les antilopes...

Il s'arrêta. Il n'allait pas dire à cette pauvre femme que les antilopes cherchaient avant tout l'amour ou une portée déjà assurée en cette saison ; et que son époux à elle ne recherchait qu'un massacre infect. Aussi fut-il surpris quand la main de la femme s'empara de son poignet.

— Arrêtez ça, dit-elle.

Il se retourna vers elle.

— Sinon, il va recommencer.

Elle chuchotait à présent, et ces chuchotements dans cette forêt trop verte lui faisaient peur, comme une indécence.

— Recommencer quoi ?

Il entendait sa propre voix, rauque et stupide. Il sentait la femme s'appuyer sur lui.

— Recommencer comme à Dachau, dit-elle.

Et tout devint clair pour lui. Ce salopard qui voulait tuer les antilopes, cet anglais excellent, mais si guttural, cette femme épuisée... Combien de temps Glatz avait-il tenu le coup contre ses terreurs, ses instincts et ses goûts ? Ce nazi ! Il était devenu sir Glatz, il s'était reconverti et ménagé une fin de vie heureuse et paisible avant que le goût du sang, comme à certains chiens, ne lui revînt aux lèvres. Le salaud !

Hans courait dans la forêt à présent. Il courait et il priait et, quand il entendit les coups de feu, il accéléra. Il vit tous les boys venir vers lui et s'écarter à son passage sans même le regarder. Et, cent mètres plus loin, il vit. Il vit un maniaque de soixante-quatre ans, doté d'un œil bleu clair, de cheveux blancs et d'un passé affreux qui assassinait des enfants, des antilopes, des Juives et des douceurs. Stupéfait, il le vit viser, sourire et tuer toute la grâce du monde. Les bêtes se convulsaient par terre une seconde, les yeux étonnés ; il devait y en avoir trente.

— Sir Glatz, dit Hans presque poliment.

Et le bourreau se retourna, sourit, leva un bras et désigna fièrement son hécatombe.

— Vous savez, dit Hans, je suis un Juif, moi aussi.

Il y eut une folie dans l'œil de Glatz et il réagit si vite que ce fut presque un hasard si ce fut Hans qui l'atteignit. Il mourut sans se plaindre, un vrai S.S.

« L'échange »

Un délicat soleil d'automne baignait l'Angleterre et allongeait sur des pelouses encore vert pomme l'ombre massive et solennelle des tours de Fontleroy Castle. Les nombreux visiteurs marchaient à présent en groupes volubiles vers la poterne, sous l'œil fatigué et vigilant des gardiens. Il allait être 6 heures, et le château serait bientôt fermé à ces importuns. Seul un petit groupe parcourait encore au trot le grand couloir du premier étage. Le guide se dépêchait, inquiet et gêné comme chaque fois que leurs seigneuries étaient dans leur demeure ; et c'est ainsi qu'il ne vit pas s'effacer derrière une armure le jeune et sournois Arthur Scotfield.

C'était un jeune homme mince, roux, au visage avenant et gai, et qui portait avec une élégance méritoire des vêtements plus que fatigués. À présent il soufflait un peu derrière son refuge et se félicitait. Le petit tableau de Frans Hals était bien là, juste où on le lui avait indiqué, au bout du couloir et en face de la grande porte lambrissée. Il lui suffirait plus tard, quand il ferait nuit, de revenir sur ses pas, de le décrocher et de filer avec, par une porte quelconque. Il lui semblait avoir parcouru des kilomètres dans ce maudit château, et il se demandait quels fous furieux pouvaient encore y habiter.

Lord Fontleroy ralluma pour la troisième fois son cigare. Généralement de couleur brique, il était devenu ponceau, et sa femme, la toujours belle Faye Fontleroy, lui jeta un coup d'œil mi-inquiet, mi-amusé. Ce dîner avait été interminable et, vraiment, Byron, leur invité, avait eu tort d'arriver ainsi, la veille de la chasse. Sa passion pour elle n'excusait pas sa présence intempestive, plus qu'intempestive étant donné l'humeur épouvantable où la jalousie plongeait ce pauvre Geoffrey. Lord Fontleroy avait toujours été jaloux – et souvent à juste titre – de son épouse ; et même maintenant où elle avait passé allégrement la quarantaine, voire la cinquantaine disaient ses meilleures amies, il ne pouvait s'empêcher de rouler des yeux injectés de sang lorsque le moindre bel homme tournait autour de sa femme. Il écrasa son cigare d'un geste furibond dans le cendrier, et Byron, pressentant le danger, déplia sa longue carcasse d'Écossais et toussota :

— M'excuserez-vous, demanda-t-il de sa voix haut perchée (voix qui avait, au demeurant, empêché jusque-là Faye de le considérer attentivement), me pardonnerez-vous si je me retire ? Nous nous levons tôt, je crois, demain.

— À 5 heures, dit Geoffrey Fontleroy d'une voix rogue. Vous avez raison.

Byron s'inclina devant Faye et son époux et partit

d'un pas mélancolique vers le grand escalier. Faye le suivit des yeux machinalement et elle sursauta quand Geoffrey l'interpella.

— J'imagine que celui-là vous plaît aussi, dit-il.

— Voyons, mon cher, dit Faye, nous avons déjà eu une journée épuisante avec toute cette cohorte, dont on entendait les pas poussifs dans les couloirs. N'est-ce pas suffisant ?

— Cette cohorte contribue à payer vos chapeaux et vos voyages, rappela Geoffrey d'une voix acerbe. Mes ancêtres sont dévisagés par des culs-terreux, tous les jeudis, à cause de vos fantaisies. Maintenant voilà ce grand serin de Byron qui vient jusque sous mon toit vous lancer des œillades. Morbleu ! s'écria-t-il en tapant sur l'accoudoir. Morbleu ! vous ne me tromperez pas sous mon toit !

— Voyons, reprit Faye d'une voix apaisante, cessez ces propos libidineux, Geoffrey. Il est temps de dormir.

Elle se leva et lord Fontleroy se leva aussitôt, malgré son embonpoint, et la suivit dans le couloir. Arrivée à sa porte, après quelques pas, elle se retourna et regarda son mari avec candeur.

— Voulez-vous fouiller ma chambre, Geoffrey ? demanda-t-elle.

Elle avait envie de rire. En même temps, quelque chose, dans le dos de Geoffrey, la dérangeait, une sorte de tache blanche sur le mur du couloir qui dérangeait sa vue. « Il manque quelque chose, là, mais quoi ?... » Elle ouvrait la bouche pour poser la question à Geoffrey, mais ce dernier l'avait prise par le bras et la poussait dans son appartement.

— Vous m'excuserez, dit-il, mais j'ai l'intention de dormir tranquille, cette nuit. Je vous rouvrirai la porte en partant pour la chasse en compagnie de Byron, à 5 heures.

Et il referma la porte sur elle. Elle entendit la lourde clef tourner trois fois, non sans grincement, dans la serrure.

Son appartement privé était composé d'une immense entrée-penderie lugubre et d'une chambre solennelle et gothique dont le seul charme était la vue, délicieusement sauvage, sur les collines du Sussex. Ce n'était pas la première fois que Geoffrey l'enfermait de la sorte, mais elle ne put s'empêcher de rire : pour cette fois, c'était bien inutile. Elle se déshabilla, mit une chemise de nuit de soie qu'elle affectionnait, et commença à brosser ses cheveux roux, toujours aussi roux malgré le temps, devant la glace. Elle regardait ses dents toujours éclatantes, sa peau toujours fraîche d'Anglaise, son corps mince et vigoureux, et elle se souriait à elle-même. Tout à coup elle s'immobilisa, la brosse en l'air. Elle se souvenait : oui, c'était bien le petit Frans Hals qui avait disparu du couloir. Elle en était sûre ! Un de ces touristes avait dû l'embarquer au passage mais elle ne voyait pas comment il avait pu le sortir du château sous l'œil si vigilant de Gordon, le *butler.* « Bah, se dit-elle, ce n'est pas une bien grande perte... » Et son sourire s'accentua. Le vent fit claquer les rideaux dans sa chambre et elle se rendit compte qu'elle avait froid. Où avait-elle donc pu mettre sa délicieuse couverture de mohair rapportée par le délicieux Edmond Brindehoux, quinze ans plus tôt ? Était-ce Edmond, d'ailleurs, ou Pierino qui lui avait rapporté cette couverture faite de plumes de cygne, semblait-il, tant elle était légère ? Elle ne savait plus. On avait dû la ranger dans la penderie du fond, celle qu'on n'ouvrait jamais, et elle s'y dirigea d'un pas vif.

Elle ouvrit la porte et se trouva nez à nez avec Arthur Scotfield. Il tomba littéralement dans ses bras, suffoquant, tant il avait été serré entre les housses et la porte, et il éternua violemment quatre ou cinq fois sous l'effet de la naphtaline. Par quelle malchance, pensait-il, avait-il fallu qu'effrayé par un gardien il se réfugiât justement là, dans la seule chambre sans doute occupée, et pourquoi avait-il fallu que cette femme ouvrît justement ce placard entre vingt autres ? Elle allait se mettre à hurler, il allait devoir s'enfuir dans ces couloirs inconnus et sombres et sûrement se faire pincer par des archers. C'était le sixième cambriolage d'Arthur, et les cinq premiers s'étaient tous si bien passés qu'il avait le sentiment d'une injustice. Tout en éternuant, il attendait le cri perçant ou les supplications inévitables, mais ses éternuements cessèrent d'un coup quand il entendit une voix gaie, amusée – semblait-il –, prononcer : « *God bless you* ! » Il marmonna « Merci » machinalement et releva la tête.

Il était en face de la belle lady Fontleroy dont il avait cent fois admiré les photos dans les revues diverses et dont à présent il admirait les épaules nues et les cheveux fauves. C'était complet ; en plus, il avait fallu qu'il tombât sur la maîtresse de maison, et, même si elle n'avait pas vu le tableau – qu'il avait eu le réflexe d'enfouir entre deux housses –, elle allait néanmoins appeler son époux et le faire rosser. Comment pouvait-il justifier sa présence ? Que pouvait-il bien indiquer comme prétexte à sa présence, à cette heure, dans cette chambre ? Son esprit agile s'affolait en vain.

— Auriez-vous pris froid ? demanda Faye d'un air obligeant. Ces couloirs sont atroces.

Et comme il ne répondait pas, elle haussa les épaules et lui sourit.

— Il y a un feu à côté, dit-elle, venez vous réchauffer.

Hébété, Arthur la suivit jusqu'à l'immense cheminée et s'assit timidement sur la banquette qu'elle lui désigna, en face d'elle. Les flammes étaient hautes, faisaient danser des ombres démesurées sur le lointain plafond et rougissaient un peu les joues de Faye. Elle avait l'air très jeune ainsi, et très désarmée malgré son flegme. « Elle doit avoir un joli cran, pensa Arthur non sans admiration, car après tout, au lieu d'être un gentleman, je pourrais être un assassin et lui tordre son joli cou. » Il lui adressa un sourire rassurant et protecteur qui l'embellit singulièrement. « Bien habillé, pensa Faye, il pourrait être très joli garçon, malgré sa maigreur... Les yeux et la bouche sont superbes. » Ils se considérèrent ainsi une bonne minute et se mirent à parler tout à coup ensemble.

— Je voulais vous dire..., commença Arthur.

— Que faites-vous là ? s'enquit Faye.

Ils s'arrêtèrent ensemble, étonnés et confus, et se mirent à rire. Faye reprit la parole la première :

— Je disais, que faites-vous dans ma chambre, à cette heure-ci, jeune homme ? demanda-t-elle d'une voix suave.

Et la réponse, la seule réponse possible vint aussitôt et sans effort à la bouche d'Arthur.

— Je vous aime, dit-il. Je vous ai vue souvent aux courses, dans les journaux, partout. J'ai tant rêvé de vous que j'ai tout risqué pour vous rencontrer. Il fallait que je vous voie et que je vous le dise.

Il reprenait confiance à présent, il se savait un joli bagout et de nombreuses femmes y avaient succombé. De plus il ne sentait aucune difficulté à prononcer ces mots d'amour. Cette lady Fontleroy n'était pas de première jeunesse, bien sûr, mais elle était rudement séduisante ; et il redoubla d'éloquence :

— Votre beauté, disait-il, votre manière de marcher, la couleur de vos cheveux, vos yeux... Ah ! je n'aurais jamais cru pouvoir arriver jusqu'ici.

Elle le regardait sans broncher et elle souriait avec une sorte d'affection comme si elle eût été en face d'un vieil ami et comme si elle ne l'eût pas surpris, enfoui dans sa garde-robe, la seconde d'avant.

— C'est très gentil à vous, dit-elle, d'avoir fait tout ce chemin. Je suis très touchée. Mais vous êtes un jeune homme, un très jeune homme, et je suis une femme trop âgée pour vous. Il vous faut m'oublier et partir au plus vite avant qu'on ne vous trouve.

Arthur hochait la tête, soulagé d'un grand poids mais un petit peu désappointé. Il avait une chance folle, quand même, que cette femme fût ce qu'elle était et qu'elle eût cette attitude. Il laisserait le tableau là où il était, et reviendrait, libre, à Londres, expliquer à son commanditaire que le coup avait foiré. Tout s'arrangeait bien. Seulement il aurait bien aimé rester quelques moments de plus, au coin de ce feu et en face de cette exquise personne.

— Ne puis-je rester un peu ? demanda-t-il d'une voix implorante.

Mais elle secoua la tête et se leva d'un air décidé.

— Non, dit-elle, ce serait imprudent.

Il se leva aussi et tout à coup il la vit s'arrêter, comme pétrifiée, et porter la main à son front. Elle était devant la cheminée, il voyait son corps éclairé par les flammes, sous la soie transparente, et il se sentait la bouche un peu sèche.

— Mon Dieu ! dit-elle d'une voix enfin altérée, vous ne pouvez pas sortir... Geoffrey, mon mari, reprit-elle, m'a enfermée jusqu'à demain.

— Enfermée ? dit-il, ahuri.

— Oui, dit-elle, sans paraître le voir, les yeux tournés vers la porte fermée, oui, mon mari est jaloux. Il ne m'ouvrira qu'à 5 heures, demain, en partant pour la chasse. Que c'est assommant..., dit-elle en se rasseyant sur la banquette, que c'est assommant, ces clés et ces serrures, quelle manie !

Essayez quand même, reprit-elle d'une voix impérieuse, on ne sait jamais...

Arthur se dirigea vers la porte mais, malgré sa solide expérience des serrures, il comprit vite que cette chose moyenâgeuse ne se rendrait jamais. Elle était derrière lui, il respirait son parfum, et il se félicita malgré lui de la jalousie de lord Fontleroy et de la solidité de ce cadenas.

— Je ne peux rien faire, dit-il en se redressant et en se tournant vers elle.

— Mon Dieu !... murmura-t-elle. Que vais-je faire de vous jusqu'à demain ?

Ils se regardaient fixement, très près l'un de l'autre, et il sentait un léger vertige le gagner.

— Je ne peux pas passer la nuit avec un jeune homme amoureux de moi, murmura-t-elle d'une voix rêveuse. Ce ne serait pas convenable.

Mais le mot « convenable » fut étouffé sur sa bouche par celle d'Arthur. Il la serrait contre lui, il embrassait ses épaules, il était mince et jeune et brûlant. Il sentait le soleil, le vieux tweed, le jeune homme, et elle se laissait aller contre lui, les yeux clos, en souriant vaguement.

À 5 heures, le lendemain matin, lord Fontleroy ouvrit la porte de sa femme au passage, d'une manière qu'il espérait silencieuse, ayant un peu honte de lui-même. Byron l'attendait en bas, grelottant dans le petit matin et, en le rejoignant, lord Geoffrey lui tapota l'épaule d'un geste affectueux et inattendu pour lui. Ils partirent d'un bon pas vers la forêt. « Pourvu qu'en plus je n'aie pas réveillé Faye », pensait Geoffrey en vérifiant son fusil. Il se faisait du souci pour rien, car il n'aurait pu réveiller Faye pour la bonne raison qu'elle n'avait pas dormi.

Le jeune Arthur Scotfield était allongé près d'elle, nu et tendre, le feu était mort dans la cheminée, et le petit jour se levait derrière les rideaux.

— Il faut que tu partes, dit-elle d'une voix lasse, et que tu ne reviennes pas. Prends le deuxième escalier à droite, après la porte-fenêtre.

Il s'assit sur le lit et la regarda. Il avait les yeux cernés et sans doute avait-elle, elle-même, une mine épouvantable.

— J'ai passé une nuit merveilleuse, dit-il d'une voix très jeune.

Et elle tendit le bras, l'attira près d'elle et l'embrassa tendrement au coin de la bouche.

— Voilà, dit-elle, c'est notre adieu. Prends tes vêtements, va t'habiller dans la penderie où je t'ai découvert, et pars très vite.

Il obéit, partit à reculons, se retrouva dans l'autre pièce et s'habilla rapidement. Dans la porte restée ouverte du placard, il vit le petit cadre allongé par terre contre les housses, et il hésita. « C'est trop bête, pensa-t-il, de ne pas l'emporter. » Après tout, elle lui avait bien dit à un moment qu'elle s'en moquait de ce château, et de ces meubles, et de ces objets ; qu'elle n'aimait que les hommes et les animaux. Elle ne le verrait même pas. Il ramassa donc le tableau et se dirigea vers la porte. « Arthur ! » cria une voix dans la chambre voisine, et il s'arrêta, posa le tableau par terre avant de rentrer. Faye Fontleroy était assise, un bloc à la main. Elle en arracha une page, la mit dans une enveloppe qu'elle ferma, et la lui tendit.

— Arthur, dit-elle, tiens. Ceci est un petit mot pour toi, une preuve de ma tendresse. Tu le liras dans le train.

Touché, il se pencha, embrassa une fois de plus la belle épaule nue et partit d'un pas vif en attrapant au passage son butin.

Il ne croisa personne et, fidèle à sa façon, il attendit d'être dans le train poussiéreux pour décacheter l'enveloppe.

L'écriture de lady Fontleroy était longue et large et généreuse, mais néanmoins lisible. Arthur lut la lettre. Elle disait :

« Fais attention, mon chéri. Ce tableau est à peu près aussi authentique que ta passion pour moi. (J'ai moi aussi, de temps en temps, des besoins d'argent...) Ce fut une nuit charmante... Quittes ? »

C'était signé « Faye » et, la première stupeur passée, Arthur Scotfield se mit à rire tout seul dans le train, d'un rire sonore et enchanté, qui fit se retourner ses placides compagnons de voyage.

Une question de « timing »

Elle avait allumé la télévision et la regardait, assise sur un sofa, les genoux repliés sous elle, les yeux mi-clos, dans une pose qu'il avait appelée une fois sa « pose féline », et qui lui semblait à cet instant apprise et maniérée. Elle portait un pull-over blanc, d'une laine très douce, que l'on devinait douce à l'œil, et d'où émergeait son long cou blanc, si gracieux, et ensemencé à la racine d'épis blond doré qui devenaient touffes, puis gerbes, avant d'encadrer sa tête ravissante. « Son cou de cygne, ses yeux de biche... » Avait-il assez frémi devant la fragilité de l'un, l'éclat humide des autres ? Il avait même, dans sa sottise, évoqué « la race » au sujet de ce cou, de cette tête et de ces poignets étroits. L'amour lui avait suggéré les compliments communs aux snobs et aux crémiers. Il avait trouvé et déclaré sa maîtresse « aristocratique », et, sans même rire de ce terme, de la vulgarité de ce terme, il avait eu pour elle des attentions pesantes généralement réservées au cristal ou aux fleurs trop chers. Oui, il s'était conduit en valet de chambre snobé ou en snob domestiqué, ce qui était bien pareil. Et il avait eu honte, car pour lui ce n'était pas l'admiration ou le mépris éprouvé pour un objet qui vous dépeignait, mais l'objet lui-même. Il avait aimé sa maîtresse comme on peut aimer l'argent ou les arts : avec goût. Et il se méprisait d'avoir pu ajouter ses petits mots précieux et minables à ce sentiment si libre, si cru et si peu respectable, d'avoir voulu mettre du papier doré et des rubans autour de cette chose sanglante, l'amour. Il avait aimé chez cette femme la discrétion, l'absence de mauvais réflexes, de mesquinerie ou de sentiments bas. Il l'avait aimée pour ce qu'elle évitait, pour ce qu'elle était incapable de faire, il l'avait aimée pour ses garde-fous. Et pourtant, quel autre amour que l'amour fou jugeait-il convenable ? Mille fois, ah ! mille fois il eût préféré l'aimer pour ses trahisons, ou sa bêtise, ou quelque vice idiot ! Au moins il aurait compris son malheur et son bonheur à la fois, et goûté la dérision de se mépriser soi-même ! Et, de plus, il aurait peut-être su, ainsi, comment rompre ce soir.

Elle s'étira. Elle avait un pantalon noir, étroit, qui soulignait son corps superbe. Là aussi il avait été joué par lui-même, autant que par elle, car la nuit, c'était une furie, une esclave, une folle qu'il tenait dans ses bras, c'était une bacchante, et qu'il s'émerveillait de voir resurgir, au matin, gracieuse et lointaine. « Le feu sous la glace », s'était-il dit... Comment avait-il pu développer son amour à partir de tels clichés ? Comment avait-il pu s'extasier de cette ostentatoire dualité, et même la trouver troublante ? Quelle dualité vraiment, chez une femme qui vous dit « vous » le jour, et « tu » la nuit ? Et qui se conduit comme une étrangère dans les deux cas ? Dans son excès de détachement comme dans son excès d'ardeur. Et pourtant il avait eu plaisir – et, avait-il cru, un plaisir des plus subtils (quelle horreur !) – à jouer, avec elle et pour elle, le mondain et le prostitué, car jamais, jamais, elle ne l'avait jamais traité en pair. On n'affiche pas de ces dédains grotesques pour celui qui vous aime, et on n'inflige pas non plus la frénésie de ses déviations sexuelles à celui que l'on aime. C'était faux, odieusement faux ! Et si nulle image érotique ne dérangeait sa conscience, en revanche le souvenir de certains « À bientôt, chère amie », proférés d'une voix indécemment discrète devant des amis avertis, lui mettait le feu aux joues. Dans quelle honte, dans quelle farce prétentieuse s'était-il engagé, sous couvert d'un brillant marivaudage ? Ce n'était pas possible, lui qui avait plu, et aimé, lui qui avait été aimé et qui aimait encore l'amour, comment avait-il pu s'en faire une caricature si grotesque, si minable ?

— Que buvez-vous ? dit-elle en levant les yeux vers lui.

— Je vais me servir, et toi, que veux-tu ?

À peine avait-il lancé ce « tu », comme un défi, qu'il se sentit ridicule et il rougit. Ah non ! Tant qu'à faire, autant profiter de ce « vous » et de cette façade pour opérer un repli élégant et glacé et dérisoire ! Car comment quitter convenable ment quelqu'un dans la chaleur de qui on s'est enfoui pendant deux ans ?

Autant opérer un repli, donc, tout au moins confortable. Elle ne réagit pas et ne répondit pas. Il se servit à boire d'une main ferme, reposa le shaker devenu étranger sur cette étagère inconnue, avant de marcher vers un fauteuil, apparemment Louis XVI. Il se sentait si égaré dans cette maison, cet univers dont il connaissait et avait chéri chaque angle, qu'il fut presque soulagé de voir le visage hypocrite et familier d'un homme politique sur le petit écran. Il le regarda, mais cette fois avec une sorte de sympathie, voire de contrition : « Quand je pense, lui dit-il, que je te trouvais ridicule, mon vieux, gavé de toi-même, et prétentieux et malhonnête ! Quand je pense à quel point tu semblais dépourvu d'esprit et de cœur, et lâche jusqu'à la vulgarité derrière ta morgue ! Eh bien tu vois, j'aurais dû, dans mon élan, t'admirer aussi... Tu lui ressembles » Et il étendit les jambes et posa ses mains sur les accoudoirs. Il se reposait. Son corps de petit garçon fatigué et endormi, mais toujours intact, son corps irait s'allonger tout seul, entre deux draps frais et désinvoltes, dans quelques heures, après la rupture, bien sûr, après la destruction de ce qui n'avait jamais été.

— C'est extravagant, non ? dit-elle. Ils disent tous la même chose.

Il hocha la tête. Il l'approuvait une fois de plus. Il l'avait toujours approuvée. Elle parlait d'une manière si indifférente ou si moqueuse que l'on n'osait la contredire, tant elle semblait prête, elle-même, à lâcher le terrain. En fait, elle ne l'était pas. Elle était cramponnée à ses petites opinions, ses expériences personnelles, son code de vie qui relevait plus du *Gault et Millau* que de la Bible. Et sa voix lasse, un peu traînante et si convaincante recouvrait une femme apeurée et, de ce fait, impitoyable. Oui, elle avait peur : peur de manquer d'argent, bien qu'elle fût riche, peur de vieillir, bien qu'elle fût jeune, peur d'être dévoilée, bien qu'il n'y eût rien sous cette aura d'élégance et de désinvolture qu'elle promenait partout. Il n'y avait rien derrière ça, nul souvenir horrible. Peut-être un homme volé à une amie proche, ou une avarice mal calculée, ou une ou deux personnes blessées à l'âme... Au pire, des orgies au Trocadéro et des tricheries au ginrummy.

Et quand il l'aurait quittée, passé le premier moment de colère et de vanité blessée, ce serait bien de la peur qu'elle éprouverait jusqu'à ce qu'elle le remplaçât ; la peur d'être seule ; comme si elle ne l'était pas déjà, et à jamais, comme s'il n'était pas inéluctable qu'elle mourût dans la solitude et dans l'épouvante, comme elle avait vécu, comme si son premier cri, en venant au monde, avait été autre chose que le cri féroce et aigre d'un nouveau-né égoïste... C'était une de ces femmes qu'on n'arrive pas à imaginer enfant. Il s'en rendait compte tout à coup, et il se rappelait que tous les récits qu'elle lui avait faits de cette enfance – ces récits qui auraient voulu évoquer des jardins, des pelouses, des oncles distingués et des raquettes de tennis –, il se rappelait à présent que tout ce passé délicieusement anglais et paisible lui avait toujours fait l'impression, à lui, d'une suite de sons criards et désaccordés, comme si elle eût voulu transformer en image d'Épinal une sinistre affaire d'ennui, de morgue et d'onanisme. Elle faisait partie de ces gens dont l'enfance semble trouble et la vieillesse obscène, même si l'on n'en a aucune connaissance. Et il se rappelait même quelle avait été sa surprise lorsqu'elle lui avait parlé de son premier amant. Il avait attribué cet étonnement à la fragilité de sa maîtresse, à son air d'innocence et de chasteté. Il n'avait pas compris que c'était parce que, confusément, et malgré ses débordements nocturnes, elle était, à ses yeux, restée vierge, dans quelque méandre mystérieux de son être, ou alors qu'elle ne l'avait jamais été.

— Quels sont vos projets pour ce soir ? dit-elle.

Il eut envie de répondre brièvement : « Vous quitter », d'un coup, uniquement pour voir se modifier l'expression paisible, souriante et d'ores et déjà approbatrice de ce beau visage. Et en effet, s'il lui avait proposé d'aller au théâtre, sur une plage ou de faire l'amour, elle aurait été inévitablement d'accord. Elle aurait même applaudi un peu à son imagination et lui aurait même laissé entendre que ce souhait, si saugrenu fût-il, était justement celui qu'elle s'était formulé tout l'après-midi. Elle l'aurait même convaincu, après, que cette pièce, cette mer ou ces draps froissés étaient son œuvre à elle, qu'il n'avait fait que la suivre ; de même que s'il se montrait drôle, bavard et vivace toute une soirée, de même, après avoir participé au rire général, lui disait-elle en rentrant, indulgente : « Tu t'es bien amusé, non ? » Elle laissait ainsi entendre que cette joyeuse soirée était un cadeau qu'elle lui avait fait. Car elle n'était pas drôle : elle riait quand on était drôle, elle applaudissait quand on était intelligent, et elle criait quand on lui faisait bien l'amour. Mais elle-même, elle-même ne faisait ni rire, ni réfléchir, et, si elle faisait jouir, c'était vraiment parce que la mécanique physique des corps humains rendait ce plaisir inévitable. Brusquement, il se faisait l'effet d'un de ces épais et maladroits sauriens que l'on voit traîner dans les marécages exotiques, promenant sur leurs têtes aveugles un de ces oiseaux braillards, funestes et boulimiques, de couleurs éclatantes, qui se nourrissent exclusivement des déchets et des boues ramassés par leurs porteurs. Elle n'aurait aucun mal à trouver un autre crocodile, un hippopotame sur lequel se jucher. Son plumage était bien assez beau et sa voix assez perçante pour que nul animal ne prît peur de ses coups de bec incessants et avides...

— Je n'ai pas envie de sortir, dit-il.

Et il prit son paquet de cigarettes dans sa poche. Elle sourit et, d'un geste vif, lui envoya à la volée un petit briquet somptueux et trop plat qu'il lui avait offert récemment. Il l'attrapa au vol et ne s'étonna pas de ce qu'il fût aussi froid, comme s'il n'avait pas été niché, avant, dans une main humaine. Comme si l'or et l'argent ne réassumaient plus leur rôle de bons conducteurs de chaleur ou de désir lorsqu'ils étaient au contact de cette main élégante et froide, privée de sang. C'était son briquet, c'était son sofa, c'était sa maison, c'étaient ses affaires et c'était son corps. Et qu'il eût payé tout cela, sans que cela le rendît le moins du monde propriétaire, ne le dérangeait pas. C'était que tout cela il l'eût chéri qui le mortifiait à présent.

Un homme et une femme s'embrassaient à présent sur l'écran. Ils étaient beaux comme se doivent de l'être les acteurs, et la main de la femme, crispée sur la nuque de l'homme, semblait éperdue de tendresse, de reconnaissance, de quelque chose de fou, d'atrocement précieux, et qui brusquement lui manquait jusqu'au vertige, jusqu'au chagrin. Une sorte de boule se nouait dans sa gorge, coinçait sa veine jugulaire, et empêchait son sang d'envahir son cœur, et de le faire battre. Il était seul, il était pauvre, il avait froid et peur et faim, il n'avait pas d'âge, pas de nom, pas de futur et pas d'amis. Il était nu, et il grelottait de tendresse parce qu'une actrice stéréotypée embrassait un jeune premier incolore, sur le petit écran. S'il disait trois mots, la femme assise là, près de lui, se mettrait nue, promènerait ses mains sur son corps, le palperait, le provoquerait, lui dirait des mots épouvantables, des mensonges, lui dirait « Je t'aime » et le mordrait au cou. Après, il serait encore plus solitaire, et ce grelottement serait transformé en un simple claquement de dents tout juste refrénable. Il la regardait. Elle avait les yeux fixés sur le couple énamouré devant elle, elle arborait un sourire légèrement teinté de mépris, un sourire qui voulait dire que c'était navrant, mais que c'était ainsi, l'amour.

« Alors, se dit-il avec une subite terreur, mais alors, si elle éprouve un tel mépris pour l'amour, pourquoi s'obstine-t-elle à le faire et à en parler ? De quel droit en emprunte-t-elle les mots, les gestes et jusqu'au masque déchirant » Il avait envie de la frapper pour cela, comme on frappe un faussaire. Elle n'avait jamais aimé, avant lui ; elle le lui avait bien dit, et il en avait acquis un imbécile orgueil, à l'époque. Oui, par quelle fatuité imbécile et criminelle avait-il pu, à ce moment-là, se cacher le corollaire de cet aveu ? À savoir que si elle n'avait jamais aimé avant lui, elle n'aimerait jamais après lui, et que, de surcroît, elle n'aimait pas non plus pendant ? Il l'avait connue maîtresse d'un autre, et il s'était réjoui de la facilité étonnante avec laquelle elle avait abandonné cet autre pour le rejoindre. Il avait attribué à l'amour cette cruauté impavide qu'elle avait alors affichée, avait attribué à son propre charme cette rapidité, et il avait appelé élan ce qui n'était que désertion. Déserteuse ! C'était le terme ! C'était une déserteuse passant d'un désert à l'autre et rendant tout autour d'elle, les cils, les visages, la moquette, l'aube même, rendant tout aride, glacé et terne. L'autre homme s'était tué, plus tard, sur un platane, et il se rappelait lui avoir appris la nouvelle avec des ménagements ; partant d'un principe obscur, mais fondamental chez lui, un principe idiot, que l'on ne pouvait pas appuyer sa peau sur celle de quelqu'un, ni projeter directement son souffle dans la bouche de quelqu'un, ni amener des larmes de plaisir, de tristesse dans les yeux de quelqu'un, sans laisser en même temps, toujours vivant et vulnérable, un peu de sa peau, de son souffle et de son regard sur ce quelqu'un. Elle n'avait pas bronché, d'ailleurs, sous la nouvelle, elle avait légèrement haussé les épaules et s'était détournée par ce qu'il avait cru être de la pudeur. Elle avait même parlé de mauvaise chance ; et, pour elle, il relevait de la malchance que cet homme eût été quitté par elle, et eût perdu la direction de sa voiture, un peu plus tard. Elle n'intervenait en rien dans le cours de cette vie, si brève, elle n'était en rien mêlée à cette histoire d'amour ni à cet accident mortel, et il frissonna tout à coup, comme si cet accident n'en eût pas été un, et comme s'il eût été promis lui-même, dès qu'il l'aurait quittée, à une mort rapide. « La jeune Parque », se dit-il, et, comme par ironie, il la vit tendre le bras, prendre auprès d'elle la tapisserie raffinée et multicolore qu'elle avait entreprise depuis peu, il la vit froncer les sourcils avant d'agiter ses doigts longs et fuselés avec méthode. C'était bien symbolique, cette tapisserie inutile et qui le resterait... Il était inconcevable et inimaginable qu'elle pût tricoter un chandail, un chapeau, une aumônière, n'importe quoi en somme, pour quelqu'un. Il ne l'avait jamais vue passer le pain, ni tenir une porte, ni offrir du feu. Et si elle lui avait envoyé son briquet tout à l'heure à travers la pièce, ç'avait été d'une manière ostentatoire, pour bien lui rappeler que c'était aussi son cadeau – et le choix onéreux qu'amoureux d'elle il avait fait chez un bijoutier – qu'elle consentait à lui prêter. Elle n'aurait jamais rien fait gratuitement pour lui, et le seul avantage qu'il eût pour elle, sur des millions de petits Chinois affamés, c'était qu'il avait lui, dans sa poche, de quoi payer leur addition chez *Maxim's.*

Elle avait les yeux baissés sur sa tapisserie, les sourcils froncés, elle semblait en proie à des difficultés techniques. Elle croisa ses aiguilles, rassembla ses pelotes de laine et posa le tout devant elle, d'un geste résigné. « Elle est blonde, elle est incroyablement blonde », se dit-il brièvement avant qu'elle ne se retournât vers lui et ouvrît la bouche :

— Vous savez, dit-elle, Cyril... il m'aime, et je vais vous quitter.

Et, tout aussitôt, il se sentit transpercé d'un monstrueux chagrin, il eut envie de vomir et de se cramponner à sa robe. Et les cheveux blonds illuminèrent une dernière fois, comme une flamme, ce qui allait être sa vie à venir : un enfer.

Quelques larmes dans le vin rouge

« Une heure... Je lui donne une heure. Une heure de retard, c'est le maximum qu'une femme puisse supporter. Une femme comme moi, en tout cas. Une femme heureusement mariée, belle, reconnue belle, désirable, désirée. Une femme désirée par des douzaines de types... dont six que je peux nommer. Une femme avec un ravissant chapeau et de ravissants renards, qui attend une demi-heure sur un banc de pierre, dans un square de Paris, un homme en retard, c'est une chose honteuse, inconcevable. C'est grotesque. Je suis belle, élégante, désirée et grotesque. Mais, dans une heure et demie, je serai encore là et, s'il y tient, je piétinerai mon affreux chapeau et je laisserai ces sales bêtes sur ce banc. Et, s'il y tient, en arrivant tout à l'heure, je me mettrai nue dans ce square et je le suivrai à pied dans toute la ville.

Et s'il ne vient pas, je me tue. Je rentre à la maison, j'embrasse Henri, je mets mon chapeau sur mon lit (puisque ça porte malheur), et je mets mes renards sur un cintre (puisque je suis d'une nature rangée). Alors je prends dans ma ravissante salle de bains le flacon caché derrière mes démaquillants, je le vide dans ma main, et j'avale ces comprimés amers et blancs, un par un, avec de l'eau tiède. Le nombre qu'il faut. Ni trop ni trop peu. Je ne vais pas m'offrir le ridicule de me louper. Le ridicule, ça suffit pour moi : aimer ridiculement, vivre ridiculement, mais mourir sans comique. Je n'ai plus d'humour, moi. De l'amour, oui, avec un grand “A”, mais le grand “H” et le petit “u” de l'humour sont partis par la fenêtre depuis longtemps. Depuis Bernard Faroux.

Bernard Faroux ! Quel nom !... sans charme, sans rien. Quand je pense que j'étais Roberta Durieut, une femme heureusement mariée, élégante, désirable, désirée, etc. Une femme qui ne connaissait pas Bernard Faroux. Et maintenant, depuis six mois, je suis une loque qui connaît Bernard Faroux. Bernard Faroux qui est dans les assurances, qui n'est pas spécialement beau ni spécialement intelligent, qui est prétentieux, égoïste et goujat – puisqu'il me fait attendre depuis dix minutes maintenant –, et que j'aime. Je n'attendrai pas une seconde de plus qu'une heure. D'ailleurs la nuit tombe, ce banc est glacé, ce square, désert. Il pourrait m'arriver n'importe quoi. Je pourrais être attaquée par n'importe qui, par ce clochard, par exemple, qui arrive avec sa musette, sa maigreur et sa crasse. Il n'est même pas vieux, il pourrait très bien me tordre le cou. Mais qu'est-ce qu'il fait ? Il s'assoit sur mon banc ? C'est le comble ! On doit avoir un air..., moi, avec mes renards, lui, avec ses hardes ! Ça va faire ricaner Bernard. S'il vient. »

Lucas Dudevent, connu sous le nom de « Lulu les Trousses », étira ses jambes soigneusement et soupira d'aise. Il avait vu juste : à part la pécore et son minet de cou à côté, le banc était libre. C'était devenu l'enfer pour trouver un banc tranquille. Dès les premiers beaux jours tous les citadins sans voiture envahissaient les bancs de Lucas, ses fidèles bancs lisses et nus de l'hiver, s'y avachissaient des heures, s'y embrassaient à bouche que veux-tu, y lisaient des livres et, quelquefois – le pire –, y veillaient sur des marmots braillards qui le regardaient de travers. Mais à présent c'était la nuit et, dans ce square sinistre, ce banc de pierre, rudement dur, décourageait les bourgeois, rembourrés ou pointus. Sauf cette brune-là. Réellement belle, cette brune, sous son chapeau. Elle regardait sans arrêt vers l'allée, elle attendait visiblement quelqu'un... Il fallait être un fieffé crétin pour faire attendre cette femme-là ! Si Lucas n'avait pas renoncé depuis longtemps aux belles femmes, aux belles voitures et à notre belle civilisation, il lui aurait fait la cour. Et s'il n'avait pas été habillé comme il l'était, ça aurait fort bien pu marcher. À trente-huit ans, bien habillé et en gaieté, il tombait qui il voulait, le beau Lucas des années 1960.

Il ouvrit sa musette, attrapa son précieux flacon plein à ras bords, le déboucha, leva le coude, mais arrêta son geste tout à coup. Les épaules de la femme à côté étaient secouées de sanglots silencieux mais violents, affreux à voir, et Lucas, comme malgré lui, tendit son précieux flacon vers elle. Le verre tinta sur le banc, la femme se retourna et Lucas la vit de face : il vit deux yeux clairs, étincelants sous la violette, cernés de khôl et de chagrin, des yeux débordés de larmes rondes et irrépressibles. Ils se contemplèrent un long instant, regard bleu et regard noir, regard éploré et regard compatissant. Mais elle sembla se réveiller, murmura « Merci », prit la précieuse bouteille de Lucas et en avala une grande goulée avant de la lui rendre. Ses pleurs tarirent instantanément. Elle redevint rose, sourit presque, et Lucas nota une fois de plus avec fierté les ineffables bienfaits du vin rouge.

— Ça fait du bien, dit-il, avec tout l'orgueil du fidèle consommateur.

— Beaucoup de bien, dit-elle en tirant un mouchoir de sa poche.

Elle s'y moucha, et si vigoureusement que le bruit l'étonna elle-même. Elle jeta un coup d'œil d'excuse vers Lucas, mais celui-ci, gentleman jusqu'au bout, buvait à son tour sans rien paraître entendre, sinon le chant délicieux du vin dans ses veines.

— C'est quelle marque ? demanda-t-elle.

— Ça, je n'en sais rien, dit Lucas en s'essuyant la bouche sur sa manche. En tout cas, il fait du 13. Je le trouve chez Dobert, un copain. Vous en voulez un peu plus ? proposa-t-il poliment, mais sans enthousiasme – car en fait, il comptait sur cette bouteille pour la soirée.

— Non, non, merci beaucoup, dit la brune avec tact. Mais ça m'a remontée, vraiment. J'en avais besoin...

Du moment qu'elle faisait allusion elle-même à ses larmes, Lucas pouvait s'enquérir de leur cause :

— Vous avez le cafard, ou on vous a posé un lapin ?

— Je crois bien qu'on m'a posé un lapin, dit-elle. Ça fait une bonne demi-heure maintenant...

— C'est un con, ce type, dit Lucas fermement. Un rude con, si vous permettez.

— ... mais je n'attendrai pas plus d'une heure, continua-t-elle d'une voix forte. Ça, je me le suis juré. À 6 heures moins une, je me lève, je rentre chez moi... Et voilà.

— À votre place, commença Lucas, je... Oh, et puis !...

Il fit un geste vague de la main, son visage devint pensif, « et presque beau », songea Roberta.

— À ma place ? reprit-elle.

— Ça ne me regarde pas, dit Lucas, mais j'ai attendu des femmes sur des bancs, dans le temps, et chaque fois que c'était plus d'une heure et quart, ça a mal fini... Pour moi, je veux dire.

Elle le regardait fixement.

— Et autrement ?... Et quand vous étiez parti... avant ?

— Quand j'étais parti avant, c'est que j'avais pu partir, dit Lucas en la regardant à son tour. Ça, elles le comprenaient aussi sec. Et après, elles rappliquaient vite fait.

Il y eut un silence pensif. Roberta et Lucas semblaient le couple allégorique d'un philosophe et de son élève. Elle regardait ses pieds, puis l'allée.

Comme distraitement, elle tendit la main vers Lucas qui, résigné, y posa la bouteille. Il avait charge d'âme. Elle en avala un grand coup, remarqua-t-il avec chagrin, et s'essuya la bouche sur sa manche en poils de luxe avec le même geste que lui.

— Et une fois qu'elles vous avaient rattrapé ? dit-elle d'une voix hésitante.

— À ce moment-là j'étais rentré chez moi, dit Lucas en riant malgré lui (car il lui manquait trois dents devant, et ça l'agaçait devant sa nouvelle conquête). Et chez moi, il y avait la Clopinette qui, elle, qui m'aime, acheva-t-il brièvement sinon grammaticalement. Alors...

Il eut un geste vague avec cet « Alors », mais qui voulait dire si clairement : « Alors, une fois au chaud, sous mon pont, avec la Clopinette... » que Roberta fut envahie de la même pensée : « Alors, une fois au chaud, chez moi, avenue Paul-Doumer, avec Henri... »

Elle se leva lentement, elle s'épousseta. « C'est une superbe femme, pensa Lucas, bien fichue, et tout... »

— J'y vais, dit-elle. Chez moi.

— C'est que ça fait pas l'heure, hein ? dit Lucas, les yeux plissés par le rire.

Il se sentait content et farceur. Il allait rester là et voir arriver le type. Il se promettait un bon moment. Faire pleurer une femme avec des yeux de cette couleur, ça se paie.

— Non, dit-elle en riant à son tour. Non, ça ne fait pas une heure. Tant pis, je... Au revoir, monsieur. Merci pour le... Merci pour tout.

Elle eut un geste de la main qui désignait Lucas, et même la bouteille, ce qui alarma un peu son propriétaire. Mais déjà elle se penchait, mettait ses deux mains chaudes sur les mains de Lucas, les serrait un peu, et filait. Elle disparut dans l'allée, « juste à temps » pensa Lucas en voyant arriver, trois secondes après, un jeune homme irrité et impatient qui piaffa près de lui toute la demi-heure suivante.

Bernard Faroux était d'autant plus irrité qu'il avait été réellement coincé dans un embouteillage.

Mais de même qu'il n'eût jamais pensé à s'excuser de son retard, de même il n'eût jamais pensé que Roberta pût ne pas l'attendre ; elle, au lieu de ce clochard débile qui riait tout seul sur le banc. Il en conçut du dépit, très vite, des doutes, ensuite, et de l'amour, donc, presque aussitôt. Mais Roberta ne l'attendit plus jamais nulle part. Dieu sait pourquoi, Roberta ne l'aimait plus.

Musique de scène

Cet air lui était passé par la tête à la fin de la soirée, et il lui avait paru si séduisant que, pour une fois, il s'était réfugié au vestiaire pour en écrire les premières mesures sur son carnet d'adresses : *do-mi-si, si-la-sol*... Il l'avait d'abord imaginé au piano, mais il y avait une gaieté, une liberté dans ces premières notes qui demandaient plus. Il défaisait ses lacets en sifflotant, oubliant un instant la scène commencée par Anita dans la voiture. Pas pour longtemps.

— Tu m'écoutes ? Je ne te demande pas si tu m'entends, mais si tu m'écoutes ?

Anita se tournait vers son mari avec sur son beau visage ce qu'elle pensait être une expression mi-affligée, mi-sarcastique. Elle n'imaginait pas un instant que son nez pût luire, ni ses premières rides ressortir cruellement dans cette aube d'été. Et ce manque d'imagination se révélait plus fâcheux que d'habitude. « Manque » n'était pas le terme, d'ailleurs, car elle pouvait avoir des excès d'imagination mais dans un sens unique : celui de la revendication.

Tel l'oiseau faisant son nid, Anita accumulait petit à petit des incidents insignifiants, hétéroclites, parfois même contradictoires, qu'elle arrivait miraculeusement à additionner. Ses comptes étant faits, elle les lui ressortait un beau jour, triomphalement, comme autant d'exemples, de preuves de ses théories ; ses théories basées sur la superficialité, l'indifférence, le snobisme, même, de Louis.

— Mais je t'écoute, dit-il faiblement.

Au fond, c'était peut-être un tempo de jazz qu'il lui fallait : une contrebasse d'abord, une clarinette, et peut-être un banjo...

— Je ne comprends pas ! Vraiment je ne comprends pas. Je suis peut-être idiote...

« Il y a des possibilités qu'il ne faut pas évoquer », pensa rapidement Louis avec gaieté. Mais il arbora aussitôt un visage de marbre, lointain, presque irrité, comme si l'hypothèse de l'idiotie d'Anita, par son absurdité même, sonnait comme une contrepèterie déplacée dans une conversation sérieuse.

— Je ne comprends pas non plus, dit-il. C'était une soirée comme les autres...

Elle eut un petit hennissement vainqueur et s'assit délibérément sur le fauteuil en face de lui, les mains bien à plat sur les accoudoirs, avec dans les yeux un éclat résolu, cette lueur qui signifiait que ce n'était pas, hélas, une simple humeur qu'il devait retourner, mais bien un de ses raisonnements interminables. Il soupira et alluma une cigarette tout en remuant ses doigts de pied libérés avec satisfaction.

— Tu as dit le mot, mon pauvre Louis : « une soirée comme les autres ». Ni mieux ni pire : une soirée inutile. Mais que peuvent bien t'apporter tous ces snobs ?

Depuis qu'il avait obtenu l'oscar de la meilleure musique de film, à Hollywood, l'an passé, il était vrai qu'une certaine société à Paris faisait fête à Louis ; et il était vrai aussi qu'il prenait plaisir enfantinement à cette atmosphère de luxe, d'affabilité et de compliments qui lui avait manqué si durement pendant des années. « Qui *leur* avait manqué », pensait-il en toute bonne foi, car Anita s'était assez plainte de la vie, pendant ce qu'elle appelait « les années maigres ». Son dédain, maintenant ostentatoire, pour ce qu'elle avait tant désiré lui semblait un peu rapide, un peu systématique. Elle était une jolie femme, elle s'habillait bien, y prenait visiblement plaisir ; et Louis se demandait quelle hargne lui inspirait ce mépris de plus en plus poussé. Elle continuait :

— Tu ne sais pas, par exemple, ce que m'a dit ta belle amie Laura Knoll ? Devine !...

— Je ne devinerai jamais, dit-il fermement.

— Je l'espère. Elle a eu le toupet de me dire : « Ce que j'envie, ma petite Anita (elle prit une voix pointue et ridicule, très différente de la jolie voix de Laura Knoll), ce que je vous envie, ce n'est pas le succès actuel de votre Louis, ce sont vos années difficiles : vivre avec un créateur doit être une chose si merveilleuse !... que les ennuis d'argent... : bah... ! »

Elle avait prononcé cette dernière phrase avec une emphase sarcastique, et Louis eut envie, et de lui rappeler qu'après tout cette phrase n'était, en soi, pas si fausse, et en même temps l'envie plus cruelle de lui signaler que Laura Knoll ne se trompait pas tant puisque ces années difficiles, ces années maigres avaient été les années comblées et fastueuses de leur amour : pendant ces cinq ans, il avait été follement amoureux d'Anita et parfaitement enchaîné à elle. Et si le début des années riches avait coïncidé avec le déclin de sa passion, ce n'était vraiment pas sa faute à lui, Louis. Il avait ramené sa réussite vers elle, il l'avait posée à ses pieds triomphalement, sottement peut-être, mais il n'aurait tenu qu'à elle d'en faire un succès partagé. Seulement une intellectuelle austère, méprisante s'était révélée chez elle, une nouvelle femme qu'il n'avait jamais connue ni eu l'intention d'épouser, et à qui il n'avait même plus envie de le dire. Il ne pensait plus, déjà, qu'à esquiver, éluder, fuir...

Elle insistait, frappait, ou tentait de frapper :

— Ça ne te choque pas ? L'outrecuidance de cette oie richissime, enviant notre dèche, ne te choque pas ? Il est vrai que Laura Knoll est intouchable, ici...

— Mais que vas-tu chercher ? dit-il en détournant la tête nerveusement.

Car, pour une fois, elle tombait juste : Laura lui plaisait, malgré ses visons, et il espérait même, avec un peu de chance, être très prochainement son amant. Elle lui avait même souri d'une certaine façon pendant la soirée, un sourire attendri confirmé par ses yeux violets, qui aurait pu donner de l'espoir à quelqu'un d'encore moins prétentieux que lui. Il sourit. Depuis deux ou trois ans, les occasions se multipliaient dans ce domaine, mais, s'il en avait profité trois ou quatre fois, ç'avait été avec un tel luxe de précautions que les allusions d'Anita ne pouvaient être que gratuites. Il haussa donc des épaules innocentes, se leva, s'étira et se dirigea vers la salle de bains. La voix d'Anita le poursuivait pendant qu'il s'arrêtait devant son propre reflet dans la glace, le reflet d'un homme de trente-cinq ans, un peu fatigué, un peu flou, mais avec une bonne tête, après tout.

— J'imagine que je t'ennuie, disait la voix dans la chambre, mais si je ne te dis pas la vérité, qui te la dira ? Tu as besoin...

« Etc. Etc. », pensa-t-il en ouvrant les robinets à grand fracas. *Do-mi-sol, do-mi-ré*... Oui, il y avait un charme dans cet air, une gaieté un peu insolente qui lui permettrait même de l'écrire en mineur, voire d'y ajouter des violons, sans en diminuer l'allégresse. Décidément il lui faudrait un grand orchestre... Et il demanderait à Jean-Pierre d'en faire l'orchestration avec des rythmes un peu rapides.

Il prit un tube de dentifrice, l'ouvrit, et s'immobilisa. Dans la glace, le visage d'Anita derrière lui apparaissait, blanc de colère, comme convulsé par la fureur, et il se demanda une seconde quelle était cette étrangère, cette harpie qui osait s'interposer entre sa musique et lui-même. Elle fit deux pas, posa sa main baguée sur le robinet et le ferma avec violence. Il vit la main blanche rougir aux jointures, et il remarqua au passage l'éclat bleu saphir de la bague qu'il lui avait donnée deux mois auparavant pour leur anniversaire, celui de leur mariage, de leurs dix ans de mariage. Ils s'étaient mariés pour le meilleur et pour le pire ; sans savoir, dans son cas, que le meilleur allait entraîner automatiquement le pire.

— Tu pourrais peut-être me regarder quand, pour une fois, je te parle sérieusement...

Elle était appuyée au lavabo à côté de lui, elle respirait avec peine et ils se voyaient dans la glace comme deux ennemis. Plus exactement, elle le regardait comme un ennemi, et il était gêné, presque effrayé par cette sensation de haine si proche. « Du calme, pensa-t-il, du calme. » Il tendit la main, rouvrit le robinet sans éclaboussure et passa sa brosse à dents dessous, d'un geste mesuré, un peu trop mesuré peut-être.

— Ce n'est pas « pour une fois » que tu me parles, dit-il d'une voix douce (un peu trop douce aussi). Tu n'arrêtes pas de me parier sérieusement. Ne pourrais-tu envisager de me parler juste aimablement ?

Elle ouvrit la bouche pour protester mais déjà il enchaînait d'une voix urgente, pressée, qui l'immobilisa.

— Écoute, dit-il, il faut arrêter ça. Il faut arrêter ces reproches, cette manière d'être. Tu me fatigues, Anita, tu me casses les pieds. J'ai un air dans la tête en ce moment, et je l'entends depuis deux heures : je l'entends à la clarinette, je l'entends au violon, je l'entends à la harpe, et, quoi que tu puisses dire, aussi fort que tu puisses crier, cet air couvre ta voix. Tu comprends ?

Il sentait une espèce d'exaltation le gagner, une exaltation qu'il savait dangereuse mais qui était irrésistible, gonflée, comme une rivière, par des dizaines de petits torrents, nés de dizaines de petites colères réprimées.

— Et avec cet air de musique, continua-t-il, s'il est bon, je paierai le loyer, la voiture, tes robes, mes costumes, la vie de tous les jours, et même des dîners au restaurant à ces gens que tu méprises, sans en avoir le droit. Et s'il le faut, je paierai aussi des avions, des billets d'avion qui m'emmèneront loin de toi, de plus en plus souvent. Et s'il le faut, grâce à cet air, je paierai aussi un autre loyer et une autre voiture, pour que nous ayons deux vies séparées, pour que je sois tranquille, et pour que je puisse, le soir, siffloter de la musique en me lavant les dents en toute tranquillité !

Dans la glace, il vit le visage de sa femme rougir, il la vit reculer d'un pas, il vit même les larmes monter à ses yeux avant qu'elle ne lui tournât le dos et sortît de la salle de bains. Il porta la brosse à dents à sa bouche et commença à se brosser les dents méticuleusement, le cœur battant : il avait horreur d'être désagréable. Et déjà il entrevoyait, avec une résignation mêlée de pitié et d'amertume, une réconciliation sur l'oreiller, la fausse et éternelle réconciliation qui allait suivre... Il s'écorcha la gencive et regarda avec indifférence le petit filet de sang couler sur sa lèvre inférieure. À sa propre surprise, l'étranger un peu hagard qui lui faisait face se mit soudain à sourire. *Do-mi-sol, fa-mi-sol....* Il avait trouvé ! Cet air méritait des orgues. Non pas les fades orgues empesées d'un mariage catholique, mais les grandes orgues trépidantes de la liberté. Il en exposerait sûrement le motif d'emblée, sans fioritures, peut-être à l'aide d'un clairon... Sifflotant, il rentra dans la chambre d'un pas viril, le pas du soldat vainqueur. « Mais vainqueur de quelle triste lutte ? » songea-t-il en apercevant sur le champ de bataille sa morne vaincue, drapée dans une dignité et une chemise de nuit également transparentes. Pour lui assurer une défaite honorable, il lui fallait encore faire toucher les deux épaules à cette femme, et il se pencha sur elle, résigné au plaisir.

Anita avait eu peur, l'avait montré, et sûrement s'en voulait, à présent qu'il gisait contre elle. « Doublement triomphant », pensait-elle sans doute aussi (comme si leur étreinte eût été une victoire pour lui). Il la sentait s'énerver dans l'ombre. Il s'évertuait à respirer régulièrement, profondément, comme sont censés faire les dormeurs ; mais bizarrement, cette régularité forcée l'essoufflait. En même temps il refrénait une toux et une envie de fumer aussi lancinante que son envie de rire. Car le visage d'Anita tout à l'heure, grâce à une mimique éloquente, avait été l'allégorie parfaite – et comique – de l'orgueil battu par le désir. Elle avait imprimé si rapidement à son corps, après le recul instinctif de la révolte, l'élan tout aussi instinctif de la sensualité qu'ils s'étaient cognés rudement et sottement dans le noir ; et qu'il avait failli une seconde lui demander ce qui n'allait pas, avant de comprendre, Dieu merci, le sens de toute cette agitation. Seul, ensuite, le souvenir de Laura, sournoisement invoqué, l'avait aidé à ne pas faiblir tandis qu'elle se dépensait inconsidérément en cris et en soubresauts. Néanmoins, il continuait à respirer comme un vrai métronome et, dans quelques instants, il pourrait impunément se retourner vers le mur, avec le grognement stupide du mâle livré à un sommeil réparateur et intouchable. Il raidissait déjà les mollets pour sa volte, lorsque la voix d'Anita l'immobilisa, le souffle court, donc éveillé et trahi par lui-même.

Comment avons-nous pu en arriver là ? demandait la voix d'Anita, une voix atone, désolée, « un peu la voix de cette belle actrice dans *Hiroshima mon amour* », songea-t-il inopinément.

Un dernier espoir le gardait silencieux, mais la même voix triste et douce enchaînait déjà :

— Ne fais pas semblant de dormir, mon pauvre chéri. Réponds-moi... Comment avons-nous pu en arriver là ?...

Et il s'entendit répondre malgré lui, d'une voix enrouée et misérable :

— Où ? En arriver où ?

— À nous dire les choses affreuses que nous nous sommes dites.

— Comment ? Comment ? dit Louis soulagé, car il avait craint un instant qu'elle fît allusion à leurs ébats précédents, mais, heureusement pour Anita (comme pour presque toutes les femmes d'ailleurs), le désir du mâle était en soi une preuve d'amour – la manifestation même de ce désir semblant en assurer la nature passionnelle.

— Comment ? Mais bêtement ; on s'est énervés, ce n'est pas grave, dit-il d'une voix rassurante. Allez, dors.

— Ce n'est pas grave ?... Tu crois vraiment ce que tu dis ?

Eh non, il ne croyait pas ce qu'il disait, mais ce n'était plus à elle qu'il avait envie de l'avouer : c'était à Laura, ou à Bob, son meilleur ami, ou à sa mère, ou à sa concierge, à n'importe qui, sauf à elle. Il n'avait plus envie de lui parler de quoi que ce fût (et surtout pas de la seule chose dont elle eût pu vraiment exiger qu'il lui parlât – et à elle seule –, c'est-à-dire de lui et d'elle, d'eux et de leur futur).

« C'est devenu impossible », constatait-il tandis que, relevée et appuyée sur le coude, elle se penchait vers lui, vers la masse inanimée et noire que, contre le petit jour, devaient former ses épaules et sa tête baissée, cachée sous ses cheveux. Il sentait l'odeur raffinée de son parfum mêlée à celle de son corps, de leurs corps après l'amour, cette odeur qui avait été pour lui l'odeur même du bonheur, une odeur brûlante et tendre ; et une main affolée, surgie du passé, agrippa sa gorge, y secoua un sanglot sec, un spasme sans larme dont la violence l'étonna. « Je devrais lui parler, pensa-t-il très vite, tout en refusant cette hypothèse à l'instant même qu'il la formulait, je devrais lui expliquer, me faire comprendre, me faire reconnaître surtout. »

Car, depuis longtemps, c'était à un inconnu qu'elle s'adressait en lui parlant, un homme antipathique inconnu de Louis et que, pas plus qu'elle, il n'aurait jamais pu aimer, ni supporter. Elle avait mis à la place du Louis amoureux, et confiant, et gai, qu'il savait avoir été, un goujat snob et lointain. Lui, du moins, n'avait jamais oublié la jeune fille charmante et heureuse, la femme sincère qu'elle avait été et à laquelle, chaque fois, il tentait de s'adresser. Et c'était toujours avec une tendresse désolée et stupéfaite qu'il la voyait refuser de l'entendre, tandis qu'elle trouvait, elle, semblait-il, à cette imposture dévoilée, une amère satisfaction intellectuelle. Peut-être aucun d'eux ne ressemblait-il plus à l'image qu'ils s'étaient offerte l'un à l'autre et que l'un et l'autre ils avaient aimée. Mais du moins, lui, ne la reniait-il pas : du moins, lui, la regrettait-il ! Du moins, ce dont lui se plaignait, c'était de n'être plus heureux, alors qu'elle, se plaignait, finalement, de ne l'avoir jamais été. « Et c'est, sans doute, pensa-t-il, ouvrant les yeux dans le noir, c'est, peut-être, parce que j'ai aimé vraiment cette femme et que je la regrette vraiment que je vais pouvoir la quitter. Ce qu'elle-même ne pourrait jamais faire : car moi, si je la quitte, ce sera en souvenir d'elle. »

La voix délirait là-haut, très loin :

— Tu sais, Louis, les mots peuvent mener très loin. Il nous faut faire attention. Tu ne dois plus rien me dire que tu ne penses profondément, ajouta-t-elle avec gravité, même par colère. Ça marque, tu sais... Tu m'écoutes ?

Mais il ne l'écoutait plus. Il ne l'écouterait d'ailleurs jamais plus. Il avait refermé les yeux, et ce qu'il écoutait, c'était le sifflotement d'un cycliste dans la rue déserte.

Il se disait que, bientôt, ce serait son air à lui qu'un autre homme libre – lui-même, peut-être – siffloterait à l'aube, dans une rue semblable.

La troisième personne du singulier

Le lendemain de son mariage, Lucas Ambrieu était inquiet sur son avenir. Son bonheur avait beau être une évidence pour tout le monde, il ne se posait pas comme tel à son esprit tourmenté. Il avait juré aux parents de Laurence, à sa famille entière, à ses amis, à elle-même, voire à ses anciens soupirants, de la rendre heureuse. Mais il n'avait pas vu ni entendu que Laurence en fît autant auprès des siens. Il n'avait plus de famille, bien sûr, mais il avait des amis fidèles, et des amies tendres. Et Laurence, elle, ne leur avait rien juré. Pourtant, que signifiait pour elle la phrase de Marie-Claire, par exemple, cette chère vieille Marie-Claire témoin de Lucas pour son mariage ?

« Vous allez le dresser un peu, ce voyou, n'est-ce pas, Laurence ? lui avait-elle dit. Vous allez le rendre un peu adulte, j'espère ?... Pas trop, bien sûr. » Qu'est-ce que cela voulait dire, pour une ouïe un peu fine, sinon : « Il faut veiller sur lui. Il ne faut pas que vous l'obligiez à jouer les grands bourgeois ni à se prendre au sérieux. Il faut le laisser être heureux, ou plutôt continuer à l'être » ? Mais lorsque Jérôme, son ami d'enfance, avait gémi en riant : « Je suis si soulagé de vous confier ce vieux marcheur, Laurence... J'en avais assez de le perdre dans les boîtes de nuit pendant des semaines », cela voulait dire bien sûr en clair : « Aimez-le, chérissez-le, puisque c'est un grand sentimental. Et respectez-le assez pour qu'il se croie libre. »

« Oui, oui, je m'en charge. Je ne sais pas si j'y arriverai, mais je ferai tout ce que je pourrai », avait répondu Laurence en riant aussi. Lucas n'avait pas aimé cette dernière phrase : « Je ferai tout ce que je pourrai. » Comme s'il y avait une limite aux forces de Laurence, une limite aux forces d'une femme amoureuse... Pourtant, amoureuse, elle l'était. C'était elle qui avait voulu ce mariage, elle qui l'avait imposé de force, pratiquement, à sa famille, elle qui avait pleuré quand il lui avait offert de renoncer. Et l'on ne pouvait pas croire, vraiment, à de l'ambition de sa part : Lucas n'était qu'un publicitaire, un petit publicitaire dont l'affaire ne marchait pas trop mal, mais le père de Laurence avait les grandes minoteries de France. Oui, elle l'aimait. Elle était prête à lui consacrer « les plus belles années de sa vie ». Mais ces « plus belles années » seraient-elles aussi celles de Lucas ? Il avait quarante-cinq ans, et les meilleures années de sa vie, jusque-là, ç'avait été, à seize ans – en fêtant son baccalauréat –, sa découverte de « la femme ». Puis, à trente-deux ans – où il avait rencontré et épousé le grand amour de sa vie –, sa découverte d'« une femme ». Et enfin, à quarante – où il avait divorcé de cette dernière –, sa découverte « des femmes ». Laurence n'avait que vingt-cinq ans, il était son premier « homme ». Sinon son premier amant.

Mais quand même, malgré son amour, il était clair que le bonheur de Lucas n'était pas l'objectif principal de Laurence (ce n'était d'ailleurs pas, en général à vingt-cinq ans, celui des femmes éprises). Mais d'un autre côté, que son objectif fût son bonheur à elle-même, Laurence (et là, c'eût paru, à cet âge, bien compréhensible à quelqu'un de l'âge de Lucas), eh bien non : ce n'était pas vrai non plus ! Pas du tout ! Laurence obéissait visiblement à d'autres lois que celles de l'amour ; elle avait parfois un petit air résolu, calme, en partant chez son couturier ou à un dîner mondain, un air de tranquillité butée, cet air exclusivement fourni par le devoir accompli. (Ou par le désespoir – mais elle l'ignorait encore.) Or, le devoir conjugal n'était visiblement pas un devoir pour elle, Dieu merci ! Diriger sa maison non plus, puisque tout y était mené admirablement par Melinda, la femme de confiance téléguidée des confins de l'avenue Foch par la belle-mère de Lucas. Et ce n'était pas les quelques heures qu'elle passait à l'école du Louvre. Alors, qu'est-ce qui lui donnait, dans sa robe du soir, chez Régine, ou dans son manteau de flanelle à Longchamp (elle n'allait aux courses qu'à Longchamp, au grand désespoir de Lucas) ou même dans son blue-jean, chez eux – dans cette grande maison et petit jardin qu'elle avait trouvés à l'Alma –, qu'est-ce qui lui donnait cet air de vertu satisfaite ? Un air que voyait Lucas, mais un air que personne d'autre n'aurait pu voir ni nommer formellement (sauf peut-être Marie-Claire, mais elle était partie au Mexique pour un an). D'autant que l'on pouvait attribuer cet air à l'assurance, au bonheur, à la gaieté, à la coquetterie, au caractère, à l'ironie même ; mais cela venait – il le savait, lui – d'autre chose, autre chose très près du contentement de soi, mais qui n'en était pas, Dieu merci, car (et il ne l'aurait pas épousée autrement) elle avait parfois honte d'elle-même, de son aspect, de sa nature, etc.

C'est avec ces sombres questions, errant dans les lasses circonvolutions de son cerveau, que Lucas rentra chez lui, referma la porte du jardin derrière sa voiture et marcha vers le perron. Le jardinier épisodique, engagé lui aussi par l'avenue Foch, taillait des fleurs inconnues de Lucas. Mais, ses connaissances en botanique s'arrêtant aux coquelicots, aux roses et aux tulipes, Lucas allait passer devant lui avec un sourire niais et admiratif, quand l'homme se redressa. Il était petit, vieux, avec une bonne tête de jardinier de comédie. La belle-mère de Lucas avait toujours eu un personnel caricatural, au bord de la satire, et, songea Lucas, il n'y avait pas que le personnel : les amis, l'entourage et la famille entière de ses beaux-parents (à l'exception de Laurence, bien sûr) ressemblaient à une parodie féroce de la bourgeoisie.

— Bonjour, dit le jardinier en ôtant sa casquette.

Il aurait dû ajouter « Not'maît' », songea Lucas.

— Bonjour, dit Lucas aimablement. Ça va ?

— Oh, couci-couça, dit l'homme qui avait l'air embêté.

Lucas prit une voix engageante et s'appuya sur son pied droit.

— Je peux quelque chose pour vous ?

— Ça oui, il peut, crut comprendre Lucas, et il tendit l'oreille. Est-ce qu'il trouve ça joli ? demanda le jardinier.

Lucas se retourna : ils étaient seuls.

— Qui ? dit-il.

— Ben, lui...

Le jardinier pointait son doigt terreux dans la direction du « maître ».

— Moi ? dit Lucas, surpris. Oui, je suis content, c'est très joli...

« Ce bon jardinier n'allait pas bien non plus de la tête. Même ces travaux, paisibles et ancestraux, de la terre ne préservaient pas du stress... »

— Je me disais..., reprit l'homme, s'il tient à ces massifs, je lui garde, mais s'il préfère les plates-bandes, j'aurais vite fait de lui arranger.

Lucas changea de pied, hésita.

— Écoutez, dit-il avec douceur, si vous... si vous parlez de moi, moi, j'aime tout, toutes les fleurs. Je ne suis pas fou des massifs, mais c'est ma femme qui décide. Alors, voyez avec elle.

Il tourna les talons pendant que l'autre remettait sa casquette en marmonnant :

— Bon, alors, je demanderai demain à sa femme...

Lucas souriait. Il aurait parlé à Laurence de ce colloque tout de suite si elle n'avait pas été enfermée dans la salle de bains – d'où elle émergea dix minutes après pour le couvrir de baisers. Ils dînèrent chez des amis à elle, des Américains assommants mais à la mode, auxquels d'ailleurs Lucas comptait bien vendre un projet publicitaire époustouflant. Ce n'est que plus tard, dans la nuit, alors qu'elle reposait, nue, contre lui, qu'il lui parla du jardinier.

— Ah ! dit-elle d'une voix éteinte, Philibert ? Pauvre Philibert...

— Parce que, en plus, il s'appelle Philibert ? dit Lucas, enchanté.

— Il vient de la campagne, et je lui ai fait expliquer par sa femme qu'il devait nous parler à la troisième personne ; mais ça n'a pas bien réussi : il utilise la troisième personne, mais il dit « il », « elle », « lui », au lieu de « monsieur » et « madame ».

— Ah bon, dit Lucas, c'est ça !... Et pourquoi tiens-tu tellement à ce qu'il nous parle à la troisième personne ?

Il posait la question par désœuvrement, pour parler, pour ne pas abandonner déjà ce corps, auquel il gardait comme une immense camaraderie, après ces récents et violents corps à corps du plaisir.

— Comme dit ma mère, répondit Laurence, d'une voix ensommeillée mais non dépourvue de fierté filiale, si tu veux faire ta vaisselle toi-même, rien ne t'empêche de te tutoyer dans la glace ; mais si tu nourris et paies quelqu'un pour ça, ce n'est pas non plus pour qu'il te tutoie.

— Entre me dire « Tu aimes les tulipes ? » et « Monsieur aime les tulipes ? »..., commença Lucas, mais elle dormait déjà, son souffle l'avouait.

Il s'endormit à son tour, un peu mécontent. Il n'aimait pas ces maximes de faux bon sens, venues ou non de sa mère, dont Laurence enrobait si volontiers ses accès de mauvaise foi.

Quelques jours plus tard, ayant parfaitement oublié ce jardinier, Lucas fut tout surpris lorsqu'il le vit lui ouvrir la portière, tête baissée, triturant son béret entre ses mains – trop sûrement calleuses.

Lucas avait eu une dure journée avec un fabricant sans goût, et il jeta un coup d'œil hostile au pauvre homme qui en baissa et l'échine et les yeux. Lucas fit un gros effort.

— Alors, mon cher Philibert... (se rappela-t-il par miracle), tout va bien ? Ça va être beau ici.

— Elle ne lui a pas dit ?

Le sibyllin de sa question était renforcé par le dramatique de l'intonation. Cela aurait très bien pu être : « Andromaque ne lui a-t-elle pas dit qu'Hector était mort ? »

— Elle ne lui a..., enfin, elle ne m'a pas dit quoi ? Et qui, d'ailleurs, mad..., ma femme ?

Lucas rougit : il avait failli dire « madame », lui aussi.

— Sa femme, oui, dit l'autre, qui se débrouillait fort bien, lui, finalement, avec tous ses personnages grammaticaux. Elle lui a rien dit ?

— Non, dit Lucas prudemment, non.

— Eh bien, elle aurait dû, reprit le jardinier avec une autorité inattendue. Parce que s'il ne change pas la terre au fond, ils n'auront rien à regarder, ce printemps. Je peux lui planter que du lierre, quasiment, dans son terreau...

— Eh bien, changez-la-lui, dit Lucas que le fou rire gagnait, et il s'éloigna.

Il rentra dans la chambre de Laurence, les larmes aux yeux, et tenta de lui expliquer son hilarité, mais, quand il y parvint, elle ne rit pas, elle sembla même excédée. Lucas se calma vite mais il eut le temps, quand même, de remarquer les narines pincées de sa femme, sa bouche tirée et cette ressemblance subite et effrayante avec sa mère.

— Ce n'est pas drôle, dit-elle. Tu sais, j'ai assez de mal, et Melinda aussi, à inculquer quelques notions à ces gens-là... Si sa femme ne cuisinait pas divinement, j'aurais déjà mis cet idiot dehors.

— Eh bien, fais-le, dit-il en riant, croyant à une plaisanterie. Comme ça, le dimanche, je pourrai tailler les rosiers !

— En manches de chemise, avec un litre de rouge calé sur le perron, c'est ça ? Pour que nos voisins admirent ta démagogie ?

— Mais... mais, dit Lucas, stupéfait, mais qu'est-ce qu'il te prend ?...

Un peu plus tard, elle s'énerva, elle pleura,

s'avoua nerveuse et triste, et ils se réconcilièrent sur l'oreiller. Mais le glas avait sonné aux oreilles de Lucas. Il avait compris. Il tenait la réponse à toutes ses questions : Laurence était snob.

Quelques mois plus tard, Lucas rentrait chez lui à la nuit, car on était en novembre. La maison était sombre, à part la fenêtre de la cuisine, mais Lucas sifflotait. Il devait vendre cette maison qui était trop grande pour un homme seul, encore que ce mot de « seul » fût devenu synonyme de « délices », après des mois d'exaspération mutuelle. Ah ! son nom devait siffler bien bas, avenue Foch !...

L'hurluberlu du jardin était là, comme tous les mardi, jeudi et samedi. Il remuait la terre sans effort. Il semblait avoir rajeuni, lui aussi, depuis le départ de Laurence.

— Le voilà qui rentre, dit-il à Lucas. Ah ça ! il va pas être content... J'ai voulu enlever ses bégonias à elle, qu'il n'aimait pas, et j'ai arraché les plants du pommier japonais... Va falloir en racheter deux des pommiers neufs, mais c'est pas à lui de les payer...

— Ça ne fait rien, dit Lucas. Il les paiera quand même.

— Quand même... je pensais... je me disais, il va être furieux... Ça coûte cher, les pommiers japonais ! Tout l'après-midi, je me suis dit : « Qu'est-ce qu'il va me dire ?... »

Il suivait Lucas vers le perron. Il criait : « Marthe ! C'est lui ! » avec chaleur.

La maison sentait le poulet frit et le cigare. Lucas avait fait un drôle de poker, hier soir, avec ses copains...

— Alors, c'est sûr qu'il ne va pas m'en vouloir ?..., insistait le jardinier Philibert.

— C'est simple, dit Lucas fermement. S'il vous dit quoi que ce soit, parlez-m'en ; et moi, je le fous à la porte.

Et, se retournant vers l'homme hagard, il ajouta :

— C'est vrai ça, non ?... Faut pas qu'ils nous cassent les pieds, elles et eux, hein ?..., avant de rentrer dans sa grande, silencieuse et exquise maison, riant tout seul.

Composition et mise en pages réalisées
par ÉTIANNE COMPOSITION
à Montrouge.

Achevé d'imprimer par GGP Media GmbH, Pößneck
en décembre 2012
pour le compte de France Loisirs,
Paris

N° d'éditeur : 70890
Dépôt légal : novembre 2012

Imprimé en Allemagne